民國文化與文學^{研究文叢}

民國文化與文學 研究文叢

十五編

李怡 主編

第 **8** 冊

抗戰時期重慶復旦大學作家群研究（上）

李本東 著

國家圖書館出版品預行編目資料

抗戰時期重慶復旦大學作家群研究（上）／李本東 著 -- 初
版 -- 新北市：花木蘭文化事業有限公司，2022〔民111〕
目 2+224 面；19×26 公分
（民國文化與文學研究文叢　十五編；第 8 冊）
ISBN 978-986-518-966-2（精裝）
1.CST：中國文學 2.CST：抗戰文藝 3.CST：文學評論
820.9　　　　　　　　　　　　　　　　　111009884

特邀編委 (以姓氏筆畫為序)：

ISBN-978-986-518-966-2

丁　帆	王德威	宋如珊
岩佐昌暲	奚　密	張中良
張堂錡	張福貴	須文蔚
馮　鐵	劉秀美	

9 789865 189662

民國文化與文學研究文叢
十五編　第 八 冊　　　　　ISBN：978-986-518-966-2

抗戰時期重慶復旦大學作家群研究(上)

作　　者	李本東
主　　編	李 怡
企　　劃	四川大學中國詩歌研究院
總 編 輯	杜潔祥
副總編輯	楊嘉樂
編輯主任	許郁翎
編　　輯	張雅淋、潘玟靜、劉子瑄　美術編輯　陳逸婷
出　　版	花木蘭文化事業有限公司
發 行 人	高小娟
聯絡地址	235 新北市中和區中安街七二號十三樓
	電話：02-2923-1455／傳真：02-2923-1452
網　　址	http://www.huamulan.tw 信箱 service@huamulans.com
印　　刷	普羅文化出版廣告事業
初　　版	2022 年 9 月
定　　價	十五編 21 冊（精裝）新台幣 55,000 元

抗戰時期重慶復旦大學作家群研究（上）

李本東　著

作者簡介

李本東，貴州福泉人，文學碩士，教育學博士，1993 年 7 月起歷任黔南民族師範學院圖書管理員、助理館員，文學與傳媒學院講師、副教授、教育碩士研究生導師，2017 年 9 月起任教於貴州民族大學。主研中國現代文學、課程與教學論、語文教師教育；主持國家社科基金項目 1 項、校級課題 2 項，參與教育部人文社科課題 1 項、省哲社課題 1 項；參撰專著 1 部、教材 2 種；在《中國現代文學研究叢刊》、《理論與創作》、《中國教育學刊》、《語文建設》等刊發表論文數篇。

提　　要

　　抗戰時期重慶復旦大學作家群的文學活動是抗戰時期中國文學重要組成部分——大學校園文學的重要一翼。重慶復旦師生作家在抗戰時期救亡圖存爭民主自由的政治環境、政府賑濟仍拮据摯肘的經濟環境和從繁複自由到統一專制的文化環境等方面構成的生存環境下，從政治、經濟、文化等方面的現實生存體驗出發，或個體，或社團，或手抄壁報如《文藝墾地》，或油印小報如《新血輪》，或編副刊如《文種》《號角》《文群》，或編文叢如「散文叢書」，開展文學活動宣傳抗戰建國、爭取民主自由，取得了獨特文學成就。復旦作家群和西南聯大作家群、延安魯藝作家群分別是抗戰時期大後方不同政治環境與文學環境中的「典型」，代表三種不同風格，在時事政治導向趨離、文學創作精神追求和文學創作藝術水平等方面，明顯相異。復旦大學的新文學傳統、師生對全民抗戰時代使命的自覺承擔與極富時代特色的自我角色定位，全國文藝界抗戰文藝宣傳運動的推動，使重慶復旦大學作家群的文學活動，不僅成為 1940 年代中國文學、尤其中國抗戰文學的重要組成部分，一定程度地推動抗戰文學發展、豐富了抗戰文學特質，而且作為 1940 年代復旦校園文化最重要的組成部分之一，在推動重慶當地社會文化發展方面發揮過積極而重大的作用。

國家社科基金西部項目
（14XZW021）成果

從地方文學、區域文學到地方路徑
——《民國文化與文學研究文叢·十五編》引言

李 怡

　　2020 年，我在《成都與中國現代文學發生的地方路徑問題》中，以內陸腹地的成都為例，考察了李劼人、郭沫若等「與京滬主流有異」的知識分子的個人趣味、思維特點，提出這裡存在另外一種近現代嬗變的地方特色。這一走向現代的「地方路徑」值得剖析，它與多姿多彩的「上海路徑」「北平路徑」一起，繪製出中國文學走向現代的豐富性。沿著這一方向，我們有望打開現代文學研究的新的可能。〔註1〕同年 1 月，《當代文壇》開始推出我主持的「地方路徑與文學中國」的學術專欄，邀請國內名家對這一問題展開多方位的討論，到 2021 年年中，共發表論文 33 篇，涉及四川、貴州、昆明、武漢、安徽、內蒙古、青海、江南、華南、晉察冀、京津冀、綏遠、粵港澳大灣區等各種不同的「地方」觀察，也有對作為方法論的「地方路徑」的探討。2020 年 9 月，中國作協創研部、四川省作協、中國人民大學書報資料中心、《當代文壇》雜誌社還聯合舉行了「地方路徑與文學中國」學術研討會，國內知名學者與專家濟濟一堂，就這一主題的問題深入切磋，到會學者包括阿來、白燁、程光煒、吳俊、孟繁華、張清華、賀仲明、洪治綱、張永清、張潔宇、謝有順等等。〔註2〕2021 年 10 月，中國現代文學理事會在成都召開，會

〔註1〕 李怡：《成都與中國現代文學發生的地方路徑問題》，《文學評論》2020 年 4 期。

〔註2〕 研討會情況參見劉小波：《地方路徑與文學中國——「2020 中國文藝理論前沿峰會暨四川青年作家研討會」會議綜述》，《當代文壇》2021 年 1 期。

議主題也確定為「地方路徑與中國現代文學」，線上線下與會學者 100 餘人繼續就「地方路徑」作為學術方法的諸多話題廣泛研討，值得一提的是，這一主題會議還得到了第一次設立的國家社科基金「學術社團主題學術活動資助」。

經過了連續兩年的醞釀和傳播，「地方路徑」的命題無論是作為理論方法還是文學闡述的實踐都已經產生了重要的影響，在這個時候，需要我們繼續推進的工作恰恰可能是更加冷靜和理性的反思，以及在更大範圍內開展的文學批評嘗試。就像任何一種理論範式的使用都不得不經受「有限性」的警戒一樣，「地方路徑」作為新的文學研究方式究竟緣何而來，又當保持怎樣的審慎，需要我們進一步辨析；同時，這種重審「地方」的思維還可以推及什麼領域，帶給我們什麼啟發，我們也可以在更多的方向上加以嘗試。

一

「名不正，則言不順」，這是《論語》的古訓，20 世紀 50 年代以來，西方史學發現了「概念」之於歷史事實的重要意義，開啟了「概念史」（conceptual history）的研究。這是我們進一步推進學術思考的基礎。

在這裡，其實存在著一系列相互聯繫卻又頗具差異的概念。地方文學、地域文學、區域文學、文學地理學以及我所強調的地方路徑，它們絕不是同一問題的隨機性表達，而是我們對相近的文學與文化現象的不同的關注和提問方式。

雖然「地方」這一名詞因為「地方性知識」的出現而變得內涵豐富起來，但是在我們的實際使用當中，「地方文學」卻首先是一個出版界的現象而非嚴格的概念，就是說它本身一直缺乏認真的界定。地方文學的編撰出版在 1990 年代以後逐漸升溫，但凡人們感到大中國的文學描述無法涵蓋某一個局部的文學或文化現象之時，就會自然而然地將它放置在「地方」的範疇之中，因為這樣一來，那些分量不足以列入「中國文學」代表的作家作品就有了鄭重出場、載入史冊的理由。近年來，在大中國文學史著撰寫相對平靜的時代，各地大量湧現了以各自省市為單位的地方文學史，不過，這種編撰和出版的行為常常都與當地政府倡導的「文化工程」有關，所以其內在的「地方認同」或「地方邏輯」往往不甚清晰，不時給人留下了質疑的理由。

這種質疑很容易讓我們聯想到「區域文學」與「地域文學」的分歧。學

界一般認為，「地域文學」就是在語言、民俗、宗教等方面的相互認同的基礎上形成的文學共同體形態，這種地區內的文學共同體一般說來歷史較為久遠、淵源較為深厚，例如江左文學、江南文學、江西詩派等等；「區域文學」也是一種地區性的文學概念，不過這樣的地區卻主要是特定時期行政規劃或文化政治的設計結果，如內蒙古文學、粵港澳大灣區文學、京津冀文學等等，其內在的精神認同感明顯少於地域文學。「『地域』內部的文化特徵是相對一致的，這種相對一致性是不同的文化特徵長期交流、碰撞、融合、沉澱的結果，不是行政或其他外部作用所能短期奏效的。而『區域』內部的文化特徵往往是異質的，尤其是那種由於行政或者其他原因而經常變動、很難維持長期穩定的區域，其文化特徵的異質性更明顯。」〔註3〕在這個意義上，值得縱深挖掘的區域文學必須以區域內的歷史久遠的地域認同為核心，否則，所謂的區域文學史就很可能淪為各種不同的作家作品的無機堆砌，被一些評論者批評為「邏輯荒謬的省籍區域文學史」，「實際上不但割裂了而且扭曲了文化的真實存在形態」。〔註4〕1995年，湖南教育出版社開始推出嚴家炎先生主編的《二十世紀中國文學與區域文化》叢書，涉及東北文學、三晉文學、齊魯文學、巴蜀文學、西藏雪域文學等等，歷經近二十年的沉澱，這套叢書在今天看來總體上還是成功的，因為它雖然以「區域」命名，卻實則以「地域文學」的精神流變為魂，以挖掘區域當中的地域精神的流變為主體。相反，前面所述的「地方文學」如果缺乏嚴格的精神的挖掘和融通，同樣可能抽空「地方性」的血脈，徒有行政單位的「地方」空殼，最終讓精神性的文學現象僅僅就是大雜燴式的文學「政績」的整合，從而大大地降低了原本暗含著的歷史價值。

中國傳統文化其實也一直關注和記錄著地域風俗的社會文化意義，《詩經》與《楚辭》的差異早就為人們所注目，《禹貢》早已有清晰明確的地域之論，《漢書》《隋書》更專列「地理志」，以各地山川形勝、風土人情為記敘的內容，由此開啟了中國文化綿邈深遠的「地理意識」。新時期以後，中國文學研究以古代文學為領軍，率先以「文學地理」的概念再寫歷史，顯然就是對這一傳統的自覺承襲，至新世紀以降，文學地理學的理論建構日臻自覺，似有一統江山，整合各種理論概念之勢——包括先前的地域文學、區域文學。有學者總結認為：「文學地理學是由中國本土學者提出並發展起來的一門學

〔註3〕曾大興：《「地域文學」的內涵及其研究方法》，《東北師大學報》2016年5期。
〔註4〕方維保：《邏輯荒謬的省籍區域文學史》，《揚子江評論》2012年2期。

科，也是由中國本土學者提出與發展起來的一種新的文學批評方法。」〔註 5〕這也是特別看重了這一理論建構與中國傳統文化的深刻聯繫。

當然，也正如另外有學者所考證的那樣，西方思想史其實同樣誕生了「文學地理學」的概念，並且這一概念也伴隨著晚清「西學東漸」進入中國，成為近代中國文學地理思想興起的重要來源：「文學地理學是 18 世紀中葉康德在他的《自然地理學》中提出的一個地理學概念，由於康德的自然地理學理論蘊涵著豐富的人文地理學和地域美學思想，在西方美學和文學批評中產生了深遠的影響。清末民初，在西學東漸和強國新民的歷史大潮中，梁啟超、章太炎、劉師培等人將康德的『文學地理學』和那特礎的『政治學』用於中國古代文學藝術南北差異的研究，開創了中國文學地理學的學科歷史。」〔註 6〕認真勘察，我們不難發現西方淵源的文學地理學依然與我們有別：「在康德的眼裏，文學地理學是地理學的一個分支學科而不是文學的分支學科」〔註 7〕，後來陸續興起的文化地理學，也將地理學思維和方法引入文學研究，改變了傳統文學研究感性主導色彩，使之走向科學、定量和系統性，而興起於後殖民時代的地理批評以「空間」意識的探究為中心，強調作品空間所體現的權力、性別、族群、階級等意識，地理空間在他們那裡常常體現為某種的隱喻之義，現代環境主義與生態批評概念中的「地方」首先是作為「感知價值的中心」而非地理景觀，用文化地理學家邁克‧克朗的話來說就是：「文學作品不能被視為地理景觀的簡單描述，許多時候是文學作品幫助塑造了這些景觀。」〔註 8〕較之於這些來自域外的文學地理批評，中國自己的研究可能一直保持了對地方風土的深情，並沒有簡單隨域外思潮起舞，雖然在宏觀層面上，我們還是承認，現當代中國的文學地理學是對外開放、中西會通的結果。

「地方路徑」一說是在以上這些基本概念早已經暢行於世之後才出現的，於是，我們難免會問：新的概念是不是那些舊術語的隨機性表達？或者，是不是某種標新立異的標題招牌？

這是我們今天必須回答的。

〔註 5〕鄒建軍：《文學地理學：批評和創作的雙重空間》，《臨沂大學學報》2017 年 1 期。

〔註 6〕鍾仕倫：《概念、學科與方法：文學地理學略論》，《文學評論》2014 年 4 期。

〔註 7〕鍾仕倫：《概念、學科與方法：文學地理學略論》，《文學評論》2014 年 4 期。

〔註 8〕【英】邁克‧克朗（Mike Crang）：《文化地理學》，楊淑華、宋慧敏譯，南京大學出版社 2003 年版，第 55 頁。

二

在現代中國討論「地方路徑」，容易引起的聯想是，我們是不是要重提中國文學在各個地方的發展問題？也就是說，是不是要繼續「深描」各個區域的文學發展以完整中國文學的整體版圖？

我們當然關注現代中國文學的一系列共同性的問題，而不是試圖將自己侷限在大版圖的某一局部，為失落在地方的文學現象拾遺補缺，從這個意義上來說，跨出地方的有限性，進入區域整合的視野甚至民族國家的視野乃題中之義。但是，這樣的嘗試卻又在根本上有別於我們曾經的區域文學研究。

在中國，區域文學與文化研究集中出現在 1990 年代中期，本質上是 1980 年代以來「走向世界」的改革開放思潮的一種延續。嚴家炎先生主編的《二十世紀中國文學與區域文化》叢書最早在 1995 年推出，作為領命撰寫四川現代文學與巴蜀文化的首批作者，我深深地浸潤於那樣的學術氛圍，感受和表達過那種從區域文化的角度推進文學現代化進程的執著和熱誠。在急需打破思想封閉、融入現代世界的那種焦慮當中，我們以外來文化為樣本引領中國文學與文化的渴望無疑是真誠的，至今依然閃耀著歷史道義的光輝，但是，心態的焦慮也在自覺不自覺中遮蔽了某些歷史和文化的細節，讓自我改變的激情淹沒了理性的真相。例如，我們很容易就陷入了對歷史的本質主義的假想，認為歷史的意義首先是由一些巨大的統攝性的「總體性質」所決定的，先有了宏大的整體的定性才有了局部的意義，中國文化的現代化進程也是如此，先有了整個國家和民族的現代觀念，才逐步推廣到了不同區域、不同地方的思想文化活動之中，也就是說，少數先知先覺的知識分子對西方現代化文化的接受、吸收，在少數先進城市率先實踐，形成了中國現代文化的「總體藍圖」，然後又通過一代又一代的艱苦努力，傳播到更為內陸、更為偏遠的其他區域，最終完成了全中國的現代文化建設。雖然區域文學現象中理所當然地涵容著歷史文化的深刻印記，但是作為「現代文學」的歷史進程的重要環節，我們的主導性目標還是考察這一歷史如何「走向世界」、完成「現代化」的任務，所以在事實上，當時中國文學的區域研究的落腳點還是講述不同區域的地方文化如何自我改造、接受和匯入現代中國精神大潮的故事。這些故事當然並非憑空捏造，它就是中國文化在近現代與外來文化交流、溝通的基本事實，然而，在另外一方面的也許是更主要的事實卻可能被我們有所忽略，那就是文化的自我發展歸根到底並不是移植或者模仿的結果，而是自我的一

種演進和生長，也就是說，是主體基於自身內在結構的一種新的變化和調整，這裡的主體性和內源性是不可或缺的基礎。如果說現代中國文學最終表現出了一種不容迴避的「現代性」，那麼也必定是不同的「地方」都出現了適應這個時代的新的精神的變遷，而不是少數知識分子為中國先建構起了一個大的現代的文化，然後又設法將這一文化從中心輸送到了各個地方，說服地方接受了這個新創建的文化。在這個意義上，地方的發展彙集成了整體的變化，是局部的改變最後讓全局的調整成為了現實。所謂的「地方路徑」並非是偏狹、個別、特殊的代名詞，在通往「現代」的征途上，它同時就是全面、整體和普遍，因為它最後形成的輻射性效應並不偏於一隅，而是全局性的、整體性的，只不過，不同「地方」對全局改變所產生的角度與方向有所不同，帶有鮮明的具體場景的體驗和色彩。從這裡，我們可以得出結論：在現代中國文學的學術史上，我們曾經有過的區域文化研究其實還是國家民族的大視角，區域和地方不過是國家民族文學的局部表現；而地方路徑的提出則是還原「地方」作為歷史主體性的意義，名為「地方」，實則一個全局性的民族文化精神嬗變的來源和基礎，可謂是以「地方」為方法，以民族文化整體為目的。

「地方」以這種歷史主體的方式出場，在「全球化」深化的今天，已經得到了深刻的證明。

在當今，全球化依然是時代的主題。然而，越來越多的人都開始意識到一個重要的問題：全球化是不是對體現於「地方」的個性的覆蓋和取消呢？事實可能很明顯，全球化不僅沒有消融原本就存在的地方性，而且林林種種的地方色彩常常還借助「反全球化」的浪潮繼續凸顯自己，在一個相當長的時期內，全球化和地方性都會保持著一種糾纏不清的關係，有矛盾衝突，但也會彼此生發。

文學與地方的關係也是如此。現代中國的文學一方面以「走向世界」為旗幟，但走向外部世界的同時卻也不斷返回故土，反觀地方。這裡，其實存在一個經由「地方路徑」通達「現代中國」的重要問題。

何謂「現代中國」？長期以來，我們預設了一些宏大的主題——中國社會文化是什麼？中國文學有什麼歷史使命、時代特點？不同的作家如何領悟和體現這樣的歷史主題？主流作家在少數「中心城市」如何完成了文學的總體建構？然而，文學的發生歸根到底是具體的、個人的，人的文學行為與包裹著他的生存環境具有更加清晰的對話關係，也就是說，文學人首先具有切

實的地方體驗，他的文學表達是當時當地社會文化的有機組成部分，文學的存在首先是一種個人路徑，然後形成特定的地方路徑，許許多多的「地方路徑」，不斷充實和調整著作為民族生存共同體的「中國經驗」，當然，中國整體經驗的成熟也會形成一種影響，作用於地方、區域乃至個體的大傳統，但是必須看到，地方經驗始終存在並具有某種持續生成的力量，而更大的整體的「大傳統」卻不是一成不變的，「大傳統」的更新和改變顯然與地方經驗的不斷生成關係緊密。正是在這個意義上，我們認為，並不是大中國的文化經驗「向下」傳輸逐漸構成了「地方」，「地方」同樣不斷凝聚和交融，構成了跨越區域的「中國經驗」。「地方經驗」如何最終形成「中國經驗」，這與作為民族共同體的「中國」如何降落為地方性的表徵同等重要！在現代中國文學發展的過程之中，不僅有「文學中國」的新經驗沉澱到了天南地北，更有天南地北的「地方路徑」最後匯集成了「文學中國」的寬闊大道。〔註9〕

　　這樣，我們的思維就與曾經的區域文學研究有所不同了。

　　在另外一方面，地方路徑的提出也意味著我們將有意識超越「地域文學」或者「地方文學」的方式，實現我們聯結民族、溝通人類的文學理想。

　　如前所述，我們對區域文學研究「總體藍圖」的質疑僅僅是否定這樣一種思維：在對「地方」缺乏足夠理解和認知的前提下奢談「走向世界」，在缺乏「地方體驗」的基礎上空論「全球一體化」，但是，這卻並不意味著我們要固守在「地方」之一隅，或者專注於地方經驗的打撈來迴避民族與人類的共同問題，排斥現代前進的節奏。與「區域文學」「地方文學」的相對靜止的歷史描述不同，「地方路徑」文學研究的重心之一是「路徑」，也就是追蹤和挖掘現代中國文學如何嘗試現代之路的歷史經驗，探索中國文學介入世界進程的方式。換句話說，「路徑」意味著一種歷史過程的動態意義，昭示了自我開放的學術面相，它絕不是重新返回到固步自封的時代，而是對「走向世界」的全新的闡發和理解。

　　同樣，我們也與「文學地理學」的理論企圖有所不同，建構一種系統的文學研究方法並非我們的主要目的，從根本上看，我們還是為了描述和探討中國文學從傳統進入現代，建設現代文學的過程和其中所遭遇的問題，是對現代中國文學的「現象學研究」，而不是文藝學的提升和哲學性的概括。當然，包括中外文學地理學的視角、方法都可能成為我們的學術基礎和重要借鑒。

〔註9〕參見李怡：《「地方路徑」如何通達「現代中國」》，《當代文壇》2020 年 1 期。

三

現代中國文學的「地方路徑」研究當然也有自己的方法論背景，有著自己的理論基礎的檢討和追問。

「地方路徑」的提出首先是對文學與文化研究「空間意識」的深化。

傳統的文學研究，幾乎都是基於對「時間神話」的迷信和依賴。也就是說，我們大抵都相信歷史的現象是伴隨著一個時間的流逝而漸次產生的，而時間的流逝則是由一個遙遠的過去不斷滑向不可知的未來的勻速的過程，時間的這種不以人的意志為轉移的勻速前進方式成為了我們認知、觀察世界事物的某種依靠，在很多的時候，我們都是站在時間之軸上敘述空間景物的異樣。但是，二十世紀的天體物理學卻告訴我們，世界上並沒有恒定可靠的時間，時間恰恰是依憑空間的不同而變化多端。例如愛因斯坦、霍金等人的宇宙觀恰恰給予了我們更為豐富的「相對」性的啟示：沒有絕對的時間，也沒有絕對的空間，時間總是與空間聯繫在一起，不同的空間有不同的時間。「相對論迫使我們從根本上改變了我們的時間和空間觀念。我們必須接受，時間不能完全脫離開和獨立於空間，而必須和空間結合在一起形成所謂的時空的客體。」〔註10〕二十世紀以後尤其是 1970 年代以後，西方思想包括文學研究在內出現了眾所周知的「空間轉向」，傳統觀念中的對歷史進程的依賴讓位於對空間存在的體驗和觀察，這些理念一時間獲得了廣泛的共識：「當今的時代或許應是空間的紀元……我們時代的焦慮與空間有著根本的關係，比之與時間的關係更甚。」〔註11〕「在日常生活裏，我們的心理經驗及文化語言都已經讓空間的範疇、而非時間的範疇支配著。」〔註12〕「一方面，我們的行為和思想塑造著我們周遭的空間，但與此同時，我們生活於其中的集體性或社會性生產出了更大的空間與場所，而人類的空間性則是人類動機和環境或語境構成的產物。」〔註13〕有法國空間理論家列斐伏爾等人的倡導，經由福柯、

〔註10〕【英】霍金：《時間簡史》，吳忠超譯，湖南科學技術出版社 2002 年版，第 22 頁。

〔註11〕【法】福柯：《不同空間的正文與上下文》，陳志悟譯，見包亞明主編：《後現代性與地理學的政治》，上海教育出版社 2001 年版，第 18 頁、20 頁。

〔註12〕【美】詹明信：《晚期資本主義文化的邏輯：詹明信批評理論文選》，陳清僑等譯，三聯書店 1997 年版，第 450 頁。

〔註13〕愛德華・索亞語，見包亞明：《後大都市與文化研究・前言：第三空間、後大都市與文化研究》，上海教育出版社 2005 年版，第 1 頁。

詹姆遜、哈維、索雅等人的不斷開拓，文學的空間批評得到了前所未有的長足發展，文本中的空間不再只是故事發生的背景，而是作為一種象徵系統和指涉系統，直接參與到了主題與敘事之中，空間因素融入傳統的社會歷史批評、文化批評、性別批評、精神批評等，激活了這些傳統文學研究的生命力，它又對後現代性境遇下人們的精神遭際有著獨到的觀察和解讀，從而切合了時代的演變和發展。

如同地理批評遠遠超出了地方風俗的文學意義而直達感知層面的空間關係一樣，西方文學界的空間批評更側重於資本主義成熟年代的各種權力關係的挖掘和洞察，「空間」隱含的主要是現實社會中的制度、秩序和個人對社會關係的心理感受。

在中國現代文學的研究中，我們長期堅信西方「進化論」思想的傳入是驚醒國人的主要力量，從嚴復的「天演公例」到梁啟超的「新民說」、魯迅的「國民性改造」，中國文學的歷史巨變有賴於時間緊迫感的喚起，這固然道出了一些重要的事實，然而，人都是生存於具體而微的「空間」之中的，是這一特殊「地方」的人生和情感的體驗真實地催動了各自思想變化，文學的現代之變，更應該落實到中國作家「在地方」的空間意識裏。近現代中國知識分子，同樣生成了自己的「空間意識」：

> 中國近現代知識分子是在一種極為特殊的條件下形成自己的時空觀念的。不是時間觀念的變化帶來了他們空間觀念的變化，而是空間觀念的變化帶來了他們時間觀念的變化。我們知道，正是由於鴉片戰爭之後中國的知識分子發現了一個「西方世界」，發現了一個新的空間，他們的整個宇宙觀才逐漸發生了與中國古代知識分子截然不同的變化。

> 中國現代知識分子的「地理大發現」，發現的卻是一個無法統一起來的世界，一個造成了空間割裂感的事實。這種空間割裂感是由於人的不同而造成的。

> 我們既不能把西方世界完全納入到我們的世界中來，成為我們這個世界的一個有機組成部分，我們也不願把我們的世界納入到西方世界中去，成為西方世界的一個有機組成部分。二者的接近發生的不是自然的融合，而是彼此的碰撞。

> 上帝管不了中國，孔子管不了西方，兩個空間結構都變成了兩

個具有實體性的結構，二者之間的衝撞正在發生著。一個統一的沒有隙縫的空間觀念在關心著民族命運的中國近現代知識分子的意識中可悲地喪失了。這不是一個他們願意不願意的問題，而是一個不能不如此的問題；不是一個比中國古代知識分子「先進」了或「落後」了的問題，而是一個他們眼前呈現的世界到底是一個什麼樣子的問題。正是這種空間觀念的變化，帶來了他們時間觀念的變化。〔註 14〕

近現代中國知識分子同樣在「空間」感受中體驗了現實社會中的制度與秩序，覺悟了各種不平等的權力關係，但是，與西方不同的在於，我們在「空間」中的發現主要還不是存在於普遍人類世界中的隱蔽的命運，它就是赤裸裸的國家民族的困境，主要不是個人的特異發現，而是民族群體的整體事實，它既是現實的、風俗的，又是精神的、象徵的，既在個人「地方感」之中，又直陳於自然社會之上。從總體上看，近現代中國的空間意識不會像西方的空間批評那樣公開拒絕地方風土的現實「反映」，而是融現實體驗與個人精神感受於一爐。我覺得這就為「地方路徑」的觀察留下了更為廣闊的可能。

「地方路徑」的提出也是對域外中國學研究動向的一種回應。

海外的中國學研究，尤其是美國漢學界對現代中國的觀察，深受費正清「衝擊／反應」模式的影響，自覺不自覺地站在西方中心的立場上，以西歐社會的現代化模式來觀察東方和中國，認定中國社會的現代化不可能源自本土，只能是對西方衝擊的一種回應。不過，在 1930、40 年代以後，這樣的思維開始遭受到了漢學界內部的質疑，以柯文為代表的「中國中心觀」試圖重新觀察中國社會演變的事實，在中國自己的歷史邏輯中梳理現代化的線索。伴隨著這樣一些新的學術思想的動態，西方漢學界正在發生著引人矚目的變化：從宏大的歷史概括轉為區域問題考察，從整體的國家民族定義走向對中國內部各「地方」的再發現，一種著眼於「地方」的文學現代進程的研究正越來越多地顯示著自己的價值，已經有中國學者敏銳地指出，這些以「地方」研究為重心的域外的方法革新值得我們借鑒：「從時間與空間起源上，探究這些地區如何在大時代的激蕩中形成具有現代意義的文學觀念、如何生發具有地域特色的文學文本，考察文學與非文學、本土與異域、沿海

〔註 14〕王富仁：《時間‧空間‧人（一）》，《魯迅研究月刊》2000 年 1 期。

與內地、中心與邊緣之間的多元關係，便不失為中國現代文學研究的一種新路徑。」〔註15〕

當然，必須指出的是，中國學者對「地方路徑」問題的發現在根本上說還是一種自我發現或者說自我認知深化的結果，是創立中國學術主體性的積極體現。以我個人的研究為例，是探尋近現代白話文學發生的過程中，接觸到了李劼人的成都寫作，又借助李劼人的地方經驗體驗到了一種近代化的演變曾經在中國的地方發生，隨著對李劼人「周邊」的摸索和勘察，我們不斷積累著「地方」如何自我演變的豐富事實，又深深地體悟到這些事實已經不再能納入到西方—中國先進區域—偏遠內陸這樣一個傳播鏈條來加以解釋了。與「中國中心觀」的相遇也出現在這個時候，但是，卻不是「中國中心觀」的輸入改變了我們的認識，而是雙方的發現構成了有益的對話。這裡的啟示可能更應該做這樣的描述：在我們力求更有效地擺脫「西方中心」觀的壓迫性影響、從「被描寫」的尷尬中嘗試自我解放、重新獲得思想主體性的時候，是西方學者對他們學術傳統的批判加強了這一自我尋找的進程，在中國人自己表述自己的方向上，我們和某些西方漢學家不期而遇，這裡當然可以握手，可以彼此對話和交流，但是卻並不存在一種理論上的「惠賜」，也再不可能出現那種喪失自我的「拜謝」，因為，「地方路徑」的發現本身就是自我覺醒的結果。這裡的「地方」不是指那種退縮式的地方自戀，而是自我從地方出發邁向未來的堅強意志。在思考人類共同命運和現代性命題的方向上我們原本就可以而且也能夠相互平等對話，嚴肅溝通，當我們真正自覺於自我意識、自覺於地方經驗的時候，一系列精神性的話題反而在東西方之間有了認同的基礎，有了交談的同一性，或者說，在這個時候，地方才真正通達了中國，又聯通了世界。在這個時候，在學術深層對話的基礎上，主體性的完成已經不需要以「民族道路的獨特性」來炫示，它同時也成為了文學世界性，或者說屬於真正的「人類命運共同體」的有機組成部分。

上世紀20年代，詩人聞一多也陷入過時代發展與「地方性」彰顯的緊張思考，他曾經激賞郭沫若《女神》的時代精神，又對其中可能存在的「地方色彩」的缺失而深懷憂慮，他這樣表達過民族與世界、地方與時代的理想關係：「真要建設一個好的世界文學，只有各國文學充分發展其地方色彩，同時又

〔註15〕張鴻聲、李明剛：《美國「中國學」的「地方」取向與中國現代文學研究——以中國現代文學研究的區域問題為例》，《中國現代文學論叢》2018年13輯。

貫以一種共同的時代精神，然後並而觀之，各種色料雖互相差異，卻又互相調和」〔註16〕。在某種意義上，這可以被我們視作中國現代文學沿「地方路徑」前行的主導方向，也是我們提出「地方路徑」研究的基本原則。

〔註16〕聞一多：《〈女神〉之地方色彩》，《創造週報》第 5 號，1923 年 6 月 10 日。

目

次

緒　論

誠然，「一個作家之所以為作家，不在他底生平和事蹟，而完全在他底作品」[註1]，但是，沒有作家就沒有文學作品，就沒有文學史。在發生學意義上，作家的文學創作活動才是文學研究的邏輯起點。從文學創作的立場出發「知人論世」地看，「文學創作無論採取什麼樣的創作方法，都只能是表達自我的一種方式」[註2]。「一件成功的文藝品，⋯⋯它應該是作者的心靈和個性那麼完全的寫照，他所處的時代和社會那麼忠實的反映，以致一個敏銳的讀者不獨可以從那裡面認識作者的人格、態度和信仰，並可以重識他的靈魂活動的過程和背景——如其不是外在生活的痕跡。」[註3]文學作品是作家創作的，是作家藉以實現人際交往的一種中介物，承載著作家的主觀感受、情感、意志與思想。每一篇（部）文學作品都是首先對作家自己有意義，然後才可能對作為讀者的別人有意義。因此，忽略作家就有可能完全不能理解文學作品，或者至少不能完全理解文學作品，就有可能誤解、曲解甚至埋沒了文學作品。或許正因為如此，對作家的研究也天然地成為文學研究的一個特殊領域，以至於作家研究的積累催生了中國現代文學文體研究的自覺，「作家研究的開拓性成果顯示了中國現代文學最基本也最為密集的學術收穫」，作

[註1] 梁宗岱：《文藝底欣賞和批評》，載《大公報（重慶）》「戰國」副刊第 25 期，1942 年 5 月 20 日第 4 版。

[註2] 王富仁：《當代體驗與中國現代文學研究》，載《現代中國文化與文學》，2006年第 1 期。

[註3] 梁宗岱：《文藝底欣賞和批評》，載《大公報（重慶）》「戰國」副刊第 25 期，1942 年 5 月 20 日第 4 版。

家論「為中國現代文學研究的深入打下了堅實的基礎」，成為了中國現代文學學術建構的主要體現之一。〔註4〕縱觀中外文學發展史，由於共同的文學愛好、文學趣味，甚至僅僅出於對文學某種特殊性質比如工具性的共同重視，而出現一些作家群，都可以說是一種「自然現象」。作家群研究，也因此自然成為文學研究中作家研究的一個特殊部分。一方面，在根本上，「一個詩人底生活和一般人並沒有很大的差異，或者，假如他有驚天動地底事蹟而沒有作品，他也只是英雄豪傑，而不是詩人。」〔註5〕也就是說，在嚴格意義上，文學史首先必須是文學作品史，如果他們留下的不是文學作品，他們就萬萬不能被稱為作家。因而，從作為後來人的讀者立場看，我們對作家和作家群的認證，只能是從他們所留下的文學作品開始並以之為依據「沿波討源」的結果。只不過，我們不管是面對什麼時代的任何一個作家群，都要高度警惕，都不能讓自己的作家研究走入非文學研究的誤區。這是因為，「作家研究在整個文學研究中僅僅是作品研究的派生物和演化品，它自身並沒有完全獨立的性質，因而也不直接體現文學研究的特性。只有在作家研究有助於文學作品的研究的時候，作家研究才屬於文學研究。否則，它便溢出了文學研究的範圍。」〔註6〕另一方面，作家群研究不能沒有文學活動研究。作家的生平和事蹟，乃至作家的種族及其生活時代、身世和環境的考據研究或多或少可以照亮其文學作品「一些暗昧的角落」〔註7〕，但種族、時代和環境往往並非作家所獨有，而也屬於一般人；而且，任何文學作品往往只是作家或一時空點上或一方面的生命寫照，而並非作家生命的全部，即使文學作品全集，也不會是作家生命的全部；再者，作家與作家之間存在著鮮明的個性差異，同一種族、時代、環境中不同作家的文學作品往往表現出不同的風格。更進一步說，讀者對文學作品的解讀、闡釋和接受，往往不是一個靜態地剖析文本語言構成的過程，而是一個動態地感知作家靈魂活動（包括作家創作活動）的過程，「作者的創作是一種文學活動，讀者的接受也是一種文學活動。從創作到接

〔註4〕朱壽桐：《中國現代社團文學史》，北京：人民文學出版社，2004年版，第5頁，第36頁。

〔註5〕梁宗岱：《文藝底欣賞和批評》，載《大公報（重慶）》「戰國」副刊第25期，1942年5月20日第4版。

〔註6〕王富仁：《文學研究的特性》，載中國人民大學報刊資料複印中心複印報刊資料（文藝理論），1992年第1期，第67頁。

〔註7〕梁宗岱：《文藝底欣賞和批評》，載《大公報（重慶）》「戰國」副刊第25期，1942年5月20日第4版。

受是一個完整的文學活動過程，文學文本只有聯繫作者的創作和讀者的接受才能作出科學合理的解釋。」〔註8〕總之，在事實上，文學研究不能忽視作家、文學作品與讀者兩兩之間的相互關聯、相互作用、相生相成的過程，「只有以文學活動作為邏輯起點才能將種種方法都融入文學研究之中，成為一個有機整體，從而避免⋯⋯『拼盤』式組合⋯⋯將作家、文本、作品、讀者、社會歷史諸因素都融合在一起」〔註9〕。本書的研究對象是「抗戰時期重慶復旦大學作家群」，之所以選擇研究這一作家群體，是因為他們為我們留下了為數不少的文學作品，而且這些作品由於種種原因，尚未得到應有的重視和足夠的關注，而要進一步充分地揭示這些文學作品的藝術價值和意義，就不能不研究它們的創作者，即重慶復旦大學作家群。為此，我們有必要先交待清楚該作家群的由來，概括介紹其研究狀況及價值所在，為進一步探尋其文學創作活動及其實績打好基礎。

一

現代大學校園文學作家在中國現代文學發展史上有著特殊的地位，他們的文學活動及其文學創作是值得關注並予以研究的。本書名稱為「抗戰時期重慶復旦大學作家群研究」，研究對象是「抗戰時期重慶復旦大學作家群」。其中，「抗戰時期」主要指 1937 年日本發動全面侵華戰爭的「七・七」盧溝橋事變爆發至 1945 年 9 月間日本投降這一段歷史時期，但又不侷限於此。「重慶復旦大學」（後文根據行文需要簡稱「重慶復旦」或「復旦」），作為本書藉以劃定具體作家群成員的地理空間依據，則是 20 世紀初始建於上海的現代中國著名高等學校、中國第一所私立大學即復旦大學在抗戰這一歷史時期的特殊存在形態，它與一般意義上用來劃分、判定作家的群體或流派的地域即作家的籍貫或主要文學活動地點不同──「重慶」作為中國版圖上西南地區的一個固有區域，在此除了地緣意義之外，更重要的是她作為抗戰時期中國的陪都，是當時中國「大後方」的標誌，唯其為大後方，才有了「重慶復旦大學」，才有了抗戰時期「重慶復旦大學作家群」這一校園作家群。1937 年「七・七」事變的發生，將從鴉片戰爭起就日趨深重的中華民族危機徹底激

〔註8〕劉月新：《解釋學視野中的文學活動研究》，武漢：華中師範大學出版社，2007 年 5 月版，第 220 頁。

〔註9〕馬大康：《文學活動論》，杭州：浙江大學出版社，2012 年，第 2，3 頁。

化，「它震盪了每一個中國人的每一根神經，甚至驚得『啞巴說話』」〔註10〕，加快了中國現代化發展的歷史進程，作為民族精英的中國知識分子反應迅捷，一方面立即加入了全民反抗日本略戰爭，掀起了聲勢浩大的抗日宣傳運動，大中學校尤其各大學的師生就是其中最特殊的知識分子群體，不少人成了街頭募捐宣傳的主力；另一方面同時也加入了從上海、北京、南京、廣州等政治文化中心城市轉向偏遠而廣袤的西部地區的全民族大流亡。知識分子最為集中的、象徵著中華民族新的文化精神力量的復旦大學等高校，為了保全中華民族有生力量，堅持辦學，繼續培養中華民族的精英，在國民政府的召援下，也從中心城市遷往「大後方」西部地區。自其在上海創立以來就「與民族國家共命運，隨國事之動搖而動搖，隨國事之穩定而穩定」〔註11〕的復旦大學，在「八·一三」事變後就按南京教育部指示與大夏大學「組織臨時聯合大學」，並遵部令」作為聯大的第一部內遷江西廬山，「於十一月八日開學」〔註12〕，「在牯嶺上課，不過一月」〔註13〕；上海淪陷南京戰事吃緊後又於十二月底遷抵重慶，先借菜園壩復旦中學校址復課，至1938年1月下旬結束秋季學期；終鑒於同人同學走散頗多且極彷徨苦悶而放棄內遷貴陽，經教育部批准1938年2月底與大夏大學分立，再「承（四川——引者注）省政府津貼建築費五萬元，並覓定重慶北之北碚黃桷樹鎮為重慶復大永久地址」〔註14〕，直到1946年10月左右復員上海，完成與因種種緣故未隨遷重慶的師生組織成的「復旦大學上海補習部」的合併，在渝歷時近九年——此即本書之所謂「重慶復旦大學」。正因為此，本書中的「抗戰時期」也延續至抗日戰爭結束後復旦大學完成復原上海的1946年10月。同樣，我們可以肯定地說，就在復旦大學作為臨時聯大第一部西遷到重慶之時起，就有了以重慶復旦大學為文學活動的地理空間的「重慶復旦大學作家群」。要特別注意的是，與「重慶」

〔註10〕李本東：《重慶復旦大學作家群的文學活動考略》，重慶：西南師範大學中文系，2001年碩士學位論文第1頁。

〔註11〕吳南軒：《入川後之本交》，載《復旦大學校刊》（復刊號）1939年元旦版第3頁。

〔註12〕復旦大學校史編寫組：《復旦大學誌·第一卷（1905～1949年）》，復旦大學出版社1985年版，第152頁。

〔註13〕吳南軒：《入川後之本交》，載《復旦大學校刊》（復刊號）1939年元旦版第3頁。

〔註14〕顧仲彝：《大學西遷記》，載《復旦同學會會刊》第六卷十一、十二期，1938年4月版。

的地緣意義相比，作為中國教育現代化重要標誌的現代大學之一的「復旦大學」，因其所涵蓋的歷史時空對作家們的整體生活包括文學活動的影響與作家們的籍貫自然不同，而更顯出「重慶復旦大學作家群」的特殊性。

「重慶復旦大學作家群」是一個大學校園作家群，也是一個成員很不穩定的作家群體，其成員包括教師作家和學生作家，但是，「其主要成員不論教師還是學生，並非在八年多的時間裏都一直生活在學校。尤其連續畢業的八九屆學生，每屆都有他們自己的文學活動。因慕名或其他種種緣故來到學校而參與校內文學活動的校外人士，其流動性更是顯而易見。即便教師作家，如陳子展那樣隨校內遷又隨校復員的，或者像方令孺那樣中途受聘便一直留下任教的，也是極少數，而以臨時受聘、任教時間短或有間斷的居多，如胡風、葉君健、端木蕻良、章靳以等。」〔註15〕教師作家中有二三十年代就已從事文學創作、文學翻譯甚至文學編輯活動而早為人知的，抗戰時期他們的文學活動空間也遠不限於狹小的重慶復旦大學校園，如靳以、方令孺等人，也有創作了不少散文佳作卻鮮為人知曉的作家，如翁達藻，本書將對他們在重慶復旦大學期間的文學活動及其成果尤其他們與學生作家的關係予以描述。而學生作家，雖然如前所述，每年都有新生加入，也有畢業生離校，但他們才是重慶復旦大學校園文學的最富生氣也最為活躍的生力軍，其中湧現了鄒荻帆、綠原、冀汸等早已為文學史家劃歸「七月派」來看待的作家；更多的卻是在校期間有過文學活動但卻被不同程度地遺忘，又終於為文學史家們所關注的作家，如姚奔、石懷池（束衣人）等人；還有當時有文學活動卻不以文學活動為人所知的作家，如當時也創作短篇小說但多以通訊作品見諸報刊，後來獲茅盾文學獎的王火；以及曾島、穆仁（楊本泉）等幾乎沒有引起文學史家注意的文學作家。學生作家是本書研究的重心所在。儘管這些學生作家，如文種社的子瀧（原名謝公望），在晚年回憶時稱，他們絕大多數人不認為自己有資格稱為作家，包括以長篇小說《走夜路的人們》與路翎一起被美籍華人學者舒允中視為「七月派」小說重鎮的冀汸〔註16〕，也「把自己定位在文學愛好者這一檔次上」〔註17〕，本書研究不討論也不管他們是出於謙虛還是

〔註15〕李本東：《重慶復旦大學作家群的文學活動考略》，重慶：西南師範大學中文系，2001 年碩士學位論文第 3 頁。

〔註16〕舒允中：《內線號手：七月派戰時文學活動》，上海：上海三聯書店，2010 版，第 138～163 頁。

〔註17〕冀汸：《血色流年》，上海：復旦大學出版社，2004 年版，第 274 頁。

有其他想法，仍將他們概稱為作家。理由有三：

其一，對於復旦學生作家，不管是就他們的作家身份的認定，還是就他們的作家身份與學生身份之間的天然的內在關聯，我們都不能有所忽略。一方面，如果借鑒「大文學」觀，不黏著於「作家」之《現代漢語詞典》上「從事文學創作有成就的人」〔註18〕和《辭海》上「指文學上有成就的人」〔註19〕的釋義，而是站在文學與人的關係立場上，認同列夫·托爾斯泰的文學作為藝術之一種只「是人們相互交際的手段之一」〔註20〕的觀點，就不難發現，凡「自覺選擇文學這種表達方式來實現並成功地實現了自己的表達目的，滿足了自己的交際需求，而且於中有所體認的人」，「只要他（她）那作品真是『文學作品』」〔註21〕，都無妨稱之為作家。要知道，「文學今天在人們心目中的崇高地位，與語言表達之於人的極度重要性，以及由此而來的人們對強大表達力的普遍渴慕乃至於崇拜心理不無關係。文學所借助的工具（語言文字）不是人人都能掌握得好的。而作為群居動物離不開交流的人，常常為了能與人順利地交往而無需強迫即在培養自身表達力上精益求精。對作家這一角色加以『有成就的』這一限定語，恐怕更多地只是表達人們的一種心理願望。……人們期待著的作家，總是那些創造性地運用或發展了文學這種表達方式的作家。只是，縱觀文學發展史，能夠創造性地發展文學這種表達方式的作家，畢竟只是少數，較多的是能創造性地運用文學這種表達方式的作家，最多的則是能運用文學來表達其所想表達的作家。」〔註22〕據此，一個人哪怕只創作過一篇（部）文學作品，哪怕這一文學作品的藝術水平並不理想，這個人仍然可稱之為作家。對於大多數時候被文學史家等他人或自己定位為文學愛好者的學生作家而言，這樣理解「作家」概念，非常有必要。重慶復旦大學的學生作家所取得的文學成就放在整個中國現代文學發展的歷史長河中

〔註18〕 中國社會科學院語言研究所詞典編輯室：《現代漢語詞典》，商務印書館 1983 年第 2 版，第 1553 頁。

〔註19〕 辭海編輯委員會：《辭海（1979 年版縮印本）》，上海：上海辭書出版社，1989 版，第 231 頁。

〔註20〕 〔俄〕列夫·托爾斯泰：《藝術論：一代文豪托爾斯泰的藝術感悟》，張昕暢，劉岩，趙雪予譯.北京：中國人民大學出版社，2005 版第 39 頁。

〔註21〕 李本東：《重慶復旦大學作家群的文學活動考略》，重慶：西南師範大學中文系，2001 年碩士學位論文第 2 頁。

〔註22〕 李本東：《重慶復旦大學作家群的文學活動考略》，重慶：西南師範大學中文系，2001 年碩士學位論文第 3 頁。

來看，確實談不上突出，甚至連顯眼也算不上，但在這種意義上稱之為作家，當是無可非議的。另一方面，如果承認不是每個作家的任何文學活動都必然促成文學創作而產生相應的文學作品，那麼，我們就不難發現，復旦學生作為作家的文學活動特別是文學創作本身，在他們自身的生命成長過程中有著不可替代的作用，甚至在某種程度上決定著他們的人生發展及其價值取向。作為復旦學生，他們本就是正在學習中成長發展著的人。而人的成長和發展，自有語言起，就一直為語言所規範、塑造；自有文學起，就一直為文學所規範、塑造。人類個體的成長史已經表明，沒有真誠的表達，就沒有真實成長。〔註23〕如果承認文學作為一種特殊的表達之於人的意義，尤其在語言表達之於作家個人成長的多重意義上，我們就會發現，忽視這些學生的作家角色及其文學活動尤其文學創作本身，我們就不能完整地瞭解他們作為學生的真實成長和發展狀況，也就不能真實地瞭解和詮釋中國現代大學之於他們的教育價值。這是因為，作為復旦學生，復旦學生作家的文學創作活動本身作為重慶復旦大學校園文化一個部分，也有著不可替代的特殊價值，這種價值在一定程度上又是通過他們的文學創作活動，尤其是他們所留下的文學作品得到體現的。

其二，承前所述，復旦學生作家首先是學生，作為學生他們是大學校園文學（在此即重慶復旦大學校園文學）的主力軍，更是一所大學的生機活力所在，還是一個其作為作家的前提即學生身份理應得到重視和研究卻長時間被忽視的一個特殊的作家群體。校園文學是中國現代文學一開始就沒法捨棄的堪為其濫觴的重要構成部分。早在一九九八年，北京大學錢理群教授就曾指出：「中國現代文學在發生學上與中國現代教育、校園文化的這種血肉般的聯繫，也會在現代文學的發展上打下深刻的印記。在某種意義上可以說，創始期的現代文學就是一種校園文學：不僅它的發源地是北京大學，它的早期主要作者與讀者大都是大學、中學（含師範學校）的教師與學生，它的主要活動陣地——早期文學社團與文學刊物，也都是以校園內為主的，發動文學

〔註23〕一個人的表達能力與其生命成長之間關係緊密，越是表達能力強的人，其生命成長在質量和速度上就越快。可參見屈哨兵《沒有真表達就沒有成長》，載《南方都市報》2016年11月3日 AA11 版特別報導。也可參見南開大學新聞中心編《南開講堂1》（天津：南開大學出版社，2009年版第112頁）王蒙2003年10月31日在南開大學的演講《語言的功能與陷阱》中關於李白《靜夜思》對中國人思鄉情感的心理模式的塑造。

革命的《新青年》及其最有力的鼓吹者的《新潮》都是北大師生的社團所辦的刊物，這是為人們所熟知的。」〔註24〕暫且撇開文學成就不論，學生作家的人數是遠遠多於教師作家的。縱觀迄今為止的中國現代文學史論著，大多數時候這些活動範圍「以校園為主的」學生作家及其文學創作成就雖得到了重視，但其學生身份都被不同程度地忽略了，可實際上作為學生的作家與教師作家、職業作家以及社會上其他身份的作家相比，是有其特殊性的，而且正是這種特殊性鑄就了校園文學的生機與活力，乃至中國現代文學最初的燦爛。

其三，復旦學生作家在某種意義上不只表徵著那時校園文學（包括復旦校園文學）的存在，更意味著中國文學指向未來的現實發展。中國文學的現代化發展離不開外國文學的影響，而外國文學的影響主要來自文學教育，尤其大學文學教育，而大學文學教育也包括中國傳統文學的教育。如前所說，許多現代作家就是在校園裏作為學生開始文學活動，在教師的文學教育和他們自己參與的校園文學刊物的共同培育下，以中外文學傳統這他山之石攻己之玉，逐漸成長起來的。或許他們作為學生作家的時候，其文學創作水平並不怎麼出色，但他們當中一部分人憑著對文學的執著，經歷堅持不懈的長期努力，最終以其成就斐然的文學創作豐富甚至發展了中國現代文學，成為中國文學大家庭裏閃耀星輝的存在。重慶復旦大學的學生作家也沒例外，其中的鄒荻帆（鄒文學，1940級）、綠原（周樹藩，1942級）、冀汸（陳性忠，1942級）、王火（王洪溥，1944級）等即有力例證。

當然，本書所謂「重慶復旦大學作家群」中的學生作家和教師作家都不只有前面已經列述過的這些人。那麼，重慶復旦大學作家群究竟包括哪些人？這本是一個容易引起爭議的問題，但只要依據明確且一貫，就不再成為問題。「當研究者以地域為標準來劃分文學集團時，著眼點並不是地域與作家們精神性格的內在聯繫以及地域對其作品的文化內涵的決定作用，作家生活的地域實際上更是被我們當作了一種整合、牽繫、把握文學現象的線索。」〔註25〕「重慶復旦大學」就是本書界定其校園作家群文學現象的線索。如前所述，

〔註24〕錢理群：《現當代文學與大學教育關係的歷史考察——「二十世紀中國文學與大學文化」叢書序》，載《中國現代文學研究叢刊》1999年第1期。

〔註25〕李玫：《明清之際蘇州作家群研究》，北京：中國社會科學出版社，2000年版第13頁。

本書以「重慶」作為地理空間依據，但「復旦大學」更能顯示該作家群的特殊性。「中國現代文化中的一切新因素，也都是在中國現代學校中萌芽的。為什麼呢？因為在從家國同構的中國古代社會向中國現代社會過渡的過程中，學校幾乎是唯一依照現代社會的基本原則建構起來的一個準社會空間。……中國現代教育則是為『社會』輸送可以承擔特定社會責任的『個人』，其觀念是在『社會—個人』的複雜多變的關係中建構起來的；……中國現代學校則是男女兩性共同構成的社會空間。」〔註 26〕這當中，中國現代大學，又「常常得思想風氣之先，也常常開思想風氣之先，其文化凝聚力和輻射力，又常常將它所涵蓋的歷史時空拓展到校園外面去。這種拓展，往往是由青年學生們來完成和體現的。就重慶復旦大學而言，當時有許多青年和學生慕名而來，或投考爭為復旦人（如後來榮獲第四屆茅盾文學獎的作家王火，當時名叫王洪溥），或到校旁聽，可資佐證。其中許多人參加了校內學生的文藝活動，並成為某些社團的主要成員，如重慶復旦中學高中畢業的張芒等，成為詩墾地社的基本同人。」〔註 27〕據此，我們判定某一教師或學生是重慶復旦大學作家群成員，唯一的依據就是他必須在重慶復旦大學生活過、教過或學過、參與過復旦校園文學活動。據此，不管該作家是否加入過重慶復旦大學校園內文藝社團或非文藝社團，只要他創作有文學作品，可以稱之為作家，就屬於重慶復旦大學作家群，就在本書考察研究的對象範圍內。還有一點說明是，鑒於該作家群從一開始就明確其文學活動為宣傳抗日戰爭服務，從一開始就伸出了他們熱烈期待青年朋友們支持和合作的手，本書會將那些熱烈的支持者和合作者中的某些人納入研究描述之中。

再者，「重慶復旦大學作家群」作為一個校園作家群，不是嚴格意義上的文學風格流派群體。抗戰時期，抗日統一戰線雖然形成了也為支持中國抗戰取得勝利做出了巨大貢獻，但此期間國內以中國共產黨和中國國民黨為代表各種政治勢力之間的鬥爭，並沒有停止過。現代大學是「可以承擔特定社會責任的」青年最集中的地方。而早在一九二〇年代後期就開始成為各政治黨派勢力爭相「佔領」的青年重陣的復旦大學，在抗戰期間與同樣遷駐陪都重

〔註 26〕王富仁：《從本質主義的走向發生學的——女性文學研究之我見》，載《南開學報（哲學社會科學版）》，2010 年第 2 期。
〔註 27〕李本東：《重慶復旦大學作家群的文學活動考略》，重慶：西南師範大學中文系，2001 年碩士學位論文第 3 頁。

慶的各大學一樣，仍然存在國共兩黨為代表的各種政治勢力之間的或明或暗的爭鬥，且較之西遷其他地方尤其僻遠地區的大學更為激烈。與此相應，地處「陪都中的陪都」北碚之黃桷樹鎮下壩的重慶復旦大學校園中，各文藝社團、非文藝團體之間，也因政治立場、思想傾向不同而展開相互較量，並在他們的文藝活動中有所反映。為鬥爭勝利或安全計，各團體平常盡可能各自秘密行動，各自為陣，甚至素無來往，哪怕是立場觀點相同或相近的團體之間，也只是成員之間存在私人交誼。即便在同一文藝社團內部，不同成員的創作風格也多所不同，涇渭分明，如在中國現代文學史上印跡最為鮮明的詩墾地社，鄒荻帆、姚奔、綠原、曾卓、冀汸、化鐵等作為其成員，彼此之間雖然表現出某些共同傾向——這更多是思想意識、政治立場上相近，但各自的文學作品尤其詩作所表現出的個性差異更加鮮明，也因此蔚成該社團的文學景致的色彩斑斕。也正因此，「重慶復旦大學作家群」整體上缺乏組織嚴密性，結構相當鬆散。康保成先生曾指出：「其實派與群的區別應當是明顯的。人們可以指任何帶集體色彩的事物為群，……『群』僅僅是相對於個體而言。『派』的要求則要嚴格得多，範圍也狹窄得多。」〔註28〕更確切地說，「群」是相對於作家個體而言，指作家們客觀的、外在的存在形式，「派」則是由作品內在風格的相近而構成，〔註29〕其成員之間的共同點也往往更為具體明確。由此可見，以因抗戰全面化而於 1937 年 12 月底內遷到重慶至 1946 年 10 月全部復員上海這段時期的復旦大學校園為中心形成的這個作家群，其中雖有鄒荻帆、綠原、冀汸、曾卓、化鐵等人長期以來被公認為七月派作家，但確實難以「派」來進行整體概括。本書稱之為「重慶復旦大學作家群」，應是適合的。

二

如前所述，作家的文學活動是文學研究的邏輯起點，在文學研究中佔有極其重要而特殊的地位。而抗戰時期，「在北碚文化圈當中，復旦大學的存在與發展是一個特別值得討論的現象，戰時復旦大學校園文學更與中國現代文學的發展有著直接的聯繫。」〔註30〕抗戰時期重慶復旦大學作家群（以下簡

〔註28〕康保成：《蘇州劇派研究》，廣州：花城出版社，1993 年版，第 34 頁。
〔註29〕李玫：《明清之際蘇州作家群研究》，北京：中國社會科學出版社，2000 年版，第 10 頁。
〔註30〕李怡、肖偉勝：《中國現代文學的巴蜀視野》，成都：巴蜀書社，2006 年版，第 168 頁。

稱「復旦作家群」)的文學活動是抗戰時期中國文學重要組成部分——大學校
園文學的重要一翼,是中國現代文學的一個重要組成部分,與同時期其他大
學校園作家群的文學活動有共同的民族革命戰爭背景,又有其特殊的生成環
境和獨特的形態特徵,在中國現代文學史上佔有重要地位。釐清復旦作家群
的文學活動的獨特性,有助於更全面更準確地發現抗戰文學的特質,重新審
視其在中國抗戰文學及校園文學中長期被忽略的歷史地位。

重慶復旦作家研究始於 20 世紀 40 年代,20 世紀 80 年代後引起重視,
主要是專題性單項作家作品研究,如胡風的《〈七月詩叢〉介紹十一則》(1945,
見《胡風全集》第 5 卷,第 376 頁),路翎《兩個詩人》(載復旦大學「新年
代文學社」社刊《文藝信》1947 年第 5 期,署名 PL),阿壠的《綠原片論》、
《冀汸片論》和《化鐵片論》(1947,見阿壠著作《人‧詩‧現實》,北京:生
活‧讀書‧新知三聯書店,1986 年版第 186～213 頁),張法如的《射向敵人
的子彈和捧向人民的鮮花——論綠原的詩》(載《中國現代文學研究叢刊》1983
年第 1 期),徐志祥的《論鄒荻帆抗戰時期的詩》(載中國人大複印報刊資料
《中國現代、當代文學研究》1986 年第 10 期),陳丙瑩的《綠原論》(載《中
國現代文學研究叢刊》1987 年第 4 期),李怡的《從「童真」到「莽漢」的藝
術史價值(綠原建國前詩路歷程新識)》(載《貴州社會科學》1998 年第 5 期),
何向陽的《曾卓與 20 世紀三四十年代》(載中國人大複印報刊資料《中國現
代、當代文學研究》2001 年第 9 期),陳嘉祥的《藝術生命從搖籃中開始:記
詩人張天授》(載《中外詩歌研究》2003 年第 1 期),龔明德的《許定銘掛念
的石懷池》(載《博覽群書》2003 年第 5 期),曹鐵娟《永遠的真情——談化
鐵詩歌的走向與特色》(載《昆明師範高等專科學校學報》2004 年第 2 期),
段懷清的《詩與一代之事——關於詩人冀汸、〈詩墾地社叢刊〉及其他》(見
張業松主編《待讀驚天動地詩——復旦師生論七月派作家》,安徽教育出版社
2008 年版,第 375～389 頁),孟利娟的《「七月」詩心中別開異花:論曾卓
「七月詩派」時期的詩歌創作特色》(載《寶雞文理學院學報(社會科學版)》
2010 年第 5 期),凌燕的《〈七月〉的理想和七月派作家冀汸》(載《劍南文學
(經典教苑)》2011 年第 10 期)等,以及張海玉的《「人之詩」論——「七月」
詩派綠原的詩歌與人格》(內蒙古師範大學,2004)、任岩岩的《苦難中的堅
守與詩性的超越》(西南大學,2009)、王謙的《另一種理想主義詩人——七
月派作家冀汸研究》(華東師範大學,2010)、王陽龍的《沿著苦難的人生一

路放歌》（蘇州大學，2011）、徐曉倩的《綠原詩歌意象研究》（西北師範大學，2013）、吳瑩瑩的《綠原的生命哲學》（陝西師範大學，2015）、王振的《綠原晚年生命詩學探析》（華中師範大學，2015）、徐鑫的《曾卓詩歌創作論》（華中師範大學，2018）、魯仲巧的《「七月派」詩心中一朵別開的異花——曾卓的詩歌創作探析》（陝西師範大學，2019）等碩士論文。除以上以詩歌創作研究為主的文獻外，還有李本東的《試論布德的日兵反戰小說》（載《黔南民族師範學院學報》2006 年第 2 期），和美籍華人學者舒允中的英文專著 *Buglers on the Home Front: The Wartime Practice of the Qiyue School*（*State University of New York Press*, 2000）（作者自譯中文本《內線號手：七月派的戰時文學活動》，上海三聯書店，2010）第七章「歷史細節的表現與再現：冀汸的長篇小說《走夜路的人們》」的小說專論；鄒荻帆的《記詩人姚奔》（載《新文學史料》1994 年第 4 期），趙蔚青的《姚奔小傳》（載《新文學史料》1994 年第 4 期），冀汸的《詩寫大地——回憶鄒荻帆》（載《新文學史料》1997 年第 1、2 期，署名冀禑），熊飛宇的《石懷池（束衣人）事蹟徵略》（載《抗戰文化研究》2010 年輯）等復旦作家回憶文獻。這些研究在一定程度上表明，復旦作家群特定的人員構成及其文學創作的獨特精神個性追求，豐富、發展了中國現代文學，並在一定程度上影響了當代文學的發展格局。

重慶復旦作家的小群體關注，開始於也集中於七月派作家研究中對鄒荻帆、綠原等「詩墾地」詩人群的重視。如蘇光文《抗戰詩歌史稿》（四川教育出版社，1991），劉揚烈《詩神・煉獄・白色花：七月詩派論稿》（北京師範學院出版社，1991）、李怡《七月派作家評傳》（重慶出版社，2000）、周燕芬《執守・反撥・超越：七月派史論》（中華書局，2003），李怡、肖偉勝《中國現代文學的巴蜀視野》（巴蜀書社，2006），陸衡《四十年代諷刺文學論稿》（2008），呂進、熊輝、張傳敏等《重慶抗戰詩歌研究》（廣西師範大學出版社，2009）等著作，以及鄒荻帆的《憶〈詩墾地〉》（載《新文學史料》1983 年第 1 期）、《胡風和〈詩墾地〉的年輕人》（載《文藝報》1987 年第 25 期），李悅嫻的《校園文學對五四「啟蒙」線索的堅持：以抗戰時期重慶復旦大學〈詩墾地叢刊〉學生詩歌創作為例》（載《鴨綠江（下半月版）》2015 年第 5 期），裴高才《流亡學子重慶拓荒〈詩墾地〉》（載《紅岩春秋》2019 第 11 期）等期刊論文和曹付劍的碩士論文《〈詩墾地〉研究》（西南大學，2014），側重於他們的詩歌研究。

重慶復旦作家群的整體性研究，迄今為止，除李本東的碩士論文《重慶復旦大學作家群的文學活動考略》（2001）及其概要版《重慶復旦大學的校園文學活動考略》（2001）外，還有李怡、黃菊的《抗戰時期中國大後方文學的兩大取向——論西南聯大文學活動的基本特徵兼與重慶復旦大學比較》（載西南聯大研究所編《西南聯大研究》第 1 輯，中國大百科全書出版社，2005 年版第 228～242 頁）。

據不完全統計，至 2019 年底，國內外關涉復旦作家群的論著仍不足 200 部（篇）。這些研究多精闢而中肯，連同作家群成員的回憶，客觀上為從「群」的角度客觀、整體地研究重慶復旦大學作家形成了有力的催促與推動。20 世紀以來，文學研究日益深廣，文學作品的解讀越來越多地被放到文學活動情境中予以詮釋，並已呈現出了以跨學科、多樣化的方法還原文本生成的綜合化發展趨向，各個歷史時期作家和作家群的文學活動研究倍受矚目。但縱觀復旦作家群文學活動近 80 年的研究史，既有單項性研究多側重於具體作家作品所反映抗戰時期社會歷史文化內涵等，整體性綜合研究極少，而且只是初步完成了基本考察，對復旦作家群還缺乏深入、系統的闡揚。因此，有必要借鑒文學活動理論，對復旦作家群的文學活動進行更全面、更系統、更深入的整體研究。

三

本書擬以深入發掘復旦作家群文學活動史料為基礎，借鑒既有同類研究成果、文學活動理論和文藝新學科新方法，對特殊歷史情境下復旦作家群的文學活動生態環境、發生發展、形態、實績等進行研究，解讀其中重要作家作品文本，與其他大學校園作家群比較，剖析其形成的必然性並凸顯其特殊偶然因素，從而把握其被埋沒的歷史並予以盡可能準確的歷史描述，以之為線索，連貫起現代文學發展的歷史軌跡，在中國現代文學發生發展的宏觀背景下考察、揭示其歷史成因及其文學史貢獻，使本書與其他重要作家群研究相互映照，推進現代文學真實圖景的描繪。首先，以抗戰期間復旦作家群的社團文學活動為線索，對復旦作家群進行全面、系統、深入的研究，更進一步超越復旦作家單項性研究的侷限，深化復旦作家群的考察和論述，可填補復旦作家群研究乃至抗戰文學研究的不少空白，促進現當代作家群體與大學校園文學研究；還可凸顯抗戰時期復旦作家群的重要文學成就，有助於更全

面更準確地把握抗戰文學的特質，恢復其在抗戰文學及校園文學中長期被忽略的歷史地位。其次，復旦作家群研究對文學研究界深化具體文學活動研究和文學活動理論研究，完成建立和完善中國特色的文學活動理論的重要任務，將可能產生積極作用。最後，復旦作家群研究還可為當代大學校園文學、校園文化的研究提供參照。

鑒於此，本書研究內容主要包括七個部分：第一，特殊歷史情境下復旦作家群的文學活動生態環境。對復旦作家群在抗日戰爭歷史情境下開展文學活動的包括政治經濟文化條件在內的具體生存環境，做深入考察和研究。第二，復旦作家群文學活動的發生發展。按照時間順序，對復旦作家群文學活動的發生發展過程及主要作家的文學創作做整體考察。第三，復旦作家群文學活動的形態。基於個體與社團兩個視野，對復旦作家群個體活動、社團組織結構、社團之間以及作家個人與社團之間的各種交往及其與文學活動的關係進行調查、剖析，研究復旦作家群文學活動的形態特徵、成因及其主要功用。第四，復旦作家群文學活動的實績。從文學創作、文學翻譯和文學理論探索三個方面，對復旦作家群文學實績作全面調查，包括重要作家如靳以、姚奔、冀汸等人的文學編輯活動。第五，復旦作家群中重要作家作品。根據文學性標準，解讀其中重要作家作品以發掘其文學價值，如靳以的散文和小說創作，馬宗融、翁達藻的散文創作，鄒荻帆和綠原的政治抒情詩，姚奔、冀汸的詩歌創作，布德的散文創作及其日兵反戰小說，等等。第六，復旦作家群與其他校園作家群的文學活動實績比較。從對時事政治導向的趨離程度、文學創作精神追求、文學體裁選擇分布與文學藝術水平等方面，分析復旦作家群與同時期西南聯大作家群、延安魯藝作家群的文學實績的異同，重點比較研究後兩個方面。第七，復旦作家群文學活動的歷史成因及其文學史意義。歸納復旦作家群的文學成就，總結其獨特性及其對中國現代文學發展的主要貢獻，管窺其與中國現代文學傳統的關係，釐定其文學史地位。

為實現以上研究目的，本書在「大文學」視野觀照下，擬借鑒採用的具體研究方法有：第一，文獻學研究法。在準備階段，盡可能利用各類抗戰文獻指引，盡可能多地尋找復旦作家群文學活動線索，多途徑搜集、考證、鑒別、整理有關文獻，分辨文獻版本，注重校勘，力爭將對復旦作家群的感知建立在原始文獻的發現和整理中，形成對復旦作家群文學活動事實的科學認識。第二，訪談法。抓緊時間對復旦作家群中尚健在的少數成員如王火，或

者其家屬等進行「搶救性」採訪，更生動地豐富對復旦作家群文學活動情況的掌握。第三，綜合運用傳統詩學、修辭學、精神心理分析、文本結構形式分析等文學研究方法。在課題研究的整個過程中注意文獻積累、總結，堅持歷史與美學統一、論從史出的原則，綜合運用這些方法研究復旦作家群文學活動事實的性質、構成及成因，核心是對文學作品的品鑒、分析和評論。第四，比較研究法。運用比較文學及文體學的理論和方法，對復旦作家群與同時期西南聯大作家群、延安魯藝作家群的文學實績的異同。同時，還可能應需運用統計學等其他學科理論和方法進行相關研究。第五，綜合運用實證主義、詮釋學等文學史研究方法。既基於文學史知識，超越個別文學事實的分析性研究，宏觀把握復旦作家群文學事實，又突出作家主體性，辯證揭示其歷史內涵的特殊性。

最後，跟蹤研究復旦作家群二十餘年來，我們發現，靳以、梁宗岱等教師作家和姚奔、布德等學生作家的復旦文學活動，及至復旦作家群現象的初步解讀還遠未能揭示其特殊意涵，對此，本書研究有望實現如下創新：第一，把復旦作家群研究引向「縱深」，拓展復旦作家群研究的視域，可填補復旦作家群研究乃至抗戰文學研究的不少空白。第二，首次結合復旦作家群自身實際利用比較文學研究法來研究其形態特徵及成因等問題。第三，從文學性的藝術角度而非只從內容上反映復旦作家群與中國現代文學的關係，揭示其對中國現代文學的豐富和貢獻。

第一章　生存環境與環境體驗

　　中國 20 世紀「40 年代文學的政治文化背景最根本的特點是戰爭。標誌著這一時期文學開端的是一場戰爭的開始，標誌其結束的也是一場戰爭的終結」〔註1〕。本書所研究的重慶復旦作家群的文學活動就肇端於全面抗日戰爭的爆發，是在抗日戰爭歷史情境中發展的。然而，相對於清晰理解重慶復旦作家群及其文學活動的需要，僅僅說出抗日戰爭歷史情境，作為背景是遠不夠清晰的，還太籠統。首先，作為背景的抗戰，既可以從創作動因方面來看待，也可以從創作目的方面來看待。換言之，以抗戰為背景，有兩個意思：一是抗戰促進文藝發生發展——抗戰，全面抗戰的發生所造成的特殊歷史情境在客觀上對文藝的發生發展起了某種促進作用；二是文藝為抗戰服務——作家在進行文藝創作時主觀上將自己的創作目的確定為直接或間接地為抗戰勝利服務。其次，真正的創作背景，嚴格說來是作者的一種背景體驗、歷史情境體驗。作者的創作所表現的社會生活，只能是他有所體驗的社會生活。如果作家自身對某一社會生活沒有體驗，卻硬要去表現，必定不可能成功。再次，作品與背景的對應，往往得由作品的現實性來體現。「所謂背景，是不能和作品本身無關，它是有它的特殊任務的。」「我們在寫背景來作襯托的時候，決不能隨便胡拉，一定要使它和文字中的人、物、事互相調和，方稱上乘。」「襯托的背景，除了和人，事，物本身的調和之外，有時候還可以相反的，使它和人，事，物不相融和。」〔註2〕這是因為，戰爭的「地域性、階段性、嚴

〔註 1〕朱曉進等：《非文學的世紀：20 世紀中國文學與政治文化關係史論》，南京：南京師範大學出版社，2004 年版，第 168 頁。
〔註 2〕韋膝：《背景的襯托（寫作雜談之二）》，載《自修》1938 年第 6 期，第 7 頁。

酷性，……作為 40 年代文學的主要生存環境，在很大程度上制約著文學的發展，決定了文學的基本狀況。」〔註 3〕復旦作家雖然主要生活在復旦校園裏，但復旦校園並不是一個能夠置身中華民族抗日戰爭之外的地方，它是為這場戰爭的陰影所籠罩著的。

　　1931 年「九·一八」事變，日本公開發動了侵華局部戰爭。1932 年「一·二八」事變，日本進一步擴大侵華態勢。1937 年「七·七」事變，日本終於按捺不住發動全面侵華戰爭，中國全面抗日戰爭隨即爆發，中國自近代以來「走向共和」的建國歷史發展進程也由此改變。正如有學者早已指出，日本「帝國主義侵略戰爭，固然造成民族國家的文化浩劫，但民族國家的反侵略正義戰爭，卻能夠激發民族主義意識的覺醒，表現為愛國主義精神的高漲，形成空前的民族團結，促進國內各派政治力量消除意識形態、集團利益的衝突與分歧，由對峙走向合作，重建一致對外的較為穩定的政治局面，從而有效地保證了國民經濟的轉軌，為戰爭勝利奠定物質基礎。反侵略戰爭在為民族國家的文化發展提供全面向前的動力的同時，在反侵略戰爭中固有的文化形態由於遭到了外科手術式的軍事的打擊，破壞了既存的經濟結構、政治格局、意識導向，使之得以重新進入整合狀態，在客觀上為民族國家的文化發展掃清了形形色色的障礙。這樣，反侵略戰爭就成為民族國家復興的歷史機遇，而作為民族個體的人也因此實現意識更新。」〔註 4〕中華民族在陷入亡國滅種的生存危機關頭，同時迎來了抗戰建國的民族革命解放機遇。然而，倉惶之際，原本限於東北三省人民的流亡，迅即擴大為全民族的空前大流亡。早在 1932 年就已明確「全國軍隊應抱同一長期抗戰之決心」〔註 5〕，1933 年4 月就指出「現在對於日本，只有一個法子——就是作長期不斷的抵抗」，且「越能持久，越是有利，……這樣我們的國家和民族才有死中求生的一線希望」〔註 6〕的國民政府，為保存抗戰建國的實力，為抗戰建國保存文化精英，組織文化機關、大中學校的有序南渡西遷，於 1937 年 9 月 29 日下發《戰事發生前後教育部對各級學校之措置總說明》正式決定東部高校向西部內遷。於是，才有了上海的私立復旦大夏聯合大學和國立西南聯合大學、國立西北

〔註 3〕朱曉進等：《非文學的世紀：20 世紀中國文學與政治文化關係史論》，南京：南京師範大學出版社，2004 年版，第 169 頁。
〔註 4〕郝明工：《陪都文化論》，烏魯木齊：新疆大學出版社，1994 年版，第 31 頁。
〔註 5〕劉健清等：《中國國民黨史》，南京：江蘇古籍出版社，1992 年版，第 374 頁。
〔註 6〕蔣中正：《蔣委員長言論集》，中國文化建設協會，1935 年版，第 164 頁。

聯合大學等戰時特殊存在，才有了重慶復旦大學，重慶復旦作家群的文學活動才在抗戰情境中發生發展起來了。

重慶復旦大學之存在，全係抗戰爆發的結果，是上海復旦大學在抗日戰爭歷史情境下的特殊存在形態。抗戰自然就成了復旦作家群及其文學活動的鐵定的背景。談論重慶復旦大學作家群，離不開他們生活的復旦大學校園，更不能脫離抗日戰爭歷史情境。重慶復旦大學和生活在其校園中作為教師和學生的復旦作家群，既是一體存在，又有所區別。沒有這些教師和學生，重慶復旦大學將不成其為大學。沒有重慶復旦大學，這些教師和學生的生存活動必將是另一番面貌。但是，這些教師和學生的生存活動，往往又不侷限於重慶復旦大學。這種二而一，一而二的關係，使得抗日戰爭之於二者的意義同中有異、異中有同。我們要特別注意的是，抗戰作為背景，對復旦大學和復旦作家，都不是靜態的布景，而是不斷發展變化的，它動態地影響著復旦作家群文學活動。這可以從抗戰之真正發生窺見一斑。儘管「九‧一八」事變發生後，除國家正式的軍隊之舉動外，包括復旦大學在內的各大學皆有興學生軍，抗日呼聲此起彼伏，但這似乎並沒有能夠立馬改變國人世道太平的現實感受，直到「七‧七」事變日本發動全面侵華戰爭而開始的抗日戰爭時期，救亡圖存成了中國最大的政治，真正的抗戰才告開始。抗戰帶給中國人，尤其中國知識分子的切身感受，是極劇烈、極有衝擊力的，它使亡國以及亡國奴的意識一下子變得切近，似乎立刻就要成為事實一樣。針對這樣的實際情況，1938 年 3 月 29 日至 4 月 1 日在武漢召開的中國國民黨臨時全國代表大會發出號召——《中國國民黨抗戰建國綱領》明確「抗戰建國，同時並舉」的戰時國策總方針；《中國國民黨臨時全國代表大會宣言》宣稱：「蓋吾人此次抗戰，固在救亡，尤在使建國大業，不致中斷；且建國大業必非俟抗戰勝利之後，重行開始，乃在抗戰之中，為不斷的進行。吾人必須於抗戰之中，集合全國之人力物力，以同赴一的，深植建國之基礎。然後抗戰勝利之日，即建國大業告成之日，亦即中國自由平等之日也。」〔註7〕然而，號召歸號召，實際情況往往不可能圓滿。救亡圖存也罷，抗戰建國也罷，就國人的認知情況而言，在當時中國的不同地域、不同人群中有著不一樣的具體情況。因而，同是在抗日戰爭時期，復旦作家群作為一個特殊的

〔註 7〕孫彩霞：《中國國民黨歷次代表大會及中央全會資料（下）》，北京：光明日報出版社，1985 年 10 月版，第 466 頁。

知識分子群體，其文學活動發生發展的歷史情境也有其特殊性，必須動態地把握。為此，我們擬從政治、經濟和文化教育著手，聯繫作家個體的主觀實踐和作家個人之間承傳等方面，描述作家的生存環境，同時輔以作家的生存環境體驗探察，以期盡可能廓清抗日戰爭歷史情境下復旦作家群的文學活動的生態狀況。

第一節 政治環境——救亡圖存爭民主自由

一、顛沛困苦的西遷，促人警醒的流亡

　　承前所述，救亡圖存、抗戰建國是復旦作家群最大的政治背景，在 1944 年前尤其如此。1937 年 7 月 17 日的《蔣委員長申述對日一貫的方針和立場》中指出，盧溝橋事變發展的結果，「不僅是中國的存亡問題，而將是世界人類禍福之所繫。」〔註 8〕1937 年 8 月 14 日的《國民政府自衛抗戰聲明書》也指出：「中國之領土主權，已橫受日本之侵略」，「中國政府決不放棄領土之任何部分，遇有侵略，惟有實行天賦之自衛權以應之」，「吾人此次非僅為中國，實為世界而奮鬥，非僅為領土與主權，實為公法與正義奮鬥。」〔註 9〕從一開始，抗戰即具有雙重性質，它既是中華民族抵抗日本侵略的民族革命解放的國家戰爭，又是落後國家人民反抗帝國主義法西斯的國際戰爭。作為中華民族抵抗日本侵略的民族革命解放的國家戰爭，它直接改變了中國近代以來的歷史發展進程，直接引發了中華民族的空前的集體大流亡。其中，知識分子，尤其是集中在中國新文化精神力量象徵之地的大學裏的知識分子，為保全民族有生力量，堅持辦學培養民族精英，為爭取民族生存，同時改造民族復興並建設一個現代的國家，儲備人才力量，無論教師還是學生，都不得不從北京、上海、南京等是為政治文化中心的大中城市輾轉流亡到中國廣大的內地和邊僻地區。雖然這流亡不專屬於復旦大學，更不專屬於復旦作家群，但有關復旦流亡的經歷體驗，對我們理解復旦作家的文學活動及其文學創作，無疑是值得珍視的。

　　無論對復旦大學還是對復旦作家群來說，抗戰歷史情境的最初構成，就是流亡，就是西遷。復旦大學作為高等教育機構，其西遷，有著復旦師生包

〔註 8〕祖國社：《抗戰以來中國外交重要文獻》，祖國社，1943 年版，第 3 頁。
〔註 9〕祖國社：《抗戰以來中國外交重要文獻》，祖國社，1943 年版，第 8 頁。

括復旦教師作家和學生作家所不能替代的歷史使命和特殊際遇。復旦大學創
立於上海這中國歷史上最早的通商口岸，也是最早接觸「外界」的地方，不
僅在整個中國現代高等教育發展歷史上佔據著特殊位置，而且是新中國建立
前世界意識鮮明而頗受歐美國家和日本關注的一所私立大學。「七‧七」事變
後，日本侵略者「有意識地以大學等文化教育設施為破壞目標」〔註10〕，到
1937 年 11 月 5 日，「北自北平、南至廣州、東起上海，西迄江西，我國教育
機關被日方破壞者，大學、專門學校有二十三處，中學、小學則不可勝數……
誠所謂中國三十年建設之不足，而日本一日毀之有餘也。……日人之蓄意破
壞，殆即以其為教育機關而毀壞之，且毀壞之使其不能復興，以外皆屬遁辭
耳。」〔註11〕當時中國僅有的 108 所高校中，戰事發生後有 17 所無法辦理、
14 所在敵佔區勉強維持，其餘 77 所被迫西遷後方。〔註12〕復旦大學設處江
灣，為日軍由吳淞登陸後必先侵犯之要衝，自然沒能例外。「八‧一三」淞滬
戰事一起，復旦大學立馬淪為戰區，「校舍被毀，計有體育館全座焚毀，子彬
院（科學館）及三座宿舍均受損甚重」〔註13〕；「第一宿舍屋面損壞雖僅一部
分，而屋內則已炸毀無餘矣，第四宿舍正面側面皆毀」；「圖書館屋面被毀、
貳層亦毀損無餘。」「簡公堂、實中、及第五第七兩宿舍已俱焚毀，軀殼且不
存，遑論內容。」「登輝園即燕南園，亦即校園，落成曾幾何時，亦已彈痕累
累，此後更無勝景可尋。號稱東宮之女生宿舍屋頂已經飛去。」「全校幸尚存
在之處，惟衛生處及合作社。他如校外之進步宿舍、同興村及霞莊學圃等處，
亦皆毀於炮火。」〔註14〕不久，即按教育部要求，臨時與大夏大學組合為私
立復旦大夏聯合大學分兩路西遷後方。西遷過程中，復旦大學經歷了前所未
有的艱難困苦。

首先，西遷交通工具和經費的事就把復旦校方折騰苦了。接到南京教育
部西遷命令後復旦和大夏、大同、光華「四校援例申請遷移開辦費三十萬元，

〔註10〕石島紀之：《中國抗日戰爭史》，鄭玉純譯，長春：吉林教育出版社，1990 版，
　　　　第 61 頁。
〔註11〕蔡元培：《蔡元培全集》（第七卷），北京：中華書局，1989 年版，第 191 頁。
〔註12〕四川省志教育志編輯組：《抗戰中 48 所高校遷川梗概》，載《四川文史資料選
　　　　輯》（第 13 輯），1979 年版，第 72 頁。
〔註13〕《抗戰開始後被敵摧毀之學府》，載《教育雜誌》第 37 卷 9、10 期，商務印
　　　　書館，1937 年 10 月 10 日出版，第 134～135 頁。
〔註14〕費鞏：《母校被毀簡報》，載《復旦同學會會刊》第六卷第 11、12 期，1938 年
　　　　4 月出版。

常年補助費每月四萬元」，可教育部則「不特開辦費抑而不與，即照原案定額允七折發給之經常費，似亦有問題」〔註15〕，「要『各校校董，自籌的款充用』。」〔註16〕「結果蒙部批准每月津貼二萬五千元、惟以在貴陽須設第二聯大為條件。」〔註17〕聯大復旦方負責人吳南軒副校長，與聯大大夏方負責人歐元懷副校長同往教育部向王世杰部長報告聯合內遷及擬分設兩個聯大於江西及貴州兩省之全部計劃，獲准後又同乘輪船經九江轉南昌訪謁教育廳長程柏廬請其協助覓定建校地址，採納了其「利用秋冬無遊客之廬山」的建議。以復旦為主體、由吳南軒負責的復旦大夏聯合大學第一部隨即分兩路啟程遷往牯嶺，一路由歐元懷率領大部教職員帶著重要檔案圖籍、貴重圖書、輕便儀器，由上海西站出發，經滬杭鐵路轉浙贛鐵路、南潯鐵路直上江西廬山；另一路則由水路前往，在滬校本部教職員生也分批各自結伴前往廬山，1937年10月間在長江沿岸的名勝牯嶺租賃了雲天、大華、胡金芳、嚴仁記等旅社等處為男女生宿舍且在胡金芳旅館辦公，借普仁醫院等為臨時校舍開學，並準備在九江縣蓮花洞附近購地建校。東南的學生陸續趕往牯嶺報到上課。然而，不僅開辦費十萬元（合九、十月應領者在內）沒發放，政府戰時七折發放之經常費也只每月補助費一萬零五百元。11月中旬，滬戰驟變，前線軍事雙告失利，「校中惶惶不可終日，每日晚間開校務會議，商量遷校問題。教部津貼因遷都關係，二月未發，所剩經費只敷一月開支」〔註18〕。終於，在牯嶺開學僅月餘，首都南京棄守，皖贛告急，復旦大夏聯大第一部12月初再次被逼上西遷征途。復旦、大夏都是私立大學，「本校固定基金，此時學生多已無力繳納學費」〔註19〕，那每月一萬零五百元補助費，在負擔了聯大教授十月底以前在廬山旅社的房金，開支員工薪水及購置復課和辦公用之必需家具等後，已幾無分文剩餘。搬遷特別經費和搬遷交通工具問題讓校

〔註15〕《王伯群就聯大統一對外口徑事致錢新之函》，見復旦大學檔案館選編《抗戰時期復旦大學校史史料選編》，復旦大學出版社，2008年版，第2～3頁。

〔註16〕復旦大學校史編寫組：《復旦大學誌　第一卷（1905～1949）》，復旦大學出版社，1985年版，第152頁。

〔註17〕顧仲彝：《大學西遷記》，見復旦大學檔案館選編《抗戰時期復旦大學校史史料選編》，復旦大學出版社，2008年版，第28頁。

〔註18〕顧仲彝：《大學西遷記》，見復旦大學檔案館選編《抗戰時期復旦大學校史史料選編》，復旦大學出版社，2008年版，第28頁。

〔註19〕吳南軒：《抗戰遷校瑣談》，見彭裕文、許有成主編《臺灣復旦校友憶母校》，復旦大學出版社，2003年版，第209頁。

方再次「頗感棘手」。交通工具之難，以同在牯嶺的中央政治學校師生準備不及，招商局快利號輪船奉軍委會令準改讓復旦大夏聯大師生和國立編譯館同人先乘用，而得以並不徹底的解決。然而，「而船泊在九江碼頭不能久候」，搬遷經費問題的解決迫在眉睫，仍讓吳南軒「感焦灼萬狀」。就在船將離潯前夕，救助教育文化事業之軍委會第六組主任陳立夫到達牯嶺，吳南軒趕緊冒著冰天雪地的嚴寒，不顧摔跤，「深夜往訪」告急，「雪中求炭」請貸萬金為遷校經費，幸獲陳慨然應允貸給特別費一萬，攜款於深夜十二點後回到辦公室，通知聯大全校師生員工準備即日下山乘快利號輪西行。而終於登上快利輪後，船長即告知，該船奉令只開到地面本小而四方難民麇集的漢口，不能西上到地方較大而難民少的宜昌。吳南軒又不得不籌劃了一個「無賴」的計策：等船泊漢口碼頭時，除他一個上岸向船政管理局要求該船送他們到宜昌外，其餘人都賴在船上不動。經從上午八九時到下午三四時舌敝唇焦乃至長途電話向軍委請示，終獲批准送他們到宜昌。後又等候了十餘日，在民生公司一位陳姓校友協助下，由民生公司宜昌分公司經理李肇基與軍政部差輪管理所所長袁志明「見縫插針」地安排，利用宜萬（宜昌至萬縣）、萬渝（萬縣至重慶）差輪的剩餘噸位和運客餘額，將師生及其圖書等分批送上船；並由袁所長與萬縣差管所所長聯繫，優先分期分批轉渝。停頓時間很短，所有運費、票費一律免收，伙食自理。〔註20〕聯大到達重慶碼頭，受到康心之、重慶復旦中學師生及其他川中校友百餘人「奏軍樂，唱校歌，放鞭炮」熱烈歡迎。當決定留渝開學後，吳南軒先是安頓師生借用菜園壩復旦中學校舍復課，後是農曆新年後就隻身「跑動」成都，向四川省政府請求補助建校經費。經校友顏伯華、馮志翔、康心之等人大力協助，任四川省教育廳廳長的校友蔣志澄歡迎且深表同情學校際遇及還復旦中學之「債」的苦衷，呈交贈送十萬元的提案並獲省府會議通過，終攜款回渝。其間的曲折、艱辛，恐怕只有親歷者能理解了吧。

其次，建校選址也頗費周折。遷廬山期間，牯嶺作為名勝之地只是秋冬之際遊客少，聯大永久校址必須另尋。1937 年 11 月 10 日，也就是在牯嶺開課的第三天，錢新之、王伯群即致函江西省主席熊式輝，詳陳在廬山上「賃屋而居，交通困難，屋宇湫隘。員生散居旅舍，設備深感簡陋，於教學效率上

〔註20〕劉重來：《1938 年復旦大學遷校北碚夏壩》，載《炎黃春秋》，2018 年第 6C 期。

將見勞力多而收穫少，事屬權宜，勢難久遠」〔註21〕的辦學情形，請准撥九江縣蓮花洞附近約千畝無官產地皮為永久校地。吳南軒也於11月13日致函江西省教育廳廳長程柏盧陳說聯大「旬日來，學生踵至，數近千人。……預料下學期負笈求學者更非少數。……籌建校舍實為急切之要圖」，請「迅賜批行」以便前往九江縣接洽校地事宜。〔註22〕而江西省政府11月28日才覆函「案准」，而距此僅三天，即12月2日，聯大師生即下山搭乘快利號輪船西遷重慶，第一次建校選址也因此終結。1937年12月底遷抵重慶之時，即感「渝地因政府西遷，機關林立，欲得足容數百學生絃歌之地，極為困難。不得已因陋就簡，暫借復旦中學校舍繼續上課，結束本學期課程。」〔註23〕決定留重慶辦學，復旦中學又開學在即，新校舍問題就相當急迫了。吳南軒自成都攜款歸來後，繼續沿長江和嘉陵江流域大城鎮尋覓建校適當地址，在到樂山、瀘縣、江津等地沒有結果後，由經濟系教授立法委員衛挺生先生介紹到嘉陵江上名勝，距「重慶不過二百里，陸路以車二小時可達，水路以舟三小時可達」的北碚察看，才發現北碚嘉陵江對岸的下壩數百畝平地頗合建校舍，地方人士也表示歡迎。正當吳南軒為終於找到適當的新校址高興之時，卻驚聞下壩已另有他用。原來幾天前，國民政府資源委員會工礦調整處業務組組長復旦老教授林繼庸也看中了這塊地，並已與盧作孚商定，將下壩作為從淪陷區遷來的三十多家工廠的集中廠址。於是爭執相持不下，即便成都建設廳廳長何伯衡、交通部常務次長亦北碚地方領袖民生公司總經理盧作孚二人從中調解建議，也終未成。2月4日，吳南軒著急萬分地發電報向盧作孚力陳將下壩選作覆旦大學校址的主張：「近在北碚察勘永久校址，從天然及社會文化觀點上認為東陽下壩最合理想。敝校深願經營此地，為我公北碚建設之一助。觀音、溫泉〔註24〕兩峽內，擬請保留為風景住宅文化區，工廠散設兩

〔註21〕《錢永銘、王伯群請江西省主席熊式輝准撥永久校地函》，見復旦大學檔案館選編《抗戰時期復旦大學校史史料選編》，復旦大學出版社，2008版，第5頁。
〔註22〕《吳南軒請江西省教育廳長程柏盧催辦撥地事函》，見復旦大學檔案館選編《抗戰時期復旦大學校史史料選編》，復旦大學出版社，2008版，第6頁。
〔註23〕吳南軒：《吳南軒就聯大第一部留川辦學事復章頤年函》（1938年1月18日），見復旦大學檔案館選編《抗戰時期復旦大學校史史料選編》，上海：復旦大學出版社，2008版，第12頁。
〔註24〕溫泉峽，又名溫塘峽、溫湯峽。位於嘉陵江中部縉雲山北碚區段，因峽中有三股溫泉而得名。

峽以外，分區發展，相得益彰。諒蒙贊許，佇候電覆。」當天，衛挺生也發電報給盧作孚，認為下壩是復旦大學建校的「國內第一佳地」，而在下壩集中二三十個工廠「戰時則招敵轟炸，平時亦動釀工潮」，是「萬不可」之舉。〔註25〕吳衛二人同時又向剛剛上任的國民政府教育部部長陳立夫申訴，陳立夫2月10日發電報給盧作孚，強調「北碚係風景文化住宅區，對江地帶亦以建校為適，廠屋集中戰時非宜，平時亦易生工潮」。盧作孚再三權衡，最終同意復旦大學在下壩建校。2月14日致函林繼庸，寫明「將北碚下壩讓出校地一所，以為復旦大學永久校址」。2月16日，教育部下達指令核准聯大第一部徵用北碚東陽壩土地一節為永久校址。2月18日，林繼庸給盧作孚回函說吳南軒已在成都表示願意放棄東陽鎮下壩，且已在三花石覓妥復旦大學永久校址，「敬煩婉復衛、陳兩先生為荷」。2月25日聯大在貴州桐梓召開第三次行政會議決定各以原校名分立後，復旦師生即迅速搬往下壩南面的黃桷樹鎮，暫借用一個小學校為課室，古廟為辦公地點，煤炭坪為學生宿舍，作開學準備，嗣後逐漸遷移到下壩。林繼庸也鑒於「文化界亦擬留下一片山青水秀之地，作為學術研究區域，為尊重教育界意見」，「乃放棄北碚工業區的建設計劃」〔註26〕。然而，建校選址並沒有到此結束。1938年4月12日，復旦又呈文教育部，以「學校工廠同居一處，似多未便」，「現在北碚對江黃桷樹鎮開課，租賃校舍至為湫隘，人數日增，尤不敷用」，請求批准徵用在嘉陵江南岸北溫泉附近「環境甚佳、交通便利、隙地甚多，可資發展」的三花石地方為永久校址。教育部「案准」聯大徵用東陽壩土地為聯大永久校址的訓令4月19日才下，4月20日又下指令讓私立復旦大學「諮請四川政府轉讓令該管縣政府予以協助」，徵用三花石地方千畝為永久校址，4月21日、29日，四川第三行政督察專員公署和四川省政府先後「案准」徵用東陽壩平地千畝為聯大永久校址。5月12日、6月11日，四川省政府和教育部「案准」私立復旦大學徵用三花石地方千畝為永久校址。不知何故，此後四川省政府7月25日公函，四川省第三行政督察專員公署8月18日公函，教育部8月20日指令、10月5日訓令，都轉又批准在東陽鎮下壩徵用土地千畝為永久校址，而不再提三花

〔註25〕劉重來：《1938年復旦大學遷校北碚夏壩》，載《炎黃春秋》，2018年第6C期。

〔註26〕中國第二歷史檔案館：《國民政府抗戰時期廠企內遷檔案選輯》，重慶出版社，2016年版，第1250頁。

石地方。1939 年 1 月 14 日，王旭輝、王三益、王序九、王志吉、覃四海諸人捐助黃桷樹鎮石子嶺地產一方給復旦。2 月，復旦與王仲舒簽訂買賣土地契約，照市價半價計國幣一千元購得其東陽鎮下壩熟地全份作建校舍用，並登報申謝。4 月 26 日，復旦大學呈文教育部，依法附具擬在東陽鎮下壩徵收土地詳細計劃書、土地圖說及詳細計劃圖，連同各該土地所有權人、管有人及使用人姓名、住址、清冊，請准予依法徵收，並特許復旦先行進入各該土地實施布置農場及建築房屋等工作。8 月 22 日，嘉陵江三峽鄉村建設實驗區署發給復旦大學建築房屋許可證。〔註27〕至此，在當時的通訊方式下，限於種種原因，歷時一年半多，重慶復旦大學建校選址終告大成，其間種種艱辛，凡有相類辦事經歷者，該可以想見。

最後，西遷途中的學生管理也令校方煩憂不已。本來，復旦大學「學生是否隨校西遷由學生自己決定」〔註28〕，但「逼上廬山」的「學生人數為九百餘人，復旦學生占大半」〔註29〕。相對於「今天吃芋兒，明天吃南瓜，後天吃豆腐」的清苦生活，令校方更憂煩的是，「華北、南京、上海、長江下游戰事，天天轉進，山上的氣候，愈來愈冷。學校的氣氛，忙加上亂，簡直一團糟。復旦大夏教職員和同學相互之間，無形中保持著距離」〔註30〕，又「學生中無形分為三派：大夏一派，復旦一派，新招收的聯大新生又是一派，感情上頗難融洽，教書管理，時感困難。」〔註31〕更有甚者，「自移牯嶺，與外來分子相習，時雖不久，學風頓失其純樸，少數學生且有流為囂張之虞」〔註32〕。

〔註27〕孫瑾芝：《復旦大學北碚校基徵地史料選》，見復旦大學檔案館選編《抗戰時期復旦大學校史史料選編》，復旦大學出版社，2008 版，第 56～64 頁。

〔註28〕黃大能：《傲盡風霜雨鬢絲——我的八十年》，中國建材工業出版社，2003 年版，第 75 頁。

〔註29〕顧仲彝：《大學西遷記》，見復旦大學檔案館選編《抗戰時期復旦大學校史史料選編》，復旦大學出版社，2008 版，第 28 頁。據《復旦大學誌　第 1 卷 1905～1949》1985 年版第 152 頁，「實到學生 895 人，於十一月八日開學。」

〔註30〕胡經明：《從上海、牯嶺到重慶黃桷樹——抗戰中母校播遷重慶的回憶》，見彭裕文、許有成主編《臺灣復旦校友憶母校》，復旦大學出版社，2003 年版，第 195 頁。

〔註31〕歐元懷：《大夏大學的西遷與復員》，載《中華教育界》，1947 年 12 月 15 日，復刊第 1 卷第 12 期。

〔註32〕費鞏：《吳南軒副校長在復旦同學會上的報告〈復旦在北碚〉》，見復旦大學檔案館選編《抗戰時期復旦大學校史史料選編》，復旦大學出版社，2008 版，第 31 頁。

這些意料之外的情況，對於向來以管理嚴格、學風優良著稱的復旦大學，無疑是一個嚴峻考驗。當校方頒布自牯嶺再往西遷的消息時，「學生大半來自江浙，學校西遷，學生家鄉有已陷入戰區，有已匯兌不通，西去東歸，不知適從，惶惶然寢食不安」〔註33〕，最後「隨校西遷者，共五百餘人，其餘散歸家鄉，少數經武漢去延安」〔註34〕，「學校雖未致瓦解，然而也走散了一部分同人同學，當學校再遷的消息頒布以後，同人同學間的彷徨苦悶、悲憤痛苦的情形，以及這以後的流連顛沛的生活，對於身歷其境的人，印象是夠深刻的。」〔註35〕

　　西遷流亡在帶給復旦以艱難困苦的同時，也深化了復旦對戰爭形勢的認識。復旦與大夏聯大一開始遷到江西廬山牯嶺就想在江西建所謂永久地址，雖有安撫師生穩定人心之考慮，但同時也在實際上對抗日戰爭的長期性、艱巨性缺乏足夠充分的認識，盼著戰事早早結束好搬回上海江灣「復興再造」。而蔣介石國民政府則如前引述，早在1932年就明確「全國軍隊應抱同一長期抗戰之決心」〔註36〕，1933年4月就指出「現在對於日本，只有一個法子——就是作長期不斷的抵抗」，而且，「越能持久，越是有利，……這樣我們的國家和民族才有死中求生的一線希望」〔註37〕。在不得已繼續西遷而終至落腳重慶的過程中，復旦對中日戰勢發展有了全新體認，明白「政府決心長期抗戰」，覺悟國家組織及其經濟的重要和民眾力量的偉大〔註38〕，「抱定『抗戰必勝，建國必成』的信念，信仰」〔註39〕，確認「復旦校史的演進，象徵中華國運的消長，……終能走到強盛光明的境界」〔註40〕，進而將「由滬濱遷

〔註33〕顧仲彝：《大學西遷記》，見復旦大學檔案館選編《抗戰時期復旦大學校史史料選編》，復旦大學出版社，2008版，第28頁。

〔註34〕復旦大學校史編寫組：《復旦大學誌　第一卷（1905～1949）》，復旦大學出版社，1985年版，第152頁。

〔註35〕吳南軒：《入川後之母校》，見復旦大學檔案館選編《抗戰時期復旦大學校史史料選編》，復旦大學出版社，2008版，第33頁。

〔註36〕劉健清等：《中國國民黨史》，南京：江蘇古籍出版社，1992年版，第374頁。

〔註37〕蔣中正：《蔣委員長言論集》，中國文化建設協會，1935年版，第164頁。

〔註38〕黃任之演講，純潔記錄：《從抗戰中得來的幾個教訓》，載載《復旦大學校刊》第3期第10頁，1939年2月1日出版。

〔註39〕錢永銘演講，沈善鋐記錄：《本校永久留川》，載《復旦大學校刊》復刊號第2頁，1939年元旦出版。

〔註40〕邵力子在1938年12月12日復旦同學會歡宴上講話，見《同學會歡宴》，載載《復旦大學校刊》復刊號第8頁，1939年元旦出版。

入四川」，得以「列陣於民族復興根據地的四川，能更直接的參與這一次存亡絕續的民族大搏戰」視為「大幸」，「至於生員生活上的顛沛困苦，更不妨當作環境對於我們的磨練，時代對於我們的洗禮看。」儘管「對學校之前途，也不敢作盲目膚淺的樂觀」，但確實「肯定了復旦永久留川的主張。肅清了學校在四川或為暫時的觀望態度，也即是排除了建設學校的心理阻礙」，結合民族國家與地方社會的需要，「決定了學校以後的擴展計劃」，從減輕學生負擔、師生生活平民化、改善師生關係、提倡社會服務、營造濃厚學術氣氛、嚴肅日常生活等方面「對於大學教育如何與抗戰建國之需要相配合的這一問題」，以發起募書募寒衣運動，參加新華日報義賣運動，「創設社會教育委員會」組織開展社會教育工作，辦民眾學校進行抗戰啟蒙，編輯出版《文摘‧戰時旬刊》揭露日本侵略陰謀、宣傳抗戰建國等等實際行動，切實予以答覆，「以助成抗戰之勝，在戰後則謀促進建國之成」。〔註41〕

復旦師生個人飽嘗戰爭亂離之苦的西遷途中境遇體驗，則從另一方面對此形成了一定程度的補充或者說注腳。1938 年 8 月教育部下發「搜集抗戰史料」的命令，復旦立即作出規定，要求新舊同學寫自傳，「記得新聞學系自傳傑作甚多，舊同學自傳敘述從上海牯嶺到重慶黃桷樹經過情形」〔註42〕。遺憾的是，這些「自傳傑作」已無從查見。現就所見者擇述於此，聊表一斑。

在自上海到牯嶺再到重慶的一路上多次打前站的胡經明，在隨校西遷到牯嶺途中就經歷了「九天難民生活」——8 月 17 日晚在朱家角國民小學教室地板上借宿；18 日在日機聲中於難民所登記難民證領難民條乘坐並橫睡難民木船；19 日下午四時蘇州日機臨空的轟炸威脅加燈火管制中坐小輪船經湖州到杭州；21 日乘浙贛鐵路火車無座且無法移動一步又天熱口渴而花大價錢解渴充饑；擠上海開往漢口的大輪船花大價錢買伙夫位於火艙背後熱得不行的幾個床位輪流睡結果熱不過出來太涼又跑進去鬧了整夜更加疲勞；終於在 25 日到達漢口，卻病倒了。在遷往重慶的第一段水路即前往宜昌的招商局大船上，胡經明與復旦實中主任朱祖舜、生物系講師周中規三人每晚在客廳打臨

<hr>

〔註41〕 吳南軒：《入川後之母校》，見復旦大學檔案館選編《抗戰時期復旦大學校史史料選編》，復旦大學出版社，2008 版，第 33 頁。

〔註42〕 胡經明：《從上海、牯嶺到重慶黃桷樹——抗戰中母校播遷重慶建校的回憶》，見彭裕文、許有成主編《臺灣復旦校友憶母校》，復旦大學出版社，2003 年版，第 205 頁。

時地鋪，師生伙食飲水無供，一律自理。經沙市時胡經明與周中規上岸趕公路車先到宜昌接洽住處：「漢口到宜昌，這條公路新修的，沒有鋪柏油，沒有碎石子，一片黃乾土的兩條汽車走過的凹痕，使汽車顛簸像坐在海浪中小船上，讓人要把午飯一古腦兒嘔吐出來。沙土飛揚，滿身是灰，幾盆洗澡水都洗不乾淨。半天多公路顛簸，幸而趕在船到宜昌前，安頓好師生的住處。」在遷往重慶第二段水路的民生輪船公司的輪船上，胡經明「與周中規幾個人睡在貨艙中，以堆貨上放行裝當床鋪。每天從甲板上鐵口圓形洞裏爬出爬進，稍不小心，頭碰著鐵口。貨艙光線暗，空氣差，並有一種難聞的氣味，……」在重慶「菜園壩黃桷樹來來去去」中還經歷了「第一次」船難驚險生還。整個西遷帶給了胡經明和諸同學的前所未有的經歷體驗，一言難盡，而其中有一個共同經驗：「學會了捆紮行李」〔註43〕。

淞滬陷落，守軍退守南翔、崑山一線之際，復旦大學土木系學生、職業教育家黃炎培第四子黃大能，從滬寧線趕往牯嶺，經過蘇嘉路段時敵機在頭頂盤旋來回巡視，被嚇跑的列車員反鎖在車廂裏兩天兩夜，受盡驚嚇，終於到南京，不敢逗留就匆匆坐船經九江趕到了牯嶺，再與胡安身、李守屏兩位同學借宿於盧山公寓一間僅有三張行軍床的十幾平米斗室，其間如金通尹所指出的「比以前鬆懈了，尤其是放鬆了學習」。經金通尹告誡之後，再不敢放鬆自己的學習和之後的工作，於 1939 年夏以土木系全班總成績第一名的優異成績畢業。〔註44〕

1937 年 11 月入學復旦大夏聯大第一部政治系的翟國瑾，與大四的水范九同舍雲天旅館三樓的一間房，因同舍多人喜吸煙而多避至夜靜更深萬不得已才回去住。冬天的牯嶺，山上的樹木，都蒙上一層雪花或冰凌，一片玉樹銀花，風景「淒美」，頗富詩意，但不適居住。十一月間，氣溫零下十度左右，但宿舍中連壁爐也沒有，同室人人凍得彎腰縮頸，叫苦連天。對沒有禦寒設備的房屋，尤難以適應。因此吃飯也發生嚴重問題——上完課後在雪地上以滑冰或滑雪的姿態走一大段路回到宿舍時，先到者已快吃完了，且大風雪中所有的菜早已冷到即將結冰的程度，根本難以下嚥，只好另外解決。無形中有了一個潛在

〔註43〕胡經明：《從上海、牯嶺到重慶黃桷樹——抗戰中母校播遷重慶建校的回憶》，見彭裕文、許有成主編《臺灣復旦校友憶母校》，復旦大學出版社，2003 年版，第 191～206 頁。
〔註44〕黃大能：《傲盡風霜兩鬢絲——我的八十年》，中國建材工業出版社，2003 年版，第 75 頁。

共識：學校偏在酷寒的冬季跑到廬山來，不啻「神經病第三期」。〔註45〕

關於復旦等高校內遷的艱難險惡境遇及其難能可貴的精神風貌，中國社會科學院近代史所研究員李學通有過概括性描述：

> 高校內遷方面，也是經過了一條非常艱難的道路。內遷的那些學生和老師們往往不僅要穿過火線，有時還要趁著半夜，偷偷地經過敵佔區，敵人把守那些橋樑、河流，被發現了就會遭到射擊，甚至還有被逮捕殺頭的危險，有時候在敵佔區幾天幾夜都吃不到東西。
>
> 危險與困難，沒有阻擋住廣大師生嚮往學習和奉獻抗戰的決心。
>
> 廣大教師和同學們，飽經『流亡大學』的艱難困苦，終於到達大後方，共同的願望就是，立即開始教學、科研活動，為抗戰做出貢獻。〔註46〕

與此相應的是，在流亡生活的清苦、混亂、枯燥而令人煩悶中，復旦師生還能苦中作樂以增強、鼓舞心氣。例如，在從牯嶺渡宜昌這第一段水路途程中，「船上不能上課，其混亂的現象和程度甚於牯嶺。我們決定辦一次師生同樂會。現在記得的，教授方面有大夏教育學院院長提倡布衣運動博士郜爽秋的笑話，說『郜』字是給人把『邵』字打歪的；同學方面，有曹同學拿著洗臉盆敲賣梨膏糖，形容老師同學聲音笑貌動作，惟妙惟肖；有崔士吉的北方大鼓，自備鼓和敲板；有熊禮壽的滑稽。最令人感動的，是某同學唱的『我的家在東北松花江上』，『流浪，流浪』的歌聲，全船肅靜，幾乎可以聽得見自己的心跳和呼吸，船行的水聲和著歌聲，各人自己暗自合唱著『流浪，流浪，流浪』。散會後謝德風〔註47〕對我說：『我要哭了！我要哭

〔註45〕翟國瑾：《江南憶，昨夜夢魂中──抗戰時期復旦學生生活拾零》，見彭裕文、許有成主編《臺灣復旦校友憶母校》，復旦大學出版社，2003年版，第224～226頁。

〔註46〕田越英：《大抗戰　同仇敵愾》，北京：九州島出版社，2016年版，第178～179頁。

〔註47〕謝德風（1906～1980），1928年1月獲復旦外文系英文專業文憑、史學學士學位，1930年6月獲東吳大學法學學士、復旦大學史學碩士學位，1931年2月被復旦聘為助教，在外文系、歷史系任教，隨遷重慶後，1940年7月在副教授任上離職回鄉。撰文《復旦遷到黃桷鎮以後》《北碚立校紀念觀感記：復旦第二屆校友節在北碚》《露宿：渝校生活片段之一》《馬老之喪》《弔楊偉同

了！』」〔註48〕回憶往往難免審美化的成分。但是，這裡讓我們最為感動的，並非他們的「同樂」，而是他們在同樂中始終不忘國仇家恨，心心念念淪喪於日本侵略者之屠手的家鄉國土。

與此相比較，復旦教師在流亡體驗中的警醒更有份量。1938 年底，經歷了千辛萬苦的逃難，成為「文丐」，剛回到復旦任教的靳以寫道：

> 如今，我又來到往日我居留過的學校裏。
>
> 我有許多話要說的，可是我說不出；偏近個人情感的我不必說，偉大的教訓不用我說。
>
> 雖然走著不同的路，卻有著同樣深度的感受。
>
> 如今我所遇到的只是一些陌生的、年輕的臉，那卻是依著時日的轉移，一層新的、有力的浪花推下在先的一層，原有它的必然性；但是新的環境，新的房舍，新的景物……一切距離了先前的有千萬里的路程，這不容我不沉思，於是我想到這個學校，相同我們整個的民族已經走了多麼長，多麼艱辛的一條路程。
>
> 路途是漫長的，我們已經都走過來了，而今安頓下來，像往昔一樣的生活著。但是我們不能為了眼前的安逸，就忘了，這些時日的苦辛，馱了我們的大地，也馱著我們的弟兄的屍身和敵人的鐵蹄；滾著急流的長江，到下游就混了同胞的熱血，山川是我們的證人，日月用焦灼的眼逼視著我們，它們都不容我們就此下去的。
>
> 血是不會沖淡的，它只成為更濃更黑，要是敵人的血蓋在那上面，才算盡了我們的職責。
>
> 先死者呈獻了他們的血肉，我們該秉持長久的不屈不息的精

學》《回教耶教與儒家倫理哲學比較觀》《「五四」時代與現今時代青年之理想與環境》等，為《文摘（戰時旬刊）》譯《製造中的巴爾幹戰爭》《歐戰對遠東的影響》《勞合喬治論歐戰結束的任務途經》《日本不能以戰養戰》《拉斯基論工黨戰爭目的》《死光》《談英王加冕》《斯太林在獄中：巴洛夫獄變為宣傳赤化的學校》《蘇聯紅軍有多強》《納粹統治下的人民（特譯稿）：德國人是怎樣生活的》《我怎樣做了日本的間諜》《操縱美國政治的三大財閥》《戰爭中法國的內景》《最近國際政治的總分析，法西新型戰爭的總清算：第二次帝國主義戰爭》等。1938 年與胡繼純編《民族自決問題》由商務印書館出版。

〔註48〕 胡經明：《從上海、牯嶺到重慶黃桷樹——抗戰中母校播遷重慶建校的回憶》，見彭裕文、許有成主編《臺灣復旦校友憶母校》，復旦大學出版社，2003 年版，第 198 頁。

神。或許有一天，我們也倒下了，那我們也是盡了守護大地的母親的責任。

　　如果我們看不見花，我們都該變成種子，要再年青的人得以採擷自由解放的花朵。

　　他們也不會辜負我們的心願，自然要踏著走過來的腳印，再走過我們所自來的地方。

　　我們都該熱誠地等著那一天。〔註49〕

其中那不用說的「偉大的教訓」、不容不有的「沉思」、那鮮明的「職責」意識，以及那「種子」精神和對青年的信賴、等待的「熱誠」，透著一種戰爭逼出的清醒，和強烈的歷史使命感。

　　翁達藻寫道：

　　抗戰是鬧鐘的鬧，抗戰是這樣大聲的一個鬧鐘，它把全民族，從夢中叫了醒來。我是從夢中醒了過來，發見了民族的使命，也發見了自己的使命。抗戰使我跳出了上海的小天地，來看一看廣大的祖國。抗戰叫我知道什麼叫做活，人是為了奮鬥而活著的，不是為了混日子而活著的。人活著是為了實現自己的理想，也就是為了實現民族的理想。〔註50〕

　　勿庸諱言，這警醒中的「全民族」不是事實，因為「世人於此」，確實「有所未察」。然而，儘管這只是知識分子推己及人的應然性的願想，在當時的青年學生知識分子群體中卻發揮著一種感同身受的啟蒙作用，其意義無可取代。

　　當然，復旦師生遭受的戰爭災難遠不止於西遷途中所經歷，在渝期間來自日機轟炸、國民黨政治壓制、經濟危機等方面的苦難，罄竹難書。僅就日機轟炸空難而言，就不勝其數。1939年秋某日復旦校舍被炸塌，來自貴州雷山縣（當時屬於丹寨縣）永樂區排告鄉的經濟系學生王名稱，全身被埋在泥土裏，幸搶救及時才得活〔註51〕。《國民公報》1940年5月30日第三版以「敵機日前襲碚時，孫寒冰罹難，復旦大學職員學生汪興楷等同時殉難」為題報

〔註49〕靳以：《我又回來了》，載《復旦大學校刊》復刊號第22頁，1939年元旦出版。

〔註50〕翁達藻：《西南行散記·明日的中國文學（代序）》，北碚：光亭出版社，1943年4月版。

〔註51〕唐靜：《思念王名稱先生》，梁承祥主編《黔東南人物1912～1949》，昆明：雲南民族出版社2011年版，第44頁。

導：1940 年 5 月 27 日，復旦大學教務長兼《文摘》主編孫寒冰及職員汪興楷，學生阮思樞、王茂炳、朱錫華、劉晚成等，二十七日中午在北碚該校被炸慘死。事後有人問劉晚成的父親川鹽大佬劉航琛，「你兒子被日本飛機打到沒？他說，打了個包包。又問他，傷得重不重？他說，打了個墳包包。劉的兒子躲在床底下，日機掃射，子彈穿過屋頂和床鋪，擊中了他。」〔註 52〕劉晚成父親的回答看似幽默，實則飽含其中的，是一個父親無可奈何的喪子之痛。

再就學校日常生活而言，除許多教師個人不得不擔負起挑水拾柴的家務，為柴米油鹽鍋碗瓢盆著想之外，總體上看，「遷到後方的這些大學，辦學條件堪稱是世界上最為簡陋的，設備、圖書、物資非常缺乏，官方的那些救濟也是杯水車薪，學生們住的都是茅草房，土牆、草頂，加上透風的窗戶，學校每年都要修補，搞不好就碰上傾盆大雨，屋頂漏雨，還得打個傘。剛來的時候，宿舍也很擁擠，8 個人一個屋，只有一盞油燈。據說，直到 1940 年以後才有了電燈，而且供電不足，燈光也非常昏暗，很多同學不到半年就患了高度近視了。」〔註 53〕

當然，更令人感佩的是，在這艱難困苦中，「內遷學校都有一種風氣——廢寢忘食學習的風氣。那時候，圖書館用的都是汽燈，偌大一個圖書館沒有幾盞汽燈，因此，搶座位比在電影院搶票還要擁擠，天還沒黑，圖書館外邊就黑壓壓地站滿了人，門一開就分頭向汽燈下邊的座位跑，如果遇到日本飛機空襲，就都紛紛跑警報躲避，不少學子在跑警報時，還不忘帶上書。」〔註 54〕

二、特定時空裏的特殊政治境遇

復旦作家群的文學活動是發生在抗日戰爭的重慶情境中，從重慶這一地域在抗戰期間的特殊性出發，結合抗日戰爭的階段性、嚴酷性——「戰爭對文學提出的特殊要求，不同政治力量對文學的爭奪，使 40 年代文學的政治色彩異常強烈。在這之中，戰爭政治的規範和影響體現得更為突出」〔註 55〕，或許能更好地呈現戰爭時期復旦作家群文學活動的政治背景。

〔註 52〕張鈞主：《述林 1931～1945 中國往事 1 戰爭陰雲下的年輕人》，廣西師範大學出版社，2016 年 11 月版，第 378 頁。

〔註 53〕田越英：《大抗戰　同仇敵愾》，北京：九州島出版社，2016 年版，第 179 頁。

〔註 54〕田越英：《大抗戰　同仇敵愾》，北京：九州島出版社，2016 年版，第 179 頁。

〔註 55〕朱曉進等：《非文學的世紀：20 世紀中國文學與政治文化關係史論》，南京師範大學出版社，2004 年版，第 168 頁。

　　戰爭政治的規範和影響體現，主要集中在國民政府遷都重慶及其有關高等教育的制度政策上。1937 年 10 月 29 日，在國民政府最高國防會議上，蔣介石作了題為「國府遷渝與抗戰前途」的講話，確定重慶為國民政府戰時駐地。11 月 16 日，國民政府主席林森率大小官員撤離南京；「為適應戰況、統籌全局、長期抗戰起見」〔註56〕，20 日正式遷都重慶，重慶從此正式擔負起中國戰時首都的重任。到 1940 年 9 月 6 日，國民政府又發布《國民政府令》，頒令「明定重慶為陪都」，「還都以後，重慶將永久成為中國之陪都」，在明確重慶「戰時首都」法律地位的基礎上，進一步確立了重慶「永久陪都」的地位。國民政府遷都重慶，中國沿海和中部地區的工廠、企業、高校、文化機構等大量內遷，重慶因此由一座古老的內陸城市、商埠一躍成為全國的政治、經濟、軍事、文化、外交和社會活動中心，以國共兩黨合作為基礎、各黨派參與其中的中國抗日民族統一戰線的重要舞臺，在整個國家政治事務中發揮起首腦、樞紐和靈魂的作用。這給重慶政治、經濟、文化發展創造了空前的歷史機遇。大量高校遷到重慶，迅速蔚成北碚的夏壩、小龍坎與磁器口之間的沙坪壩、江津的白沙壩三個抗戰時期重慶重要的文化區，大大促進了重慶文化教育的發展。在這一歷史過程中，和其他遷到重慶的高校一樣，落腳於「小陪都」北碚的復旦大學，也因此較其他地方的高校，在建校發展、抗戰建國等方面既佔了「京都」腳下的優勢，也更深刻地感受著「京都」的「規範」。

　　當然，這種規範在明確為抗戰建國服務宗旨的同時，也帶給了復旦校方和復旦作家們以壓力。賀仲明曾概括描述：「在國統區，政治的主導力量是處於執政黨地位的國民黨。在國內，它的政治和軍事力量最強，所應擔負的民族責任也最大。但它在當時所處的狀況是，一方面既想在軍事上抗擊日寇，負起民族興亡的責任；另一方面又想在政治上和文化上排斥共產黨，嚴防共產黨的宣傳和顛覆。因此，它所採取的政治文化措施最根本的一面是強制和蠻橫，尤其是在意識形態領域，它的中心是統一於一個領袖一個政黨，對於不符合這一中心的其他一切思想行為，它都管得非常嚴厲，『恐共』的思想尤為突出；但是另一方面，在民族抗戰的特殊政治背景下，它又必須要借助全民抗戰的力量，不能夠完全公開反對共產黨等抗日民主力量，所以有些時候，它又不能不做出一些『民主』姿態，對適度的『越軌』行為作出一些容忍。可

〔註56〕《國民政府移駐重慶宣言》（1937 年 11 月 20 日），載重慶《國民公報》1937 年 11 月 21 日。

以說，它對於進步文化界人士是又怕又拉，既希望他們服務於抗戰，又擔心他們染上『赤色』，因此其文化策略不能不包含一些『懷柔』色彩。」〔註57〕就復旦大學而言，抗戰初期到 1941 年私立期間，負責人中代理校長是 1938 年被國民政府聘為參政員、接任交通銀行董事長兼總理職的錢新之；自 1936 年起作為實際負責人的副校長、1942 年 1 月正式掛牌改為國立復旦大學後的首任校長吳南軒，比較開明，傾向也較中立，但他不僅是國民黨黨員，還曾在國民黨中央政治學校、中央黨部、考試院等地方任職，這注定復旦大學在重慶的處境更不可能避開國民黨政治力量的主導。國民政府有關各高校的訓令，如「中等以上學校實行導師制」、「今後國家建設以軍事為中心」、「為達成長期抗戰之目的必須一致努力推行兵役制案」、「學生集訓改進辦法」、「搜集抗戰史料」、「頒發國訓及青年守則」、「甄選畢業生入三民主義青年團受幹部訓練」、「甄選畢業生充邊緣省區中學教員」、「薦舉專才以備國用」等等，復旦大學都予以實行，或多或少不同程度地影響了復旦大學師生作家的文學活動。

　　值得提醒的是，這當中還有國民政府在立足抗戰建國對高等教育進行規範的同時，作為國家主導政治力量對文學的爭奪，在青年學生聚集的復旦等大學校園裏，這種對文學的爭奪主要是通過「以三民主義為原則而建設的」、「絕對可以受三民主義所支配的」反帝反封建為宗旨，以「喚醒民族尚武的」「恢復吾國固有道德的」「絕對沒有階級觀念的」〔註58〕的三民主義革命文學思想的傳播，和鼓勵、支持三青團分部創辦相應的文學刊物，或派三青團成員滲透進其他文學團體等方式進行的。國民黨「為求國民革命新的力量集中」和「抗戰建國之成功」、「三民主義之具體實現」，1938 年 7 月 9 日在武昌成立以蔣介石為團長、陳誠任書記長的青年政治組織三民主義青年團（簡稱「三青團」），在高校設立分團部，創辦夏令營，發起知識青年從軍運動等，復旦當局遵照執行，不僅設專門的三民主義青年館以供辦公用，還通過訓育工作在學生中發展三青團員。應該說，三青團成立的動機是無可厚非的，復旦學生三青團成員史習枚等更傾向於中立的政治立場，而不是唯國民黨是從；當然，也不可否認復旦學生三青團成員存在著部分「特務化」的反動分子即職業學生及其反動惡習行徑，如 1944 年春陳頌堯等私自抓捕審訊、監視、騷擾

〔註57〕朱曉進等：《非文學的世紀：20 世紀中國文學與政治文化關係史論》，南京：南京師範大學出版社，2004 年版，第 169～170 頁。
〔註58〕林振鏞：《什麼是三民主義文學》，載《申報》1929 年 6 月 6 日。

詩人鄒荻帆，1945 年 7 月陳昊德唯利是圖不救翻船落入嘉陵江的學生顧中原、束衣人、王先民，1946 年春但家瑞等私罰壁報《谷風》主編僑生莊明三，且毆打前來阻止的洪深等教授，等等。

戰爭對文學提出的特殊要求，就是使文學成為宣傳抗戰的手段。在一定意義上可以說，抗戰每一個階段整個文藝界的文學現象在復旦作家群裏都有相應的體現或反響。截止 1938 年 12 月的抗戰初期，最為突出的是中國抗日戰爭的民族性，以愛國主義推進民主主義的發展，打倒日本帝國主義，弘揚英雄主義，成為社會思潮包括文學思潮的主流。這一時期的文學創作題材狹窄，文學作品滿足於「差不多」而藝術上乏善可陳。如曹禺在復旦作《抗戰戲劇下鄉》的報告，就曾強調用以宣傳抗戰的戲劇「不要太藝術，只要實際，能實用就成」〔註 59〕。在詩歌創作上出現了許多激昂振奮卻高度口號化作品，如梁木的《我們的祖國——中華！》、張天授的《我們在七月裏起來了！》等等。究其原因，同樣是對於抗日救亡的本質、抗日戰爭的艱巨性和長期性缺乏深刻的認識，誤以為全面抗戰爆發了，中國戰勝日本就有希望了，對抗戰的進行和前途流於盲目樂觀；同時，創作視野浮泛於生活的表層，部分作品存在非現實主義或現實主義不足的問題，這些問題又因比較注重統一戰線的團結，在當時很少受到及時的批評。

在從 1939 年 1 月到 1943 年 12 月底這抗日戰爭的相持階段，國內政治形勢急劇變化，社會心理與時代氣氛隨之變化，由初期澎湃熱烈的興奮漸趨沉靜，戰爭的殘酷性和抗戰勝利的艱巨性日益得到正視，在戰爭期間傳統封建文化積垢和現實中國民政府的腐敗現象也隨之凸顯出來並受到嘲諷、批判，整個中國社會思潮包括文學思潮，以重慶為中心，都轉向側重以民主主義促進愛國主義，粉碎法西斯主義。這期間，國民黨政策重心發生轉移，與其在軍事上所盡抗擊日寇的民族職責相比，在政治上、文化上日益強制、蠻橫地排斥、壓制，炮製了震驚中外的「皖南事變」，乃至於公開反對共產黨等抗日民主力量。這在復旦校園裏也有相應的表現。具體到復旦作家的文學活動上，除了遭受秘密監控甚至抓捕（如鄒荻帆、姚奔等）、登記文藝社團遭遇更加嚴厲的審核（如夏壩風社只能以民眾研究會名義申請登記）、已有文藝社團開展文藝活動被強制禁停，尤其是社團文藝刊物被禁停（到 1941 年 6 月 1 日止，

〔註 59〕林子：《抗戰劇下鄉——曹禺在聯大演講記錄》，載 1938 年 2 月 27 日、3 月 6 日的《新蜀報》副刊《文種》第 4、5 期。

復旦校內 20 個壁報社團中只剩下 1 個是文藝性的文藝墾地社〔註60〕）等外在表現之外，內在創作精神心理也發生了如已有研究所描述的深刻變化：

> 隨著戰爭生活的日常化，抗戰初期那種昂揚激奮的社會心理，已經逐漸沉靜下來，作家們開始正視戰爭的殘酷性和取得勝利的艱巨性，出於對民族命運、祖國前途的強烈關注，開始了深沉的思索。一方面，反思戰爭的失利而暴露的各種封建文化的痼弊以及現實中的腐敗；另一方面，在民族的歷史文化與現實生活中發掘支撐民族持久抗戰的力量源泉。因此，進入相持階段以後的大後方抗戰文學在整體風格走向深沉凝重、親切樸實，文學的藝術表現也呈現出豐富性、複雜性與深刻性。1938 年 12 月梁實秋為編輯《中央日報》的文藝副刊《平明》刊登的徵稿啟事，引發了戰時文藝界關於「文藝與抗戰無關」的論爭，雖然論爭的結果幾乎是一邊倒地強調「文藝必須與抗戰有關」，但梁實秋提出的「反對抗戰八股」，戰時文藝作品應該「真實流暢」的觀點，卻也引起了戰時文藝工作者的深刻反思。抗戰進入相持階段以後，文藝界一致推崇的上乘之作，多數是「既與抗戰有關」又「真實流暢」的文藝作品。〔註61〕

不過，復旦作家，不論師生，作為開風氣之先的現代大學中的知識分子群體，其時代敏感不弱於一般社會知識分子。如復旦遷抵重慶之初就在 1938 年 1 月 30 日《新蜀報》創刊《文種》副刊從而揭開重慶復旦校園文學活動的序幕的文種社作家王公維（王潔之）、沈鈞（思慧）、張原松（張元松）等人，就較早由興奮而轉入沉思，由全心融入的熱情奔放而轉入有距離的靜默觀察，將抗日民主鬥爭生活作為他們從事文學工作的主旨和創作客體，創作的視野向生活的縱深裏層突進，漸漸感受到並表現時代的本質與人民大眾的心聲，進而才更富理性地參與了「舊形式的利用」、「民族形式」、「暴露與諷刺」、「與抗戰無關」論等抗戰文學思想理論的探討。

在 1940 年到 1943 年這抗日戰爭戰略相持階段的最艱難歲月裏，一面是日本帝國主義對陪都重慶展開持續不斷的野蠻轟炸，企圖以殘酷的航空戰摧

〔註60〕復旦大學校刊社：《壁報林立》（消息），載《復旦大學校刊》第 10 期，1941 年 6 月 1 出版。

〔註61〕李文平：《從抗戰背景看冰心的〈關於女人〉》，載《中國現代文學研究叢刊》2013 年第 7 期。

毀中華民族的抗戰意志，以配合其對國民政府的政治誘降；一面是國民黨倒行逆施製造皖南事變慘案，中國共產黨積極主動揭露其罪惡行為，展開政治上的鬥爭，拒絕出席第二屆國民參政會，跟國民黨政府要公道；而國民黨試圖淡化皖南事變的政治影響，蔣介石堅持稱皖南新四軍事件「完全是我們整飭軍紀的問題，性質很明白，問題很單純，事件很普遍」，「除此以外，並無其他絲毫政治或任何黨派的性質夾雜其中。」〔註62〕「我們政府與全國國民只有一致對倭抗戰與剷除民族叛徒的漢奸偽逆，決不忍再見所謂『剿共』的軍事」，「而且以後亦決無『剿共』的軍事，這是本人可負責聲明而向貴會保證的」〔註63〕，得到相當一部分中間立場知識分子和政治勢力的支持。「皖南事變」後，國民黨進一步加強文化管制，文學生存的政治環境更加嚴峻，文學論爭也向更強烈的政治化方向發展。輻射到復旦校園文學活動上，就是在復旦師生中，既有國民黨員和三青團員，也有共產黨員，還有自由主義中間立場的進步學生，他們之間的「政治關係」在這個時期裏相當微妙，國民黨和三青團在查禁進步文學活動、文學刊物和文學作品上從「容忍」轉向日益公開、蠻橫，共產黨員學生的文學活動從地下半地下小團體日益走向聯合、擴大，而中間分子則日益趨於沉凝的自我立場守護。新中國建立後在大陸生活的復旦師生包括部分復旦作家的回憶，多強調國民黨及其三青團的「反動性」表現；而遠走海外和去了臺灣的復旦師生的回憶，如彭裕文、許有成主編《臺灣復旦校友憶母校》中相關篇什，則更顯得理性、客觀，少誇大，既敘述了學生中共產黨人一些不無偏激的言行，也批評了學生中三青團成員的惡劣行為表現。為躲避三青團員陳頌堯等復旦學生的監視和騷擾，詩墾地社的鄒獲帆1944年春和綠原同時參加來華參戰美軍譯員訓練班，結業後鄒去了成都，綠原則因拒絕到中美合作所的安排而避到川北嶽池縣私立新三中學教高中英文。在當時學生裏的中共地下黨員們後來的回憶中，還有許多進步文藝青年學生躲逃國民黨、三青團迫害的事件，此不贅述。

在1944年1月到1945年8月日本投降，再到1946年5月復旦大學開始復員上海這一時期裏，整個中國社會「以要求結束國民黨一黨專政為中心內容

〔註62〕《皖南事變》編纂委員會：《皖南事變》，北京：中共黨史資料出版社，1990年12月版，第239頁。
〔註63〕《皖南事變》編纂委員會：《皖南事變》，北京：中共黨史資料出版社，1990年12月版，第251頁。

的民主運動一浪高過一浪，民主運動成為國統區社會生活的軸心。廣大文藝工作者自覺地將爭民主的鬥爭作為自己的主要任務來奮勉。……文藝運動全面而直接地匯入民主運動」，「通過各種渠道，運用多種方式，向國統區廣大文藝工作者宣傳」，「重慶、成都、昆明、貴陽、桂林乃至香港等地的進步文藝工作者，都初步接觸和學習了毛澤東文藝思想，……創作了一些反映工農大眾現實生活的作品」〔註64〕。日本投降、抗戰勝利後，「國民黨在美帝國主義的支持下，積極準備發動全面內戰，……廣大文藝工作者為著適應新的形勢，擔負新的任務，除積極參加要和平、要民主、要統一的鬥爭之外，還對國統區抗戰文學進行全面總結。……『總結過去的經驗，明白現在的基礎，決定今後的方向和工作。』……重慶文藝工作者郭沫若、田漢、陽翰笙等數十人於一九四六年四月二十二日在中蘇文協舉行文藝座談會，……就抗戰小說、詩歌、戲劇、文藝理論作了總結性發言。」「一九四六年五月，中共中央的派出機關、國統區抗日民主運動和抗戰文學運動的司令部——中國共產黨代表團和中共中央南方局，由重慶移至南京；國民黨政府也於此時『還都』南京。抗戰文學活動和抗戰文學創作於此時結束。」〔註65〕民主政治鬥爭也是復旦作家這一時期文學活動最鮮明的底色。這方面鄒荻帆、綠原等人的政治抒情詩是最突出的代表。

第二節　經濟環境——政府賑濟仍拮据掣肘

民國初年到全面抗戰前，「物價穩定，升降平緩，浮動不大，貨制屢改但銀值變化不大，故未發生通貨膨脹，有時甚至出現反向的通貨緊縮、物價下跌現象」。而「抗戰爆發後，軍費驟增而國土日蹙，稅收大減，難民大規模遷徙又打破了物質供應的原有格局，國民政府無法正常發行紙幣，只得實行『戰時財政』，增大法幣發行量，以通貨膨脹手段平衡收支彌補赤字。1939 年發行 500 元、5000 元、10000 元等大額法幣。物價飛漲成為不可避免，物價漲幅約為戰前 8～10 倍。」〔註66〕據蔣介石身邊侍從室高級幕僚唐縱日記，到 1940

〔註64〕蘇光文：《抗戰文學概觀》，重慶：西南師範大學出版社，1985 年 12 月版，第 10 頁。

〔註65〕蘇光文：《抗戰文學概觀》，重慶：西南師範大學出版社，1985 年 12 月版，第 12，13 頁。

〔註66〕裴毅然：《中國現代文學經濟生態》，鄭州：河南人民出版社，2012 年版，第 171 頁。

年，截止 7 月 7 日「抗戰三年，共發行公債四十七八萬萬元」，7 月 24 日「據報成都米價，漲至一百四十餘元一石，現仍漲風未已（重慶漲至一百八十餘元）。」9 月 2 日「聞近日米價，已賣到三十五元一斗（四十斤）。如此高價，民將何以為生？」11 月 16 日「現在米價飛漲，大斗（四十斤）曾賣到四十餘元。」12 月 10 日「據統計重慶市躉售物價指數，五金電料類已漲至戰前二十四倍，衣料已漲至一十六倍，食料已漲至六倍，燃料已漲至十五倍。」儘管「食米問題，已由委座決定，飭由全國糧食管理局每日供給重慶市一千市石，作價每石六十元，分攤價發黨政軍公務員役及其眷屬。決於十二月一日實施」〔註 67〕，儘管抗戰爆發後各高校教師薪酬一般都超過教育部 1940 年暫行規程確定的水平，1942 年又出臺了《國立學校教職員戰時生活補助辦法》，但在事實上仍遠遠趕不上物價暴漲，加上國民政府內部也不否認存在「前方吃緊，後方緊吃」的奢侈、腐敗現象，政府發給平價食米代金的津貼，對高校教師家屬實施計口授米，以及獎勵、養老撫恤等生活待遇法令制度並不能夠保障高校教職員最基本的生活，直到抗戰結束這一問題也沒能從根本上得到解決，禍殃所及，和西南聯大等高校一樣，重慶復旦教職員工皆未能幸免，「通貨膨脹就意味著這些學者必須挨餓或乞討」〔註 68〕。西南聯大外籍教授佩恩（Robert Payne，又譯白英）在其《中國日記：1941～1946》（*Chinese Diaries: 1941-1946*）裏有記錄：1941 年的復旦大學教員可謂一貧如洗，他們鬆垮的外衣補滿了不同顏色的補丁，鞋跟都已脫落。到 1943 年，一位鄉下廚師的薪水是大學教授的 8 倍。同年 3 月他轉往西南聯大任教，發現那裡的情況與復旦相同，幾乎找不出任何一位教授或學生的衣服上沒有破洞。〔註 69〕

復旦大學在「八・一三」戰火中「受兵最先，損失達百萬以上」〔註 70〕，雖然西遷得到了國民政府的路費補貼，1938 年在重慶北碚建校發展得又到四川省政府五萬元的贈予、教育部撥助五萬元和國民政府按月補助的支持，然

〔註 67〕公安部檔案館編注：《在蔣介石身邊八年：侍從室高級幕僚唐縱日記》，北京：群眾出版社，1991 年版，第 139、143、153、175、181 頁。

〔註 68〕〔美〕白修德著；崔陳譯：《中國抗戰秘聞——白修德回憶錄》，鄭州：河南人民出版社，1988 年版，第 159 頁。

〔註 69〕Robert Payne: Chinese diaries: 1941-1946, New York: Weybright & Talley, Inc., 1970. P.216. 參見胡國臺：《抗戰時期高等教育品質：1937～1945》，臺北：《中研院近代史研究所集刊》第 19 期，1990 年，第 445～466 頁。

〔註 70〕吳南軒：《抗戰以來的復旦大學》，載《教育雜誌》第 31 卷第 1 期，商務印書館，1941 年 1 月 10 日出版。

而，這對復旦來說仍然是「杯水車薪」，只能作為「大宗」解決部分基礎建設問題，「其餘不敷之數」尚須「隨建設計劃之展開而逐步分頭籌募」〔註71〕，並沒能改觀作為私立大學的復旦辦學發展的經費困境。吳南軒和于佑任、孫科、葉楚傖、邵力子等在渝校董擬通過改復旦為國立以解離經費困境，發起復旦改國立運動以謀生存，分別於 1938 年 4 月 22 日、1939 年 3 月 17 日、1939 年 3 月 25 日或致函或致電李登輝，屢屢申述「經費困難」、「本校學生，什九無力繳費，收入銳減、騰挪移借，詎能維持三月，前途困難萬狀」之形勢及「國立後經費列入國家預算，自有保障」。渝滬兩地校董電文往返對國立具體事項設疑辯答反覆商討，彼此相難說服。李登輝、郭仲良、趙晉鄉等在滬校董十人聯名於 1939 年 4 月 6 日復于佑任電中明確：「滬校決依電示，不稱國立，仍沿用私立名義維持現狀。惟滬渝既有國立、私立之分，滬校自以依教部十七年原案繼續辦理為是，如何盼復。」後因「國立運動前途困難尚多」，吳南軒等將改國立問題先行擱置，向教育部爭取增加補助費，得「補助費年增十五萬元」後，「國立決作罷論」。自此時起，靠著教育部不多的按月補助和校董、校友的捐助，復旦在重慶艱難地撐持了兩年多。到 1941 年秋，「內遷後方的私立大學，無一例外地遭遇到經費危機」，遭受「通貨日益惡性膨脹，物價如野馬之飛騰」，復旦經濟「真達山窮水盡之境」，陷入「不改國立，勢必中輟」的「萬分迫切之危機」窘境。復旦在渝校董 1941 年 9 月 17 日下午三時在重慶嘉陵賓館召開了所謂「歷史性之重要會議」的校董會議，再次決議「呈請教育部改為國立復旦大學」，並「先呈部、後徵求留滬校董意見」〔註72〕。1941 年 12 月 26 日，教育部訓令（高字第 50637 號）私立復旦大學：

> 前據該校校董會呈請將該校改為國立，經呈。奉行政院三十年（即 1941 年）11 月 27 日勇陸字 18797 號指令，開「案經提出，本院第 541 次會議議決，准將復旦大學改為國立，由教育部擬具辦法及概算呈報。除呈報國民政府備案外，仰即遵照」等因奉此，除由部另擬辦法及概算呈核外，合行令，仰該校知照。此令。〔註73〕

〔註71〕吳南軒：《入川後之母校》，見復旦大學校史編寫組：《復旦大學誌　第一卷（1905～1949）》，復旦大學出版社，1985 年版，第 167，171 頁。

〔註72〕復旦大學校史編寫組：《復旦大學誌　第一卷（1905～1949）》，上海：復旦大學出版社，1985 年版，第 174～177 頁。

〔註73〕《復旦大學百年紀事》編纂委員會：《復旦大學百年紀事 1905～2005》，上海：復旦大學出版社，2005 年 5 月版，第 129 頁。

正式批准將私立復旦大學改為國立。1942 年 1 月 13 日，行政院順拾字第 780 號訓令（第 546 次會議議決）復旦自 1942 年 1 月 1 日起改為國立復旦大學，任命吳南軒為校長。國立復旦大學第一年度經費為 120 萬元，列入國家預算，另追加歷年所欠債務及建築費 123.2 萬元。自此，辦學經費有了保障，復旦便著重於名師、名家的聘請，提升教學、科研質量，聲譽較前更是逐年提高。

長期抗戰不能不從戰略高度考慮戰爭消耗，包括戰爭對國家經濟建設發展、人民日常生活物資的破壞，而大後方的重慶由於大批人員遷入，對糧食、副食品需求迅速增長，發展農業、開墾邊疆，增加農副產品生產供應成為迫切需要。為此，遷駐重慶的國民政府實施了戰時經濟體制。1938 年 4 月，中國國民黨臨時全國代表大會的宣言指出：「抗戰既起，日本軍隊蹂躪所及，農村則廬舍為墟，田圃生產化為爐餘；都市則新興工業悉被摧殘」，「日本帝國主義之侵略，其最大目的，莫過於憑藉軍事的勢力，以施行經濟的掠奪。」「循是以往，不但經濟建設無從說起，國計民生亦惟有日即於凋敝。生計既絕，生命隨之。政治自由之喪失，其結果為亡國；經濟自由之喪失，其結果將至於滅種；此不能以歷史上之外患為例者也。」「凡此增進戰時農工生產，以奠立戰後經濟基礎，語其條理，雖經緯萬端，而扼要言之，不外三點：第一，舉國人民當以極端之節約，極端之刻苦，以從事於生產資本之累積與產業之振興。……第二，舉國人民皆當認定此時所急，惟在抗戰，惟在求抗戰之勝利，一切產業復興之計劃，皆當集中於此。……第三，抗戰期間，關於經濟之建設，政府必當根據民生主義之信條，施行計劃經濟。」〔註74〕如果說抗戰初期西遷時還攜有之前蓄積之經濟物資，以重慶為中心的大後方有經濟困難但還能維持，那麼，到抗戰進入以消耗為最明顯特點的長期相持階段，農工建設時常遭到破壞，物資產出供不應求，再加上物價飛漲，情況就日漸嚴重了。在這樣的情況下，復旦「除勉力節流外，關於開源，續向政府社會作將伯之呼」，同時率先「向教育生產化之途邁進」，在復旦農場「推行學生力田之制」，「在學生可佐膏火之不足，在學校則荒蕪無憂，農產豐登」。〔註75〕據抗戰時復旦農學院院長兼總務長李亮恭回憶，復旦園藝系農場的「生產項目，

〔註74〕孫彩霞：《中國國民黨歷次代表大會及中央全會資料（下）》，北京：光明日報出版社，1985 年 10 月版，第 469～470 頁。

〔註75〕吳南軒：《抗戰以來的復旦大學》，載《教育雜誌》第 31 卷第 1 期，商務印書館，1941 年 1 月 10 日出版。

則以高價短期作物為主,如西瓜、香瓜、西紅柿、草莓等物,都是當年重慶地區不易多得之品。」「農產製造以釀造醬油為先,生產迅速,品質優異。以復旦校徽為商標,稱為『復旦醬油』,馳名於北碚至合川一帶。畜產部門的飼養乳羊、生產羊乳為主。飼養的瑞士乳羊,有撒能(Sanon)及多根保(Toggenburg)兩種,從 20 餘頭開始,逐漸繁殖至百餘頭;平均每天產羊乳 100 多磅,供本校教職員優先飲用。後來又增加養雞。自制人工孵化器,繁殖來航雞種雞至 200 餘隻。」〔註 76〕王猷在《嘉陵江畔的復旦大學》一文中對 1939 年 6 月到 1940 年 8 月間復旦學生發揮自身專長,各盡所能,以「自力更生」的經濟生產情況也有記載:「園藝系和墾專的同學,終日在農場上試驗各種產品,如用科學連釀法制造醬油,自去年六月到現在,共產醬油六萬餘斤,平均每月約產五千斤。其次如酒精的製造,以體積計,其濃度為百分之九十二,專供醫藥及一般燃料之用,不久更擬設法大量製造無水酒精,作為代汽油之用。土木系的同學,更把農場附近凌亂不堪的山地測量好了,並規劃了建設新校舍的圖案,……」〔註 77〕

在從私立到國立的過程中,經濟上拮据掣肘的復旦師生異常困難清苦的生活境遇是勿庸諱言的。私立復旦經費向以學費為主要來源,雖得教育部的鉅款補助和社團的慷慨捐助,但院系擴張,物價昂貴且飛漲,開支仍「有捉襟見肘之觀,與乏米為炊之歎」。到 1941 年,抗戰持續多年已使中國國力消耗殆盡,經濟處於崩潰的邊緣,物價飛漲,民生困頓,人民在飢餓與死亡的痛苦中煎熬,民族抗戰的意志經歷著前所未有的考驗。「大後方物價飛漲,物資奇缺」,「高校教師們的工資打折,經常拖欠,基本生活都難以保障。」〔註 78〕國文教師作家靳以等在夏壩居住的復旦新村,實際上只是一些低小而簡陋的土坯房,和用稻草鋪墊的床褥枕芯,因地處低凹,發大水時還受水災。「米要四十元一斤,豬肉六十四,菜蔬平均十元左右」,熱水瓶「要一千九,再問一家,要四千。……一隻膽,要六百元」〔註 79〕至少有《高等測量學》、《大

〔註 76〕李亮恭:《復旦大學的農業生產教育》,見洪紱曾主編《復旦農學院史話》,北京:中國農業出版社,2005 版,第 182~185 頁。

〔註 77〕王猷:《嘉陵江畔的復旦大學》,載《學生之友》,1940 年第 1 卷 5 期,1940 年 9 月 15 日出版。

〔註 78〕田越英:《大抗戰　同仇敵愾》,北京:九州島出版社,2016 年版,第 179 頁。

〔註 79〕靳以致謝投八信,見章潔思著《足音》,南京:南京師範大學出版社,2017 年版,第 62~63 頁。

地測量學》、《鐵路測量學》、《航空測量學》、《數理地理學》等十二種科學著作的土木工程系主任白季眉教授,自南京逃到宜昌後僅得江西水利局長借一百元解眼前危難,到重慶復旦後全家十一口也只是勉強維持,「和一般小職員相同,生活在最清苦的線上。家是用手可以探住頂子的平房,一間大房分成五小間,三間住人,迎門的一間是會客室,坐在『會客室』,當中一間的寢室中的帳子床,就可以一一在目。另外一間是廚房。鴨子有時飛到客人的背上找吃的。」兩個孩子在國立中學讀書也因他作為家長在後方而「讀不到公費」,「政府有什麼公教人員優待辦法等等,條文漂亮得很,實行起來一折八扣」,這使他實實在在是「工作十年變不富,一朝休息就斷炊」。物價飛漲時,他著述被毀,版稅被欠,又謝絕做官,生活更加艱難,淪落到拍賣家裏東西,甚至連字典、辭源等藏書也分三批售賣,以解決最低水平的生計問題。1944 年暑假他女兒一回家來就馬上被他逼著返校,只因為女兒留下來「就增加了一張嘴吃飯,而家裏除過少許米煤小菜以外,是別無所有的……」。同年冬天,「人們實在看不下去這位老教授的淒苦,有人出來替他呼籲,教育部這才動了動心,據說發下三萬元獎金來。」〔註80〕1941 年 2 月 5 日,在復旦兼課的戲劇家洪深,就因貧病交加與夫人一起服毒自殺,幸郭沫若聞訊偕醫生及時馳往急救,遂脫險得救。十七天後,患肺結核病的 18 歲長女洪鈴無錢醫治而病夭。〔註81〕此前,這孩子想吃蘋果,洪深「跑遍山城,花了十元錢買了一隻蘋果」〔註82〕。另據胡邦彥回憶:「一九四三年夏,洪深的小女兒重病,想吃廣柑,先生沒錢買,每天下班都要哄女兒,說沒空買,或沒買到。有一天,先生不得已向人借錢買到廣柑回家,女兒已死。先生傷心之極,覺得無人生之趣,遂即自盡。幸被人發現,急送醫院求活。」〔註83〕這種困苦生活現象並非復旦獨有。延安《解放日報》1943 年 8 月 24 日有報導題為《中山大學教授熊大仁

〔註80〕魏文華:《一個教授的遭遇》,載新血輪社編《新血輪》油印報第 72 期副刊《時與地》第四期。另見文華《白季眉教授》,載《人物雜誌》,1946 年第 2 期。

〔註81〕陳美英:《洪深年譜》,北京:文化藝術出版社,1993 年 12 月版,第 105～106 頁。

〔註82〕沈裕福:《校園往事追憶——記一九三八年重慶時期的復旦大學》,見彭裕文、許有成主編《臺灣復旦校友憶母校》,上海:復旦大學出版社,2003 版,第 255 頁。

〔註83〕胡邦彥:《抗戰時期復旦點滴》,見顧國華編《文壇雜憶(全編 5)》,上海:上海書店,2015 年 5 月版,第 104 頁。

貧困自殺》，文中說「處在國民黨內反動派黑暗統治下的大後方大學教授們，他們今天的生活『都有憂死病死和餓死的可虞』，第一個就是白季眉：「為了錢，他每週得任課二十三小時」，但「兩年來每天只能吃兩餐稀飯。近日更因無錢交房租，遭到房東的驅逐。」他「痛感生活陷於絕境，遂致書當局，請准予赴前線殺敵，俾五子三女，可援優待出征軍人家屬條例，免費送入保育機關教養，並可令賤妻為雇工。」另有曾經留美多年研究煉鋼卻「吃了這頓想下頓」，「一邊吐著血，一邊為了維持生活，每天必須做二十幾雙木拖鞋出賣」的工程學家李華，貧困自殺的中山大學教授熊大仁，「只有一件長衫，遇到髒得不能不洗的時候，只有躺到床上，等他的太太漿洗，曬乾或烤乾後再起來穿上」的貴州某大學一位教授，毫不諱言「大都自己擔水，擔糞，種菜，買菜，燒飯，縫衣補鞋，領小孩，困苦達於極點」的四川省立教育學院教授曹自宴。〔註84〕令人倍感辛酸的是，這種艱難困苦的狀況直到1946年準備復員之際，仍在上演。復旦新聞學系主任、德高望重、赫赫有名的修辭學家、新聞學界泰斗陳望道教授為籌路費隨校東遷上海，從1946年初起就到街頭設攤拍賣書籍及衣物，為此《新華日報》1946年1月17日第3版大字標題刊發了題為「學人辛酸——陳望道擺地攤，逢場拍賣書物」的消息。

由於戰爭使音訊隔絕或難通，學生很多是依賴貸金生活。學生食堂伙食由學生自行辦理，也有極少同學在附近飯館裏包飯。「初來黃桷樹時，物價較為便宜，每月伙食費只需六元，尚稱豐滿」，到1940年8月「現在增加到十二元，還不能適口。這樣不但許多同學感到生活的痛苦，就是每月拿兩三百的教授們，假使一家有七八口吃飯的話，這點薪水卻是不夠買米。生活費用如此高漲，真是令人可怕！」即便學生能苦中樂學，學習條件也十分艱苦：「教室、住房建築十分簡陋，晚上點燈最初用桐油燈、煤油燈，後來才用上電燈」〔註85〕；「我們的圖書館委實小得太可憐了，一間小小的參考室，還不能容上一百人，再加上一間同樣大的閱覽室，最多也不過一百個座位，……遲到一刻就有向隅之感！」〔註86〕。值得特別說明的是，教育部針對來自戰

〔註84〕馬民書：《在世紀的回音壁裏：二十世紀中國要聞評說》，北京：中央文獻出版社，2004年版，第895～896頁。
〔註85〕《復旦大學農學院十四年》，見洪紱曾主編《復旦農學院史話》，北京：中國農業出版社，2005版，第5頁。
〔註86〕王猷：《嘉陵江畔的復旦大學》，載《學生之友》，1940年第1卷5期，1940年9月15日出版。

區的學生「核發每生每月八元之貸款」〔註87〕,「以維持最低的生活」,這對流亡中的窮學生包括後來的復旦作家群成員來說,是提供了實實在在的生存保障。外文系 1941 級學生張銘瑛生動描述過早飯情景:「只有早上起床號響時,前者(口袋空空同學——引者注)即使尚未十分清醒,亦迅速起身,一面呼喚,一面抓起飯碗及漱口杯等等奔向飯廳,各寢室自動組織起來,一個挨一個向稀飯桶進逼。身材比較矮小的被派打頭陣,找個縫隙擠近桶邊。撈到一隻飯勺就大顯身手了。跟在後面的再一個接一個遞過去碗或杯子,隔空傳遞。直到全體室友盡都滿載為止。」〔註88〕即使是這樣清苦的生活,也吸引並滋養過許多流亡青年學生。後來「詩墾地叢刊」的主編鄒荻帆,1940 年 5月流落到北碚黃桷樹鎮時,「囊空如洗,借貸無門」,有鑒於「復旦大學八月招考新生時,如能入校,戰區學生都有貸金,吃平價米伙食,總不致挨餓」〔註89〕,便借「那時學生食堂管理上不嚴,都吃大鍋飯,也不賣飯票。反正八個人一桌,哪兒有空就插進去」,混吃了近三個月,直到被錄取為外文系新生。同樣是詩墾地社主要成員的冀汸在 1942 年考入復旦史地系之前,1941 年暑期流亡北碚也到復旦學生食堂混吃、還混住(學生趙純熙租的小屋)直到復旦開學前夕,其間他就作為「專職工作人員」幫忙籌辦「詩墾地叢刊」。多年後回憶時,他直說復旦學生食堂「這一『優良傳統』一直保持到抗戰勝利學校復員上海之後。牛漢流浪到上海的時候,蘆甸、李嘉陵夫婦從宣化店突圍到達上海之後,都在學生食堂混吃過。」〔註90〕還有許多學生,因貸金不能按時發下來,家中又無力支持,要麼輟學,要麼到校外設法謀生,而不能正常學習。

抗戰爆發後,由於物價飛漲,經濟缺乏保障和「以漁利為目的的書商,重新侵入到文藝中來起支配作用」,整個大後方「過去文藝運動蓬勃時出版的許多文藝刊物」「相繼停刊」,〔註91〕版稅、稿費一降再降,「稿費比較紙筆費還要少」〔註92〕成為普遍情形,作家們生活極度困苦,許多人為生計所迫兼

〔註87〕吳南軒:《入川後之母校》,見復旦大學校史編寫組:《復旦大學誌 第一卷(1905～1949)》,復旦大學出版社,1985 年版,第 167,171 頁。
〔註88〕張銘瑛:《夏壩趣事兩則追憶》,見彭裕文、許有成主編《臺灣復旦校友憶母校》,上海:復旦大學出版社,2003 版,第 494 頁。
〔註89〕鄒荻帆:《記詩人姚奔》,載《新文學史料》,1994 年第 4 期。
〔註90〕冀汸:《詩寫大地——回憶鄒荻帆(下)》,載《新文學史料》,1997 年第 2 期。
〔註91〕雷蕾:《一九四一年文藝運動的檢討》,載《文藝生活(桂林)》1942 年第 1 卷第 5 期,第 5 頁。
〔註92〕老舍:《在北碚》,見《老舍自述》,現代出版社,2018 年版,第 228 頁。

職或改業。儘管「文協」為此發動了全國性的保障作家生活運動，為作家爭取生存權，但無濟於事，「文藝工作者生活的沒有保障，這現象到一九四一年尤其是嚴重。在抗戰前可以有職業作家，到現在就不可能有了，寫作成了一種副業」〔註93〕。與此相應，那些在艱難清苦生活中沒有放棄文藝創作的復旦學生作家所辦的文藝性油印報、壁報和在《新蜀報》、《合川日報》等公開發行報紙上的副刊，也先後停辦或停刊，靠稿費維持生活已不可能，偶而打牙祭也多變成了奢望。「詩墾地叢刊」因發不出稿費，而引發了支持者路翎的不滿。靳以也常常為《文群》的稿酬太低而歉疚不已：「說到稿費呢？那簡直是太少了。要是和米價相比，要兩千多字才可以換升米，每斗百元，今五斗不折腰原來是以為數目菲薄，即以那個數目為算的，一個作者要月寫十萬字才可如願。」〔註94〕

　　復旦及其師生雖有政府賑濟而仍拮据掣肘的困苦經濟境遇，在復旦作家們來說，是感同身受的，對他們的文學活動尤其文學創作的影響，或直接或間接，或正面或側面，是深入骨髓的。

第三節　文化環境──繁複自由到統一專制

　　復旦作家生活和創作的文化環境，總體上可以概括為大後方文化，有一個從繁複自由到統一專制的充滿斗爭的發展歷程。與重慶升格為行政院直轄市並被定為陪都相應的是，國家機關內遷，包括高校在內的大量文化機構、文化團體和大批文化人聚集重慶，重慶城市地位迅速提升成了全國政治、經濟、軍事中心，再加上以第二次國共合作為主要標誌的抗日統一戰線已經建立，一直致力於團結進步文化力量積極主張抗日的中國共產黨也獲得了在重慶開展工作的合法性（周恩來領導的中共中央南方局以八路軍駐渝辦事處的名義在重慶公開活動，周恩來同時又擔任國民政府軍委政治部副部長，在戰時中國文化領導機構國民政府軍委政治部第三廳主管宣傳工作，使之成為抗日文化統戰堡壘，通過他在重慶團結了大量文化團體和大批文化人，進一步形成了廣泛的抗日文化統一戰線），極大地影響和推進了全國抗日文化運動的

〔註93〕雷蕾：《一九四一年文藝運動的檢討》，載《文藝生活（桂林）》1942年第1卷第5期，第5頁。

〔註94〕靳以：《〈文群〉三百期》，載1941年5月22日《國民公報·文群》第300期。

發展，重慶抗戰文化也因此具有了最廣泛的代表性，使重慶真正成為了戰時全國文化中心。

不能忽略的是，重慶文化地位的提高，還與人口遷移密切相關。抗戰時期，重慶人口劇增，截止 1938 年底僅一年多點時間內就從 47 萬增加到 60 餘萬，並在 1941 年突破 70 萬，1943 年接近 90 萬，到 1945 年初已逾百萬，外來人口占一半以上。〔註 95〕因全面抗戰爆發而遷入重慶的大量高素質外來人口，不僅改變了重慶的人口結構，在整體上提高了重慶人口素質——1937 年到 1946 年人口增加最多的職業依次為新聞、會計師、教育，公務人員數量大增且絕大多數具有中學以上學歷，受過大學教育和專門教育的占近四分之一〔註 96〕，更以其所攜帶的天南海北的各地文化因子，直接促進了國內地域文化的交流、融合，為抗戰時期重慶文化發展奠定了空前堅實的基礎。京劇原本只是隨戲班流動演出，到這時有了萬家班、劉家班等西遷重慶定居演出，上海遷來恒社重慶分社、雅歌平劇社等業餘京劇團體，使重慶京劇舞臺空前活躍。而崑曲、漢劇、楚劇、評劇、越劇及其他一些北方曲藝，也因抗戰而在重慶嶄露頭角。這些外來劇種與川劇彼此間相互交流、借鑒，豐富發展了川劇的劇目、聲腔及表演等方面，在一定意義上促成了川劇的革新。復旦校內學生的復旦話劇社、復旦平劇社等就在這氛圍中組建並擁有重要地位。隨著人口遷入，南北沿海各地飲食名店即所謂「下江館」大批內遷重慶，加上本土菜館，「重慶菜館之多，幾於五步一閣」〔註 97〕，一時重慶飲食兼收並蓄，京津味、江浙味、湖北味、湖南味、貴州味、廣東味、福建味以及西餐等，與成都味、瀘州味、樂山味、內江味等雜陳於市，空前發達。重慶原本就多的茶館，因抗戰後「秦淮歌女，聯袂西來」，茶館內除清唱外，還有借茶館演戲曲者〔註 98〕。據統計，重慶城內 1943 年有中西餐食店 260 家，其中川菜館 110 家，外省菜館 53 家，西餐廳、咖啡館 30 餘家，形成了中西菜、南北味並存的繁榮局面〔註 99〕。而且，由於占人口大多數的中下層人士經濟收入有限，

〔註 95〕周勇：《重慶通史（第二冊）》，重慶：重慶出版社，2014 年第 2 版，第 469 頁。
〔註 96〕周勇：《重慶通史（第二冊）》，重慶：重慶出版社，2014 年第 2 版，第 470～471 頁。
〔註 97〕陸思紅：《新重慶》，上海：中華書局，1939 年 8 月版，第 167 頁。
〔註 98〕陸思紅：《新重慶》，上海：中華書局，1939 年 8 月版，第 169 頁。
〔註 99〕周勇：《重慶·一個內陸城市的崛起》，重慶：重慶出版社，1989 年版，第 491 頁。

中低檔經營方便靈活，「隨呼隨至」，成菜迅速，「定價較低，不收小費」，大眾餐館的消費占主流。復旦大學所在地北碚亦然，1943 年全區飲食店有 100 餘家，其中消費高的僅有 17 家〔註100〕。正是這種大眾化消費標準，讓復旦師生能在清苦生活中偶而的「打牙祭」時領略北碚飲食文化的豐富多彩。北碚當時劃為遷建區，遷進了政府機關、科研機構、大專院校、文化機構等上百家單位，雲集了政治家、科學家、教育家、文化藝術家等上千人，復旦大學、國立江蘇醫學院、國立戲劇專科學校、國立國衛體育專科學校、國立重慶師範學校、私立立信高級會計職業學校、國立音樂學院等高校和私立勉仁中學、國立四川中學等中小學校的遷建，北碚迅速蔚成文化區，大大促進了北碚乃至重慶文化教育的發展。

復旦遷渝初期，正值民族矛盾空前尖銳、抗日熱潮蓬勃興起之際，國民黨政府採取了頗多有利抗戰的措施，反對日本侵略、揭露漢奸賣國、鼓舞抗戰士氣，積極宣傳抗戰建國。這一時期，文化界目睹祖國大好河山遭受日寇鐵蹄踐踏而淪喪，同胞受戰火之殃而陷於水深火熱之中，老舍、茅盾、艾青、巴金、靳以、胡風、曹禺、洪深等作家，范長江、陸詒等新聞界人士，英勇地投身民族解放戰爭，發出自己的怒吼，奮起救亡。曹禺、老舍〔註101〕、靳以、胡風在復旦兼任教授，中華全國文藝界抗敵協會北碚分會的建立，為復旦作家尤其青年學生作家帶來了極大的鼓舞。文種社的王潔之就以攝影、通訊、散文以及文藝短評等多種形式進行抗戰建國宣傳，還加入了文協北碚分會。在「一切為了抗戰」的熱烈氣氛下，一切文化也「只能」為了抗戰。梁實秋1938 年 12 月 1 日在《中央日報》副刊《平民》上發表《編者的話》說：「現在抗戰高於一切，所以有人一下筆就忘不了抗戰。我的意見稍為不同。於抗戰有關的材料，我們最為歡迎，但是與抗戰無關的材料，只要真實流暢，也是好的，不必勉強把抗戰截搭上去。至於空洞的『抗戰八股』，那是對誰都沒有益處的。」立即引起文化界強烈反響，引發「與抗戰無關論」爭議。今天回看，客觀地說，梁實秋的觀點及其堅持，主要是針對當時已經彌漫文壇的抗戰八股壞風氣，本是無可厚非的。孔羅蓀、文協總務老舍和宋之的、姚蓬子、魏猛克，以及張恨水、巴人、張天翼等人對梁實秋的批駁，實際上是以「宏

〔註100〕社會部統計處：《社會調查與統計》1943 年第 2 號。
〔註101〕老舍：《關於文藝諸問題——在復旦大學講演》，原載重慶北碚兼善中學校刊《突兀文藝》1945 年 3 月出版的第 3 期。

觀」的抗戰國情的「真實」，遮蓋了大後方「微觀」日常生活的「真實」，進而指責其不合時宜。梁實秋首先承認的「抗戰高於一切」卻被忽略了。而早在1938 年 2 月 12 日，復旦大學文種社主編的《新蜀報》副刊《文種》第 3 期就刊發了曼平的《從女人的臉說到洋八股再說到抗戰性的文學》，強調「寫作是不能脫離『時』與『空』的，我們的時間是抗戰，是為中華民族求生存而鬥爭的關頭，我們的空間，我們的四周，是無數等待我們喚醒的民眾，我們的文學不能是點綴似的，為少數有閒階級所懂得的消遣品，我們須要強有力的，能喚起民族自覺的文學，我們需要能直接鼓舞人心，建築在民眾生活上的作品，我們需要針針見血的東西！」這裡既透著對「女人臉」「點綴」「修飾」文風的排斥，和對「洋八股」不良文風的理性批判，也昭示著對「抗戰性的文學」的熱烈呼籲，不過，這呼籲裏同樣潛隱著「唯與抗戰有關」者是的文藝立場。

這一時期，《新華日報》遷渝及其北碚發行站建立，對包括復旦作家在內的進步復旦學生的影響極為深遠。1939 年 10 月，《新華日報》和《群眾》雜誌遷到重慶，中共南方局隨即開始「通過北碚民教委員會的地下黨員對《新華日報》做了一些推銷工作，當時數量雖少，只有三、四十份，但卻奠定了一定基礎」〔註102〕。1942 年深秋，在《新華日報》經理于剛、營業部副主任彭少彭及張茹莘等的囑託下，「特約通訊員」王貴良（復旦大學土木系 1942 級學生，筆名魯掖、綠野等）裝成生意人以開文具店的名義並化名張石秋，租下廣州路 46 號一幢兩間門面兩層樓的新房子，正式建立了《新華日報》北碚發行站，1943 年遷天津路 8 號。該發行站每天發行《新華日報》兩千份，許多復旦進步學生訂閱《新華日報》，「發行站每天上午派出小報童把一份一份的《新華日報》送到每位學生訂戶的枕頭下或門縫裏」〔註103〕，時間長了，彼此間建立了濃厚了情誼，其中不少學生留下了關於報丁、報童艱辛送報以及他們被搶報、撕報，被隨意辱罵、毆打甚至逮捕關押毒打的回憶文字，如王火、吳子見、余震、張正祥等。

然而，國民黨政府從一開始就沒有真正放棄過對文化的專制統治，為此，

〔註102〕左明德：《〈新華日報〉北碚發行站》，載《新華日報》暨《群眾》週刊史學會成都分會編《新華報童》，成都：四川少年兒童出版社 1986 年版，第 134 頁。

〔註103〕張正祥：《懷念胡作霖同志》，載《北碚文史資料》第 7 輯，1995 年 12 月版，第 156 頁。

一邊頒布一系列體現國家意志的專制性文化法律法規，一邊組建專門的文化專制機構，遏制進步文化活動，推行文化「法西斯」。國民黨當局在《抗戰建國綱領》之後，1938 年 7 月 21 日重提《抗戰期間圖書雜誌審查標準》，發布《戰時圖書雜誌原稿審查辦法》等。1939 年 1 月 21 日至 31 日，國民黨在重慶召開第五屆中央執行委員會第五次全體會議，確立了「防共、限共、溶共」方針，頒布了《抗戰時期文化團體指導工作綱要》、《戰時新聞違檢懲罰辦法》等政策法令，再秘密傳達《禁止或減少共產黨書籍郵運辦法》、《查禁新知、互助及生活等書店所出書刊辦法》。1939 年 3 月頒布「一方面為抗日的，……另一方面是防共的」兩面性的《國民精神總動員綱領》，9 月又下達密令指示對付中共刊物、書店的方法。對此，中共一面從抗日大局出發，對國民黨政策中有利抗戰的因素予以配合，強調「在國民黨統治區域的各種報紙刊物亦應發表各種適當文章文件講演」，積極推進國民精神總動員運動；另一方面也針鋒相對地反限制和破壞。1939 年 4 月 5 日中共中央黨內指示中指出了《國民精神總動員綱領》的兩面性，「一面反對防共分子的觀點，一面反對民族分子的觀點」。1940 年 1 月 25 日，中共中央致電南方局，指示在重慶加強和秘密發行延安的黨報、黨刊。

國民黨還不斷製造軍事摩擦，以配合對出版、言論的政治內容的管控，「防止相反或歧異的傾向」，逐漸加強文化專制，強化「國家至上，民族至上」「軍事第一，勝利第一」的信念和國民黨三民主義文化理論政策的宣傳。儘管這種文化專制因國共裂痕在國統區沒有公開而以一種潛流的形式逐步鋪開，但堅持抗日救亡的進步文化界敏銳地感知到並迅速做出了有力回擊。1941年，年初皖南事變發生，國民黨製造分裂、破壞團結的真實面目公開暴露無遺，國民黨一邊以「整飭軍紀」為由辯護，一邊變本加厲，於 1 月成立了中央圖書雜誌審查委員會，專門負責審查國統區出版發行的圖書雜誌；於 2 月 7 日成立國民黨中宣部文化運動委員會（以下簡稱「文運會」），以取代第三廳，作為全國文化宣傳領導機構，對國統區實行全面文化專制，大肆迫害進步報刊，控制輿論，壟斷新聞。文運會成立後連續頒布了《雜誌送審須知》（1941）、《圖書送審須知》（1942）、《書店印刷管理規定》（1943）、《重慶市審查上演劇本補充辦法》（1943）、《修正圖書雜誌劇本送審須知》（1944）、《戰時出版品審查辦法及禁載標準》（1944）等一系列專制性文化法令。於是，僅 1941 年 1 月到 4 月，重慶就有《全民抗戰》等數十種報刊被迫停辦；僅 1942

年審查的已出版 1072 種圖書中，准予發售 238 種，查禁 196 種，停止發售 120 種，就地取締 32 種，不准再版 14 種，准予備查 472 種，審查合格准予發售的只占五分之一略強。〔註 104〕文運會還在 1942 年 2 月聯合重慶 36 個機關團體舉辦「總動員文化界宣傳周」，旨在促使文化事業「配合國策」。同年九、十月間，文運會主辦之《文化先鋒》、《文藝先鋒》在重慶先後創刊，張道藩在《文化先鋒》創刊號發表《我們所需要的文藝政策》，從三民主義與文藝之必然關係出發，確定新的文藝政策，主張「一不專寫社會的黑暗」，「二不挑階級的仇恨」，「三不帶悲觀的色彩」，「四不表現浪漫的情調」，「五不寫無意義的作品」，「六不表現不正確的意識」，而應該「一要創造我們的民族文藝」，「二要為最受苦痛的平民而寫作」，「三要以民族的立場來寫作」，「四要從理智裏產作品」，「五要用現實的形式」，〔註 105〕從理論上將國民黨的文藝理論體系化、法典化。

　　這直接激發了堅持抗日民主的進步文化界，使之為保障抗日文化正常發展，對國民黨的全面文化專制展開了公開抵制和全面反擊。中共南方局領導的文化工作委員會（簡稱「文工會」）遵照周恩來的指示「跳出圈子幹」，編印《中國報導》、《日臺廣播資料》、《國際問題資料》等宣傳資料，在《新蜀報》上主編《國際問題週刊》，創辦《七天文藝》，堅持組織抗日勞軍活動和各種群眾文藝活動，通過時事講座粉碎國民黨頑固派「蘇聯必敗」等論調，增強人民群眾反法西斯必勝的信心。此外，「文工會」還通過利用紀念高爾基、魯迅等人，為知名文化人如郭沫若祝壽等活動，來宣傳進步文藝和鬥爭精神，倡導、鼓舞廣大文化人勇敢向黑暗統治勢力作不屈的鬥爭；或通過援助張天翼等貧病作家來揭露國民黨黑暗統治對文化人的摧殘迫害；或充分利用《霧重慶》、《屈原》、《野玫瑰》等戲劇作武器開展鬥爭；或直接抵制文化專制政策，要求取消審查制度，呼籲民主。在 1945 年 8 月日本投降前夕，「國訊書店」出版黃炎培的《延安歸來》一書，重慶 16 家大型雜誌聯合發表「拒檢聲明」，33 家雜誌簽名「拒檢」，各報紛紛載文要求取消圖書雜誌審查制度而掀起全國性的「拒檢運動」。迫於形勢，國民黨當局最終在 1945 年 9 月 22 日宣

〔註 104〕 《國民黨中央圖書審查委員會民國三十一年度工作考察報告》，中國第二歷史檔案館編《中華民國史檔案資料彙編》第五輯第二編「文化」（一），南京：江蘇古籍出版社 1998 年版，第 823 頁。

〔註 105〕 張道藩：《我們所需要的文藝政策》，載《文化先鋒》創刊號，1942 年 9 月 1 日出版。

布：從 10 月 1 日起，撤銷對新聞和圖書雜誌的檢查。但實際上並未真正完全停止審檢。1945 年 11 月 1 日，復旦 28 個學生團體聯合出版壁報《復旦壁聯》創刊號，再為「拒檢」發聲。最不能忘記的是，「文工會」根據周恩來「隱蔽精幹，長期埋伏，積蓄力量，以待時機」的指示，通過疏散、轉移等方式保護了許多進步文化人士。正是有了復旦地下黨組織的提前通知，1941 年初，學生中的中共地下黨員張學真、譚家昆（「昆」又寫作崑或崐）沒有參加期末考試就離校先暫避到一個黨支部的同學陳緒宗家裏，再租了一隻小木船轉移到重慶另一黨員同學康穆家裏，後再轉移到貴陽、桂林，以致失掉了黨組織關係；也正是有了復旦地下黨員的提前知會，新聞學系 1939 級學生姚奔才能及時躲到育才學校避過了國民黨的暗捕，之後才有了詩墾地社及其「詩墾地叢刊」；正是陳望道從北碚趕到重慶的多方營救，幾個被軍統特務騙去投考翻譯官而陷入虎口無法脫身的學生才得以保全。

　　面對這樣的嚴峻形勢，即便是《新華日報》，1941 年 3 月 7 日的《中共參政員未出席本屆參政會真相》一文也只留標題而正文「開天窗」，復旦當局也不得不加強了校內學生文化活動的審查，尤其是改國立後，更加強了學生文藝社團及其刊物登記的審查，以致許多報刊因「稿件」送審被抽後只能以留標題「開天窗」的形式來抗議。復旦學生的文藝壁報因此和《文摘》、《國民公報》文藝副刊《文群》等正式報刊一樣，出現「開天窗」現象。靳以主編的《國民公報》副刊《文群》第 48 期索性直接刊出了一條特別說明：「今日稿被刪登處甚多，故行數加鬆，請讀者原諒。」〔註106〕為避免稿件送審被刪扣而留下空白，或校印發生錯誤，他常從北碚寄稿件囑咐新聞學系學生張原松代為發排、校看清樣和補白。

　　總起來看，抗戰期間重慶作為全國大後方中心，抗戰文化是其核心部分，抗戰文化發展上的戰鬥性、大眾化、廣泛性、輻射性等特點，復旦校園內都有著具體而生動的體現。復旦作家是在抗戰文化背景下生活和創作，戰爭對文學的要求、各種政治勢力對文學的爭奪，在很大程度上「規範」了他們的文學創作，但他們的文學創作活動本身，也構成了抗戰文化背景的一個部分。然而規範是宏觀地制定的，遭遇是微觀地具體發生的。復旦作家始終是獨立的創作主體，他們的文學創作是不可能被完全規範的。這是因為，抗日戰爭遭遇逼著他們突破了既有視界的束縛，進而在更大的空間世界裏重審鄉國空

〔註106〕重慶《國民公報・文群》第 48 期，1939 年 8 月 17 日。

間、重估鄉國價值，在一種比照性體驗中「更加切實地發覺自我生存環境的侷限和困頓，同時也更自覺地進行精神的返照，努力開掘自我空間的生命潛力」〔註107〕。抗日戰爭遭遇，具體而言，大的方面就是政治境遇、經濟境遇和文化境遇。抗戰爆發改變了以國共兩黨為代表的各種政治勢力對文學的爭奪格局，而各種政治勢力對文學的爭奪又在客觀上增加了抗日戰爭的複雜性。戰爭遭遇，就是戰爭體驗。抗日戰爭本身的複雜性，就是體驗對象的複雜性。「應當承認，面對同樣的對象，不同主體的體驗深度是大相徑庭的，……而且，認知主體與體驗對象也會隨著歷史環境的改變而改變。」「在這裡，體驗對象的複雜性誘導著個體的差異性，個體體驗的差異性也強化了對象的複雜性。」〔註108〕對復旦作家而言，全面抗戰爆發的突然所帶來的衝擊性體驗，使他們豁然省悟到戰爭原來離自己很近，近得讓人措手不及，整個生存生活徹底發生了應激性反應變化——家鄉淪陷，原有生存空間喪失；生存失怙，民族尊嚴喪失；個體生存陷於危機中，等等，這使得他們不能拒絕民族國家建設的歷史使命，但他們更不能迴避自身個體生存的具體感受體驗，他們正是在民族國家與自我個體之間的張力中選擇了文學。他們之選擇文學，其中致力於文學創新「為藝術而藝術」者罕見到幾近於無，而多是在抗戰這一特殊歷史情境中不得不卻又是自然而然地借文學這一方式消解自我心中的塊壘，做某種急切、焦慮的抒發。這抒發，既是為了一己「小我」的生存需要，也是為國家民族「大我」的存亡，而不得不與現實做鬥爭，他們的文學是戰鬥的文學。理解復旦作家的文學活動及其文學創作，我們不能不考慮重慶這個大後方政治、經濟、軍事、文化中心以及其中抗戰建國文化發展狀況的背景意義，但更不能不顧及復旦作家在相同的民族抗戰中不同的戰爭遭遇，以及戰爭體驗的複雜性、差異性，以及這戰爭境遇中復旦作家個體的主觀精神追求與選擇。這是因為，在根本上能夠決定文學作品的創造性價值的，還是作家個體的實際生存體驗，而不是背景本身。

〔註107〕李怡：《東遊的摩羅　日本體驗與中國現代文學的發生》，南京：江蘇鳳凰文藝出版社，2018 年版第 52 頁。

〔註108〕李怡：《東遊的摩羅　日本體驗與中國現代文學的發生》，南京：江蘇鳳凰文藝出版社，2018 年版，第 131、81 頁。

第二章　文學活動形態與實績

第一節　復旦作家群文學活動的發生發展

　　對於整個中華民族來說，自一九三七年七月「中國揭起了抗戰的旗幟，立刻便產生了『抗戰文藝』。」〔註1〕「文學作品是人寫的，是直接或間接地寫人的，並且是為了人的需要而寫的。因此，人包含著文學活動的出發點和歸宿。但這裡的人不是孤立的或抽象的人，而是從事活動的人，是人的活動。」〔註2〕顯然，確切地說，具體到作家個人或其群體，只有當他（他們）真正把「抗戰」作為「中心思想」〔註3〕開展文學創作活動時，抗戰文學才真正發生。

〔註1〕沙雁：《抗戰文藝的題材》，載《抗戰文藝》1938 年第 1 卷第 8 期，第 95 頁。

〔註2〕童慶炳：《文學理論教程》，北京：高等教育出版社，1992 年版，第 31 頁。

〔註3〕1931 年「九‧一八」事變發生不久，秋濤撰文《文學的時代性與武器文學》（載 1931 年 12 月 11 日、15 日《中央日報》副刊《大道》。）從民族國家的抗戰立場檢討了中國文藝創作「缺乏中心思想」的現實，號召作家們響應現時代民族革命抗戰的需要，舉起文藝武器改造社會、復興國運：「中國的文藝創作者，向來就沒有一個中心思想，大家只是根據一時的情感衝動，或接受到某一種不愉快的刺激，自然地流露出一種反映而已。所描寫的，只限於作者自己所經歷的範圍，而這範圍又非常窄狹，不足以表達出多數人共同的傾向和欲求；……而要發見一篇能代表一個時代一個主潮的作品，簡直是絕無僅有，說起來，真是異常抱憾的事！」「總括一句話，中國文藝界到今天還沒有多大的貢獻，完全是受著狹義的個人主義的影響。」而「文藝是人生的反映，時代精神的前驅，是環境的透明的鏡子；由文藝的表現上，可以檢驗民族血液的冷熱與純污，可以觀察整個的民族命運的盛衰。文藝對社會的改造，國運的復興，……是推動這個時代機輪的原動力」，「文藝並不是超

重慶復旦大學校園文學活動是中國抗戰文學的一個部分，也應該這樣看待。重慶復旦作家作為復旦校園文學活動的邏輯原點，其有跡可尋的文學活動的發生發展，就是從他們自覺以文藝為武器宣傳「抗戰救亡」、「抗戰建國」，以及爭取自由、民主開始的。復旦作家群正是在這一過程中逐漸地自然形成，自然向我們開顯出來的。

一、學生作家的文學活動

在重慶復旦大學校園文學活動中，學生作家不僅人數比教師作家多，而且也遠較教師作家活躍得多，可以說，正是學生作家的文學活動構成了復旦大學校園裏最富生機和活力的文學風景。復旦學生作家除謝德耀、王火等少數人沒有參加任何社團外，基本上都是以某社團成員的身份開展文學活動，以社團刊物為主要陣地，間或以社團活動為舞臺出現的。據不完全統計，截止 1938 年底，重慶復旦「全校共有學生團體十八單位」〔註4〕。到 1941 年 5 月，另「有人統計：復旦各派社團超過二百個，壁報超過五十種。」〔註5〕儘管復旦校內的學生團體是「以研究學術之各項學會，占絕大多數」〔註6〕，文藝社團和非文藝亦非學術性團體所佔比重極小，而且只有文藝墾地社、詩墾地社、文學窗社等屈指可數的幾個純文學社團，但在許多學術性團體和非文藝團體中文學愛好者都為數不少，其刊物也因此辦有自己的文藝「副刊」。具體到學生作家個體，有的參加了文藝社團，有的參加了非文藝社團，還有的同時參加了不只一個社團，包括文藝社團和非文藝社團，有少數人還參加了

時代的東西，她是從現實的社會生活裏壓榨出來的民族的最清潔最熱烈的血液」，「文藝——她自己，為著要在廣大的群眾中，取得永久不滅的力量，她決不願躲在詩人的憧憬的夢境裏，……我相信她寧可跟到十字街頭來，與我們廣大的群眾，親切熱烈的握手，她必然很高興地說：『親愛的大眾們！你就拿去當武器吧！我願意你們當武器，你們可以拿去宣傳革命，可以拿去打倒帝國主義，打倒日本，並且，甚至，寫作戀歌娛樂你的愛人，寫作勸進表似的東西拿去討封，寫作廣告似的東西，推廣生意，我都不管，我也無法管了這些，我但求只要寫出的像文藝，像武器，係是武器的文藝，文藝的武器』。」

〔註 4〕吳南軒：《入川後之本校》，載《復旦大學校刊》1939 年 1 月 1 日復刊號，第 3～5 頁。

〔註 5〕許有成：《復旦大學（1905～1948）大事記》，臺北復旦校友會 1995 年印行本，第 55 頁。

〔註 6〕吳南軒：《入川後之本校》，載《復旦大學校刊》1939 年 1 月 1 日復刊號，第 3～5 頁。

校外文學組織。例如，蔣蘭君既是文種社、抗戰文藝習作會兩個文藝社團的成員，也是非文藝團體課餘讀書會、婦慰會（全稱「中國婦女慰勞自衛抗戰將士重慶分會第九區復旦大學支會」，1938 年 12 月 16 日成立）的成員；魏文華加入文藝社團文學窗社後又加入了非文藝社團新血輪社；文種社的王潔之不僅參加了抗戰文藝習作會、復旦劇社，而且還是中華全國文藝界抗敵協會北碚分會和中華全國戲劇界抗敵協會的會員。

　　正是諸多學生作家以自己所在文藝團體和非文藝團體及其刊物（或刊物「副刊」）為主要陣地展開艱辛卻熱情洋溢的文學活動，與他們的指導老師如胡風、章靳以、梁宗岱、陳望道、陳子展、方令孺、初大告、翁大藻等早已成名作家的文學創作相互蔚映，一道造就了重慶復旦校園濃厚的文學氣氛。順便說明一下，前述教師作家，根據他們的日記及相關回憶，像梁宗岱、盧前（盧冀野）、胡風等人，受聘到復旦任教，基本是出於維持生計的考慮，其本人並不很在意、很少提及甚至於根本不曾提談自己在復旦校園的文學活動，他們的文學創作與文學理論探索、研討，也並不與復旦有什麼專屬關係。有鑑於此，本章將對教師作家和謝德耀等不曾參加任何文藝社團的學生作家的文學活動的考察、描述，放到後面重要作家作品研究部分，而這裡主要考察、描述復旦學生作家的文學活動的發生發展，為後面根據重慶復旦師生作家發表的文學作品尤其在各團體刊物上發表文學作品的具體情況描述他們的文學活動及其創作實績，打下一個堅實基礎。

（一）文藝社團的文學活動

1. 文種社

　　文種社，發起於自盧山牯嶺遷往重慶途中，是抗日戰爭時期上海復旦大學西遷重慶最早出現的一個學生文藝團體，正式成立於 1938 年 1 月，它以《新蜀報》副刊《文種》為陣地，在復旦校園最先「揭起抗戰的旗幟」開展文藝活動，繼而以之為爭取自由、民主而鬥爭。

　　文種社的出現，是上海復旦大學政治文化傳統在全面抗戰新形勢下的自然體現。據《復旦大學校刊》登載文章記載，早在「九・一八」事變發生前後，上海復旦大學學生就成立復旦大學抗日救國會召開大會「共商抗日工作進行方針」〔註7〕、做「電慰馬占山」、「援助黑省軍費」、「通電國內外」、「表

〔註 7〕《第三次全體大會貢獻和平會議意見》，載《復旦大學校刊》第 113 期，1931年 10 月 25 日。

示外交主張」種種決議，迫使蔣介石親書誓師辭，發表《對日經濟絕交論》（葉耕讓，第 104 期）、《為熱血同學進一解》（魏振寰，第 112 期）、《究竟我們應該怎樣抗日救國》（毛起鵰，第 113 期）、《寫給抗日救國的同學們》（張亦飛，第 116 期）、《我們要怎樣去做反日工作》（適環，第 117 期）、《我們為什麼還不和日本人作戰？》（毛起鵰，第 119 期）、《研究中國與研究日本》（王伊蔚，第 121 期）等言論，邀請校董金問泗「作抗日學術演講」《他對於廿一條之觀察》〔註8〕、滬戰孤軍抗日衛國英雄翁照垣旅長演講「發表對調查團報告書意見」〔註9〕，新聞學系學生專門出版「痛定思痛研究中日問題」的刊物《明日的新聞》發表了《抗日聲中新聞界應有的覺悟》（謝六逸）、《謹防直接交涉》（樊仲雲）、《救國須有決心》、《亡國的基本條件》（郭步陶）等〔註10〕，還全校改編義勇軍聘請教官進行軍事訓練並實時檢閱，號召學生赴東北「援助馬占山將軍抵禦日寇」〔註11〕，以科學研討為基礎，理性十足地表達了鮮明的抗戰立場。再聯繫復旦大學的創校史和青年學生運動史，我們或許可以說，自「九·一八」事變到「七·七」事變六年間，對日抗戰救國已自然形成一個政治文化傳統，深深浸潤了復旦學生的愛國之心。文種社的誕生，正是這一傳統在大後方重慶行都特定歷史環境中最早的現實寫照。

文種社的發起，早在復旦大夏臨時聯大顛沛動盪的西遷途中就已萌動，這是敏於洞察、主動遵奉抗戰時代的偉大指示的結果。可以說，復旦大學校園政治文化傳統的形成和發展，潛移默化地造就了復旦學生敏銳的政治洞察力。一到重慶菜園壩復課有了短期安寧，文種社就應運而生並發展、工作起來了，儘管其命名有明顯的偶然性。作為文種社最先發起人的拱德明（1916～2010.7，筆名拱平、蕭風、羅平等），在考入復旦新聞學系之前，已於 1935 年在南京金陵大學參加中國共產黨的外圍組織「體群社」受過教育，抗日救國更加自覺。還在與同學鄭彥梅（？～1940.12，筆名梅，梅子等）、借讀於復旦大學經濟系的金陵大學學生王公維（1917～1991，筆名王潔之）等人內遷

〔註 8〕《金問泗先生蒞校》，載《復旦大學校刊》1931 年 11 月 15 日出版第 116 期，演講記錄載 1931 年 11 月 20 日出版第 117 期。

〔註 9〕見《翁照垣旅長演講詞》《翁照垣將軍蒞校演講》，載《復旦大學校刊》1932 年 10 月 10 日出版第 123 期。

〔註10〕見《復旦大學校刊》1931 年 11 月 5 日出版的第 115 期第四版。

〔註11〕《赴東北抗日救國團定期出發》，載《復旦大學校刊》1931 年 12 月 5 日出版的第 120 期第二版。

途中，她「就時常談論怎樣利用文藝宣傳抗戰的事」〔註12〕，1937 年 12 月
初到重慶在菜園壩復旦中學校舍復課期間就「擬在課餘之暇編個刊物宣傳抗
戰」。隨後經地下黨介紹認識了在《新蜀報》任編輯的中共地下重慶工委書記、
重慶救國會和地下學聯負責人漆魯魚，表明自己「喜歡文藝，經常在報紙上
發表一些抗日救亡的文章」〔註13〕後，漆魯魚在《新蜀報》撥出一塊版面囑
她組織同學編輯一個副刊，這就是與「新光」、「新副」、「戲劇週刊」並列的
《新蜀報》第四個副刊「文種」，每逢星期日出刊。引進漆魯魚任編輯的《新
蜀報》總經理周欽岳恰好臨時受聘在復旦為新聞學系學生教授新聞評論寫作
課，從一開始就對他們的文藝活動給予了幫助。拱德明便邀請王公維一起負
責編輯副刊，約請商學院經濟系學生沈鈞（筆名思慧，後更名姚天斌）和蔣
蘭君（筆名白莎）、借讀於復旦的燕京大學新聞學系學生白汝瑗（1915～1987，
筆名玲君）和鄭彥梅、土木工程系學生沈大經（1915～1986，後更名沉重，筆
名沉深）、經濟系的朱玉麟（又名金勁生，筆名朱立人、凌雲）等人一起寫稿，
文種社建立。1938 年 4 月初，沈大經、白汝瑗、拱德明和徐霞（即徐亞〔註
14〕，筆名阿秀）四人要到安徽六安抗日前線參加戰鬥殺敵報國（因戰事變化
未果，後經武漢八路軍辦事處救助，於 5 月轉赴延安）而離開復旦，沈均也
因中共地下組織的工作需要暫時離開之後，王公維、蔣蘭君又邀請了新聞學
系學生謝公望（1917～2004，筆名子灩）、張原松（後名張正宣，筆名原松、
張元松）等，和倪寧芳（筆名倪端）三人加入。

　　文種社的發展和工作，是以《文種》副刊為陣地為標誌的。1938 年 1 月
15 日，王公維為副刊取名「文種」，「包含兩種含義：一是指這個刊物是青年
人的抗戰文藝刊物，是文藝習作的幼種；另一層意義是我們青年熱愛祖國，
宣傳抗戰。回憶古代越國瀕於亡國，作為知識分子的大臣文種，曾堅持復國，
後來取得越國的復興，……是我們學習的榜樣。」〔註15〕這一名稱既擺正他
們作為學習者的姿態、明確了救國榜樣，又表明了不負時代使命的「宣傳抗

〔註12〕王潔之：《憶〈文種〉》，載中共北碚區委黨史工委編內部資料《北碚研究資料》
　　　　1986 年第 5 期。
〔註13〕拱平：《我們是怎樣到延安的》，載中共重慶市北碚區黨史工作委員會編《北
　　　　碚黨史資料彙編》第 7 輯，1986 年 12 月。
〔註14〕此名見拱平《我們是怎樣到延安的》。
〔註15〕王潔之：《憶〈文種〉》，載中共北碚區委黨史工委編內部資料《北碚研究資料》
　　　　1986 年第 5 期。

戰」辦刊宗旨。1 月 30 日《文種》正式創刊。左下角有「本刊歡迎投稿，字數以一千字左右為限，來稿請寄菜園壩南區馬路二十七號王潔之轉。」。刊名是王公維請時任中央大學教授、住沙坪壩的著名藝術家徐悲鴻題寫的。此後一年裏，文種社同人以之為主要活動陣地開展了大量的抗日文藝宣傳工作。

遵照民族革命戰爭時代的偉大指示，文種社高舉抗戰救國的大旗，「揭櫫文藝寫作遵奉現實主義，配合當時文協所號召的『文章下鄉、文章入伍、文章出國』的原則，鼓吹向農民、戰士與國際間宣傳抗戰。」〔註 16〕儘管他們「信念單純而崇仰」，「工作本身是微小，工作者自己更加凡庸」，他們直言「不敢充做時代的喇叭手」，但他們卻決心「要盡力去做一個忠實的耕耘人」，只管耕耘，不問豐歉。因此，為切實做好抗戰宣傳工作，他們一出場就向世界宣告《文種》的誕生是「極其偶然的，但本質卻具有必然性」，緣自「時代所給予的偉大的指示」〔註 17〕。為切實擴大抗戰宣傳工作，他們緊接著對「現階段的文化人」、「每個做文化工作的戰士」、「從事文化工作的人」，「文化界」「一切文化人」發出了急切的呼籲：「要緊密地組織起來，用組織的力量來推行鞏固統一救亡的工作，來加強世界和平陣線，來反對法西斯聯合進攻中國，來阻止法西斯用欺騙手段和緩中國人民的反侵略鬥爭」，「盡力設法使每個接近中立國國民的中國人，變為未經政府任命的外交人員，作一種有力的、偉大的反侵略的外交宣傳運動」。〔註 18〕

或許因為「同頻共振」，作為青年學生團體的文種社，自然而然地最關注抗戰宣傳中青年的力量。自「七·七」事變起，抗戰救國迅速成為中華全國各族人民共同關注的焦點，也促成了各民族各階層各行業內外人員之間的「同頻共振」，凝聚起了中國反抗日本侵略的最強大力量，而其中青年的力量尤其不可忽視。《文種》創刊就宣稱「因為《文種》不是狹窄的同人刊物，我們希望它未來有廣闊的領域」，「惟其不是專門以研究純文學為範圍的刊物，我們願意聽見現階段神聖的民族抗戰中的種種聲音，尤其歡迎關於目前青年本身實際問題的種種文字」，因為堅信「最大的光還是發射自有力的熱情的青年本體」，明確《文種》「它的責任是需要依附……那些……有力的青年夥伴們！」

〔註 16〕王潔之：《憶〈文種〉》，載中共北碚區委黨史工委編內部資料《北碚研究資料》1986 年第 5 期。

〔註 17〕玲君：《文種的誕生》，載《新蜀報》副刊《文種》，1938 年 1 月 31 日創刊號。

〔註 18〕文種社：《關於反侵略宣傳——我們的話》，載《新蜀報》副刊《文種》，1938 年 2 月 12 日第 3 期。

「誠摯地渴望無數與我們同信念的青年夥伴們」來合作，以推進抗戰宣傳工作。為此，他們伸出了「期待的熱烈的手」〔註 19〕。然而，文種社並沒以此為滿足。為爭取和發揮更多青年的熱情和力量推進抗戰宣傳工作，他們坦誠發出「你要說什麼，請到這裡來說」的稿約，取向明確地表達了對「年青人的精短創作」「年青人的各種活動的忠實報到」和「年青人生活中具有趣味的片斷記敘」等三類稿件的偏愛。〔註 20〕事實上，《文種》不僅「刊登的稿件大多是年輕人寫的詩、散文和文藝評論等」〔註 21〕，而且確實這些文章討論了不少青年問題。如青年學生救亡工作的統一問題。《重慶應該有一種新的青年運動》（偉前，第 3 期）指出：「要擁護抗戰、支持抗戰、發展抗戰以求我們最後的勝利，必先開展民眾運動，要求民眾運動的成功必先展開青年運動」，「它不但是民眾運動的先鋒，還是青年戰時教育的推進者。青年不僅是他們的熱情能使他們耐苦地擔負起救亡的重任，他還是民族的堅強分子，有了他們才能把整個抗戰，整個民族推進向好的路上走去」；「重慶的青年們應該有一個健全的組織，以集體的力量去爭取我們抗戰最後的勝利」；「重慶的青年應該努力去發動一個運動以爭取這健全的統一的組織，來充實自己表現自己直接幫助抗戰的發展，尤其是青年學生們，要負有著極大的推動作用——學生在這進步的開明的青年運動中是居於中心地位的——不能老關在學校裏了。」號召「重慶的青年們，把此地的青年運動展開吧！」《關於學生救亡工作的統一問題》（曼平，第 9 期）指明「抗戰到底」是中華民族唯一的生路，抗戰勝利的最基礎條件是鞏固和擴張內部的團結，全國學生的救國聯合組織因此成為當前一個最值得關注的問題，希望當局不要阻礙學生救亡工作的統一。《願大家聽聽領袖的話吧》（梅子，第 14 期）就國立川中學生抗戰救亡的投稿於文星鎮壁報而在師生中成為眾矢之的、重大兩位熱心救亡工作的學生無故失蹤等事件發議論，引總裁蔣介石在新運第四周紀念的廣播詞籲請大家擁護、聽從，「在神聖的抗戰」之「千鈞一髮之際」，「決不要箕豆相煎的來消耗自己的抗戰力量以快於仇人」。這籲請裏包含著青年救亡工作的統一要求。而《關於「上陝北去」》（思慧，第 8 期）則對當時「青年奔赴延安」的現象予以了

〔註 19〕玲君：《文種的誕生》，載《新蜀報》副刊《文種》，1938 年 1 月 31 日創刊號。
〔註 20〕王潔之：《你要說什麼，請到這裡來說》，載《新蜀報》副刊《文種》，1938 年 9 月 4 日第 30 期。
〔註 21〕王潔之：《憶〈文種〉》，載中共北碚區委黨史工委編內部資料《北碚研究資料》1986 年第 5 期。

特別關注和討論。文章首先肯定了「上陝北去」的態度及其積極意義，接著細細分析了「上陝北去」具體落實時會出現的幾種情況，指出其中存在的誤區，對青年提出勸勉和希望，最末還希望當政者「亮察這許多真誠的青年不避艱苦要上陝北去的原因，瞭解抗戰的現階段因政治工作的不夠，使束戰場上數萬民眾橫遭日寇蹂躪的嚴重錯誤，而領導起青年，訓練他們去組織民眾武裝民眾，以達全民抗戰之真義。」《文種》還通過紀念過去的學生運動來彰顯青年力量及其歷史地位和作用，籲召青年們繼承光榮傳統完成未竟之歷史使命。如第 40 期的《紀念「一二‧九」》（原松）和《我們應該學他——紀念在新升輪遇難的一二‧九戰士》（王潔之），前者歷史地回顧了「一二‧九」運動，發出了現實號召；後者則平實追述了清華大學青年學生孫世濱在武漢到宜昌堅持抗戰救亡工作，不幸在乘新升輪赴渝途中被日機轟炸死亡的經過，在一己之崇敬的表達中亦號召昭然。這些文章與《青年之歌》（秉乾，第 30 期）、《祭——悼幾個在魔手裏死去的青年》（張天授，第 8 期）、《前行——給重慶的友人們》（玲君，第 10 期）、《寄——獻給前線的一位女戰士》（碭叔，第 20 期）等詩作和《送四位青年赴前方》（宏徒，第 10 期）、《前進，走向新中國生長的地方（給我們底朋友們）》（沉深，第 10 期）、《邁上新生的道路——給嘉陵江邊徘徊著的朋友們上》（阿秀，第 12、14 期）、《祭》（洛菲，第 39 期）等散文，相互映照。《我們需要實踐與理論》（梅子，第 18 期）針對青年救亡工作中要麼突出理論不實踐，要麼拼命實踐輕理論的兩種傾向，反對空洞理論，提倡實踐與理論相結合，在實踐中驗證最需要的最具精確性的理論；強調有了這理論的指南，可以避免盲目的悲劇。此外，關於青年實際問題還有《呼籲》（TM，第 14 期）揭露了流亡學校招生考試之虛缺，學生精神物質兩方面食糧匱乏，學校當局又壓制學生救亡工作等情況，為在校學生生活合理化、師生關係合理化而呼籲。當然，文種社的抗戰問題討論並沒有侷限於青年範圍。《寫在「五三」以前》（偉者，第 13 期）借紀念五三濟南慘案揭露日本帝國主義「使我們的民族國家永遠陷在黑暗的深淵裏，供它宰割、侵吞」的陰謀，大革命歷史事實「證明了只有不妥協不屈服的革命精神和革命力量，才能戰勝帝國主義，才能打擊並破碎帝國主義者的一切幻想和企圖」，我們「必須堅持抗戰到底，加緊團結，加緊抗戰動員，爭取最後的勝利，徹底摧毀日本帝國主義的生命，那時才算洗雪了國恥」。《恥辱的尾巴》（徐孟，第 17 期）歷數五卅、五五、五七、五九、五廿九、五卅一等五月發生的

慘案，號召同胞們起來和日本強盜清算血債，「用敵人的血來償清五月的血債」。《「卵頭」的尾巴》（木易，第 35 期）揭露了「碼頭」上的民眾力量如何自耗的現狀，並在歷史溯源的探究後以之為參照，其對當前社會上「偽抗戰」分子的醜行的辛辣諷刺，與小說《藍先生的功績》（杜補世，第 31 期）一樣讓人印象深刻。

《文種》的抗戰宣傳是致力於全民動員的，因而也關注婦女和兒童。《法國三女傑和中國新婦女運動》（朱佩之，第 22 期）號召中國婦女向法國三女傑貞德、羅蘭夫人、居里夫人學習，追求偉大不朽的事業；並申說「抗戰時期是我們女子掙脫枷鎖的好機會」，中國女子「欲求同男子在法律上、政治上、經濟上、教育上一律平等，沒有其他辦法，只有從這次抗戰中，作一切男子應做的工作，從艱苦的實踐中去建造婦女的地位」。這與新詩《「補綴山河的手呢」——致後方婦女》（董仲達，第 11 期）、散文《你什麼時候回來？——到前方去》（拱平，第 10 期），都認為「抗戰時期是婦女爭取雙重解放的好機會」，其在樹立榜樣加以號召時對婦女解放途徑的探索，顯示了與五四新文化運動相一致的路向。《災童和兒童的集體生活》（朱佩之，第 18 期）充分論述了集體生活在兒童的普通教育與抗戰教育中的地位、好處和必要及其迫切性。這與新詩《給少年戰鬥者》（玲君，第 9 期）將少年視為抗戰勝利的後繼力量、《流亡的孩子們》（英呈，第 35 期）對孩子們身上「民力」的鼓動和《難童》（艾因，第 34 期）對戰災中與爹娘生離死別的難童之同情，一起豐富了戰時兒童觀念。

《文種》的抗戰宣傳始終緊扣時代的脈搏。著眼於國內一方面的現實審視，孫東的《活躍戰時機構的前提》（第 12 期）指出，面對「在動員全國抗戰八月的今天，誰都不能否認中國在各方面的衰敗、腐化、破落，已經難以遮掩的完全曝露無遺了」的現實，我們絕不能「即言無力或不能與日作戰」，而活躍戰時機構，其前提是為抗戰圖存而「鞏固統一戰線，集中火力殲滅敵人」；「抗日第一」；「與敵死戰，爭取我們最後勝利之前途」。《關於保衛大武漢》（第 21 期）認為，保衛大武漢「根本的問題，在於加強後方救亡組織，增強一般人民對於政治的認識和抗戰的意識」，「只有青年的工人，青年的農人，青年的學生和青年的作戰士卒才能擔荷『保衛』的重任。」朱佩之則注目敵國日本，先在《日本上當了》（第 27 期）中從張高峰事件與英法合談、德英合談等事實出發分析時局，以「世界上沒有公理的判斷，只有武力比賽」

一針見血地道出那時各國之間關係的實質，更指出日本以武力優勢侵略中國，同時也因武力劣勢而被蘇聯洗刷的境況；又在《日本的多角企圖》（第 28 期）中分析日本的多角企圖之虛妄，明確世界國際形勢之如何利於中國。這無疑在一定意義上對中國集中力量全面抗戰具有借鑒價值。

作為青年學生自覺參與中華民族抗日救亡宣傳的標誌，當首推對抗戰文藝問題討論的參與。《文種》刊發的文藝討論文章，不僅緊扣抗日救亡這個時代的中心思想，而且相當深入、深刻。文藝當然不只是文學。除文學創作外，《文種》刊發各種文藝論文至少 35 篇，涉及攝影、標語、繪畫、朗誦詩、電影等多種文藝樣式。王潔之作為主要編輯人員，一人寫了 11 篇稿子，其中《戰時攝影與宣傳戰》、《標語的新形式》、《繪畫的進展——寫在五月藝術抗戰宣傳節》（該文發表不久，就接到徐悲鴻教授的來信贊許〔註 22〕）、《評影片〈新舊時代〉》、《願望於作曲家們》和《蘇聯生活影展觀後》（與馮四知、朱佩之合作）等，承傳其父前國民政府監察委員、民族復興健者、藝術家王祺的歷史使命感和藝術精神〔註 23〕，表達了「抗戰文藝創作應以民眾能否接受、會否感興趣為原則」等頗富見地、值得重視的觀點。《「口頭作文」——讀書小記》（子灃，第 41 期）則在探討中國言文分開的兩種寫作方式與「口頭作文」之不同後，為文藝通俗化運動開出了一條「口頭作文」的大道來。《從女人的臉說到洋八股再說到抗戰性的文學》（曼平，第 3 期）指出「文學是社會建築的一種，……在我國參加偉大抗戰的現在，廣大的民眾還沒有動員起來，它更應當擔負起它應盡的責任，因此，它所擁有的形式，也應當是前進的，普遍化的」，批判「不少熱情的天才青年作家」「犯了洋八股的毛病」，「原因就在愛美——像醜人塗粉一樣——結果，弄巧反拙！」強調「我們的文學不能是點綴似的，為少數有閒階級所懂得的消遣品，我們須要強有力的，能喚起民族自覺的文化，我們需要能直接鼓舞人心，建築在民眾生活上的作品，我們需要針針見血的東西！」《現階段朗誦詩歌的檢討與展望》（董仲達，第 16 期）指出：「由於文字和語言的隔閡，過去的新詩歌，只是文字的詩歌而不是語言的詩歌，……有很多根本就不能朗誦」，當下「朗誦詩歌已經由草創而進入蓬

〔註 22〕 王潔之：《憶〈文種〉》，載中共北碚區委黨史工委編內部資料《北碚研究資料》1986 年第 5 期。
〔註 23〕 政協衡陽市委文史資料研究委員會、政協衡陽縣委文史資料研究委員會：《衡陽文史 第 10 輯 王祺紀念集》，1990 年 12 月版。

勃發展的時代了，我們相信它一定有光明的前途」，但相當失望於朗誦詩的收
穫現狀：量少——「只能偶然在一些報章或雜誌上看到一首或兩首」，質低——
「只是一些個人感情的抒寫，感喟的成分多過激昂和奮發的情緒，詩人只單
純地在表現著自己，而忽略了龐大的複雜的群眾的感情」，「還沒有能擺脫『文
字的詩』的舊格式，……不及成語俗諺的活潑，也不及大多數人所說的流行
於各地的土話來得有生命」，因而「不能夠在朗誦的時候完成聽覺上的誘惑」。
文章進一步指出，「朗誦是一種新興的聲音的藝術，我們一定要從舊有的一切
聲音藝術當中學習特別適用它的手段。……最重要的是在……朗誦者們應該
對詩歌有深入的理解，和基本的修養」；期望「這新興的朗誦詩歌」「也有一
種偉大的成就，在這大時代中健全地迅捷成長起來，充分發揮它的獨特效
能」，「從此能教育群眾，變成群眾的享受」，「變成大眾的聲音」，「喚醒無數
同胞，號召起成千上萬的群眾，整齊地站到這民族解放的戰線上來」。聯繫梁
宗岱《談「朗誦詩」》一文中對「朗誦詩」的概念辨析〔註24〕，不難看出該文
對「文字的詩歌」與「語言的詩歌」的區分，對當時朗誦詩「量少」、「質低」、
「沒擺脫『文字的詩』」等問題的指陳等，對抗戰朗誦詩之理論建設具有重要
意義。《通俗文藝如下鄉》（王潔之，第42期）批評通俗文藝的下鄉現狀：「文
化工作人還僅考慮到把自己的作品送到印刷機去以前的諸問題。實則，這些
印刷以後的刊物如何在書店裏陳列；或者如何傳遞到大眾的手裏，似乎還沒
有注意到，而這卻也是通俗文藝下鄉運動的一件重要的事情。」指出因其「在
文化工作者的立場方面，或者可看做抗戰通俗文藝運動下鄉去的橋樑」，希望
「文化工作者們廣泛地有組織地聯絡小學教員們」，並把自己的通俗文藝作品
「放到各報的副刊上去」，至少「『文種』是極願意登載這類稿件的。」《文種》
對當時鼓民力作用最大的抗戰戲劇下鄉宣傳問題也有討論。除思慧的《偶談》
中「聰明的阿斗」與「不聰明的阿斗」的戲劇性比較外，林子記錄的《抗戰劇
下鄉——曹禺在聯大演講記錄》（第4～5期），直指抗戰劇「公式化」傾向的
危機，解釋「公式化」含義，申說全民抗戰伊始首要任務在喚醒民眾且喚起
之後還得使民眾去行動才能收效果，抗戰戲劇創造新的形式和內容要應合民
眾的生理及生活需要，尤其他們「只要人多、場面多、故事多」「就很高興」
的欣賞趣味，可採取二簧等「接近鄉下民眾的新的戲劇形式」，「也不要太藝

〔註24〕梁宗岱：《談「朗誦詩」》，載《時事新報（重慶）》副刊「學燈」渝版第33期，
　　　　1939年1月15日第4版。

術，只要實際，能實用就成」，「這種抗戰劇的新形式只要能造成，再合乎充實的內容，必然會產生偉大的效果是無疑的。」為此，從事鄉下抗戰劇的人必須具備「獅子的勇敢、駱駝的持久、蛇的機警與嬰兒的無私，把整個的心交與民眾，才能克服一切難礙，才能使一個宣傳民眾的工作得到了效果、發揮了力量」。此外，還有王潔之的《標語的新形式》（第 9 期）反對標語形式的刻板化，主張標語形式應常變，才利於滿足人們的好奇心同時自然加深印象，鼓勵也希望文化工作者創造更多的標語新形式；偉者的《談表現》（第 44 期）探討了事實與表現之間的關係問題，在文學表現上反對虛偽，倡導表裏如一，且強調表裏如一「如要人人都可以做，須到智力勞動與體力勞動之間的界限消失了才行」。這在一定意義上突出文藝工作者之「表現」的緊要。原松則以翻譯《伊里契關於文學的話題》和《論革命的浪漫主義諸問題》、《現實主義諸作家論革命的浪漫主義》等外國文論，別樣地參與了抗戰文學之現實主義與浪漫主義的討論。

　　《文種》作為一個以「宣傳抗戰」為己任的文藝副刊，為「盡力設法使每個接近中立國國民的中國人，變為未經政府任命的外交人員，作一種有力的、偉大的反侵略的外交宣傳運動」〔註25〕，它不「專門以研究純文學為範圍」，「在內容的羅列方面」「是一個多樣性的綜合體」〔註26〕。自創刊號起，《文種》先後刊登了牯嶺、延安、漢口、安岳、孤島上海、昆明等地青年朋友的來信通訊，介紹那些地方的戰時情況和救亡工作並予以評論，或抨擊漢奸利用人民稅捐搞假「建設」、批評牯嶺熱血青年只顧眼前洩恨而不顧全大局地破壞日人住宅的行為（思慧《牯嶺通訊》，第 1 期）；或介紹延安陝北公學和抗日軍政大學「軍政兼有」、「組織完全是軍事化」、「『緊張、活潑、團結、友愛、嚴肅』這幾個字還不夠形容」的青年學習生活（程成《通訊之一》，第 11 期），和陝北公學「不但有抗日高於一切的理論，而且有艱苦奮鬥的作風」的青年學生那「沒有講堂，沒有飯堂，更沒有自習室，除了晚上睡覺在窰洞裏，整天都在露天裏活動——吃飯、讀書、上課、開會、遊戲……從沒有人感覺苦，相反，精神非常愉快」的日常生活（程成《延安來信》，第 18 期），以及當時青年崇仰延安的「宗教般熱情」及其中不合實際的過分理想化（金孔《延

〔註25〕文種社：《關於反侵略宣傳——我們的話》，載《新蜀報》副刊《文種》1938年 2 月 12 日第 3 期。
〔註26〕玲君：《文種的誕生》，載《新蜀報》副刊《文種》，1938 年 1 月 31 日創刊號。

安通信》，第 23 期）；或檢討彼時彼處「機會式和保全個人利益的救國號召下」的救國及「小布爾喬亞型的『個人主義』死硬派的作風」（羽翼《通訊之二》，第 11 期）；或通報抗戰話劇宣傳演出成功的欣喜（《救亡工作在安岳》，第 5 期）和對偽組織的嚴正拒斥。作者心裏既有對日寇復仇的快意，也有著對復仇者的悲壯的敬悼；既有正視嚴峻現實的冷靜，也有對應該如何行動才是能給予日本侵略者切實打擊的冷靜思考，以及富於思想深度的對勝利圖景的樂觀想像。

　　文種社在文學武器的功能發揮方面，除戲劇因篇幅限制只刊登了曹禺的一篇演講稿外，小說、散文、詩歌都做得相當充分。《文種》刊發的短篇小說《荒原上》（沉深，創刊號）、《狂歡之夜》（綠鳳，第 3～4 期）、《藍先生的功績》（杜補世，第 31 期）、《誘姦》（何劍熏，第 45 期），展示了抗戰初期熱烈浮躁中對戰地兵士、戰亂中的流浪漢、漢奸、農民等各種人及其與日本兵關係中的生命表現那相當難得的冷靜諦視，其中不乏些許年輕作者不能缺少的浪漫色彩。《文種》發表散文，或呈現生活中忽略了戰爭的片時裏極其單純而浪漫的詩意夢幻（如白莎《黃昏》，第 2 期）、為隱約炮聲阻斷的回憶（第 27 期王潔之《廬山，在回憶中》，第 43 期白莎《憶故都》），或傳達淪陷區的失學青年學生在慘景中的尊嚴生存與不屈誓言（如慧一《孤島似的上海》，第 7 期），或以寓言故事發出團結一致才能確保生存的警誡（如王潔之《泥沙》，第 17 期），或從抗戰文化宣傳需要出發委婉提醒歌唱者，做文化工作要警惕做無用功而達不到喚醒民眾的啟蒙效果（如嚼蠟《歌聲》，第 34 期），或暴露戰時軍訓中冷酷的官僚作風並同情紀念其中的死者（如洛菲《祭》，第 39 期）。《文種》編發詩歌較小說、散文等其他文體都多，45 期計達 40 首，其中，譯詩 1 首，新詩創作 38 首，而且除社內詩人玲君 5 首、倪端 2 首外，其餘均是社外稿。〔註 27〕倪端的《鬧市的行獵者》對不事抗日的兵痞子的橫暴給予了平實有力的諷刺，《中國的女兒》則以一個年輕女子為抒寫對象，深深感動於戰亂中的她為了生存為了新生而從淪陷區徒步十一天行程四百餘里奔赴武漢加入鬥爭行列的事蹟，稱之為「中國的女兒」，予以安慰、勸勉，又暗示著她已成為學習榜樣而加以頌讚。同時，也突顯了詩中對武漢的比喻，透露了一種年輕人特有的幻想，不著邊際、沒有根據或根據不足的希冀，其支撐物只是青春的熱情和自新的渴望。玲君在借讀於復旦之前已成名詩壇，被視為 1930

―――――――――――――――――――

〔註 27〕張天授 1940 年夏才考入復旦。潘明娟是復旦學生，但未加入文種社。

年代的現代派詩人，1937 年 7 月 1 日新詩社為其出版過詩集《綠》，其中《鈴之記憶》、《雪》等被收入多個選本。他在《文種》發表了五首詩：《北方懷念》、《哀北平》、《四騎士》、《給少年戰鬥者》和《前行——給重慶的友人們》，或以「起來，把仇恨帶回北方聚成堆，／然後點起燎原的大火把敵人燒成灰」的憤怒吶喊，抒發「被冬天的濃霧抹上陰霾的印跡」的心靈對被日寇侵佔的家鄉北方懷念；或對悲哀的「不能忘掉的文化的母親」致以「北地烽火終會燃燒到了敵營」「用屍骨蓋滿屍骨」的特別紀念；或頌讚為「古老的中國」「爭取光明、榮耀和生存」的「熱情、忠誠、單純和堅貞」四騎士；或給「誕生在患難的腹地的」少年戰鬥者營構了一種抗戰事蹟空前「雄壯」、父親們為之毫無反顧而去、母親的歌聲「超過一切的樂調，而且閃光」的充滿正義的精神氛圍；或以豪邁意志拋書從戎奔赴前線「直到實現那個新生的民族的春天」之大決心大願景與「重慶的友人們」共勉。與玲君和倪端二人的「單純」不同，來自四面八方的外稿 32 首詩所抒達之思想情感可謂繽紛繁複，有「關於目前青年本身實際問題」如夢醒的空虛、懊惱，對淪陷故土的幻化緬懷，對戰爭承受者如流亡者難民難童的單純無力的同情，和用支撐「抗戰必勝」信念的英雄崇拜，以及淺白的抗戰標語口號式呼喊、復仇誓言、勝利祝福、流亡之痛訴，也有「十月悲壯的軍歌」中那立在「明朗的雲端」的希冀光環，更有「死亡從沒顧過，／還戀什麼青春柔情」的果決警世，對「我們這一代」有幸福才能參加這個抗戰的「二十世紀的學生／中國偉大時代的青年」充滿戰鬥激情的自我體認和定位，對從軍同學深摯友情中的嚴正反思，啟蒙立場鮮明的「向貴人吶喊」，對戰亂中各種個人的苦楚與無奈、各自為前景或笑或泣或歡或愁的生命的客觀寫照，不一而足。

為「便利做救亡工作」，《文種》1938 年 6 月制定了《一個暑假工作大綱》，明確表達對返鄉同學的建議與號召、對畢業同學的期待和對留校同學的工作計劃，包括「展開街頭劇演出」、「辦壁報」等項目，儘管其中某些條款項目可能望價太高而無法實現，卻切實反映了青年學生的熱忱及其時代歷史認識的深度。7 月，《文種》又發表《今年暑假的工作——獻給教師們》，指出「救亡工作原是任何職業的人都應當做的」，號召教師們憑藉自身「理論的認識較清楚，生活經驗較豐富，頭腦較清醒，心神較鎮定」的優勢，「在目前的救亡運動還脫離宣傳的階段」，「在這還未走入組織武裝爆發戰爭行為的階段」，為抗戰宣傳「錦上添花」，從本校教師起為重慶的大學教師發出

了暑假工作計劃的動員性建議。

　　《文種》還對內地同樣在進行抗日宣傳的文藝刊物《文藝後防》（周文主編）、《五月》（毛若夫主編）和《流火》文藝月刊（劉石夷、柳倩、丁冬、正蓬等編）等給予了支持，在與大都市某些空喊「文藝下鄉」者的對比中，肯定其在「抗日」「反抗法西斯」方面「喚醒那些似醉非醉的人們」的啟蒙功用。〔註28〕《文種》社成員對《新蜀報》其他副刊也投稿支持，如子瀟就有新詩創作《光明已在向我們招手》、《縫寒衣》分別表在《新光》第43期和第76期。《文種》還「與重慶的民間報刊，諸如謝冰瑩編的《新民報》副刊《血潮》，姜公偉編的《國民公報》星期增刊，以及李華飛編的文藝刊物《春雲》等交換稿件，並參加了重慶文藝界的許多座談會，戲劇演出等等」〔註29〕。

　　1939年1月，「《新蜀報》要統一副刊，將原來四個副刊統一改為《文鋒》」〔註30〕，《文種》不得不休刊。在最後一期即第45期《文種》上子瀟寫了《文藝的幼芽》、王潔之寫了《休刊小啟》。《文藝的幼芽》一面籲求人們珍貴文藝的幼芽，給予魯迅在世時那樣「有組織的好心的培育」，一面不無傷感地寫道：「文藝的幼芽長遍在每一塊泥土上，二十多年來就是這樣。然而從幼芽生長起來的花樹卻稀少，這也是二十多年來就這樣的。」《休刊小啟》表示「文種同人沒有一日肯放棄他們的耕耘工作」，面對著截止1939年1月15日這一年差兩周的時期裏所收到的546份稿件，鄭重宣告：「這種賜予我們的珍貴禮物，使我們仍然努力進行『文種社』的工作。」〔註31〕儘管此後幾乎看不到文種社活動的專門記載，但其成員的作品仍時見於其他報刊上，如倪端1939年就有《福奎的失業》、《煤塊》等載《職業生活》，《筆的戰士》和《村落之夜》、《攀談》等見於《中央日報》；王公維有《攝影在抗戰中成長》、《關於兒童文學》、《我們要歌頌工業化——試論文藝創作的新的趨向》、《〈一年間〉的啟示——關於擴大創作劇本的題材的領域與提倡方言劇諸問題》等見於《大公報（重慶）》、《新新新聞旬增刊》、《新華日報》等報刊；思慧也有《青年自

〔註28〕碭叔：《兩個文藝刊物在成都》；劉振德《川南的文藝刊物（介紹）》，分別載《新蜀報》副刊《文種》第38期和第41期。

〔註29〕王潔之：《憶〈文種〉》，載中共北碚區委黨史工委編內部資料《北碚研究資料》1986年第5期。

〔註30〕王潔之：《憶〈文種〉》，載中共北碚區委黨史工委編內部資料《北碚研究資料》1986年第5期。

〔註31〕王潔之：《休刊小啟》，載《新蜀報》副刊《文種》，1939年1月15日第45期。

覺與民族復興》載《興亞月刊》1942 年第 4 期，等等。同時，對校內其他團體如課餘讀書會、抗戰文藝習作會、婦女慰勞會等等的宣傳活動，文種社成員也積極參加，如 1939 年元旦由學校創設之社會教育委員會的民眾宣傳組舉辦的「新年擴大宣傳遊藝會」〔註 32〕，甚至擔任領導工作，如蔣蘭君曾擔任復旦婦慰支會的總務組副組長〔註 33〕。1941 年 2 月 1 日《復旦大學校刊》第 8 期發布鄭彥梅 1940 年 12 月間因病去世的「哀志」中還說到「文種社及本校校友服務部、課餘讀書會、婦女慰勞總會暨本校婦慰會支會為表示哀思起見，乃聯合發起於十二月二十三日舉行追悼會」。

儘管文種社解散的具體時間無從查知，但一個不爭的事實是，作為復旦大學自滬遷渝後第一個校內文藝社團，文種社憑藉開闊的視野所做的紮實工作，為重慶復旦師生投入抗戰宣傳譜寫了閃亮的序曲。

2. 抗戰文藝習作會

抗戰文藝習作會，是抗日戰爭全面爆發後，上海復旦大學西遷重慶早期其校學生組織的一個文藝團體。或許是出於客觀條件的限制，這一類地方大學校園文藝社團，與文學研究會、創造社等具有全國性影響的文藝社團在中國現代文學研究界所享有的深入研究相比，還遠未得到足夠的重視。1993 年出版的范泉主編《中國現代文學社團流派辭典》條目中最早收錄了抗戰文藝習作會：「1939 年，由在重慶的復旦大學部分學生組建，得到胡風、靳以等支持。」但中國現代文學研究界對抗戰文藝習作會的正式關注，始自 2001 年西南師範大學中文系的一篇碩士論文《重慶復旦大學作家群的文學活動考略》。在此之前，關於抗戰文藝習作會，當時報刊記載非常少，其他的記載文獻也不多，且多是該團體成員多年之後的回憶，即使 2001 年後我們可以在上百條數據中看見它的身影，也大多是紀念性的而非文學研究文獻。就目前所見到的文獻資料記載看，最一致的一點看法，即抗戰文藝習作會是復旦大學遷到重慶初期規模最大的學生文藝團體，也是復旦人數最多的、影響最大的學生團體，主要從事文藝研究進行抗戰救亡、抗戰建國宣傳。為了盡可能地還原該團體的歷史面貌，本書在此將依次討論其組建者為誰、何時成立、成員構

〔註 32〕《社會教育委員會　民眾宣傳組近況》，載《復旦大學校刊》，1939 年 2 月 1 日第 3 期第 6 頁。
〔註 33〕《女同學動員起來了　本校婦慰支會成立》，載《復旦大學校刊》，1939 年元旦復刊號第 10 頁。

成如何、活動陣地是什麼、開展過哪些團體活動等等問題。

　　抗戰文藝習作會的組建者問題，既有相關文獻資料絕大多數沒談到，偶有提到者都說是「我們」，但《北碚復旦大學的〈抗戰文藝習作會〉》一文對此做了回答——抗戰文藝習作會的組建者是方璞德（許多文獻誤寫為「方樸德」），這與諸同學回憶的「由方璞德負責」相一致。方璞德，是復旦大學新聞學系 1936 級學生，1937 年 8 月加入中國共產黨，9 月加入「八・一三」戰事後「首都、平津學生救亡宣傳團」赴鄂豫皖邊區進行抗日救亡宣傳；次年 5 月該宣傳團解散後奉令調往四川，9 月重回遷到黃桷樹鎮母校復旦大學復學，任復旦夏壩校區黨支部書記，以學生的身份為掩護秘密開展學運工作，到 12 月北碚中心縣委成立又任宣傳部長兼青委書記，負責組織所領導區域的青年工作，一直到 1939 年底接中共南方局命令後更名為楊永直，寒假前往延安中共中央「青委」工作。他在「復旦期間，發展了黨員陳緒宗、苑茵、譚家昆、楊雪寶、張婉如、賈俊清、康穆、嚴宛宜等十來個」〔註 34〕，影響最大的就是組建了「抗戰文藝習作會」這一中共外圍群眾工作組織，藉以開展群眾抗戰救國宣傳工作。據當時身為中共地下黨員的當事人回憶，「『抗戰文藝習作會』是當時比較突出的群眾團體，是地下党進行群眾工作的主要基地。名義上是搞文藝活動，實際上它是黨的一個外圍組織……黨正是通過『文藝習作會』開展各種各樣的抗日文藝宣傳活動……。以『抗戰文藝習作會』為基礎，同時還發展了其他一些社團組織。」〔註 35〕據該會宣傳組負責人之一苑茵回憶道：「它是直接由學校的地下黨組織所領導的。……當時這個組織十分活躍，生氣勃勃，不僅團結了許多的進步教師，還爭取了大量非會員同學參加它的活動。」〔註 36〕作為中國共產黨的外圍組織，抗戰文藝習作會的成員也主要根據中共青年工作的指示吸引招入的，大凡一切「可團結的」青年力量，都在爭取範圍之內。據方璞德回憶，「參加的人很多，絕大部分是進步的和中間

〔註 34〕楊永直：《北碚復旦大學的〈抗戰文藝習作會〉》，載中共重慶市北碚區委黨史研究組編《北碚黨史資料彙編　第 1 輯》，合川人民印刷廠，1983 年，第 10～13 頁。
〔註 35〕朱立人等：《為了祖國的明天——復旦大學地下黨領導群眾鬥爭史料集》，上海：復旦大學出版社，2002 版，第 39 頁。
〔註 36〕苑茵：《抗戰時期復旦大學學生活動的一些回憶》，載中共重慶市北碚區黨史工作委員會編《北碚黨史資料彙編　第 7 輯》（內部資料），1986 年 12 月本第 24～25 頁。

群眾」〔註37〕。但正如前面提到的那樣，由於復旦的中共支部屬於「隱蔽支部，對當時在復旦出頭露面而有左傾色彩的『課餘讀書會』、『抗戰文藝習作會』等進步群眾組織都不讓參加。」〔註38〕方璞德、嚴宛宜等作為抗戰文藝習作會的組織者，都是以普通青年學生的身份出現的。如果說文種社的出現主要出自青年學生的一腔愛國熱血，周欽岳、漆魯魚等中國共產黨人的幫助不過是催生了《文種》的面世，那麼，抗戰文藝習作會的組建則更多是復旦大學青年學生對中國共產黨革命工作群眾路線的一次自覺實踐。

抗戰文藝習作會的出現，在當時人看來，主要緣自復旦青年學生高度自覺的歷史使命感的召喚。如當時以華人為主要讀者對象，載文包括各類時事評述、新聞圖片、漫畫等的雜誌《華美》上就有文章寫道：「在同學們要求把自己的生活同偉大戰爭配合起來的時候，在對於抗戰局勢要求有更明確的瞭解的時候，在要求走進農村兵營工廠作坊去學習去實踐的時候，同學們組織了抗戰文藝習作會，會員有七十餘人，有許多同學還不斷的參加進去。」〔註39〕或當地志書所記：「係復旦大學新聞學系、外國文學系及愛好文藝的學生所組成」〔註40〕；或一些回憶所說：「在某種意義上講，……有點像中華全國文藝界抗敵協會在北碚的分會，……全是文學愛好者或中文系和外文系的學生。」〔註41〕當時無黨派立場的文藝愛好者之一、會員段佑泰在回憶中寫道：「有個『抗戰文藝習作會』，起初我不曉得此會的真正內容，以為是喜歡看小說、學文藝的學生活動，認為很有意義，乃參加。加入後，發現裏面分兩種思想：一種是像我這種的唯美思想者，接近朱光潛的美學思想；但另一種則認為文藝必須要有作用，要以文藝來達到某個目的，做宣傳之用，如胡風、方璞德等。所以後來我在這個習作會裏面，變成他們

〔註37〕楊永直：《北碚復旦大學的〈抗戰文藝習作會〉》，載中共重慶市北碚區委黨史研究組編《北碚黨史資料彙編　第1輯》，合川人民印刷廠，1983年，第10～13頁。
〔註38〕洪紱曾：《復旦農學院史話》，中國農業出版社，2005年5月版，第188頁。
〔註39〕成璧：《抗戰中的復旦大學》，載《華美》第1卷第46期，1939年3月25日出版。亦見（張毅編，大學生戰時生活，毅社，1939年4月版，第10～12頁。
〔註40〕合川縣文化局：《合川縣文化藝術志》，合川縣文化印刷廠，1991年1月本第90頁。
〔註41〕苑茵：《抗戰時期復旦大學學生活動的一些回憶》，載中共重慶市北碚區黨史工作委員會編《北碚黨史資料彙編　第7輯》（內部資料），1986年12月本第24～25頁。

群起圍攻的對象。」〔註42〕暫且撇開段佑泰搞錯了胡風的指導教授身份不說，他這回憶裏雖有文藝立場與革命立場的分歧，卻澄清了一個事實，即復旦大學許多青年學生都因為愛好文藝而聚集到一起了。

八十多年一晃而過，抗戰文藝習作會沒名單留存，更沒有相應的會員檔案可查，當時參加人員及其流變具體情況已無法考證。我們可以肯定的是，抗戰文藝習作會作為全校性的學生團體，以文藝為中介，為抗戰建國宣傳凝聚了一股不可忽視的青年力量。這從抗戰文藝習作會成員人數也可以看出。前面說到，抗戰文藝習作會是復旦「人數最多，影響也最大」的學生團體。據目前所見記載，成立之初，首批會員就有七十餘人，而且「許多同學還不斷的參加進去」，之後就有了「參加的同學約八十餘人」〔註43〕、「抗戰文藝習作會一百二十人」〔註44〕、「參加習作會的學生多達兩百人」〔註45〕等多種說法。這在一定意義上恰恰反映了抗戰文藝習作會不凡的青年凝聚力和強大的群眾工作活動力。

關於抗戰文藝習作會是具體何時成立的，所見文獻資料有幾種說法：

其一，胡平原在《抗戰文藝習作會在重慶》一文中認為，抗戰文藝習作會是盧溝橋事變後「在全國應運而生，在全國大中城市均有」的組織，重慶復旦大學的抗戰文藝習作會是 1931 年「九・一八」事變後復旦愛國熱血學生組織成立的一支「呼籲民眾投身抗日運動」的隊伍，「1937 年伴隨著復旦大學的遷移，抗戰文藝習作會從盧山遷移到了抗戰的大後方重慶」〔註46〕據筆者查核，一方面，該文參考的抗戰文藝習作會會員王公維、苑茵等人的回憶文章——這些文章沒有一篇明說過抗戰文藝習作會的成立時間；另一方面，抗戰文藝習作會根本不是全國各地許多高校都有的組織，而是復旦大學西遷重慶落腳北碚後組建的一個學生文藝團體，因而成立時間不可能是 1931 年

〔註42〕 吳守成，曾金蘭：《海校學生口述歷史》，北京：九州島出版社，2013 年版第
　　　　 315 頁。
〔註43〕 苑茵：《抗戰時期的北碚復旦大學》，載《縱橫》，1987 年第 1 期，第 27 頁。
〔註44〕 中央檔案館、四川省檔案館：《四川革命歷史文件彙集（特委、省委文件）一
　　　　 九四〇年～一九四七年》，雅安地區印刷廠 1989 年 3 月本，第 98 頁。
〔註45〕 張正宣：《從三十年代到四十年代——抗日戰爭初期重慶（北碚）復旦大學的
　　　　 黨組織和青年運動》，載朱立人等編寫《為了祖國的明天　復旦大學地下黨領
　　　　 導群眾鬥爭史料集》，上海：復旦大學出版社，2002 年版第 187 頁。
〔註46〕 胡平原：《抗戰文藝習作會在重慶》，載重慶市文化藝術研究院編《重慶文化
　　　　 研究　丁酉秋》，重慶：西南師範大學出版社，2017 年 10 月版，第 98 頁。

「九‧一八」事變後不久。很顯然，這一說法純係作者主觀推斷的結果。

其二，抗戰文藝習作會與課餘讀書會大致都成立於1938年初。這種說法至少有兩個來源。一是《解放日報》上藍瑛和鄧偉志的《難忘楊永直》一文的記述：「1938年初任復旦大學地下黨支部書記。他的公開身份是復旦大學抗戰文藝習作會會長，一面寫作，一面到工礦企業宣傳抗日。為了擴大影響，他聘請胡風、方令孺、章靳以為習作會顧問。」〔註47〕二是曾任過總務，又是《文種》編輯的王公維在《關於抗戰文藝習作會》一文中「創刊『文種』，開展抗日宣傳」一節，寫他1938年參加抗戰文藝習作會時「抗文會的成員已經有很多了，我記憶中有沈鈞、徐鳴、方璞德、陳緒宗、苑茵、嚴琬宜、譚家昆、……。全體成員共七十餘人。」〔註48〕如前所述，王公維在文中並沒說明抗文會成立時間，或因其所編《文種》出現於1938年1月末，而引人誤測抗戰文藝習作會也成立於1938年初。

其三，抗戰文藝習作會成立於1939年初或1939年。此說見於合川縣文化局編《合川縣文化藝術志》第90頁，和范泉主編的《中國現代文學社團流派辭典》第585頁，不知何據。或許是根據抗戰文藝習作會到1939年1月到合川開展抗戰文化宣傳活動的時間推測的。

其四，抗戰文藝習作會正式成立於1938年12月7日〔註49〕。這個時間非常具體，但卻是將《復旦大學校刊》1939年第3期一篇題為「抗戰文藝習作會」的消息中「抗戰文藝習作會正式工作開始的一天，是十二月七號」一語中的「正式工作開始」日期，錯當作成立時間了。

其五，抗戰文藝習作會成立於1938年下學期、1938年11月或1938年秋。其中「1938年11月」說出自翟超的《隱微的新月——方令孺教授傳論》〔註50〕，未明何據。「1938年秋」說出自《復旦大學百年志1905～2005上》〔註51〕，「1938年下學期」說則來自1937級新聞學系學生張正宣的回憶——

〔註47〕藍瑛、鄧偉志：《難忘楊永直》，載《解放日報》，2008年8月30日。
〔註48〕王公維：《關於抗戰文藝習作會》，載中國人民政治協商會議衡陽縣委員會文史資料研究委員會編《衡陽文史資料》第4輯，1988年本第27～38頁。
〔註49〕李本東：《重慶復旦大學作家群的文學活動考略》，重慶：西南師範大學碩士學位論文，2001年。
〔註50〕陳思和、周斌：《名師名流 復旦大學中文學科發展八十五週年紀念文集》，上海：復旦大學出版社2010年9月版，第552頁。
〔註51〕《復旦大學百年志》編纂委員會：《復旦大學百年志1905～2005上》，上海：復旦大學出版社2005年9月版，第72頁。

「早在 1938 年下學期，復旦就建立了全校性的學生團體『抗戰文藝習作會』（簡稱『抗文會』）。」〔註 52〕雖然其中「秋」、「下學期」的時間範圍大，如後者期初、期中還是期末，很籠統，不具體，但卻是以上說法中最接近事實的一種。之所以這麼講，是因為翻閱親歷者方璞德、苑茵等人的回憶，和《復旦大學校刊》、《合川日報》和《大聲日報》為數不多的有關報導，查閱《重慶百科全書》（重慶出版社，1999 年 12 月版）、《中共中央南方局黨的建設（徵求意見稿）》、《中共重慶地方黨史大事記（1919.5～1949.11）》等關於北碚、復旦黨組織建立的記載，我們仍舊沒法斷定抗戰文藝習作會具體成立於哪一天。查《中共江津地方黨史》，方璞德在首都平津學生抗日救亡宣傳團解散後調到重慶，時值暑假，「先在重慶一個市區委工作了一個短時期，在 8 月受中共重慶市委書記廖志高指示，利用開學前這段時間先到江津被服廠發展黨員，發展岳健、汪啟成、劉錫容和白啟賢四人入黨後建立了黨小組，岳健任小組長。9 月，方璞德離開江津。」〔註 53〕方璞德離開江津重回復旦，恢復了學生身份，但仍主要在市區做黨的工作，真正在學校的時間大致在 10 月後。他回憶：「我在復旦的時間在一九三八年底到四〇年初，約一年時間。我四〇年初離開復旦。」〔註 54〕張正宣的回憶與此相一致：「1938 年 9 月回校的方璞德」，在「1938 年夏天調來重慶，先在市區工作了短時期，因原本是上海復旦學生，1938 年底又調到北碚，擔任中心縣委青委書記，不久回校，繼徐鳴之後擔任復旦支部書記」〔註 55〕。還有，苑茵是 1939 年夏秋之際才從成都的四川大學外文系轉到重慶的復旦大學的〔註 56〕：「這裡所說的『抗戰時期』是指我在復旦大學當學生的那段時期，也就是 1939 年秋至 1942 年這段時期，以後我

〔註 52〕張正宣：《從三十年代到四十年代——抗日戰爭初期重慶（北碚）復旦大學的黨組織和青年運動》，載朱立人等編寫《為了祖國的明天　復旦大學地下黨領導群眾鬥爭史料集》，上海：復旦大學出版社，2002 年版。

〔註 53〕中共江津縣委黨史工委：《中共江津地方黨史》，江津縣印刷廠，1986 年 10 月版，第 45 頁。

〔註 54〕楊永直：《北碚復旦大學的〈抗戰文藝習作會〉》，載中共重慶市北碚區委黨史研究組編《北碚黨史資料彙編　第 1 輯》，合川人民印刷廠，1983 年，第 10～13 頁。

〔註 55〕張正宣：《從三十年代到四十年代——抗日戰爭初期重慶（北碚）復旦大學的黨組織和青年運動》，載朱立人等編寫《為了祖國的明天　復旦大學地下黨領導群眾鬥爭史料集》，上海：復旦大學出版社，2002 年版。

〔註 56〕苑茵：《冬草：一個流亡女學生的故事》（自傳體長篇小說），北京：長征出版社 1995 年版，第 201～207 頁。

就離開了母校。」〔註57〕而王公維在《憶〈文種〉》中明確自己是「受方璞德（現名楊永直）之邀參加了抗戰文藝習作會」〔註58〕，顯然是秋學期才有可能的事。總之，作為抗戰文藝習作會的組建者和會長，方璞德是 1938 年 9 月重回復旦的，而且回校後並非正常上學，而主要從事黨的群眾組織工作，儘管這不是以黨員身份公開組織，但也需要時間的，否則該會也不至於到 12 月 7 日才正式開始工作。

基於以上考察，我們可以肯定，抗戰文藝習作會是 1938 年下學期才成立的，成立的具體時間不會早於 1938 年 9 月，也不會晚於 1938 年 12 月 7 日，且大概稱之為 1938 年秋冬之際吧。

抗戰文藝習作會成立後，分總務、宣傳、組織、寫作等組，積極廣泛地開展抗日宣傳活動。總務組最初由沈鈞（後更名沈秉權，現名姚天斌）負責，1939 年 9 月沈鈞赴延安學習後由陳緒宗接任，1939 年底 1940 年初陳緒宗和方璞德去延安後李顯京接任，不到兩月李顯京發肺病，文種社成員王公維接任。苑茵、嚴琬宜擔任宣傳組工作。方璞德、張劍塵負責組織工作。李維時主持寫作組工作。為搞好抗戰宣傳工作，該會聘請了中文系主任陳子展、梁宗岱（1938 年初聘為外文系教授，1941～1944 任外文系主任〔註59〕）、方令孺（1938 年 4 月到復旦兼國文課，1943 年聘為專任教授〔註60〕）、章靳以（1938 年 10 月到復旦任教，1941 年暑期被解聘，1944 年 1 月復聘為專任教授〔註61〕）、胡風（1938 年 12 月至 1940 年 12 月在復旦兼授「創作論」、「文藝思潮」和「日語」等課〔註62〕）、馬宗融（1939 年夏到復旦任教至 1947 年）等

〔註57〕 苑茵：《抗戰時期復旦大學學生活動的一些回憶》，載中共重慶市北碚區黨史工作委員會編《北碚黨史資料彙編　第 7 輯》（內部資料），1986 年 12 月本第 21 頁。

〔註58〕 王潔之：《憶〈文種〉》，載《重慶文史資料選輯》第 29 輯，重慶：西南師範大學出版社，1987 年 12 月版第 172 頁。

〔註59〕 黃建華、趙守仁：《梁宗岱》（附錄一：梁宗岱年譜簡編），廣州：廣東人民出版社，2004 年 7 月版，第 340～341 頁。

〔註60〕 子儀：《方令孺年譜》，《新月才女方令孺》，青島：青島出版社，2014 年 10 月版。

〔註61〕 潔思：《靳以年譜》，載《新文學史料》，2000 年第 2 期，第 45～64 頁。

〔註62〕 《抗戰文藝》1938 年第二卷第 9 期「文藝簡訊」欄載：「復旦大學陳子展、伍蠡甫約老舍共電胡風來復旦教授日文。」胡風：《胡風回憶錄》，北京：人民文學出版社，1993 年 11 月版，第 141，143，202～203，205～206 頁。據該書第 202～203 頁和《胡風日記》（見陳思和，王德威主編《史料與闡釋》，復旦大學出版社，2019 版，第 181 頁）記錄，1940 年 9 月 9 日，胡風得陳子

教師為指導教授。同時，他們通過吳南軒、孫寒冰、馬宗融等教師的人際關係，請郭沫若、錢俊瑞、柳湜等校外人士來校演講、作報告，或介紹前方戰況，或報告時事形勢，或研討文藝專題。通過老師陳子展的關係，他們「邀請了留學日本、曾追隨過魯迅的青年文藝理論家兼雜文家魏猛克分析講解姚雪垠的作品《差半車麥秸》，認為這是一部現實主義的描寫農民的作品，頗有些泥土氣。猛克講得十分生動，會員們深感收穫巨大。後來我們又決定，座談刊登在《讀書日報》〔註63〕上的姚雪垠的《春暖花開的時候》。」〔註64〕1939年1月24日，郭沫若應邀來復旦作了題為「我敵青年的對比」演講，強調「日本青年強於我們，但為侵華之結果，精神身體均頹廢失敗。中國青年則因抗戰關係日益前進，這已是目前顯明的事實。」並號召大家「要不斷地努力，在最高領袖指導之下，抱定民族復興之決心，用真實才學貢獻國家，則抗戰必勝，建國必成，我國的文化必會為世界放一異彩。」〔註65〕

抗戰文藝習作會還組織或參加校內校外的抗戰義賣、捐獻和戲劇演出等活動。1938年12月22日，「『抗戰文藝習作會』聯合學校各進步社團，為抗日救亡獻金，在黃桷樹鎮廟子前首次組織了聲勢浩大的義賣活動，並向全國各大專院校發出義賣獻金倡議書」〔註66〕。當時就有通訊報導稱：「十二月二十二日，復旦大學一切都變得極活躍，極興奮，同學們組織了義賣團，發起義賣宣傳大會。……大會臺上的抗戰文藝習作會的歌詠隊，同復旦歌詠隊合唱著義賣歌」，「復旦大學抗戰文藝習作會全體會員百餘人，已發起組織了『洗

　　　　展復旦新學年聘約的信，認為「規定兼任教授上課要簽到，不到者扣薪，這簡直是侮辱和刁難」，「立即寫了一信給陳子展，表示不接受聘約」。前述《胡風日記》（第185頁）1940年12月12日記：「夜，看完上學期復旦試卷」。《胡風回憶錄》第212頁說：「這次在家住了半個月，做了不少事：看完了復旦學生上學期的試卷，算是對學生們也有所交待了」。這表明，雖復旦自1940年5月起遭受日機轟炸頻繁，「復旦早已無形中停了課」「教授們也就不必上課了」，但他1940年春學期教學工作的交付，直到12月才完成。

〔註63〕據筆者查核，姚雪垠著《春暖花開的時候》連載於《讀書月報》第二卷第1～12期，1940年3月至1941年2月每月1日出版。此應是王公維回憶誤記。

〔註64〕王公維：《關於抗戰文藝習作會》，載中國人民政治協商會議衡陽縣委員會文史資料研究委員會編《衡陽文史資料》第4輯，1988年本第31頁。

〔註65〕曾健戎：《郭沫若在重慶》，西寧：青海人民出版社，1982年12月版，第253～255頁。

〔註66〕中共北碚區委黨史工委：《民族革命時期的北碚黨組織概況和黨史大事記》，《北碚黨史資料彙編》第三輯，1984年12月版，第47～48頁。

衣隊』給同學洗補衣襪，組成了『賣力隊』給同學、先生抄寫筆記、擦皮鞋、印油印，組織了『賣教隊』教同學唱歌、游泳、跳舞；他們以全部勞力所換得的代價全部捐助給前方抗敵將士。他們提出由賣物到賣力的口號，預備把自己的東西賣完，再出賣自己的勞力。在全校師生熱烈的幫助與響應下，他們還準備組織義賣隊到重慶來義賣。」〔註67〕《義賣運動在黃葛鎮》一文更是聚焦「女店員的雜貨攤」、「嘉陵江的怪渡船」、「女生遊藝獻金會」對這次義賣運動做了詳細生動的描繪〔註68〕。《學生生活》有報導云：「上學期（1939年秋季學期）發起的前方將士寒衣募捐運動，……各學生團體都努力勸募，其中尤以『抗戰文藝習作會』和『課餘讀書會』的勸募成績為最佳。」〔註69〕據會員曹越華回憶：「我們就在北碚宣傳抗日，經常去街道演出。我記得演過一個劇《放下你的鞭子》，吸引了好多觀眾。」〔註70〕1939年元旦晚間，他們還會同社會教育委員會遊藝部、復旦劇社、平劇研究社等團體主持，在學校大會場舉行「盛大宣傳遊藝會」，演出了王勉之的獨幕話劇《有力的出力》（李宜南飾陳母，方璞德飾陳德貴，張劍塵飾保長，李顯京飾牛半仙）、歌劇《流亡》，高唱流亡曲，「掌聲如雷」。〔註71〕

　　抗戰文藝習作會還組織演劇隊走上街頭、深入農村和礦區，到重慶、合川、南津等地作演出宣傳活動，影響頗大。據王公維回憶，他們「通過參加復旦劇社演出抗日話劇，向當地居民宣講，最突出的是去白廟子煤礦宣傳，並且演出了街頭劇《放下你的鞭子》等等」〔註72〕。據《大聲日報》1939年3月18日載：「復旦大學鄉村宣傳團，今由北碚來縣宣傳，李立農等30餘人利用各種街頭劇、歌詠講演等形式，並備大批宣傳漫畫、照片等。」22日又訊：「復旦大學宣傳團，昨赴南津鎮宣傳，頗受歡迎，晚間演出話劇慰勞88師第

〔註67〕成璧：《學校巡禮——抗戰的復旦大學》，載《新華日報》，1939年1月3日第4版。

〔註68〕復旦大學校刊社：《義賣運動在黃桷鎮》，載《復旦大學校刊》第3期第1頁，1939年2月1日出版。

〔註69〕《各校動態·重慶復旦大學》，載《學生生活》第一卷第五期，1940年3月1日出版。

〔註70〕唐楓：《復旦老學子憶抗戰歲月：同學被炸死在宿舍床下》，載中國新聞網，2015年8月14日。網址 http://finance.chinanews.com/cul/2015/08-14/7467895.shtml.

〔註71〕《社會民眾委員會民眾宣傳組近況》，載《復旦大學校刊》第3期第7～8頁。

〔註72〕王公維：《關於抗戰文藝習作會》，載中國人民政治協商會議衡陽縣委員會文史資料研究委員會編《衡陽文史資料》第4輯，1988年本第31頁。

3團官兵。」23日又訊:「復旦大學宣傳團明舉行擴大獻金遊藝會,昨晚在合陽戲院演出話劇《有力出力》等。」25日又訊:「復旦大學宣傳隊獻金百元,昨萬餘人參加火炬遊行。『復大』並邀請川高劇社、哨兵文藝社、民眾歌詠隊等在公司講演廳舉行茶會。」〔註73〕據《中央日報》載:「復旦大學抗戰文藝習作會寒假宣傳隊,日前來合作救亡宣傳,連日在本縣工作,異常努力。除曾在××軍各團演抗敵話劇,並至各街頭作各種宣傳外,復定於廿四日在合陽大戲院與××軍合併舉行軍民大聯歡大會。本市各學校救亡團體亦紛紛響應。聞表演節目極為精彩,晚間舉行火炬遊行,民眾前往參加者極為活躍。」〔註74〕

　　抗戰文藝習作會的抗日宣傳活動形式多樣,除上述活動外,還有群眾歌詠、出外演出、遊藝會,編辦校內外壁報,參觀訪問,甚至遠足旅行〔註75〕等。據復旦大學校刊記載,「抗戰文藝習作會正式工作開始的一天,是十二月七號,到今天一月二十日已經有一個半月了。他們出過4期校內壁報、5期校外壁報,並且舉行了4次座談會。他們正在以一個農民打游擊戰的故事,舉行集體創作的嘗試。在他們的工作室裏充滿了興奮與熱情,合川的《大聲日報》來函要他們編輯副刊,聞第一期已編排就序,即可刊出(該副刊即《號角》,1月23日創刊——引者注)。他們的宣傳組到白廟子去訪問過3次,會員20餘人曾下煤洞參觀。在學校裏並曾主辦的新年遊藝宣傳大會,盡了很大的努力。他們的工作優點是熱情坦白活潑。並聞最近該會將舉行木刻展覽與朗誦詩會云。」〔註76〕這裡提到下煤洞參觀的主要是同為經濟學會經濟資源調查團的成員,據龔平邦撰文記載,參觀時間為1939年1月15日,引導為借讀於復旦經濟系的之江大學學生許芳型,地點是四川天府煤礦公司。這次參觀「下井」他們感觸頗深:「我想世間上最可憐的人,要算是礦工。每天在沒有光線的黑洞工作著不說,還要受到生命上的種種危險,整天十小時的勞苦,換不來他的比較優裕的生活。他喪失了人生的幸福,得不到人家一切的享受。假如我們要增加生產,堅持抗戰的話,應該徹底的迅速的改善礦工的

〔註73〕合川縣文化局:《合川縣文化藝術志》,合川縣文化印刷廠,1991年1月本第165頁。

〔註74〕《各地簡訊‧合川》,載《中央日報(重慶)》,1939年3月26日第5版。

〔註75〕《團體活動》,載《復旦大學校刊》1940年第2期,1940年1月15日出版。

〔註76〕復旦大學校刊社:《抗戰文藝習作會》,載《復旦大學校刊》1939年第3期第6頁。

生活！延長他們的生命，提高他們的生產率，站在『國家民族』和『道義』的立場上講，也是刻不容緩！」文章為礦工向天府煤礦公司提出了「提高工資」、「減低工作時間」、「改良礦井設備，儘量利用機械」、「嚴禁利用童工」、「每天給以相當娛樂，禁止有害身體的嗜好」等五條建議。〔註77〕作為會長的方璞德（楊永直）也撰文《天府煤礦的礦工》，追問天府煤礦每天產煤三千噸的礦工約四千人「他們是過著怎樣的日子呢？」「為了生活，想多賺一些錢」，他們每天工作16小時以上卻賺不到兩毛錢，還時時面臨窒息、坍塌、瓦絲爆炸等帶來的生命危險。他們包括壯年工人及其家屬，上有五六十歲的老頭子，下有十二三歲的小孩子，其中的抽水工很少活到一年以上。他們一旦做了礦工就再不得離開。他積極報名投北碚自願軍成立自願軍工人大隊，也沒幾天就被解散，一部分仍被逼回礦做工。「戰爭促進了煤業的發展，資本家無不大發其財，而工人的生活不僅沒有絲毫的改善，更為市場需要的增加，逼使著工作如牛馬一般勞動著，殘酷地剝削著工人的血汗，使工人不能得一溫飽日子。在這種情形下，怎樣能使工人發揮他的力量，而增強抗戰建國的基礎？」〔註78〕文章在《中國工人》1940年2月創刊號上一發表，就引起了延安工人的強烈反響。正是這種現身說法的宣傳，在青年學生中產生了深刻的影響。

抗戰文藝習作會最能體現其社團的抗戰宣傳之文藝性質的活動，概括起來大致有三種：

第一，平時開展最多的活動，主要是組織會員研讀進步文學作品、展開文藝作品研討、嘗試集體創作、修改會員習作和研討文藝理論問題，也討論時事。據校刊報導，1939年1月底「他們正在以一個農民打游擊戰的故事，舉行集體創作的嘗試」〔註79〕。指導教師靳以回憶：「在『抗戰文藝習作會』和『讀書會』中大家閱讀和討論毛主席的著作、政治經濟學和大眾哲學。許多新來的同學，從蒙昧中張開眼睛，望到真理的光芒；有些同學走上革命的大道，經過千萬重困難障礙到延安去了。」〔註80〕除指導教師外，他們還請

〔註77〕龔平邦：《參觀天府煤礦公司》，連載於《中央日報（重慶）》，1939年3月14至16日第5版。
〔註78〕楊永直：《天府煤礦的礦工》，載《中國工人》，1940年2月創刊號。
〔註79〕復旦大學校刊社：《抗戰文藝習作會》，載《復旦大學校刊》第3期第6頁，1939年2月1日出版。
〔註80〕靳以：《工作，學習與鬥爭》，新文藝出版社，1956年9月版，第11頁。

過住在復旦教師宿舍（1939 年 6 月寓居農場苗圃，9 月入住秉莊）「在復旦沒有任何職務」的蕭紅參與座談等活動，討論文學名家名作如魯迅的《阿Ｑ正傳》和《狂人日記》〔註81〕，指導會員修改習作。〔註82〕「抗文會會員們還學習了一些文藝理論與哲學書籍，如維拉格拉多夫的《新文學教程》、《高爾基文學論集》，米丁的《新哲學大綱》及艾思奇編的《哲學選輯》等。」「一九四〇年又學習過艾青的長詩《火把》。」〔註83〕

　　第二，邀請（包括指導教師、兼職教師在內的）本校教師伍蠡甫、陳子展、方令孺、胡風、梁宗岱、端木蕻良、馬宗融、老舍、梁實秋〔註84〕等人作報告，或演講，或召開座談會，或「討論與『抗戰有關』的問題」〔註85〕，或討論文藝的民族形式問題。胡風剛到復旦任教，就在 1938 年 12 月 10 日〔註86〕晚「為他們講了《抗戰後的文藝動向》」。後來也常參加他們的座談會（如當年 12 月 16 日晚、1939 年 3 月 4 日上午〔註87〕），每次都到學生四、五十人，是一些愛好文藝要求進步的學生。這些青年都是從各地逃亡來的，本省人幾乎沒有，他們或多或少地經歷過苦難的考驗，所以生活經驗很豐富，但又充滿了自信，非常活潑大膽，不同於過去上海的那些少爺學生。座談會開得不拘形式，活潑生動，和他們在一起我感到很愉快。內中有一個學生陳緒宗，是我在武漢時有過通信來往的讀者，對我就更加親熱，常常幫我一些忙，

〔註81〕苑茵：《憶黃桷鎮和蕭紅》，載《新民晚》1983 年 8 月 19 日。見新民晚報副刊部編《夜光杯文粹：1982～1986》，上海遠東出版社，1999 年 8 月，第 501 頁。
〔註82〕苑茵：《抗戰前期復旦大學的一些學生活動》，載中共重慶市北碚區黨史工作委員會編《北碚黨史資料彙編　第 7 輯》（內部資料），1986 年 12 月本第 24～25 頁。
〔註83〕王公維：《關於抗戰文藝習作會》，載中國人民政治協商會議衡陽縣委員會文史資料研究委員會編《衡陽文史資料》第 4 輯，1988 年本第 31 頁。
〔註84〕復旦聘書每年適時發出。老舍、梁實秋二人曾兼任復旦大學教授。胡風 1938 年 12 月初到復旦兼任教授，就是受伍蠡甫和老舍邀請，其聘書還是老舍代轉的。後 1944 年 2 月 1 日章益簽發過聘老舍（舒舍予）為文學院中國文學系和新聞學系兼任教授的聘書（現存重慶復旦舊址陳列館中）。據梁實秋《北碚舊遊》記載，1938 年 10 月武漢失陷後教育部搬青木關，擔任教育部教科用書編輯委員會中小學教科書組主任的梁實秋也隨遷北碚。他在復旦外文系兼課時間雖然不長，但其學生林斤瀾的《滑竿教授——梁實秋先生印象》有記載，時間大約是 1943 年。
〔註85〕張毅：《大學生戰時生活》，毅社，1939 年 4 月版，第 10～12 頁。
〔註86〕曉風：《胡風年表簡編》，載《新文學史料》，1986 年第 4 期，第 173～187 頁。
〔註87〕曉風輯校：《胡風日記（1938.9.29～1941.4.27）》，見陳思和，王德威主編《史料與闡釋》總第 6 期，上海：復旦大學出版社 2019 年版，第 146，151 頁。

甚至幫我買船票。他似乎是這習作會的中心人物（……）。」〔註88〕

　　第三，編印刊物。一是出版油印刊物和壁報。油印刊物只有個別會員在回憶中提到，叫什麼、刊登了什麼、辦了多少期，皆杳無蹤跡；多數會員回憶時都提到的大型壁報《抗戰文藝》也是隨辦隨撕，今已無跡可尋。二是為《大聲日報》編輯副刊《號角》。據《合川縣文化藝術志》的《大聲日報》副刊條記載，抗戰文藝習作會「以文藝為手段作抗日宣傳。在《大聲日報》上闢有《號角》副刊。1 月 23 日創刊，出至 3 月 27 日第六期時停刊。5 月 8 日復出，6 月 6 日出至復刊第五期時，即終止。前後共出 11 期。」〔註89〕筆者在重慶市圖書館只複印到 10 期，第 5 期已遺失。

　　《合川縣文化藝術志》報紙副刊條目中所列「7.《號角》」記載：

　　　　為不定期副刊。茲將其所發表的部分作品及作者列後：雜文有《鋤奸》（成壁）、《低能兒》（微仁）、《節約獻金與持久抗戰》（林方）、《現階段的五一》（梅雅）、《談談人的進步》（飆）、《活該》（易雨）、《「五卅」對抗戰的意義》（瑾瑩）、《迎著逆流》（方望），散文有《三峽偶感》（子牧）、《學生參戰記》（險驚）、《在遊覽艇上》（星）、《汪的單戀者》（番樸）、《安息》、《月夜》（翔）、《遙望我的家鄉》（黃山）、《壯烈抗戰紀事一則》（成漣）；詩歌有《美麗的死亡》（黑鳩）、《安息》（念）等。無資料可證者未錄。〔註90〕

　　經核對發現，其中第一個《安息》是誤記，之後的《安息》（念）裏，「安息」是作者，「念」才是文章標題，即其正確的記述應該是「《念》（安息）」，且其體裁不是詩歌，而是散文。自 1939 年 3 月 1 日起，《號角》出了「復旦寒假宣傳專頁」，先後刊登了《我們是來學習的》、《我們到合川了》、《告同學們》、《別了，合川的熱情救國工作的同志們》等文章。遺憾的是，筆者所找到的 10 期《號角》，大多頁面字跡多模糊不清，不能一一瞻閱；只有少數作者可根據在其他報刊用別的筆名發表的作品在文本內容相似性核實，如根據《學生參戰記（摘錄）》文本與李顯京發表在《中央日報》上《從軍記

〔註88〕胡風：《胡風回憶錄》，北京：人民文學出版社，1993 年 11 月版，第 143～144 頁。

〔註89〕合川縣文化局：《合川縣文化藝術志》，合川縣文化印刷廠，1991 年 1 月本第 90 頁。

〔註90〕合川縣文化局：《合川縣文化藝術志》，合川縣文化印刷廠，1991 年 1 月本第 103 頁。

（二）》的文字及故事、人物相吻合，可斷定的「險驚」就是李顯京的筆名。
其他作者，均因缺少資料，而難以考證。

　　抗戰文藝習作會會員人數眾多，《號角》小小的篇幅遠遠不能滿足會員發
表需要，因而有許多會員的作品刊登在《文種》、《文摘》戰時旬刊、《中央日
報》、《前線日報》、《華美》等正式出版發行的報刊，只是大多數用了筆名，難
以一一查對——這在很大程度上使我們無法更全面、更清晰地具體描述抗戰
文藝習作會的文學創作實績。

3. 文藝墾地社和詩墾地社

　　知道文藝墾地社的人一般都知道詩墾地社。反之則不然，文藝墾地社因
只辦了壁報且無留存，無從查考，不為人知，是情理中的事。然而，即便是詩
墾地社，對於今天大多數從事中國現代文學研究的人來說，仍然是相當陌生
的。且對兩社史事先做一小考。

　　經查閱相關史料發現，新中國建立後，1956 年的《上海市報刊圖書館中
文期刊目錄 1881～1949》一書最早收錄了「詩墾地」，具體內容僅兩行：「重
慶時代印刷出版社／／1941.11～1943.3」〔註 91〕；其次，是 1959 年張靜盧
輯注的《中國現代出版史料（丁編·下卷）》中，魯深參考「一九五六年六月
十一日中國作家協會、上海期刊圖書館在北京主辦的《全國文學期刊展覽會
目錄》第六部分」，「並佐以其他書志及個人藏書增補編成」的《晚清以來文
學期刊目錄簡編（初稿）》載錄：「詩墾地　月刊　詩墾地編輯社　讀書生活
出版社　重慶　一九四三年」〔註 92〕。儘管詩墾地社成員曾卓 1974 年在《母
親》一文中已憶及「詩墾地叢刊」，張小懌（筆名柳南）在 1980 年版《聞一
多紀念文集》中《詩人·學者·戰士——憶聞一多先生》一文裏也提到了「詩
墾地叢刊」，且自 20 世紀 80 年代起出版的大多數文學（文藝）期刊目錄索引
裏都收錄有「詩墾地社」或「《詩墾地》」、「詩墾地叢刊」條目，但在詩墾地社
同人心裏，「詩墾地叢刊」是被長期遺忘且頗令人傷感的，以至於發起人姚奔
不僅在 1954 年與耿庸「談《詩墾地》被奇異地忘記，發了不少傻氣」，而且
到 1986 年還感歎《中國大百科全書·中國文學》「那裡提到《詩墾地》了，

〔註 91〕上海市報刊圖書館：《上海市報刊圖書館中文期刊目錄 1881～1949》，上海：
　　　　上海市報刊圖書館，1957 年 12 月版，第 284 頁。
〔註 92〕張靜盧：《中國現代出版史料　丁編（下卷）》，北京：中華書局，1959 年 11
　　　　月版，第 560 頁。

解放後第一次」〔註93〕，欣慰之情溢於言表。

中國現代文學研究論著中首次提到《詩墾地》的，是吳子敏為人民文學出版社出版《〈七月〉、〈希望〉作品選》一書所作序的節本《論「七月」流派》，而且僅一次，且明確「其中有的雜誌編者並不屬於七月流派」〔註94〕。自那時起至今，提到「詩墾地叢刊」或詩墾地社的文學研究論著達三百餘種（篇），其中，除詩墾地社同人如鄒荻帆的《憶〈詩墾地〉》、綠原的《回憶〈詩墾地〉》等回憶文章外，絕大多數是在關於七月詩派的研究中提及，僅少數論著設專章或專節研究《詩墾地》，如西南師範大學李本東 2001 年的碩士論文《重慶復旦大學作家群的文學活動考略》第二部分「重慶復旦大學作家群的文學活動概述」中對詩墾地社做了簡要介紹、第三部分「重慶復旦大學作家群文學活動的實績」中對詩墾地詩人群的鄒荻帆、冀汸、曾卓、綠原、化鐵、姚奔等人的詩歌創作做了相當於專節的討論；上海師範大學湯贇贇 2010 年的碩士論文《胡風編輯的同人雜誌研究》第五章設專節概述了「詩墾地叢刊」「對《七月》、《希望》的承繼性」；周燕芬 2011 年版專著《因緣際會：七月社‧希望社及相關現代文學社團研究》第二章第五節討論了《詩墾地》與《七月》以及《希望》之間「全方位和滲透性的」〔註95〕關係，重慶師範大學陳東海 2011 年的碩士論文《〈國民公報〉副刊〈文群〉研究》第五章第二節對「《文群》與《詩墾地》的關係」做了概括梳理；而真正把《詩墾地》作為對象進行專題研究的，僅西南大學曹付劍 2014 年的碩士論文《〈詩墾地〉研究》，和另一篇期刊論文《校園文學對五四「啟蒙」線索的堅持：以抗戰時期重慶復旦大學〈詩墾地叢刊〉學生詩歌創作為例》。細心人不難發現，上述文獻對詩墾地社及以「詩墾地叢刊」編輯為核心的文學活動記載中，在勾勒出大致輪廓的同時，還存在不少史實的缺失或錯誤。如說復旦大學「是於 1938 年底遷到北碚的黃桷樹鎮的」〔註96〕，對詩墾地叢刊的出版者或只記「時代印刷出版社」〔註97〕，或只載「讀書生活出版社」；或「創刊時期」誤為「一九四三年」、出版週期誤

〔註93〕耿庸：《小記姚奔》，見《未完的人生大雜文》，廣州：花城出版社，2009 年 1 月版，第 54 頁。

〔註94〕吳子敏：《論「七月」流派》，載《文學評論》1983 年第 2 期，第 73 頁。

〔註95〕周燕芬：《因緣際會：七月社‧希望社及相關現代文學社團研究》，武漢：武漢出版社，2011 年 1 月版，第 129～132 頁。

〔註96〕曹付劍：《〈詩墾地〉研究》，重慶：西南大學文學院 2014 屆碩士論文，第 3 頁。

〔註97〕上海市報刊圖書館：《上海市報刊圖書館中文期刊目錄 1881～1949》，上海：上海市報刊圖書館，1957 年 12 月版，第 284 頁。

為「月刊」，「出版地點」只寫「重慶」，〔註98〕等等。這顯然在一定程度上不利於人們準確瞭解詩墾地社。文藝墾地社與詩墾地社的誕生及其文學活動，還需要有更完整、具體、清晰、生動的描述。

文藝墾地社和詩墾地社，作為有繼承性的兩個同人社團，其建立，自然離不開社內成員之間的精神情感的和諧溝通，但諸同人對《詩墾地》的回憶昭示我們，在某種程度上可以說，文藝墾地社和詩墾地社是發起人姚奔自我覺醒超脫現實苦悶「擴大自我」的結果。當然，既然是其自我擴大，文藝墾地社和詩墾地社所開展的文藝活動，就不能也絕不會侷限於他個人的狹小天地了。

姚奔（1919.8.17～1993.11.7），原名姚相之〔註99〕，後改名姚正基，筆名姚奔、映實、姚芝聞、史抄公等，出生在吉林省扶余縣的松花江畔，20 世紀40 年代著名青年詩人，列歸「籍屬東北，並未在東北從事過文藝工作，或寫過作品，但進關以後，卻從事文學工作，並創作了大量文學作品，其中一部分是反映東北生活的」〔註100〕東北作家群。他自幼喪母，「九‧一八」事變後流亡北京，1935 年春在北平知行補習學校學習，同年夏考入國立東北中山中學，同年冬參加「一二‧九」運動。「七‧七」事變前夕，他的父親，一位曾隨東北義勇軍創始人蕭振瀛在寧夏、綏遠等地從政〔註101〕的志士，在北京郊縣被日本人殺害。「七‧七」事變後，他與四位同學參加平津流亡學生組織，沿著飢餓的邊緣流亡到西安，做了國民黨軍隊的文職尉官，1938 年武漢退卻、長沙大火之後隨軍入川，1939 年春退出軍隊到重慶北碚對岸黃桷樹鎮文筆沱山麓嘉陵江畔的東北青年升學補習班準備考大學，邂逅了老同學李滿紅、趙蔚青，同年夏考入復旦大學新聞學系，正式受教於資深文學編輯、作家、國文教師靳以；同年秋他們一起造訪了住在復旦附近黃桷樹秉莊的東北同鄉作

〔註98〕張靜廬：《中國現代出版史料　丁編（下卷）》，北京：中華書局，1959 年 11月版，第 560 頁。

〔註99〕姚奔的原名，此據其夫人孫栗《姚奔和我（代序）》。另據徐乃翔、欽鴻編《中國現代文學作者筆名錄》（1988）、陳玉堂編《中國近現代人物名號大辭典》（1993）、上海市作家協會編《上海作家辭典》（1994）和寧江地區地方志編纂委員會編《松原市寧江區志 1995～2003》（2008）等文獻為「原名姚向之」，或「原名姚正基，又名姚向之」。

〔註100〕王建中、白長青、董興泉：《東北現代文學研究論文集》，遼寧大學出版社 1986年 9 月版，第 6 頁。

〔註101〕孫栗：《姚奔和我（代序）》，見孫栗策劃，王承昊、陶金鴻編《姚奔紀念文集》，2007 年。

家端木蕻良、蕭紅夫婦請教文學創作尤其詩歌創作，而且姚奔和李滿紅「幾乎天天」都到那裡「點個卯」〔註102〕。近十年的流亡生活帶給姚奔的種種生存體驗中，最刻骨銘心的，莫過於國仇家恨深切及其不得報的現實苦悶，而作為一個追求自由光明、滿腔報國熱誠的青年，他最急於抒寫的，莫過於此。然而，1939年春才離開軍隊的姚奔，詩心盎然而詩筆未成。雖然在東北青年升學補習班「學習之餘，姚奔經常與李滿紅切磋新詩的寫作」〔註103〕，但直到進入復旦大學遇到他「學習詩歌創作的引路人」〔註104〕靳以之後，才真正開始了詩歌創作，發表詩也是從靳以主編的《國民公報》副刊《文群》開始的。據目前查閱文獻，姚奔最早的文學作品是1939年11月28日發表在《大公報（重慶）》副刊「戰線」第426期上的散文詩《我來自遙遠的北方》，最早的詩作是1939年12月5日發表在《國民公報》副刊《文群》第93期上的《爸爸為什麼還不回來》。前者抒發對「現在」「已是妖氛彌漫的，殺人的魔影跳蕩著」卻「戰鬥起來了」〔註105〕的故土北方的深情懷戀，後者則直抒失怙之痛。

1940年暮春，通過靳以老師，姚奔與鄒荻帆，一位自1930年代起發表詩作已經在全國小有名氣的青年詩人，和曾卓等結成詩友，「一同陷入詩創作的狂熱中。無論是黃昏時黃桷樹的大石橋上，月下嘉陵江邊的沙灘上，通往北溫泉桑林中的林蔭小道，甚至在日寇飛機來襲的防空洞邊……」〔註106〕都留下了他們的詩蹤。到同年夏，已發表二十多首詩，「正在成為大後方詩壇走紅的新銳」〔註107〕的姚奔，在經歷了數次自我反省之後，終於走出「自我」，按三年前的「大哥」所說，去「做一顆發光的星」「在黑夜裏發光」〔註108〕了。只不過，他已不再滿足於「獨自的發光」了。同年秋季學期開學，趁著「學生

〔註102〕 端木蕻良：《追念姚奔》，見端木蕻良著，鍾耀群編《化為桃林》，上海：上海古籍出版社，2000年12月版，第251頁。

〔註103〕 趙蔚青：《姚奔小傳》，載《新文學史料》，1994年第4期，第204頁。

〔註104〕 姚奔：《悠悠歲月　懷念綿綿》，載《收穫》，1990年第1期。

〔註105〕 姚奔：《我來自遙遠的北方》，載《大公報（重慶）·戰線》，1939年11月28日第4版。

〔註106〕 鄒荻帆：《憶〈詩墾地〉》，載《新文學史料》，1983年第1期。

〔註107〕 綠原：《回憶〈詩墾地〉》，見蔡玉洗，董寧文編《冷攤漫拾》，哈爾濱：北方文藝出版社，2015年5版第136～139頁。

〔註108〕 姚奔：《離散的星群》，載《國民公報》副刊《文群》，第194～195期，1940年8月15日第4版。

宿舍是可以自由組合而同住一室」的機會，姚奔組織趙蔚青等四個東北同學，和鄒荻帆等共九人同住一個宿舍，「雖未像舊社會結拜『金蘭』，但我們都以排行老大、老二……等相稱，並呼之為兄弟」，聚起「一群發光的星」。姚奔不僅帶著兄弟們大力支持老大李維時任導演的復旦劇社的演出，還「建議辦了一次詩歌朗誦晚會，朗誦了高爾基的《海燕》和瞿秋白譯的普希金長詩《茨岡》。這些在復旦都引起轟動」〔註 109〕。或許是覺得有了一定基礎，也或許是不滿足於這些零星活動的效果，姚奔在秋冬之際「提出辦一個大型壁報，刊名《文藝墾地》」，因報成社，就有了「文藝墾地社」，「以新聞學系的一些同學為主體，組織了外文系、中文系還包括學校的教授參加。他主持的這份壁報，是由 12 大張白報紙組成，由張同設計版面，其中靳以寫了一篇《紅燭》〔註110〕，我（鄒荻帆——引者注）的一篇是《獻給母親的詩》並由張同插圖。這樣巨型的文藝壁報，在復旦還是首次。一方面引起愛好文藝的同學們注意，同時引起特務學生的注意。第一天在黃桷樹教務處迎面的牆壁上貼出後，靳以的那篇《紅燭》夜晚即被特務們挖了去」〔註111〕。壁報規模大、內容又紅，影響也大，文藝墾地社的活動也因此陷入困境。

自 1938 年 7 月 21 日重提《抗戰期間圖書雜誌審查標準》起，國民黨當局先後公布《戰時圖書雜誌原稿審查辦法》、《修正圖書雜誌劇本送審須知》、《書店印刷店管理規則》、《戰時出版品審查辦法及禁載標準》等等，各省市縣政府遵令成立圖書雜誌審查機構，規定各地書店及出版機關印行圖書雜誌，凡與國防有關者，均一律須送所在地審查機構，得許可後方准發行。復旦校方為整體安穩考慮，堅持大學教育與抗戰建國需要相配合的辦學方針，同時也不得不對學生活動加強控制。在這樣言論空間日漸緊縮的背景下，連《文群》、《文摘（戰時旬刊）》都時有稿件被抽刪，校內學生更難獲准登記以社團（尤其文藝社團）形式展開活動了。於是，到 1941 年 6 月 1 日止，復旦校內 20 個壁報社團中只剩下了 1 個是文藝性的，就是文藝墾地社。〔註112〕可就在 1941 年春季學期，刊登過胡風的論文《論科學的精神與藝術的

〔註 109〕鄒荻帆：《記詩人姚奔》，載《新文學史料》，1994 年第 4 期。

〔註 110〕靳以：《紅燭》，1941 年 1 月 25 日作，載孫陵主編《自由中國》副刊《文藝研究》第 1 期，1941 年 3 月 10 日出版。

〔註 111〕鄒荻帆：《記詩人姚奔》，載《新文學史料》，1994 年第 4 期。

〔註 112〕復旦大學校刊社：《壁報林立》（消息），載《復旦大學校刊》第 10 期，1941 年 6 月 1 出版。

熱情》〔註113〕的《文藝墾地》這一巨型壁報也只出了兩期，便難以為繼。又時值皖南事變發生不久，白色恐怖也籠罩嘉陵江畔的復旦校園。早被視為左翼分子的姚奔，也因此被特務列入了黑名單。經地下黨員同學史放的提前通知，他也相機「忽然離校」，避到了草街子鎮鳳凰山上古聖寺詩友鄒綠芷任教的育才學校，兩月後才回校參加期末考試。這一經歷讓姚奔那顆「固執真理，奔赴黎明的心」，更感「重慶的政治空氣低沉到令人喘不過氣來」，從而更加「想借文藝活動透出一點春天的氣息和希望的亮光」。〔註114〕

於是，在緊接著的暑假期間，姚奔就向鄒荻帆等人提議：「辦一個詩刊走向社會，也就是向社會發出青年人的呼聲」〔註115〕。眾詩友心有戚戚，但覺得「這建議難於兌現」，因為辦一個刊物涉及的因素很多，而大家都還只是學生。面對詩友的質疑，姚奔作為發起人幾乎各方面的困難和問題都予以事先考慮，滿腔熱情地率先做起了籌備工作。

刊名取什麼好？姚奔提出直接襲用《文藝墾地》，因為是純詩刊，就更名《詩墾地》，出月刊。出刊物得花錢，可大家是學生不名一文，他就提出並印好募款的募款冊和收據，去找師長及愛好文藝的同學募捐，以應付印刷、紙張、排版費和來往約稿的郵費，並得到了靳以、馬宗融、葉君健等老師和雲天（復旦大學的旁聽生）、張芒（曾卓的中學同學）等朋友同學的積極贊助。為讓刊物顯得正式，他刻了一個麥穗下有「詩墾地社」的長立方圖章，並在黃桷樹郵局以每月三元租下了「北碚黃桷樹郵箱三號」。姚奔的這份幹勁和熱情感動了也鼓動了鄒荻帆等詩友們，阿壠（1907～1967）、化鐵（1925～2013）以及路翎（1923～1994）加入進來，於是大家一起積極行動開來。

刊物初辦沒稿源，除了同人同學所寫詩稿和約稿外，還缺稿件怎麼辦？最初《詩墾地》「主要依賴外稿」，「除指社會上自由來稿外，還有兩個特殊的來源」：一個是在白廟子煤礦當會計的路翎那裡，有胡風南去香港留下的小部分《七月》雜誌的積留詩稿，如方然的《回去，回到黃河》等，「使《詩墾地》得以保持質量」〔註116〕；「另一個是由八路軍辦事處張穎同志轉交馮白魯（地

〔註113〕曉風：《胡風日記（1938.9.29～1941.4.27）》，見陳思和，王德威主編《史料與闡釋》總第6期，上海：復旦大學出版社2019年版，第187頁。

〔註114〕姚奔：《悠悠歲月　懷念綿綿》，載《收穫》，1990年第1期。

〔註115〕鄒荻帆：《記詩人姚奔》，載《新文學史料》，1994年第4期。

〔註116〕綠原：《靳以先生二三事》，見《綠原文集（第四卷）》，武漢：武漢出版社2007年3月版，第20頁。

下黨員）處理的、周恩來從延安帶到重慶來的解放區詩人的作品，如田間的一篇長詩《鼠》。」〔註 117〕剛好補上。

至於編輯審稿工作，姚奔和鄒荻帆牽頭，在復旦做服務工作的曾卓等「全體同人」一起上陣，1941 年七月報考青木關的國立音樂學院未果的冀汸則成了「專職工作人員」。詩墾地社「沒有什麼組織，也沒有什麼章程，所謂『全體同人』也主要是指當時在一道共同看稿的。前五集及《詩墾地》副刊 25 期的看稿人，有姚奔、曾卓、冀汸、綠原、桑汀、柳南、雲天、張芒、S.M.、張帆、趙蔚青等。」〔註 118〕在用稿終審上，「每一期以致每一篇稿件，都通過了大家七嘴八舌的，有時是面紅耳赤的爭論」〔註 119〕。真正是同人問題同人共決。最後刊物出版了，雖然是鄒荻帆和姚奔「署名主編」，但二人「主要負集稿上的責任，一切事項由本社全體同人決定之」〔註 120〕。

「《詩墾地》籌辦遇到的最大困難就是『登記』問題。」〔註 121〕經老師、校友們多番努力終未果，只好月刊改叢刊，於是就有了第一輯的聲明：「詩墾地原擬出月刊，後因登記事未辦妥，暫出叢刊，惟版式仍仿期刊，並決定月出一冊。」〔註 122〕這樣以書代刊的好處是，每輯只需換個新書名，將原稿送到重慶市圖書雜誌審查委員會接受審查，經該機構在每頁原稿上加蓋圖章之後，即可交付印刷廠出版。

原稿審查也是一難過的關卡，詩墾地社得到了姚奔經律師友人介紹認識的圖書審查委員會職員顏澤鍔（後改名顏柳〔註 123〕）的同情和熱心幫助而順利通過──不只向他們通報「審查內幕」，還給他們編稿告誡，甚至幫他們出主意修改當局敏感的詞彙。如曾在親自提筆將第二輯中師穆的詩《末日》中的「紅旗」改成「火一樣的旗幟」後，「臉上露出勝利的微笑，說：『火光也是

〔註 117〕綠原：《回憶〈詩墾地〉》，見蔡玉洗、董寧文編《冷攤漫拾》，哈爾濱：北方文藝出版社 2015 年 5 月版，第 138 頁。

〔註 118〕鄒荻帆：《憶〈詩墾地〉》，載《新文學史料》，1983 年第 1 期。

〔註 119〕曾卓：《記荻帆》，見《美的尋求者》，太原：山西教育出版社 1998 年版，第 73 頁。

〔註 120〕鄒荻帆、姚奔：《本社啟事》，載《詩墾地叢刊 1 黎明的林子》第 28 頁，1941 年 11 月 5 日出版。

〔註 121〕冀汸：《詩寫大地──回憶鄒荻帆》，載《新文學史料》，1997 年第 1～2 期。

〔註 122〕鄒荻帆、姚奔：《本社啟事》，載《詩墾地叢刊 1 黎明的林子》第 28 頁，1941 年 11 月 5 日出版。

〔註 123〕鄒荻帆在《憶〈詩墾地〉》中寫作「閻柳」。

紅顏色，看他們再怎麼改！」」〔註124〕送審通過總是非常令人高興的事。為此，當年的校刊第 13 期及時刊載了通報消息：「本校同學鄒荻帆、姚奔，近編輯詩墾地叢刊，第一輯《黎明的林子》已由審查會審查完畢，付印發行。第二輯正在集稿中。」〔註125〕

刊物沒處印刷吧？鄒荻帆正好有他之前在金山、王瑩率領的上海救亡演劇二隊隊友馮白魯，從南洋募演回到重慶在南林印刷廠當會計，通過他解決了印刷廠問題——馮白魯還成了詩墾地社成員（筆名桑汀、復旦大學外文系1943 級學生），他的辦公室——重慶七星崗中一路 114 號——也成了詩墾地社「發稿、校稿、討論的聚會場所」，甚至於「重慶辦事處」。〔註126〕

刊物是文藝社團的旗幟，也是文藝社團存在的真正標識。終於，1941 年11 月 5 日，「詩墾地叢刊」第一輯《黎明的林子》問世了——刊物總經售方面，與當時經巴金安排在重慶市文化生活出版社門市部當經理的田一文商妥，印上了「互生書店」（因互生書店在重慶沒有門市部，實際上只好請讀書生活出版社和生活書店在重慶同時經售。從第二輯起到第四輯則經生活·讀書·新知三家書店實際負責人總經理黃洛峰幫助，都由讀書生活出版社總經售。）——書名取自姚奔的一首同名詩作，封面設計及刊名《黎明的林子》的美術字均由桑汀負責，主編署名姚奔和鄒荻帆，共收錄詩文 14 篇，從封面到封底共 30 頁，卻很快在重慶和西北、成都、上海、桂林、香港等地青年詩歌讀者中引起反響，頗多好評，還擴大了外來稿源。詩墾地社的文學活動自此進入一個新階段，這一始於復旦校園又從一開始就超出復旦校園的詩歌團體，也正式躋身抗戰時期的中國文學界，為人所知了。

《黎明的林子》出版，使詩墾地社「從此便得到外地一些年輕詩人的支持，其中有與『詩墾地社』相似的，便是成都的『平原詩社』（此時應為華西文藝社，平原詩社 1942 年 8 月才成立——引者注）他們之中有幾位比較活躍的青年詩人，也參與了寫稿，並解決我們一些具體的困難。應該說，我們是未分彼此的。其中就有杜谷、蘆甸、方然、白堤、孫躍冬、葛珍、左琴嵐、許

〔註124〕冀汸：《詩人，也是戰士》，載《新文學史料》，1991 年第 2 期。
〔註125〕《復旦大學校刊》1941 年第 13 期，1941 年 11 月 1 日出版。
〔註126〕曾卓、綠原回憶是中一路 104 號。參見曾卓《重慶的中一路 104 號》，見《曾卓散文選》，上海文化出版社，2003 年 9 月版，第 349 頁；綠原《回憶〈詩墾地〉》，見蔡玉洗、董寧文編《冷攤漫拾》，哈爾濱：北方文藝出版社，2015年 5 月版，第 136～139 頁。

伽等。同時，搞木刻的譚辛民推薦了呂劍的詩……另外，遠在陝西城固西北大學的谷風（牛漢）和李滿紅，也給與了支持。」〔註127〕然而《黎明的林子》的進步影響遠不止於青年中間。其中，白岩的詩《窗》還曾「引起蘇聯大使館的注意，派了一位秘書在羅田灣一個地下聯絡站與他見面，說是大使館的蘇聯同志讀到《窗》後，對作品抨擊國統區白色恐怖內容，很為關注，並認為作品收尾仍寫出了革命的勝利和希望，信心和力量，他們對這篇作品很滿意等等。」〔註128〕這第一炮不小卻也不大的成功，極大地鼓舞了詩墾地社同人，使他們接下來的努力鑄就了一幅令青年人神往的圖景——「在重慶沉重黑霧下，一群年輕的詩人在詩藝術、人生理想結了深厚的友誼，共同肩負一個期刊，互相切磋詩藝，於黃桷樹石橋上的月夜，於春雨漫彌的東陽鎮小茶樓，於小瓦房的青油燈下，海闊天空無所不談，傾心相許嘯傲當時詩壇，雖然未免眼高手低，但亦有超前啟後之志。」〔註129〕

詩墾地社這群選擇詩和詩刊來發聲的年輕人，懷著強烈的歷史使命感和社會責任感，以「超前啟後」的壯志熱情，邁開緊扣時代脈搏的前進步伐。就在中一路114號組織第一輯作者阿壠、曾卓、綠原、白岩（鄧孟林）、雲天（劉家樹）等十多人（另有社外詩人胡拓、李嘉、臧雲遠、王亞平、柳倩等人參加）座談的當天，在討論抗戰詩歌的創作之後，就商議了第二輯的集稿事宜，議定編出「反法西斯特輯」。那時「正值希特勒向莫斯科進攻，全世界的目光都注視著這紅色的都城，那時日本還未發動太平洋戰爭，顯然，保衛莫斯科也成為全世界革命者的呼聲」〔註130〕。在「詩墾地叢刊」第二輯《枷鎖與劍》中，「反法西斯特輯」編在首要位置，刊發了反對希特勒、支持蘇聯紅軍的《人質》（冀汸）、《末日》（師穆）、《向紅色的行列放歌》（桑汀）、《在莫斯科前線》（伍禾）、《戰火燃燒在蘇聯》（鄒荻帆）等五首詩，和鐵弦翻譯的蘇聯詩人Ｍ·斯維特洛夫的詩《宣誓》。全書還有1篇論文《詩的道路》（柳南）和10首詩、3篇散文詩、4首譯詩，內容比第一輯更豐富，從李滿紅的詩《枷鎖》和趙蔚青譯蘇俄詩人蔡雷泰里的詩《短劍》取名為《枷鎖與劍》，突出反法西斯的革命色彩和時代精神。

〔註127〕鄒荻帆：《記詩人姚奔》，載《新文學史料》，1994年第4期。
〔註128〕鄒荻帆：《記詩人姚奔》，載《新文學史料》，1994年第4期。
〔註129〕鄒荻帆：《記詩人姚奔》，載《新文學史料》，1994年第4期。
〔註130〕鄒荻帆：《憶〈詩墾地〉》，載《新文學史料》，1983年第1期。

然而，不無遺憾的是，他們的熱情不可避免地遭遇了印刷經費困難的打擊。募款無法支持導致印刷遷延，原本當在 1941 年 12 月初出版，卻拖到 1942 年 3 月才出，以至於他們決定「從第三輯起，改由成都草原書店發行」〔註 131〕，並直接在這第二輯的封底刊登了第三輯《春的躍動》目錄預告。所幸的是，這一打擊很快為《枷鎖與劍》所贏得的較高評價和重視抵消了。不僅呂劍的詩「《打馬渡襄河》正跟他在《新華日報》發表的《大隊人馬回來了》一樣，引起讀者的注意」，而且，據鄒荻帆回憶，《力報》發表張白滔的文章除盛讚了姚奔的詩《我們》之外，還從總體上評價《詩墾地》為其「不能不特別重視的幾個嚴肅新穎的詩刊」中「傑出的一種」，充分肯定《詩墾地叢刊》「一點也不拒絕新人的作品」，「在推動詩歌運動的作用上」「盡了相當大的責任」〔註 132〕。還有，就在《枷鎖與劍》因經費困難而延擱出版期間，經姚奔的努力，靳以先是在《國民公報》副刊《文群》編出相當於詩墾地社詩人的詩歌特輯，再是大約每兩周就讓出版面給詩墾地社編出一期《詩墾地》副頁，自 1942 年 2 月 2 日至 1943 年 5 月 29 日，共計 25 期。這片僅三千字左右的一小方詩歌園地，讓他們青春的腳步保持著前進的姿態，讓他們青春的時代心音得以不間斷地唱響，從而極大疏解了他們辦詩墾地叢刊的精神焦慮，也為他們贏得了更多的讀者，凝聚了更多追求光明的青年力量。

在師友的幫助和讀者的熱心支持下，詩墾地社同人熱情不減，兩月後即 1942 年 5 月就出版了第三輯《春的躍動》，共收錄作品 33 篇，由正在重慶南岸海棠溪貿易委員會員工子弟小學任教的冀汸負責校對。冀汸請同事美術老師李鴻雋設計了封面，並配有一幅美麗的插圖：一個吹奏巴松（Bassoon）的窈窕少女。為此，桑汀特邀李鴻雋與冀汸一同去國泰電影院看話劇《屈原》，以表酬謝。演出結束，他們本打算去重慶中一路 114 號擠一夜，不料被國民黨特務扣押在渡口，整夜飢寒交迫，幾乎沒合眼。直到天亮才「放行」，回到學校兩人都像大病了一場。〔註 133〕由於黃桷樹三號郵箱收到了延安詩人公木、李雷、候唯動、孫濱等人的詩稿，加上前述《七月》積留的陳輝、俞波、李山、冰等解放區詩人的詩稿，這一輯作者範圍較前又有所擴大。組稿順利，

〔註 131〕詩墾地社：《編後》，載「詩墾地叢刊」第 2 輯《枷鎖與劍》第 18 頁，1942 年 3 月 1 日出版。
〔註 132〕鄒荻帆：《記詩人姚奔》，載《新文學史料》，1994 年第 4 期。
〔註 133〕冀汸：《詩寫大地——回憶鄒荻帆（下）》，載《新文學史料》，1997 年第 2 期。

他們自然高興，他們更從陳輝的《平原手記》（詩集）那樣的詩中「呼吸到一種異常清新的戰鬥生活氣息」，為那「無拘無束的自由的歌調，真如一江春水泛著杏花浪一樣自在地流著」，為那「行雲流水的調子」和戰鬥生活白描中的集體情思，以及工作偉大又是生死危境卻仍然四溢的高度革命責任感與樂觀主義，而振奮，而激賞，予以高度讚揚。〔註134〕換句話說，他們用自己一群星光照耀別人的同時，別的一群星光也照亮著他們。

　　儘管他們熱情不減，鄒荻帆 1942 年 4 月在《關於詩墾地叢刊》中就宣稱第四輯「已經審完付印」〔註135〕，但因第三輯在成都印行情況不盡人意，渝蓉兩地相隔較遠，編、校、印都不方便，草原書店也有困難，第四輯不得不在重慶另外設法出版。於是，當桑汀託《天地畫報》創辦人兼主編李任子的關係找到重慶時代印刷出版社，議定出版和印刷都由該社承擔，詩墾地社只負責編輯之時，叢刊已脫期至 1943 年春了。第四輯由 24 開小本擴版成 16 開大本，從谷風（牛漢）的詩《高原的音息》取書名《高原流響》，1943 年 3 月 1 日出版。這一輯最直觀的感受，是「形式排版上有大大的改善」。封面係漫畫家丁聰「在忙於《祖國在呼喚》的演出當中」幫忙設計，沒有生動的人物或花卉，但在上紅下黑的色彩鮮明卻自然和諧的背景上，上半環紅底黑字從右到左印了「詩墾地」的美術字刊名，下半環黑底上白字從右到左印了「高原流響」的美術字書名，期號白色阿拉伯數字「4」垂直居中，整個置於封面版心，頁腳從左至右打印了「詩墾地編輯社」、「三十二年三月一日」、「重慶黃桷樹郵箱三號」字樣，整體富於簡潔、明快之美，刊物信息一目了然。目錄上所刊 24 篇作品按「詩集」、「長詩」、「政治詩」、「散章」和「論文」等五個欄目劃區排版，界限分明。再看內頁，從詩作、論文到編校雜記，都由先前的豎排改為橫排。封底右沿豎排了審查號，版心仍以舊式版樣刊登了《天地畫報》的創刊號廣告。總體上，第四輯較前三輯給人感覺更規範、美觀，充分體現了詩墾地社同人「改革猛進的決心」。

　　當然，這是來之不易的。且看曾卓代表諸同人為這一輯寫的《編校雜記》：

　　　　印刷不好也罷，一脫期就是一年也罷，能夠印出一期總是值得
　　我們高興的事。愛護的讀者們也一定會表示如我們同樣的欣喜的。

〔註134〕鄒荻帆：《憶〈詩墾地〉》，載《新文學史料》，1983 年第 1 期。
〔註135〕荻帆：《關於詩墾地叢刊》，載《文藝生活（桂林）》，1942 年第 2 卷第 6 期，
　　　　第 10 頁。

各方殷殷的詢問，鼓勵，一併在這裡說出衷心的感激。讓我們像久別的朋友那樣地好好的擁抱一下。

原定每月一期，但窮困如我們，既無穩固的基金，又缺乏經濟上的有力的支持，印刷費一漲如飛，也就只能痛心地眼看著這麼拖。也許真的是「光陰似箭」吧，這一期竟拖到了一年之久，當中經過的波折、周轉，不想在這裡提了。——豪語與奢望我們是沒有的，只要讀者還不致忘卻，而且從詩篇中取得了一點感動、溫暖與希望，我們將在任何困難的情形下支持下去。

　　　　××××

但這也並不能算是同人雜誌。雖然也有基本的作者，那只是因為相識和相同的對詩歌的意志，與初創刊的無法覓得新手的原故。而且也有一點限制：凡友人的稿件都選得較嚴，對陌生的作者，只要是看出還可以從已有的成就上發展開去的，雖在技巧上較差，也給予採用。讀者是可以從已出的幾期中印證我們的話的。卻也有人以為我們有「門戶」與「宗派」之見。這是誤解。大戰鬥的方向一致，我們都得引為戰友。然而藝術風格上看法的差異，與為了保持各別刊物的個性，我們在選稿上只能如此，希望能得到諒解。

　　　　××××

已出的三期中，也確如某些批評者所說：創作太單純了些。原因是「深入生活」「與生活擁抱，」雖是老話，卻也是少見身行者的老話。這一期也許較好一點。為了表示改革猛進的決心，首先在形式與排版上有大大的改善，算是跨出的第一步。理論與翻譯的單薄我們也感到的。前者是不願人云亦云的說些空泛的言語。也曾擬定一篇大綱，內容牽涉至廣，相約了幾個友人想好好的寫一寫。因為一時收輯材料不易，和自身的修養不夠，還在孕育中。翻譯來源雖缺，偶有一點也多早識者，補救的方法一直還沒有想到，只有待於得力的助者了。

　　　　××××

因為印刷難，出得少，積壓下了不少的詩稿。負責編輯者不能有整日坐在編輯室的幸福，忙於維持生活的工作外的餘閒，才能看看稿。不能在選稿時迅速些和在覆信中寫得詳細些是應該說出歉意的。

　　這刊物僅只一期發過一部分少得可憐的稿費，此外作者就算是白盡義務了。雖這樣也還只能使刊物勉能生存。願意支撐這詩壇幼芽的友人，我們心疚的表示崇高的感激。因為沒有稿費，以致將給予我們的稿子，臨付排後而又抽去，使我們因突然而來的空白不知所措的詩人，我們則無話可說。我們能說什麼呢？讀者們！

　　××××

　　這一期，丁聰先生在忙於《祖國在呼喚》的演出當中，為我們設計封面，這種厚情，我們在這裡表示最深的謝忱！

　　××××

　　一年又過去了。這一年半內，我們共出了四期，有萬行左右的詩。這收穫是可憐的。但願季節一換，我們的刊物也能隨樹葉而新綠，蓬蓬向上。——雖然祝福只是泡沫的一閃，但也總算是一點希望，給予讀者和我們自己的一點溫暖。

　　那麼，春天好，親愛的讀者諸君！

三月。

（《高原流響》，「詩墾地叢刊」第 4 輯，

1943 年 3 月 1 日，第 45 頁。）

　　這篇《編校雜記》中不時閃現希望之光，卻也透露著從《黎明的林子》到《高原流響》這一年多來詩墾地同人辦刊所遭遇的多重的辛酸與無奈。首先是經濟的困苦。抗戰時期本就是全國全民族的災難時期，詩墾地社同人作為一群多是吃「貸金」的大學生青年文學愛好者，面對「窮困」，面對飛漲的印刷費，他們苦苦支撐，「只能痛心地眼看著這麼拖」，以至於「拖了一年之久」，但終究保住了詩墾地叢刊繼續出版，難能可貴。而這一年之中，他們所經歷的「波折、周轉」，他們不願再提，我們恐怕也無法想見了。其次是因經費拮据而導致沒錢發稿酬帶來的編務煩窘。「這刊物僅只一期發過一部分少得可憐的稿費，此外作者就算是白盡義務了。」但並不是所有投稿者都知道、理解「雖這樣也還只能使刊物勉能生存」的現實。於是，就有詩人在臨付排後又抽走自己的詩稿。這讓詩墾地同人一時不知所措，又無可奈何。只因不肯放棄，他們還得承受別樣的煩擾——重新選稿填補這些「突然而來的空白」。然而這些都不算什麼，最讓他們不能接受的，是詩歌同行的誤解。在這樣苦撐的過程中，儘管他們「凡友人的稿件都選得較嚴，對陌生的作者，只

要是看出還可以從已有的成就上發展開去的，雖在技巧上較差，也給予採用」，但因要保持刊物的個性，仍不免遭受「門戶」與「宗派」之見的誤解。這種誤解如果得不到澄清，可以想像，那接下來的責難就很可能使詩墾地叢刊陷於所謂「自我中心主義」的狹隘境地，而更難得到理解，進而更難維持。

很顯然，第四輯《高原流響》的出版，已經讓詩墾地社同人吃盡苦頭。然而，這還沒完。他們雖無法在短時間內解決經濟問題，但卻有「只要讀者還不致忘卻，而且從詩篇中取得了一點感動、溫暖與希望」，就「將在任何困難的情形下支持下去」〔註136〕的決心。可這時，人事問題又緊跟著來了。

首先是作為詩墾地發起人的、也是實際上最具有凝聚力的主事者，挑大樑的姚奔，在 1943 年夏畢業離校了。姚奔「離開復旦後，就忙於生活上的奔波，在重慶不找個飯碗是不行的」。儘管他的工作單位《自由西報》社就在重慶，但面對「新的職業，新的工作環境，未免一切感到生疏」，這不僅影響了他的詩歌創作，而且使他很難象之前那樣全身心地投入詩墾地叢刊的編輯了。好在 1942 年綠原考入復旦外文系、冀汸考入了復旦史地系，1943 年馮白魯也考入了復旦外文系，鄒荻帆也還在復旦，四位詩墾地叢刊的大將都集中在了復旦校內。如果 1942 年 9 月 15 日出版的《文藝生活（桂林）》上鄒荻帆《關於「詩墾地」叢刊》所說第五輯在 1942 年 4 月尾集稿屬實，那姚奔應仍參加了編務。不過，在實際上，第四輯尚且拖延到 1943 年 3 月才出版，那麼，第五輯遲至 1943 年 8 月才編好，就可以理解了。而且，這期間第五輯編務似乎發生了一些變故。如其名稱，據《詩文學》1945 年第 1 期不僅在第 51 頁準確預告了這一輯除「編後記」外的全部目錄，還在第 40 頁「詩壇消息」說詩墾地叢刊第五輯的書名是《沙漠上的汲水女》；但後來面世的第五輯叫《滾珠集》，係從馮振乾的詩作《滾珠集》取成。第五輯編好後由冀汸和桑汀送去大同路的重慶時代印刷出版社，是李任子接待的。儘管時代印刷出版社的店面很小，僅一臺用腳踏動的老式轉盤印刷機，印刷很慢，但好在不必預付定金，且費用是按照消費結果計算。由此可以肯定，自第五輯《滾珠集》起，主要是鄒荻帆在牽頭編輯了。

1944 年鄒荻帆、綠原、桑汀也先後離開復旦。1943 年，世界範圍內意大利墨索里尼政權倒臺、德軍轉向全面守禦；國內蔣介石 3 月出版《中國之命

〔註136〕曾卓：《高原流響・編後雜記》，《詩墾地》叢刊第 4 輯，1943 年 3 月 1 日，第 45 頁。

運》，稱八路軍、新四軍為「新式軍閥」搞「新式割據」，5 月更借共產國際解散之際要求解散共產黨、取消陝北特區，並密令胡宗南部閃擊延安。國共摩擦一時加劇，復旦校內政治氣氛日益緊張，活動較前更加不便。姚奔畢業離校。1944 年春，鄒荻帆為逃避校內三青團成員、實為重慶中統局專管黨政調查的第七科幹事陳頌堯等復旦學生的監視和騷擾，和綠原同時參加來華參戰美軍譯員訓練班。培訓結束，鄒荻帆在 5 月初被派往成都招待所工作；綠原則「先被分配到『航空委員會』，旋因未隨集體參加國民黨，與少數譯員一起被認為『思想有問題』，並被通知改去『中美合作所』。因未應召前往，隨即受到特務機關密令通緝。在胡風、何劍熏等友人幫助下，及時離開重慶，到川北嶽池縣私立新三中學教高中英文」。〔註 137〕此後不久，桑汀也肄業去了延安。綠原雖還和鄒荻帆保持通信，為詩墾地叢刊第六輯寄去了自己的詩作《懺悔》，但終究無力過問更多事務了。

　　這樣，在印刷經費本無固定來源，出版社也遭遇不止於通貨膨脹的經濟、政治等多方面困難，大家又無力過問而「只好待以後再說」的情況下，第五輯《滾珠集》發稿之後就被「擱置」起來了。就連鄒荻帆本人，也是在 1978 年十一屆三中全會後，才到看友人抄自吉林大學圖書館的第五輯抄件。

　　當然，詩墾地叢刊年輕詩人群的努力及其所取得的成果，既已在文藝界獲得相當程度的認可甚至讚揚，自然也不會被遺忘。1946 年 4 月，重慶時代印刷廠的負責人、《天地畫報》創辦人李任子，在印刷廠因為抗戰勝利復員而關門之前，從廢紙堆裏發現大部分早已印好的《滾珠集》散頁，就組織裝訂，並請三聯書店發售。為此，他在第五輯封三的《裝幀餘話》中寫道：

　　　　這一期詩墾地，在兩年前就大部排印好了，一直擱置在印刷所的裝訂間裏。直到最近，印刷所因勝利關門，清廢紙把它清了出來。不願把這份東西當廢紙一樣賣出去，特裝訂成冊，請三聯書店來發售。

　　　　原來有後記之類的編者告白，早給印刷所遺失了。而這一群年青的詩人也大都分散，已無以為記，我們加上這一點小小的說明，敬向編者和讀者表示歉意。這也算說明了今日出版界所遭遇的厄運。

　　　　　　　　　　　　　　　　　　　　　　　　　　　　四月

　　第五輯終於在 1946 年 5 月 1 日出版，比第四輯遲了整整三年零兩個月，

〔註137〕綠原：《綠原文集・第六卷・綠原年表》，武漢：武漢出版社，2007 年 3 月版，第 575 頁。

比第六輯遲了一年半。至於為什麼會「在兩年前就大部排印好了」卻一直被擱置乃至部分遺失，除卻詩墾地諸同人無力過問外，大概只能根據文中「今日出版界所遭遇的厄運」去想像了。值得注意的是，這一輯裏，詩論佔了較多篇幅，有胡風的《一個詩人的歷程——田間詩集〈給戰鬥者〉後記》、思猛的《今天，我們需要政治內容不是技巧》、蒙寒的《詩散論》、冀汸的《今天的長詩（一點讀詩的感想）》等，昭明著詩墾地社同人在詩歌藝術自覺上的進步。

　　難能可貴的是，作為詩墾地社「挑大樑」的兩個人之一，鄒荻帆「本人到了成都，《詩墾地》也跟著他到了成都，並且與平原詩社的詩友們攜手了。」〔註138〕鄒荻帆1944年6月底在成都主持了文協成都分會慶祝詩人節（端午節）的屈原紀念會，旋即從招待所到「戰地服務團」工作，但不到三個月，就因特務認為他在復旦大學有「共嫌」而出走。9月，經地下黨員介紹入成都美國新聞處做雇員，被選為文藝界抗敵協會成都分會理事。〔註139〕其間，他與原華西文藝社、平原詩社的詩人交往較多，杜谷、蘆甸、白堤、葛珍、許伽、陳于子、張帆等人參加了詩墾地叢刊第六輯《白色花》的編務。「白色花」這一書名，取自聖門（阿壠）這一期《無題》中的詩句：「要開作一枝白色花——／因為我要這樣宣告，我們無罪，然後我們凋謝。」這兩行詩就直接排在目錄上書名之下，類似題辭。封面由川劇舞美設計藝術家唐耕雲先生設計，白底頁面的右上角淡黃色底紋的雙橫線，與左下角約一寸高處的同色但更深的雙橫線斜對稱；一個淡綠色美術體的「冂」約一寸多厚、內外皆圓角，上有一方黑書影右下斜搭著左下角有約寸許的配紋，豎筆上有黑白兩色的兩列「白色花」白左黑右部分重疊交叉，兩「色」字處穿過的一枝白色花傲然綻放在黑色書頁上；在「冂」的橫筆之上方橫陳著美術體的「詩墾地」三個大字加其一半高的「叢刊」兩字，緊接橫豎筆交叉處豎列著「第六輯」三字；右下角則是類於落款的「耒」字加個很小的「井」號。整個看來，樸素淡雅。《白色花》是《詩墾地》從刊六輯中最薄的一本，「今天和未來」、「人物特寫」、「英雄的葬儀」、「時事詩小輯」、「風俗」和「心境」六欄共22首詩，確實「能保持過去之年青，活潑，新鮮，整潔的作風」〔註140〕。這些加上一篇《編後記》加

〔註138〕冀汸：《詩寫大地——回憶鄒荻帆（下）》，載《新文學史料》1997年第2期。
〔註139〕李秉謙：《一百年的人文背影——中國私立大學史鑒·第4卷·浴火重生（1937～1945）》，陝西師範大學出版總社有限公司，2016年10月版，第29頁。
〔註140〕《詩壇消息》，載《詩文學》，1945年第1期，第42頁。

封面、目錄和封底，僅 26 頁。最後，蒙陳于子的極大努力，《白色花》沒按規定送審就由幾個青年人辦的果園出版社出資搶時間印出來，交由成都和重慶聯營書店發行了。為更深切瞭解詩墾地社的「主觀戰鬥精神」，且引第 15 頁「編後記」全文如下：

　　　　極度興奮中，完成了這一期，獻給我們的朋友和讀者。雖則內容方面，不能達到我們的理想，而我們還有明天，還要開墾。

　　　　編印的時候，給了我們好多感觸，昔日的兄弟都離散了，不禁地懷念著過去一同呼吸著同樣油墨氣息的朋友，願兄弟們都生活的好！

　　　　　　　　　　　　×

　　　　不能不想起這刊物的創始，在嘉陵江黃桷樹小村莊裏，風雨同窗，想起辦一個詩刊，謝謝靳以師給我們最初的最大的幫助，並在國民公報上幫助我們出了副刊二十五期，願這刊物也能帶給他一份歡喜。

　　　　　　　　　　　　×

　　　　這是第六輯，而第五輯在重慶一家印刷所裏面未能印出，想起太平洋上尼米茲將軍所倡的越島進攻攻勢，而我們也越期的出版了。

　　　　　　　　　　　　×

　　　　就這輯來說，我們並未有廣為徵稿，因為我們規模小，不敢大事誇張，但我們是需要新的朋友，需要更多的援助的，我們敢以我們的坦白和真摯呈現我們的意見，哪怕是幼稚。等待著握手。

　　　　　　　　　　　　×

　　　　下輯是時事詩特輯，非常歡迎這方面的稿件，但並非專輯，所以其他方面的創作，譯品，論文都很歡迎，附帶聲明一句，因為我們的條件不允許，暫不致送稿費。

　　　　　　　　　　　　×

　　　　要說的話很多，對於時代的意見，我們更多，願下輯能夠和朋友們早點見面。

　　　　　　　　　　　　　　　　　　　　　　　　詩墾地社

　　（《白色花》，「詩墾地叢刊」第 6 輯，1944 年 12 月，第 15 頁。）

　　看到這裡的「極度興奮」和「我們還有明天，還要開墾」那一如繼往的

樂觀，和「下輯是時事詩特輯」的預告，我們不能不想起前引第四輯《編校雜記》曾寫著：「只要讀者還不致忘卻，而且從詩篇中取得了一點感動、溫暖與希望，我們將在任何困難的情形下支持下去。」我們不難發現，鄒荻帆不僅沒有停辦詩墾地叢刊的意思，還大有繼續「越島進攻」的雄心壯志。而渾然不知，未經送審《白色花》很快就引來了警察局的注意。鄒荻帆 1943 年底雖已到美國新聞處工作，但仍無住處，在斯全處打地鋪，且留了「成都城街省立圖書館斯全先生轉本社」的通訊地址。警察先是找了幾次斯全先生，後是在下班時間到鄒荻帆上班的機構去找他，以示「警告」。《白色花》未經送審就搶時間印出，直接使得詩墾地叢刊無法再編印而真正終刊了，詩墾地社成員雖然各自的個人文學活動仍在繼續，彼此間仍保持聯繫，但再沒有以「詩墾地叢刊」名義集體開展詩歌活動了。

詩墾地社作為一個文學社團，編輯出版詩歌刊物自然是其主要活動。一是《詩墾地》叢刊，承前所述，自 1941 年 11 月 5 日到 1944 年 12 月，實際編成六輯：依次為《黎明的林子》（1941 年 11 月 5 日）、《枷鎖與劍》（1942 年 3 月 1 日）、《春的躍動》（1942 年 5 月）、《高原流響》（1943 年 3 月 1 日）、《滾珠集》（1946 年 5 月 1 日）、《白色花》（1944 年 12 月）。二是《國民公報》上的《詩墾地》副頁，從 1942 年 2 月 2 日至 1943 年 5 月 29 日在利用《文群》版面共編出 25 期。此外，1947 年，該社基本寫稿人鄒荻帆、曾卓、綠原等外加胡天風、伍禾、秦敢、牧星、陳楓等人，一起在武漢印了「北辰詩叢」第一輯《沙漠的喧嘩》，和《詩地》、《詩壘》一起被喻為「武漢詩壇的三朵花」，給當時武漢的「文藝沙漠」「帶來一個新生的，春天的氣息，而且還給戰後的武漢詩壇留下了一個輝煌的成績」〔註 141〕。冀汸說它「實際上是《詩墾地》第七輯。」〔註 142〕但畢竟不再是詩墾地社的事了。

如前所述，詩墾地社還舉辦詩歌座談會、詩歌朗誦會等，積極主動邀請其他文學團體的青年詩人寫稿壯大自己的聲音，如成都華西文藝社的杜谷及其後來組建的平原詩社的蘆甸、許伽、葛珍等詩人，都有作品在「詩墾地叢刊」或《詩墾地》副刊上發表。同時，詩墾地社詩人也向其他刊物投稿，積極拓展發聲渠道。鄒荻帆成名較早自不必說了，僅新銳姚奔就曾在《國民公報·

〔註 141〕 夏舒雁：《武漢詩壇的三朵花：讀〈詩地〉、〈沙漠的喧嘩〉、〈詩壘〉》，載《武漢文化》1947 年第 1 期，第 36～37 頁。
〔註 142〕 冀汸：《詩寫大地——憶鄒荻帆》，載《新文學史料》，1997 年第 1～2 期。

文群》、《大公報·戰線》、《大公報·文藝》,《益世報·文藝（重慶版）》、《聯合週報》、《聯合畫報》等數種大報副刊和《現代文藝》、《戰時文藝》、《詩文學》、《天下文章》、《文風（重慶）》、《文藝雜誌（桂林）》、《自由中國（漢口）》、《詩創作》、《詩叢（重慶）》、《詩家叢刊》十多種刊物上發表過詩作。再算上曾卓、綠原、冀汸、張凡、張芒等人的個人投稿,其渠道之多廣、聲音之洪亮,可想而知。

詩墾地社也關心比他們更弱小的文學社團的成長。不能不談的是,1939年由成都疏散到新繁兩所中學的文藝青年為基幹成立的華西文藝社,自費辦有刊物《華西文藝》,到 1940 年秋冬之際,因成員升大學奔異地而只剩下蘆甸獨木難撐,無疾而終。其成員之一杜谷流亡重慶後繼續寫詩投稿,1941 年因在《七月》發表詩而被鄒荻帆約為《詩墾地》寫稿,1942 年春到北碚「見到了荻帆、姚奔、冀汸和綠原,長談竟日」,盡興而歸後還興奮不已,連夜寫信給蘆甸、蔡月牧、白堤,建議華西文藝社的老朋友中有志於寫詩的,應該像《詩墾地》一樣組織起來,也出版詩刊,並擬了一個刊名《盆地》。同年暑假,蔡月牧從樂山回成都,蘆甸邀他和白堤、葛珍一同商量,決定改刊名為《平原詩刊》,立即著手組織平原詩社。——可以說,平原詩社,是華西文藝社在詩墾地社的直接啟示下的新生。這才有了後來詩墾地社和平原詩社的「不分彼此」,和平原詩社對詩墾地叢刊在成都印刷,以及鄒荻帆在成都編第六輯《白色花》的大力支持。

此外,詩墾地社還學習靳以老師,讓版面幫助育才學生的「榴火詩社」。早在組織文藝墾地社之前,姚奔和鄒荻帆就時常在課餘跑到育才學校與鄒綠芷等詩友交流詩創作問題。在詩墾地時期也仍然如此。「榴火詩社」的高嘉、陳文達、韋荷珍、郭方倫等編有詩刊《榴火》。據高嘉回憶,詩墾地社曾將《國民公報》上的《詩墾地》副刊讓出一期版面,給榴火詩社出了一期專刊。雖只一期,卻意義不凡,陶行知發現後,立即將之剪下來寄到育才榴火詩社,還為他們寫了一封熱情洋溢的信,鼓勵他們小小榴火照亮全中國。〔註 143〕

詩墾地社始終自我定位為文藝幼苗,驕傲又虛心地向文學界前輩學習,得到了許多有力的支持。如前述詩人胡拓、李嘉、臧雲遠、王亞平、柳倩以及

〔註 143〕高嘉:《一朵鮮紅的石榴花——〈榴火〉》,載中國人民政治協商會議北碚區委員會文史資料委員會編《北碚文史資料 1 陶行知在北碚專輯》,1984 年 9 月版,第 115 頁。

路翎、阿壠等。其中最突出者，當推胡風。路翎因離復旦近而與詩墾地社詩人們交往較多，日常談論中給他們留下了「雄視文壇」的印象，還給他們送稿子、寫評論，其《關於綠原》一文表達了他對綠原自《給天真的樂觀主義者們》起超越了《童話》的欣喜：「現在證明了綠原是突進了。雖然在這之前，他的一些詩裏曾經流露了異常黯淡和悲傷的情緒，好像原先的夢幻已不存在，在現實人生的壓力下，搖搖欲墜了——但這證明了他的苦鬥，付出了代價，正視了血肉淋漓的現實，開始了突進。」〔註 144〕阿壠則是經路翎介紹參加《黎明的林子》座談與詩墾地社詩人結識的，他話不多，為「詩墾地叢刊」寫稿，還和路翎一樣給予避往川北的綠原以「現款」資助。〔註 145〕詩墾地社詩人「他們對阿壠都極其尊重，有時，在熱烈的談笑和爭論中，阿壠一到，便鴉雀無聲。人傳：長者阿壠，聖者阿壠。」〔註 146〕詩墾地社的「七月派」傾向的形成，離不開路翎和阿壠在交往中對胡風文藝思想的誠實自然的傳遞。詩墾地社跟胡風之間的聯繫，主要是兩個人，一是社內的鄒荻帆，一個路翎。1942年 4 月 5 日，路翎致信胡風，告知他把《七月》「積存的詩稿」「給了《詩墾地》第三集幾首。」〔註 147〕之後在 5 月 30 日信中再次提到積存詩稿事：「詩稿的事，悔不悔原也難說。……給《詩墾地》的，他們已零散地發表了一些（還有一個報紙副刊），但從不告訴我，彷彿沒有這回事似的，使我頗難交差。據說第三集可以有稿費，我也不知道，已託了一個朋友去問了。我和他們本少接觸，去過兩回，碰到的大抵是哈哈哈。」〔註 148〕6 月 23 日信中提到阿壠（梅兄）要寄《詩墾地》三集《躍動的春》給胡風，「那裡面有我給他的詩，曾向他們要，他們卻寄來了原稿；說是寄一本給我，但一直沒見；說有稿費，也一直沒見。」〔註 149〕在冀汸等人的回憶中，胡風的文學思想許多時候正是

〔註 144〕路翎：《關於綠原》，載《駱駝文叢》1946 年第 3 期，第 8 頁。同見 1946 年 4 月 26 日《中國時報》副刊《文學窗》第 14 期。

〔註 145〕綠原：《我記得的路翎：為他逝世十週年而寫》，載《新文學史料》2004 年第 1 期。

〔註 146〕羅紫：《想著阿壠……》，見羅紫著《遠去的歲月》，北京：生活・讀書・新知三聯書店，2009 年 1 月版，第 102 頁。

〔註 147〕徐紹羽：《路翎致胡風書信全編》，鄭州：大象出版社，2004 年 4 月版，第 41 頁。

〔註 148〕徐紹羽：《路翎致胡風書信全編》，鄭州：大象出版社，2004 年 4 月版，第 46 頁。

〔註 149〕徐紹羽：《路翎致胡風書信全編》，鄭州：大象出版社，2004 年 4 月版，第 50 頁。

通過路翎在與他們的交往中自然而然地傳遞的。鄒荻帆是《七月》自其創刊不久開始為之投稿的老作者，在武漢時就已結識胡風，到重慶後也多有聯繫。冀汸、綠原也因他的引薦而先後成為《七月》、《希望》的作者。慢慢地，他們與《七月》、《希望》的其他作者阿壠、路翎等人也相熟了。反過來，胡風對《詩墾地》的真正關注，是離不開鄒荻帆這條線的。1942 年七月，胡風在桂林準備編輯一套「七月詩叢」，特地寫信給鄒荻帆並請他代約綠原、冀汸各編一本詩集——鄒荻帆的《意志的賭徒》和冀汸的《躍動的夜》1942 年 11 月出版，綠原的《童話》1943 年 4 月出版。鄒荻帆們以《詩墾地》名義向胡風約稿時，胡風也寄來了成為他們「討論詩創作的熱烈話題」、給予他們創作啟示的論文《一個詩人的歷程——田間詩集〈給戰鬥者〉後記》，後在「詩墾地叢刊」第五輯《滾珠集》發表。正是在這樣單純卻有力的文學交往過程，鄒、綠、冀、曾等人深受胡風文藝思想的影響，其他人的詩歌創作也有表現出類似傾向的，如姚奔的《他迎著正義的槍聲跑來》。

　　詩墾地社的詩歌活動，無論是編出 6 輯「相當結實的詩墾地叢刊」〔註150〕，還是 25 期詩墾地副刊，抑或其他詩歌活動，我們本著「馬克思主義對待歷史的嚴肅認真的態度」來看，「當年在皖南事變後」「重慶反動窒息的政治空氣中，……發表解放區和國統區進步的詩歌，在當時的青年中確實產生過進步的影響。」「固然不能把它估計過高」，但在中國現代文學史上承認「它的存在和在歷史上起過進步作用」，〔註151〕或「至少可以說是照亮黑夜的一粒螢光吧」〔註152〕，客觀上當是現代文學研究者的份內之事，詩墾地社也因此成為重慶復旦大學作家群中唯一為中國現代文學史家們關注過的文學社團。

4. 夏壩風社和文學窗社

　　前面說到，姚奔和鄒荻帆在 1941 年皖南事變之後極度沉悶的政治氛圍下不再辦《文藝墾地》而繼之以純詩刊物「詩墾地叢刊」，啟示成都的杜谷等人將已終刊的《華西文藝》「復活」成了《平原詩刊》。實際上，《文藝墾地》不僅在校外有過這樣的社會影響，而且也是重慶復旦校內《夏壩風》壁報最初

〔註150〕廖化：《一九四一文壇雜記》，載《新華日報·副刊》，1942 年 1 月 1 日，第四版。

〔註151〕鄒荻帆：《記詩人姚奔》，載《新文學史料》，1994 年第 4 期。

〔註152〕綠原：《回憶〈詩墾地〉》，見蔡玉洗、董寧文編《冷攤漫拾》，哈爾濱：北方文藝出版社 2015 年 5 月版，第 138 頁。

的、也是最直接的思想源頭。〔註 153〕

　　皖南事變後，國共兩黨之間的鬥爭並沒有停止，還變得更加複雜、隱蔽了。具體到復旦大學校內，「職業學生」越來越多且活動也越來越明顯了，比較活躍的同學的被監視感、不自由感日益加重了，整個政治空氣極度低沉下來，為白色恐怖籠罩了。某一段時間，年僅 17 歲、本就頗感孤單的 1940 級經濟系學生李本哲，常常被人告知×××被抓了、×××人被監視了。後來，就在校園極冷清、沈寂的日子裏，有人直接告知他已經被查，恐怕要遭逮捕。這讓他愈加感到恐懼、壓抑、苦悶、不滿，不由得「思想上打了一下冷顫」，本來思想較左傾，平時說話口少遮攔，自此也再不敢做什麼、說什麼了。就在這時，姚奔、鄒荻帆主持的巨型壁報《文藝墾地》貼出來了。他仔仔細細讀完了十來篇長文，感受著所傳達出來的「聲音」，「野火燒不盡，春風吹又生」一下子浮現在腦海中，原有的「壁報文章應該短小精悍」的觀念被打破了，禁不住驚歎：「原來壁報還可以這麼幹！」隨即生出辦個類似壁報、發抒心聲的想法，還仔細研究了一下《文藝墾地》稿子訂的架子什麼的。然而，這想法他很長時間裏都沒敢隨便跟人說，因為同學中什麼人都有，有些「職業學生」隱藏得很好，作為新生，他根本沒法確認哪些人可以信任、可以放心地交往，加上有不少進步傾向明顯的同學漸漸離校，甚至突然「消失」了，又使他陷入一時難以擺脫的政治恐懼中。某一日，偶然發現同學張天授在看壁報，還和人談起喜歡卞之琳、李廣田、何其芳等詩人編的一個詩歌刊物，又慢慢知道張天授已經寫詩並發表了不少作品。不知是出於對文學的淨化功能的純真的信任呢，還是其他原因，李本哲和張天授交往了，交心了，原來，彼此都有著同樣的苦悶，同樣的不滿，且在看到《文藝墾地》壁報之後都有同樣的想法。李本哲非常高興——總算找到同志了呵！但出於前述政治上的恐懼，他們並沒有立即著手操辦壁報，他們覺得兩人太勢單力薄，想爭取更多志同道合的同學。當戴文葆、劉迪明和 1943 年就主編四川同鄉會壁報《蜀光》（後改名《蜀聲》）的趙純熙〔註 154〕等人「加入」後，他們的壁報正式開始籌辦了。

〔註 153〕關於夏壩風社的創辦及其壁報《夏壩風》的情況，除非特別注明，均主要來自筆者 2000 年對李本哲的訪談記錄，參考了張天授、戴文葆等人訪談中的有關內容的說明。

〔註 154〕燕凌等：《紅岩兒女 第 1 部 1939～1945 從潛流到激流》，北京：中國青年出版社，2005 年版，第 274～275 頁。

首先要解決的是登記問題。國民黨當局有圖書雜誌審查的規定，學校當局要求所有學生社團刊物要經由訓導處批准登記。皖南事變後，整個復旦校園裏，除學術性的壁報還能常年按期編出之外，主要是逢節日或有重大事件發生時系會、同鄉會主辦的壁報特刊，如潮水漲落似的，出得快也消失得快，真正常年出版而吸引人的文藝類壁報早就只剩下了一個《文藝墾地》。再辦一個同類壁報，要想獲得批准，幾乎無望。直到有一天，張天授興奮告知，他的江西老鄉新任教務長林一民教授和新任訓導處主任相熟，可以利用同鄉關係找他幫忙辦理審批登記手續，而且很有希望。李本哲非常高興，第一個立即表態支持他，甚至慫恿他。這時節，他們才想到壁報登記必須有個名兒。讓他們頗費躊躇的是，取個什麼名好呢？像「戰鬥青年」、「呼聲」之類的是不可能獲准登記的。那時，還能看到上海出的一些刊物，比如《論語》、《宇宙風》等。一天，李本哲偶然發現這類刊名不惹眼，至少政治傾向不明顯，於是決定模仿《宇宙風》，從「風」字著眼為壁報取名。冥思苦想之際，想起陳望道先生 1940 年秋到重慶復旦後改「下壩」為「夏壩」的事，於是和張天授合計，決定取名《夏壩風》。審批登記的路子找好了，壁報名也取好了，可以什麼名義去登記好呢？經研究，張天授提出以民俗學會的名義，不犯忌。終於，在 1942 年底，夏壩風社正式獲准登記，壁報《夏壩風》創刊了。

李本哲寫了發刊詞，張天授特地寫了一篇研究歇後語的文章（分兩期刊出，文章題目已無可考證），劉迪明、戴文葆等人寫有散文，主要是雜文，趙純熙（又名趙揚，筆名麥波）寫了詩。全部用 400 字稿箋謄寫，第一期就有三十來張，計約一萬餘字。剛剛出刊的《夏壩風》，與各地同學同鄉會辦的壁報如全登漫畫的《打拱》等相比顯得較為突出，給同學們留下了「瀟灑優美、版面清新典雅」的印象〔註 155〕，好在並沒有引起特別的注意。

《夏壩風》是一個不定期壁報，雖以民俗學會的名義編辦，卻只刊過張天授那一篇歇後語研究的民俗類文章，而以刊發雜文為主，對血氣方剛的年輕人氣質表現頗為鮮明，以至於張天授等人在回憶中直接稱之為「雜文壁報」〔註 156〕，尤其後期「增加了一些有進步傾向、有現實意義的學術性文章，以

〔註 155〕 李麟：《復旦大學憑什麼出名》，北京：同心出版社，2012 年 6 月版，第 103
　　　　　頁。

〔註 156〕 張天授：《在〈時事新報〉的日子》，載滕久明主編，重慶市老新聞工作者協
　　　　　會編《新聞憶舊》，重慶出版社，2000 年版，第 345 頁。

其思想性和知識性並重，引起了嚴肅思考理論問題和實際問題的同學們以至教授們的注意」〔註157〕。如戴文葆的《王婆的哲學》、劉迪明的《阿Q為什麼畫不圓？》等，都很有針對性。創刊號之後每一期多隻刊登四至五篇文章，兩千字左右，一學期可從容辦兩三期。雖也偶而刊登麥波等人寫的短詩，但最值得一提的，還是出了一期特大號即「《紅樓夢》專號」，共約兩萬字。出此專號，大約在1943年，一方面出於大家對《紅樓夢》有著濃厚興趣，另一方面更為了借古諷今，共約兩萬字。戴文葆（筆名郁進）寫了《談王夫人》，另有人寫了《論秦可卿之死》（因懷疑是墮胎致死，還專門抄了小說中的藥方去北碚找老中醫諮詢其用途，而不告知藥方出自《紅樓夢》），針貶當時整個社會風氣的腐敗、墮落；李本哲（筆名蓉子）寫了《漫談焦大》，針砭當時國民政府和學校當局「壓制」言論自由之時弊，表達委婉的抗議。這一期為《夏壩風》贏得了前所未有的聲譽。此外，對當時文藝界諸問題的論爭，他們也發出過自己微弱的聲音。如李本哲曾撰文批評過梁實秋的「與抗戰無關論」、林語堂的「『瞎纏三官經』的東西文化觀」，等等。

與作為支撐的民俗學會有名無實相應，夏壩風社也無正式的組織和章程，成員是主要撰稿人李本哲、張天授、戴文葆、趙純熙、劉迪明、王效仁等。1943年下半年，國民黨在復旦徵召來華美軍翻譯事起，謠言多傳，直到1944年春徵調人員確定並開始集訓，其間復旦學生人心不安，壁報也因各人不能不關心自己的前途打算而被延擱。就在這期間，外文系同學、「七人文談社」發起人束衣人（筆名石懷池）參加進來。1944年3月的一天，在嘉陵江邊一家名叫「江天一覽軒」的茶館裏，李本哲將手裏的《夏壩風》稿件，和負責編輯排版的陳孝先、浦厚生，連同張天授約來的稿件，一起交給束衣人，束衣人從此接替李本哲主持日常編輯工作。交接之際，即將畢業的李本哲多有不捨，直言《夏壩風》這壁報連出兩三年，實屬不易，贊助不少，讚揚很多（特別是「《紅樓夢》專號」後），希望已確立的傳統能好好保持下去。之後不久，束衣人他們在《夏壩風》開闢了一個副頁《文學窗》，以其「在復旦校園中或許是空前絕後的」「三大特點：一是現實性、戰鬥性明顯加強；二是內容更見豐富多彩；三是排編上也有創新」，吸引了杜棲梧等更多的撰稿人參加進來，「展現出強勁的氣勢和雄厚實力，……是當時別的壁報群體無法與之比拼

〔註157〕 夏新青：《飛濺的浪花——抗戰勝利前後復旦大學的壁報群》，載《戰鬥在山城》，北京：中國青年出版社，1987年版，第169頁。

的」。〔註 158〕1944 年秋，學校政策漸漸寬鬆，學生想成立社團，只要有負責人、指導教授就可以順利登記。於是，郗譚封以負責人的名義，聘請章靳以做指導教授，和束衣人等在黃桷樹鎮「臨江樓」茶社集會，正式宣告《文學窗》脫離《夏壩風》出版，何燕凌為之設計了新的刊頭，文學窗社獨立。1944 年 11 月 8 日，夏壩風社改選，陳孝先、張銘龍分別為正副社長，決定「今後定每二十日，出版一次」〔註 159〕。1945 年下半年至 1946 年上半年，趙純熙、齊蘭貞等人接辦《夏壩風》。

據郗譚封回憶，夏壩風社還發動社員和同學將個人藏書聚集起來，建立了一個秘密的圖書館，有馬列經典著作等進步書刊，但數量不多，更多還是文藝類書刊，多達兩三千本，針對進步同學開放，舉辦文藝閱讀交流、研討活動。這個圖書館一直延續到和文學窗社共建共享。大多圖書後因無處藏存，就退回給了書主本人，餘下幾百本無人領的書，全寄存在路翎處。這個圖書館不只為夏壩風社凝聚了人氣，而且實實在在地促成了許多進步同學文藝上與非文藝上的進步。

1944 年 10 月 19 日，新血輪社的油印刊《新血輪》第 72 期第 1 版上刊有一則消息，題目為《〈夏壩風〉將出叢集》。戴文葆先生在接受訪談時也回憶說，他畢業離校離開夏壩時，曾將收集、整理好的《夏壩風》壁報稿件一起交給了張天授，後張天授在動亂年月裏被打成右派期間遺失了。這無疑是非常遺憾的事。或許，夏壩風社是復旦眾多校內壁報團體中唯一整理過其壁報發表的文章並擬出叢集的社團。

文學窗社的獨立，是以《文學窗》壁報獨立而成社，更是「七人文談社」在當時言論自由氣氛緊張的情況下苦心經營後改組擴大的結果。「七人文談社」最初只能算是個秘密社團，屬於中共南方局青年組劉光所建立的復旦「據點」〔註 160〕，成立於 1943 年秋，由外文系 1943 級同學束衣人發起，實際負

〔註 158〕李麟：《復旦大學憑什麼出名》，北京：同心出版社，2012 年 6 月版，第 103 頁。

〔註 159〕《夏壩風改選》（消息），載《新血輪》報第 78 期，1944 年 11 月 9 日第 1 版。

〔註 160〕所謂「據點」，指抗戰時期國統區中共南方局青年組為領導和聯繫進步青年學生而建議的聯絡網點，具體就是在進步青年學生中建立的三五人組成的不定型、也沒有固定名稱、沒有固定工作方式，卻又能團結在中共周圍、具有一定戰鬥力的行動組織，在學習生活中附帶研究時事問題和重要政治文獻，做調查與通訊工作。

責人是杜棲梧，基本隊伍包括外文系的束衣人、金鏗然、張秉寰、廖永祥（廖玉祥、廖毓祥），新聞學系的杜棲梧（許魯野）、魏文華，史地系的王浩等七人。束衣人加入夏壩風社和出《夏壩風》副頁《文學窗》，是為避開登記難關的策略。文學窗社「正式成立的時候，除原有成員以外，積極參加的還有張元聲、楊瑞成，韋宗玄、李光慈、沈圖務（沈行）、陳必智、趙時烈、李正廉、朱振華等同學。」〔註161〕之後，隊伍迅速擴大，郗譚封（筆名牧雲、木螢等）、丁蘭蕙（筆名黃梅等）、曾德鎮（後更名曾島，筆名田家、天馬等）、孟世材（筆名朱天、拓拔山等）、陳六祥（筆名霞巴、克浪、秋華等）、黃紹本（筆名黃葵）、楊本泉（筆名穆仁、牧人等）、何曉滄（何剛）、文上光、張濟生、萬泉溪、李應銓、游仲文、洪增綏、張乃剛（張鐵人）若干人陸續加入。文學窗除正式成員外，還發展「文學窗之友」，人數很多，大多是校內進步積極分子，尤其是一、二年級同學，這或許是因為文學窗主要成員都是低年級的緣故吧。到1945年上半年，跨社團者不計，文學窗社成員已達50人左右，加上若干「文學窗之友」，成為1940年代中期重慶復旦人數最多、影響最大的文藝團體。

束衣人的文學才能吸引了大批文學愛好者加入，但杜棲梧作為負責人，接觸人員範圍也很廣，起的聯絡作用也很大。因此，文學窗社成員中有很多中共地下黨員，其活動的政治色彩更明顯也更濃烈，在抗戰後期宣傳抗戰、爭取民主自由的鬥爭中也最積極。1945年春夏之際，文學窗社發起成立「復旦大學壁報團體聯合會」未能獲准，又繼續成立「壁聯籌備會」秘密展開工作。同年9月18日，該社與《復旦學生自治報》等復旦二十一個壁報團體響應重慶新聞界的號召，發表《拒檢宣言》，宣告即日起各種報刊文稿一律拒絕檢查——「戰時出版物檢查，顧名思義，是戰時的東西。現在，抗戰已經結束，多年來使人一直透不出氣，使人如啞似癡的天羅地網，應在勝利的日子裏，在民主的世界中，被毀滅，被撕碎！」〔註162〕聯合宣言用紅紙大字書寫，貼在登輝堂樓下，迅速引來復旦校方的訓誡。9月27日復旦訓導處公布《學生言論與集會規約》，規定「未經核准之學生團體不得集會」，「不預先登記不得集會」，「如有違背，由校方處分」；並且嚴令「不得誹謗政府」，「不得有煽動性言論」，「不得違抗指導員之指導」。10月1日，文學窗等二十個壁報首次出聯合版，嚴正批評學校當局強加於學生的《規約》，指出這個《規約》與「本

〔註161〕本社：《戰鬥在山城》，北京：中國青年出版社，1987年版，第185頁。
〔註162〕本社：《戰鬥在山城》，北京：中國青年出版社，1987年版，第181頁。

校向來主張言論自由」的說法無法相容。文學窗社和復旦新聞社、政治家社（有刊物《政治家》，係孫務純、茅祖本、戴文葆主編）三個團體起草「壁聯」章程。10 月 26 日，學生自治會主持召開了復旦「壁聯」成立大會，學校當局也終於宣布取消《學生言論與集會規約》。11 月 1 日，文學窗社等 28 個團體聯合出版壁報《復旦壁聯》創刊號，緊接著在 11 月 12 日清晨貼出了「紀念孫中山先生誕辰」專號，彰顯「和平，奮鬥，救中國」的精神，在復旦同學和教授中間反響強烈。文學窗社還把「秧歌舞，這『人民的藝術』第一次搬進了大學講臺」〔註 163〕。

　　《文學窗》獨立出版之初，每期一張，或是各種體裁的作品都有，或是某一種體裁的作品專輯——如 1944 年 10 月 26 日《新血輪》第 74 期第 1 版「復旦零訊」中曾預告：「文學窗第七期為一長篇小說《萬德林》。」現已無法稽考。1945 年春，為突破版面限制，《文學窗》擴版為每期 4 大張，分別為文藝理論與批評版、小說版、詩歌版和綜合版（散文、雜文、讀書隨筆、漫畫等）。後因參加的人員太多，為充分發揮社員的積極性以確保勢力的強大，相繼創辦了三個專輯類的壁報：一是主刊雜文的《風馬牛》，由萬泉溪、何曉滄、張濟生等編輯，寄意用「諷」、「罵」、「扭」等手段暴露反動政客們慣用的「出風頭」、「拍馬」、「吹牛」等伎倆，實際上刊登的文章也確實尖銳，幾個月後即被迫停刊；二是主刊短篇小說和散文的《榴紅》，由張乃剛（筆名張鐵人）、陳六祥（霞巴）、游仲文、洪增綬（洪橋）等編輯；三是主刊詩歌的《聲音》，由楊本泉（即穆仁、牧人、木人）、文上光、郗譚封等編輯，三者都以獨立社團的面貌出現。《榴紅》也出過《大紅的五月》詩歌專刊，也是復旦「壁聯」的最早發起者之一。〔註 164〕1945 年 10 月 19 日是魯迅先生 9 週年忌辰日，文學窗社的四個壁報和《外文學報》、《黎銓》、《歷史學報》等壁報都出專刊，參加文學院聯誼晚會，與伍蠡甫、陳望道、馬宗融、章靳以、方令孺、蕭承慎等教授一起紀念魯迅先生。〔註 165〕

　　《文學窗》培養了一批年輕的作家和文學批評家，諸如石懷池、牧雲、穆仁、黃葵、曾島、丁蘭蕙、霞巴、何燕凌、戴文葆、管震湖、顧中原等等。

〔註 163〕《復旦「文學窗」把『人民藝術』第一次搬進了『大學講臺』》，載《中國學生導報》，第 19 期第 1 版。
〔註 164〕據 2000 年 5 月 3 日尹宗倫覆信。
〔註 165〕寒：《夏壩近訊》，載《時事新報》，1945 年 10 月 25 日，第 3 版。

他們大多是中國學生導報社的骨幹成員，他們的作品，包括少量的舊體詩詞、散文，也常見諸《中國時報》、《新蜀報》、《新華日報》、《華西晚報》、《新民報》、《大剛報》、《時事新報》等報紙的文藝副刊和《中蘇文化》、《青年知識》等雜誌，《七月》、《希望》和《文藝雜誌》等刊物也發表過他們的作品。值得特別一提的是，《青年知識》雜誌設置的「壁報選輯」欄目，在 1945 年第 4 期選登了復旦大學《文學窗》上郁進（戴文葆）的《現實偶感》、言無忌的《窗外人語》（雜文版）和施暘的《讀臧雲遠的〈爐邊〉》（理論批評版），《榴紅》上孫復的《從〈叫吉花〉說起》，和《歷史學報》上笑人的《昨日五四、今日五四、明日五四》等五篇壁報文章。

最值得文學研究者關注的，是河南開封《中國時報》上 1946 年創刊、主編者署名「文學窗社」的《文學窗》副刊。復旦新聞學系校友郭海長在河南開封主辦的大型報紙《中國時報》，自 1945 年 12 月 1 日創刊伊始，就與重慶復旦關係密切。郭海長約請詩墾地社的冀汸為《中國時報》編文藝副刊，得允諾後，就在 1946 年 1 月 7 日《〈中國時報·橋〉第 10 期小啟》向世人宣告：「自本星期五《橋》改出《文學窗》。以後每週一次，係由本報在渝社友編輯，不收外稿。」冀汸本人也是《文學窗》支持者和撰稿人，他就「仿傚靳以先生騰出《文群》版面給我們編《〈詩墾地〉副頁》那樣，從《文學窗》牆報上選作品在《中國時報》上定期出版《文學窗》副刊，將校園文學推向社會」，「為復旦牆報文學留下了一點可供檢驗的資料」。〔註 166〕《文學窗》副刊自 1946 年 1 月 11 日至 1947 年 2 月 9 日，共出了 23 期，除 2 篇啟事外，共刊發作品 75 篇次，其中創作 59 篇（首），翻譯 4 篇，文論 11 篇。編者在第 1 期的《小啟》中直言「渴求著更新鮮的更樸實的花種與花苗」就是他們「要在這塊復活的土地上開是『窗』的理由」，更申明「『窗』子原也比不上高門大戶的，決不會有什麼不得了以至於了不得的偉大作品發表出來」，他們「只希望：憑著這扇窗，能夠吐出一些真實的聲音」，並說「至於將來成績如何，只好『騎驢看唱本，走著瞧了』。」勿庸諱言，這 23 期《文學窗》副刊是我們目前賴以考察文學窗社的文學活動乃至重慶復旦校園文學活動的實績的珍貴史料，雖然它們連文學窗社文學創作的整體風貌也難以體現。但是，在壁報難以保存的情況下，要再現當年文學窗社的活動盛況是不可能的，「《文學窗》的作品的保存成了今天幾乎是唯一的壁報風景的記憶。……重慶北碚的這一處文學

〔註 166〕冀汸：《血色流年·大學生活》，上海：復旦大學出版社，2004 年版，第 74 頁。

壁報終於在千里之外的開封面向了中國社會，開封的這家地方報紙出人意料地承載了重慶的抗戰校園文學。」〔註167〕

此外，《中國時報》上何燕凌等主編的副刊、王靜娟主編、楊育智設計刊頭的文藝副刊《山水間》和《橋》，楊育智、黃志達、丁蘭蕙主編《文藝副刊》，也發表過文學窗社束衣人的《塔》和拓拔山的《忘我的境界》，史凝的《門外談詩》、木人的《懷念》等作品，其中，《橋》還編發了一期1945年7月20日船難身亡的束衣人、王先民、顧中原三人的悼念專刊，發表了拓拔山（孟世材）的《法律外》、編者（王靜娟）的《憶先民》、宋貞的《悼衣人》、海長的《我和衣人、中原》、史曾的《先民半年祭》等系列紀念文章。還有，郗譚封曾將其文學創作整理出來，交給上海的新文藝出版社，並得到回答說要出版，只是個別作品要抽出，後因故未果。

5. 嘉陵風社及其他

嘉陵風社，由1945級新聞學系學生鄒劍秋發起，成立於1945年秋，聘國文教師方令孺為指導教授。其壁報《嘉陵風》由羅我白和鄒劍秋輪流負責編輯，李若筠、陳六祥等人是《嘉陵風》的積極撰稿人。鄒劍秋在《時事新報》文藝副刊上發表過詩作《夜》等作品。

嘉陵風社的成員主要是陳先明（女）、馬克任（後因故退出）等新聞學系一年級進步同學，和一些中間傾向的同學，最多時近三十人，持愛國民主立場，積極參與抗戰後爭取民主自由的鬥爭。《嘉陵風》上的文章也因此戰鬥特徵鮮明，才一貼出，就遭到了破壞和恐嚇，以至於部分成員因此退出。1946年2月11日，嘉陵風社與文學窗、風馬牛、榴紅、聲音等復旦三十個團體，為2月10日較場口「陪都各界慶祝政協成功大會」遭攜帶「重慶衛戍司令部稽查處的信件」的暴徒劉野樵等破壞，製造「二・一〇」血案，〔註168〕聯名致書慰問團郭沫若、馬寅初、李公樸、施復亮、章乃器等五先生。〔註169〕復旦自重慶復員上海後，該社還繼續活動，參加「筆聯」，與文學窗、復旦人社等一起為民族解放做貢獻。朱明曾在《嘉陵風》上撰文，把新聞學系一堂「新聞採訪」課堂上，眾同學與任課教師、自由民主主義者姚厚教授關於政治制

〔註167〕李怡：《地方性文學報刊之於中國現代文學的史料價值》，李怡著《作為方法的「民國」》，濟南：山東文藝出版社，2015年版，第217頁。

〔註168〕施惠群：《中國學生運動史1945～1949》，上海：上海人民出版社，1992版，第42～47頁。

〔註169〕曾健戎：《郭沫若在重慶》，青海人民出版社，1982年12版，第408～409頁。

度選擇、國家前途形勢的辯論,「全部地、如實地披露出來,……在全校一下子引起了一場關於是不是走第三條道路的大討論。」〔註170〕

壁報《嘉陵風》也曾作為開封《中國時報》的不定期文學副刊出版,由黃嘉陵主編,但僅存1~3期。〔註171〕

新年代文學社,這個跨校際的社會性文藝團體,實實在在是緣自青年人對於當時文藝界不良現象的戰鬥需要。1946年春,化學系的尹宗倫、許濟川攜蔡可讀、文學窗社的陳六祥(筆名克浪、霞巴)等人,看望在璧山縣依鳳場亞洲中學任教的同鄉竹可羽(1919~1990,原名竹嘉仁〔註172〕,筆名鍾天、柱天、廣場等〔註173〕)、張其棟(筆名左風,林柯、蕭白等),談及當時文藝界的一些現象,頗為不滿,禁不住要批評個痛快。高談闊論之餘,想到要有自己的戰鬥陣地,於是一道發起組織「新年代文學社」,緊接著就討論並由張其棟執筆起草了「成立宣言」,強調「生活是創作的源泉」,「處處有生活,處處有戰鬥」,主張「文藝作品應該用現實主義和革命浪漫主義結合的手法表現現實的戰鬥生活,反映時代和推動時代的發展」,「要批判實際上是有利於當時反動統治的文藝活動中的錯誤傾向」……幾人分別將宣言寄給各地的文友,隨即得到了相識的文友(如趙光白(原名趙廣培)、逯登泰(筆名萌竹、尹湟)、張漠青(筆名葉濃)、徐歌等)、不相識的文友(如時任貴州大學歷史系副教授的何佶(字吉人,曾用名何雲圃、呂公圃,筆名呂熒)、上海的吳宗錫(筆名左弦、苗山)、蔣壁厚(筆名屠岸)、金波等)的熱烈響應和支持。據尹宗倫回憶,為尋求更多的支持,增強戰鬥力,所有成員充分調動各自的關系聯絡文藝作家。如張其棟聯繫了從事話劇表演的江村、石羽等,郗譚封也聯繫了在西安主編《益世報》副刊的左翼作家姚青苗等,竹可羽則利用1940年前後和駱賓基一起在浙東從事過革命文藝工作和當時文藝界建立的聯繫,邀請了呂熒,還帶著尹宗倫等人去重慶拜訪馮雪峰、駱賓基等人。〔註174〕

〔註170〕程極明:《洪流》,中國青年出版社,2005版,第454頁。

〔註171〕周啟祥:《河南新文學期刊目錄》,梁小岑編《河南現代革命文化藝術史(1919.5~1949.9)第1卷》,河南省文化廳,2016年版,第431頁。

〔註172〕武瑞華:《竹可羽的一生》,嵊州市政協文史資料委員會編《嵊州文史資料(第1輯)》,1999年12月版,第165頁。

〔註173〕中共紹興縣委黨史資料徵集研究委員會:《趙都風雲錄》,1989年10月版,第153頁。

〔註174〕據尹宗倫先生2001年2月10日的覆信梳理。

　　為便於更深入地交流探討，尹宗倫等人開始將收到的文藝來信加以摘錄，不定期地集中刊出，這就是《文藝信》，社址編輯部設在復旦校內。尹宗倫因其處最方便聯絡，又從茹冠群、金庭昌等一起流亡到重慶的友人中爭取到經費資助，主動承擔了登記、編輯、審發、油印等工作，並聘請國文教師章靳以做指導教授，從魯迅先生手書中描出「新年代文學社」諸字組成刊頭，因而成為實際上的負責人即社長。尹宗倫常常約陳六祥和同宿舍的洪增壽（又作洪增綏，現名洪橋，筆名海為、為公、冷峰）一起刻蠟紙、刷印、裝訂，出版了油印小刊《文藝信》。《文藝信》作為油印刊物較壁報有更多的傳播優勢，發行後吸引了許多同學參與進來，如郗譚封（筆名牧雲）等，全部成員校內外文學青年只有十餘人。

　　據尹宗倫、洪橋回憶，《文藝信》總共出了六期，在重慶出了油印版四期；復旦復員上海後，1947 年春在上海由陳六祥、郗譚封等改成 4 開鉛印小報，發行了 1 期，是為第五期。《文藝信》主要不定期地刊登一些文友來信的摘錄。「先後發表過路翎、阿壠、冀汸、方然、化鐵等人的作品」〔註 175〕，「因有路翎、阿壠等人來稿，引起胡風、雪峰的關注，影響更大了」〔註 176〕。四期油印版，「先後批判了當時流行的『色情文藝』和創作思想上的『客觀主義』，引起一些人的注意」，「在油印本第一期上，發表了呂熒關於文藝問題的通信。在鉛印小報上，發表了路翎的《S.M.片論》、《綠原片論》〔註 177〕等，此外還發表了阿壠、方然、冀汸、化鐵等人的作品。海為《評徐遲〈狂歡之夜〉》〔註 178〕一文，或許是對徐遲作品最早的一篇評論。直至 1948 年秋停刊。」〔註 179〕

　　據尹宗倫回憶，《文藝信》還在臺灣基隆鉛印過一期，編輯者和發行者皆署名「文藝信社」，「可能是為出版手續，作『第一期』」，發表了孫鈿的新詩《守防著黑夜》和野螢的小說評介《〈蝸牛在荊棘上〉讀後》、文空（？）的刊評《〈歌唱〉——螞蟻小集之三》等三篇文章。據查，《歌唱》的出版時間是

〔註 175〕　范泉：《中國現代文學社團流派辭典》，上海書店出版社，1993 版，第 523 頁。
〔註 176〕　摘自洪橋先生 2001 年 1 月 8 日的覆信。
〔註 177〕　《文藝信》第五期上這兩篇片論是合為一篇的，題目為《兩個詩人》。
〔註 178〕　《文藝信》第五期上海為這篇論文題為《對於〈狂歡之夜〉的批判》，且從首段起，在行文上較收入王鳳伯、孫露茜編的《中國當代文學研究資料　徐遲研究專集》（杭州：浙江文藝出版社，1985 版）中的《評徐遲〈狂歡之夜〉》更加尖銳。
〔註 179〕　石父：《復旦學生刊物《文藝信》的一些情況》，《文教資料簡報》編輯室編《文教資料簡報》，1985 年第 4 期（總第 160 期），1985 年 6 月版，第 36 頁。

1948年8月。這一期《文藝信》的印行不會早於這個時間。

　　谷風社，由泰國歸來的華僑學生、復旦農學院農藝系一年級莊明三、陳蔚然等組織和負責，聘周谷城為指導教授，編輯出版壁報《谷風》，主要刊登雜文。因刊發歷史系學生蔣當翹的一篇雜文，引發了震驚校內外社會各界的「《谷風》事件」。1946年1月中旬東北發生的「張莘夫事件」，引發了2月下旬重慶各校大規模的「反蘇大遊行」。「事前在各地區學校內就有贊成、反對之爭。復旦採取自由參加政策，事實上大多數學生都參加」。據統計，當時復旦全校學生1600人許，約有1200人參加〔註180〕——遊行途中衝擊《新華日報》門市部，「一度搗毀燕大教室數間」，痛罵不參加的同學為漢奸。而「一部分復旦同學認為參加遊行是人民的自由，同學願意去的儘量去，不願意去的不能夠強迫他們去」。歷史系學生蔣當翹撰文《螃蟹集》〔註181〕在壁報《谷風》上就此事加以評論，語含「不策略」的譏諷，激怒了參加反蘇遊行的「愛國學生」。3月2日中午，校內學生（後查實為身兼軍統少校軍銜的「特務學生頭目」）但家瑞，率領「職業學生」朱文柱、馬兆祥、楊志因、侯震宇、吳世燾、張剛健、韓文、王力任、郁重寄〔註182〕等幾個「彪形大漢」撕毀壁報後，趁著教學區和校辦所在登輝堂傳達室僅有一名值班員的午休時機，「衝進莊明三宿舍裏，不由分說，把他架到登輝堂前面的廣場上，迫使他在旗杆前跪下」〔註183〕，組織「臨時法庭」進行「公審」，「拳打腳踢」，「要他說出寫雜文的人和『幕後指使者』」，「罰跪一小時」。經史地系學生陳性忠（冀汸）、金本富等目擊者先後尋呀，洪深教授仗義執言，怒斥特務學生的這種做法，遭到辱罵、「打倒」起哄和石塊襲擊，潘震亞教授、胡文淑教授勸阻，也遭侮辱。混亂中莊明三得救，被校長夫人李伊迪護在家裏。然而，特務學生的橫行引起教師憤慨，一致罷教。進步學生支持教師罷教，迫使訓導長芮寶公「引咎辭職」，校長章益、教授洪深也紛紛辭職。最後，校方決定：開除但家瑞，但同時也開除了壁報文章的作者蔣當翹。〔註184〕該社其他的文藝活動多不能

〔註180〕葛嬌月：《激情歲月：20世紀40年代的一段生活》，2005年版，第189頁。

〔註181〕龍主：《北碚復旦大學壁報風塵始末》（陪都特約專稿），載《快活林》週刊，1946年3月16日第4～5版。

〔註182〕本社：《戰鬥在山城》，中國青年出版社，1987年版，第202頁。

〔註183〕冀汸：《大學生活》，梁永安主編《日月光華同燦爛　復旦作家的足跡》，復旦大學出版社，2005年版，第113～115頁。

〔註184〕孟慶遠：《憶章益校長》，《復旦大學百年志》編纂委員會編《復旦大學百年志　1905～2005　上》，復旦大學出版社，2005年版，第90頁。

考詳，但僅此一事，其壁報《谷風》之現實戰鬥性特徵及其力量即可管見，可惜其成員作品皆無可稽考，難見其全貌。

據中文系學生黃潤蘇回憶，她與李淑君、徐淑蘊，和歷史系學生廖蜀瓊等女同學組織的「嘉陵江×」社，辦了八期壁報，發表的多是新詩、短文，也刊登舊體文學作品，多取材於校園生活。陳子展的「中國文學史（唐宋段）」、「各體文寫作」，章靳以、方令孺的大一國文，馬宗融的「小說選讀」，梁宗岱的「英詩選讀」，曹禺的「莎士比亞選讀」，洪深的「戲劇原理」，以及盧前（盧冀野）教授的「詩詞曲選讀與習作」等文學課程，極大激活了她們的創作熱情。她們有詩詞曲習作，就請陳、盧二先生指導修改；有小說、新詩習作則請馬宗融、章靳以、方令孺三先生指導修改。其中，從中法大學法文系轉到復旦中文系二年級插班的黃潤蘇，對中國古典文學和新文學都喜歡，曾幼稚地夢想：當一個記者或詩人，為那黑暗的時代裏飽受屈辱、創傷的祖國以筆揭露或發出吶喊，該有多痛快！對一些封建社會的流毒（包括自己的家庭）加以批判，該有多好！而事實上，她最喜歡並由此愛上也寫作最多的是舊體詩詞曲，或呼籲為將士徵募寒衣，或批判與美軍士兵厮混的「商女」同學，或稱讚《新華日報》的報童，或紀念抗戰五週年，或慶祝法西斯失敗，或抒寫離愁別恨與重逢之喜。〔註185〕徐淑蘊則更傾向於話劇藝術，曾參加根據英國 H・H・Davies 原著《The M ollusc 》》（《軟體動物》）改編，扮演由洪深編劇、排演的三幕喜劇話劇《寄生草》的女主角唐文錦。

除上述文藝團體外，還能從現存報刊資料及當事人的回憶中發現其點滴的復旦文藝團體有：1939 年底成立、「以團結青年作者，鼓勵寫作興趣及解除寫作困難為宗旨，其寫作範圍甚為廣泛，包括各種學術題材之論著與譯述」的中國青年寫作協會復旦分會〔註186〕，「提倡同尚趣味」的復旦文學研究會〔註187〕，以及時間不詳的純文藝《文學家》和詩刊《路》《滄浪》社團〔註188〕等。

此外，還有沒有參加任何社團的學生作家，如 1940 級史地系的謝德耀、1944 級新聞學系的王火等。謝德耀筆名布德，文協北碚分會會員，1940 年進

〔註185〕據黃潤蘇 2000 年 8 月 1 日的覆信，其在復旦時創作的部分作品見黃潤蘇著《澹園詩詞》，上海：學林出版社，2001 年版。
〔註186〕參見《復旦大學校刊》1940 年 1 月 15 日第 2 期「（六）團體活動」。
〔註187〕《藝術展覽盛況》（通訊），載《復旦大學校刊》1941 年 2 月 1 日第 8 期。
〔註188〕路陽：《復旦——自由主義者的溫床》，載《群策》1946 年 5 月 30 日創刊號。

重慶復旦前曾在國立四川中學師範部與錢谷融同學，出版過小說集《第三百零三個》，散文、詩歌、小說皆有創作。他曾與王公維、魏猛克、王林谷、胡紹軒等五人在北碚操場邊上布告牌上定期編出過宣傳抗戰文藝的壁報《火焰山》，「經常在《大公報》發表艷麗的散文，用詞技巧很美但內容不夠豐實」，但「表示要走現實主義的創作道路」。〔註 189〕王火是在復旦以創作小說而開始其文學生涯的，如《天下櫻花一樣紅》、《墓前》、《縉雲壩上的鬼屋》、《生之曲》等，他還寫了大量通訊作品發表在《時事新報》等報刊，儘管當時還只是起步，卻也不能疏忘。

（二）非文藝社團的文學活動

復旦校內的各非文藝社團，惟其是非文藝的，其文藝活動也不像文藝社團那樣聲勢浩大，成績斐然，其文學活動情況，我們也只能根據現有的資料去把握。這些團體雖多在其刊物上闢有文藝園地，但保存完好的幾乎沒有，能見到的零碎片斷也不多。下面即就搜求所得聊作簡述。

1. 復旦大學文摘社

復旦大學文摘社，是唯有的學校官方性社團。「復旦大學當局年來竭力充實圖書設備，而在收集雜誌的時候，因求有益學生，早就想到要編一個雜誌之雜誌。」1936 年 9 月由孫寒冰發起，「旋經本年十月第十六次校務會議決定舉辦，定名《文摘》」〔註 190〕，因刊名社。所以，1940 年 9 月 21 日出版的第 71 期起封面都標明「孫寒冰創辦」。《文摘》交由上海黎明書局發行〔註 191〕。《文摘》是上海繼 1897 年 5 月 6 日創刊，以「專集各報，節其所長，去其所短，取其所是，缺其所非」，「集群粟以見塘櫛，集眾縷以成經緯，集眾木以成輪奐」，「以饜閱報諸君無窮之願望」的《集成報》，和 1897 年 8 月 22 日創刊，以「盡集群報，擷其精英，汰其糟粕，以饗天下」的《萃報》，以及蔣知由 1901 年 11 月創辦的《選報》之後，正式使用「文摘」這個名稱的「雜誌

〔註 189〕王公維：《關於抗戰文藝習作會》，載《重慶文史資料》第 29 輯，西南師範大學出版社 1987 年 12 月版，第 165 頁。

〔註 190〕復旦大學文摘社：《發刊詞》，載《文摘》第 1 卷第 1 期，1937 年 1 月 1 日出版。

〔註 191〕復旦大學校史編寫組：《復旦大學誌　第 1 卷　1905～1949》，上海：復旦大學出版社，1985 年版，第 500 頁。1929 年，孫寒冰為復旦「要及時介紹外國名著，必需自己掌握一個出版機構」，「邀集了章益、伍蠡甫、侯厚培、王世穎、黃維榮等人創辦」上海黎明書局，「孫寒冰擔任總編輯」。

之雜誌」,「是我國文摘類期刊史上的一座里程碑」。〔註192〕

　　從 1937 年元旦創刊號上的《發刊詞》看,《文摘》的出版,最初「不過是要出版界顧到我們的困難」,滿足我們「按月讀到一本雜誌之綜合,一本雜誌之雜誌」,「能縮短時空,來給我們一個知識的總匯」的「希求」。〔註193〕實際上,那時「正當日本帝國主義積極準備滅亡中國的前夕」,《文摘》的編輯方針確定為「『暴露敵人的陰謀』,促進全國團結,做好抗日準備」,抗戰爆發後立即轉為宣傳「中國必勝,日本必敗」,在 1937 年 8 月 1 日出版的《文摘》第二卷第二期上,就在頭條編排了「蘆溝橋浴血抗戰」特輯。〔註194〕在抗戰必勝的宣傳上,《文摘》為「儘量保持原來的詞華,以及原來的文白體,務使每篇短文一面是忠實於原作的縮影,一面是活潑抖擻的有靈物」,終究沒有「在選材上」「放棄那通過形象以達概念的文學製作」,先後設置了「文藝‧語言」(一卷第 1 期)、「關於詩」(一卷第 2 期)、「大藝人普式庚百年祭」(一卷第 3 期)、「文藝」(一卷第 4 期)、「每月創作推薦」(一卷第 6 期)等欄目,推出了魯迅的第一篇小說《懷舊》、葛琴的《藥》、方家達的《力之流》、蘆焚的《苦役》、奚如的《老兵》,和尤競的獨幕劇《浮屍》等,以及特稿選發的田漢的舊體詩詞《京滬征塵》八首等文學作品,再加上漫畫和「最寶貴的文藝作品」《畫像與自我畫像》和「最優美的報告文學」《上海——冒險家的樂園》〔註195〕等。很顯然,《文摘》是有一個文學傳統的。

　　隨著戰爭局勢的惡化,復旦奉教育部令與大夏大學組成臨時聯合大學西遷經廬山到重慶菜園壩再落腳於北碚黃桷樹鎮,經歷了八‧一三事變後的暫時停刊,《文摘》也由月刊改為更迅捷有力的《文摘‧戰時旬刊》,於 9 月 28 日出版了第一號。上海淪陷後,《文摘》先轉到租界裏堅持,後轉漢口出版,最終於 1938 年 11 月初遷到重慶,「從第三十六號起,能恢復常態,按期出版」〔註196〕。從 11 月 8 日出版的第 34 號、35 號合刊起,《文摘‧戰時旬刊》恢

〔註192〕陳江:《文摘類期刊史話——中國近現代期刊史簡記之三》,載《編輯之友》,1991 年第 1 期第 73～75 頁。
〔註193〕復旦大學文摘社:《發刊詞》,載《文摘》第 1 卷第 1 期,1937 年 1 月 1 日出版。
〔註194〕復旦大學校史編寫組:《復旦大學誌 第 1 卷 1905～1949》,復旦大學出版社,1985 年版,第 502 頁。
〔註195〕復旦大學文摘社:《編後雜記》,載《文摘》第 1 卷第 5 期,1937 年 6 月 1 日。
〔註196〕復旦大學文摘社:《編者幾句話》,載《文摘‧戰時旬刊》第 34、35 號合刊,第 27 頁,1938 年 11 月 8 日。

復了「文藝欄」，主編孫寒冰邀請「端木蕻良主輯」，宣稱該欄「特請海內名家按期輪流撰述短篇創作，以饗讀者」，並列出「特約撰稿人：丁玲、老舍、葉聖陶、臺靜農、羅烽、白朗、茅盾、舒群、樓適夷、蕭紅。」〔註197〕前前後後，該欄目刊出了端木蕻良的《找房子》（第34號、35號合刊）和《火腿》（第46號、47號合刊），蕭紅的《朦朧的期待》（第36號）和《逃難》（第41號、42號合刊），老舍的《一封家信》（第37號），舒群的《夜景》（第38號），臺靜農的《大時代的小故事》（第39號）、《電報》（第44號、45號合刊），靳以的《被煎熬的心》（第40號），樓適夷的《孤島去來》（第43號）等。第40號的《編者幾句話》裏有「今後的計劃」預告：「關於旬刊的編輯，除仍本現在的方針努力外，我們還想每三期出版一個『文藝副刊』，大概不久即可實現。」〔註198〕第50號又有《徵稿啟事》說：「本刊《文藝副刊》徵求各方來稿，四萬字以下，體裁不拘，遠處請航寄，退稿以附寄郵票為限。」〔註199〕但這個「文藝副刊」未能查見，估計是沒有辦成。第46號、47號合刊則有啟事預告：「本欄自下期起改出《文藝副冊》，暫擬每三期附出一冊。希望各地文藝工作者惠寄佳作，不拘體別，退件以附郵為限。」〔註200〕目前僅存的一本為第49期所附出的《文藝副冊》，刊登有良深譯高爾基的遺作小說《幽會》，許廣平的《孤島來鴻》，張郁廉譯羅果夫的《漢口大空戰》，白塵的小說《紫波小姐》，艾青的詩《黃昏》，和歐陽凡海的論文《兩種論調的批判》，史五的兩篇散文《鞋匠》、《塔》，「主輯者：端木蕻良、靳以」。在脫刊長達兩月零十天後，1939年7月11日出版的第51、52、53期合刊在《編者幾句話》裏交待，「本期未能用封面圖畫、插圖亦減少、以及《文藝副冊》未能按期附出，都是印刷上的困難」〔註201〕，並再次以文藝欄形式刊登了靳以的《五月四日》、蕭紅的《放火者》和巴金的《微雨下》等文學作品。

　　與《文藝副冊》相比，「最初是本刊前主編孫寒冰先生親自設計與籌備

〔註197〕復旦大學文摘社：《文藝欄》，載《文摘・戰時旬刊》第34、35號合刊，第23頁，1938年11月8日。

〔註198〕復旦大學文摘社：《編者幾句話》，載《文摘・戰時旬刊》第40號，第12頁，1939年1月1日。

〔註199〕復旦大學文摘社：《文摘・戰時旬刊》第50號，第10頁，1939年5月1日。

〔註200〕復旦大學文摘社：《文摘・戰時旬刊》第46號、47號合刊，第30頁，1939年3月11日。

〔註201〕復旦大學文摘社：《文摘・戰時旬刊》第51號、52號、53號合刊，第51頁，1939年7月11日。

的」〔註202〕綜合性《文摘副刊》中也刊有文藝作品，不能忽略。1941 年 1
月，「張志讓教授由港來渝主持文摘社」，打算「除繼續出版《文摘》外，還
出版《英文文摘》和《文摘副刊》兩種」。〔註203〕《文摘・戰時旬刊》第 80
號、第 81 號合刊上《復旦大學文摘社籌募基金擴大運動緣起》中有「擴大
計劃」中包括另外「擬增辦刊物兩種，以應社會要求」〔註204〕。「刊物兩種」
想必就是《英文文摘》和《文摘副刊》。《英文文摘》如何，查閱未果，不得
而知。但後者確實在籌備中，《新華日報》1942 年 2 月 11 日第三版有簡訊
相當準確地報導：「復旦大學文摘社編行綜合性之文摘副刊月刊，三月一日
創刊。」這時候，孫寒冰在日機轟炸中遇難已近兩年。雜誌社同人「為了永
久紀念先生，我們特在每一期版權欄的上面刊一紀念章，我們當在先生的精
神感召之下繼續努力，繼續先生反抗日本帝國主義的遺志。」〔註205〕雖然
《文摘副刊》是綜合性月刊，但是文藝作品比例也較前大為可觀。首先吸引
我們的，是小說名著和小說評論。如創刊號上馬耳（即葉君健）寫的《美國
的小說》和翁達藻（即大艸）寫的《卓別靈和〈大獨裁者〉》；新一卷第三期
上蔣學模譯的《詹美情史》（D・H・Laurence 著），第五期上樓雄譯的《大學
謀殺案》（R・特侖德著），第六期上白禾摘譯的長篇小說《安娜與暹羅王》
（瑪甘麗著），等等。這些「最新小說名著」的譯介，在小說創作手法、方
式和技巧，以及進一步突破傳統舊小說觀念的桎梏方面，無疑具有不可抹殺
的借鑒意義。

其次，從文藝性來看，其中有許多散文佳作。一是楊起森譯的《詩人底
情書》、大中譯的《林肯的繼母》等抒情文；二是白禾譯、莫洛亞著的《戀愛
的藝術》、《思想的藝術》、《交友的藝術》、《快樂的藝術》、《結婚的藝術》等人
生小品系列；三是報告文學作品，如凱蒂譯的《虎口餘生錄》（Ernest C・Hauser
著）、《屈倫勃林卡罪惡滔天》（楊基爾・雄爾尼克著），蔣學模譯《德國戰燹
圖》（S・阿爾遜著），楊普生譯的《希特勒授首記》（P・佛羅滋著）等；四是
那些加有按語、措辭人情味濃鬱的科學小品。如創刊號上的《腦電波》（於道）、

〔註202〕復旦大學文摘社：《文摘副刊》創刊號，第 6 頁，1942 年 3 月 1 日。
〔註203〕《復旦大學百年紀事》編纂委員會：《復旦大學百年紀事　1905～2005》，復
　　　　旦大學出版社，2005 版，第 126 頁。
〔註204〕復旦大學文摘社：《文摘・戰時旬刊》第 80 號、81 號合刊，第 35 頁，1940
　　　　年 3 月出版。
〔註205〕復旦大學文摘社：《文摘副刊》創刊號，第 6 頁，1942 年 3 月 1 日。

《死可怕嗎？》（L・H・Perry 著，姚奔譯）、《蛇的故事》（C・H・Pope 著，徐春霖譯）；新一卷第一期上的《帕克筆外傳》（知溫譯）、《奎寧出世紀》（白禾譯），新一卷第二期上張孟聞寫的《杜鵑》、《撲克牌小史》（星期六晚報）、《阿司匹靈誕生記》（白禾譯），第三期上的《嗎啡的發現》（白禾譯），第四期上《維他命列傳》（白禾譯），第五期上《荷爾蒙追尋錄》（白禾譯），等等。這些小品文章在「另創寫作的風格」〔註206〕的同時，又不忘對讀者抗日鬥志的激勵。

再次，《文摘副刊》雖然是綜合性的，但若以「大文學」視之，其中所設置的其他各欄目的文章，無論「戰爭圈」裏的《巴黎春醒》（狄馬里柏斯著）、《邁達尼刑場》（史諾著），還是「人物」裏的《世界上受傷最多的將軍》，張尚之譯的《艾森豪威爾威爾將軍傳》，楊普生譯的《斯大林的私生活》（Lauterbach，Richard E 著），李煥章譯的《第一號殺人王》（Steren M・Spencer 著），涵德譯的《英雄遲暮》（Berton Draloy 著），等等，其標題的「文學性」是赫然的，其故事性更是頗具形象的感性魅力。

復旦大學文摘社還編輯出版文學類圖書。一是以「文藝欄」為基礎，在 1940 年編輯出版了「文摘文藝叢書」《大時代的小故事》，全書共選短篇小說 12 篇，依次為老舍的《一封家信》，臺靜農的《電報》、《大時代的小故事》，端木蕻良的《生活指數表》，舒群的《夜景》，蕭紅的《朦朧的期待》，靳以的《被煎熬的心》，陳白塵的《紫波女士》，端木蕻良的《火腿》，荊有麟的《在煉鐵廠》。1943 年 4 月，又在《大時代的小故事》一書的基礎上改編出版了「文摘文藝選集」《大後方的小故事》，注明為「三版」，依次收端木蕻良《火腿》、蕭紅《逃難》、老舍《一封家信》、臺靜農《電報》、陳白塵《紫波女士》、端木蕻良《找房子》、舒群《夜景》、蕭紅《朦朧的期待》、端木蕻良《生活指數表》等 9 篇小說。該書也收入「文摘文藝叢刊」。二是單行本的文學譯著。如《英文學拾穗》（全增嘏、張其春、曹孕、楊豈深合編，文摘出版社，1945年）、《七重天》（A・史特朗著，白禾譯，文摘出版社，1945 年）、《安娜與邏羅王》（瑪甘麗・萊登著，白禾譯，1945 年 12 月出版的《文摘》第 136 號「復員紀念號」末頁「本社新書預告」中有，未查見）、《基度山恩仇記》（大仲馬著，蔣學模譯）、《莫扎特—普拉格之旅》（白禾譯，（德）E.梅立克（E.F. Morike）

〔註206〕復旦大學文摘社：《〈杜鵑〉按語》，載《文摘副刊》新一卷第 2 期，第 124 頁，1945 年 3 月出版。

著，自力書店，1944 年），《偷天換日記》（曼寧、柯樂士合著，白禾譯，古今出版社，1943 年），等等。

　　《文摘》戰時旬刊其《文摘副刊》上的外國文章，尤其文學類作品的譯者，大多是復旦師生，葉君健、翁達藻、全增嘏、蔣學模等教師和姚奔、白禾、張同、方毓蘭、鄒荻帆、綠原等學生，尤其學生，通過翻譯外國作品，他們的翻譯才能得到了培養、文學創作發展也得到了促進。

2. 新血輪社

　　重慶復旦大學的新血輪社，是抗戰後期全國眾多同名社團之一。新血輪之血輪，是血球的舊稱，亦泛指血液；新血輪即新鮮血液，常用來比喻充滿活力、蓬勃朝氣的新生力量。1943 年 4 月 4 日，三民主義青年團（下文簡稱「三青團」）第一次全國代表大會召開，蔣介石在主席致詞中稱：「每一青年在今日每一分鐘的練習，都是國家民族新生命新動力的來源」，「三民主義青年團是（國家的）動脈裏面的新血輪」。〔註207〕儘管早在 1927 年國民黨中央黨務學校王進珊與聶紺弩就一起編輯過《新血輪》壁報，蔣介石自籌建三青團起就多次強調過「青年是國家民族的新血輪」，但直到此次之後，全國才湧出了若干以「新血輪」命名的文藝團體。如湖南藍田國立師範學院有「新血輪月刊社」出版《新血輪》雜誌，廖世承主編；山東青島有宋毓賢任社長的「新血輪文學社」，出版朱之凌主編的《新血輪》文學月刊，並在《平民報》出副刊《新血輪》文學週刊；湖北有新血輪社主辦《新血輪》月刊；江蘇海州師範學生武心德等辦有《新血輪》壁報，等等。本就在陪都，且處於「小陪都」北碚的復旦大學，1939 年就開始籌建、1940 年正式成立三青團分團，在復旦青年課外活動中心青年館有專門的辦公場所，也沒例外地在 1943 年秋出現了一個叫新血輪社的學生社團。

　　復旦新血輪社，大約在 1943 年秋冬成立，由新聞學系 1942 級學生史習枚（筆名歌雷、雷歌）負責，絕大多數成員是三青團團員，社址、編輯部就設在青年館，館務由政治系學生兼復旦大學基督徒團契負責人的張行松負責。張行松就「利用茶室、郵局和銀行、理髮等營業收入，另請重慶基督教青年會補助，與他的團契契友史習枚、師道弘（新聞學系 1941 級學生）合辦起《新血輪》，從中賺些工讀性的工資」。《新血輪》是一份油印小報，先後闢有《文

〔註207〕中央社：《國家動脈中的新血輪：三民主義青年團全國代表大會》，載《聯合畫報》1943 年第 24 期，第 1 頁。

－121－

藝》和《時與地》兩個文藝副刊，通常被認為是三青團的機關刊物，開始不定期，後一週出兩期。副刊《文藝》第17期左下角有一則編輯部的「代郵」：「塞客、叮噹、請賜住址以便寄稿酬。」據此可知，《新血輪》是能發稿費的復旦學生報紙之一。在第38期時，已是復旦最大最活躍的文學團體文學窗社員的新聞學系1943級學生魏文華（筆名青心、黃可、文華等）、1944級學生楊瑞成，應同鄉社會系1941級的師道弘和系友史習枚的邀請，以工讀身份加入。社內分工上，由張行松任發行經理，史習枚和楊瑞成二人負責編排並刻寫鋼板，魏文華和師道弘二人負責採訪。史、師、張三人雖是三青團團員，但思想傾向比較中間。五人篤信西方自由，羨慕並極力仿傚「小罵大幫忙」的《大公報》，想把《新血輪》辦成一份「不偏不倚、不受人唾罵、也不擔風險」的中間報紙，報導一些同學關心的新聞、時事小論，發表一些不痛不癢有時也為學校當局不喜歡的言論。同年冬，還因刊發了一則未經核實的「警察槍殺遊行學生」的成都消息出了一期「號外」，而立即就遭到了學校當局的審查斥問。〔註208〕

　　《新血輪》的兩個副刊中，《文藝》總共刊登29篇作品，其中，新詩作品最多，如綠映紅的《彩虹曲》（第12期）、《懷海章》（第14期），沈環的《牆》、《燈》（第14期）、《火》（第16期）、《橋》（第17期），塞客的《放歌嘉陵江邊》（第16期）、《烏蘭河之歌》（第20期）、《蛙歌》（第22期），方樹的長詩《金鳳花開的時候》（第18～20期），以及丁咚、望北、范倩、望人、新生、艾茹等人的詩作，共計17首，不乏佳篇；青心的《陳望道先生印象記》等通訊2篇；望北的散文《送夏天》等2篇；李文家的《說謊與自欺》（第13期）等雜文3篇；張定的《讀〈鍾〉後記》（第15期）等書評3篇；萌竹（原名逯登泰）的《青海藏民之情歌》（第21期）、黃可〔註209〕的《一就是一，二就是二——文學就是文學論》等2篇文學論文。這些雜文和文學論文，皆不乏見地，黃可這篇還因「直接指名批駁盧冀野教授的『文學與社會無關論』」，不僅被要求「查明文章作者的背景」，而且讓負責人遭受了校方的訓責。

〔註208〕魏文華：《民主搖籃夏壩散記》，重慶市北碚區政協文史資料委員會：《抗日戰爭時期的北碚》，1992年版，第232～235頁。
〔註209〕魏文華在《民主搖籃夏壩散記》一文中回憶此文署名為「黃河」，經查，原報該版很清晰，應為「黃可」。

　　《新血輪》的另一個副刊《時與地》，則主要刊登的是新聞類作品，僅以掌握的第 1 期到第 9 期論，總共 12 篇作品中，就有伍卓倫的《飛來飛去——生活在印緬林莽間》、青心的《一個教授的遭遇——白季眉教授專訪》〔註 210〕等通訊 6 篇，公公的《論夏壩食堂》、企光的《時代精神在哪裏？——提供一個新精神兼以迎新同學》、S‧L 的《談談復旦課外活動的轉變》等時事雜評 4 篇，另有 2 篇分別是法學院院長、復旦大學文摘社主編張志讓教授和歷史系周谷成教授在雙十節晚會上的演講詞。與《文藝》相比，《時與地》雖然可以「大文學」概而論之，但無疑具有更鮮明、更強烈的現實感，即使是通訊，也不滿足於形象生動、情感洋溢地披露事實，而是或更尖銳地針砭時弊，或更深沉地認同與尊崇。

　　由於《新血輪》日益傾向進步，新血輪社在 1944 年 12 月 11 日與學生自治會、復新社等團體一起請求借用學校收音機，以便接收時事廣播，〔註 211〕引起三青團上級的注意。1944 年冬，復旦三青團分部在要求給《新血輪》報投資並派人加入《新血輪》的編輯，而被婉言謝絕之後，便從三青團中央請來直接命令，要求改組新血輪社。史習枚、張行松等五人深感無法抗拒之餘，邀請夏壩風社的王效仁、文學窗社的束衣人等寫來賀辭，出版第 100 期後，就一起辭職。新血輪社改組後，《新血輪》只在重慶油印出了四期即停刊，抗戰勝利後遷上海社址在江灣德莊南樓，1946 年 9 月復刊，為 16 開 4 版的鉛印報，由李師曾任總編輯，號數另起，至 1947 年 5 月 5 日停刊〔註 212〕，其刊載內容主要是新血輪社務；也有副刊 1 種，內容不詳。

　　3. 中國學生導報社

　　1944 年 7 月 4 日下午，炎炎夏日照耀下，北碚夏壩嘉陵江畔一家面向嘉陵江，名叫「江風」的茶館的後院裏，屋外幾株古老的黃桷樹濃蔭之下，復旦大學新聞學系的杜南針（杜子才）、王蘭駿（王樸）、施時暄（施暘），史地系

〔註 210〕魏文華在《民主搖籃夏壩散記》一文中回憶該文的標題為「《白季眉教授》」，這確實是重慶《新蜀報》和《人物雜誌》上的標題；但經查核，該文在副刊《文藝》上題名《一個教授的遭遇》，且兩者異文處分明。此處破折號及其後「白季眉教授專訪」是筆者所加。

〔註 211〕《復旦大學百年紀事》編纂委員會：《復旦大學百年紀事　1905～2005》，復旦大學出版社，2005 版，第 141 頁。

〔註 212〕上海圖書館：《上海圖書館館藏中文報紙目錄　1862～1949》，上海圖書館，1957 年 10 月版，第 362～363 頁。

的張永昌，政治系的戴文葆，外文系的管震湖、廖永祥（筆名柳季、谷鶯），經濟系的張薰華，統計系的陳其福、化學系的陳以文等來自不同院系、不同社團的學生 30 餘人集會，將醞釀了幾個月的辦報想法付諸實施，正式成立了中國學生導報社，建立健全了機構設置，總幹事杜子才，編輯部負責人戴文葆、施暘，經理部吳景琦、劉宗孟，推進委員會陳以文，財經委員會陳其福和王蘭駿。這個最初主要是復旦大學民主生活勵進會、夏壩風社、文學窗社、大地劇社、新血輪社許多進步社團的一個聯合組織，後來發展為抗日戰爭後期國統區中，聯合了重慶、成都、雲南、貴州、福建等地包括中央大學、江蘇醫學院、國立音樂學院、中華大學、西南聯大、武漢大學、燕京大學、四川大學、浙江大學、同濟大學、暨南大學、重慶省立女子師範學院和育才學校、文德女中、重慶市立女中等大中學校的學生，影響最大最深的跨校際性進步學生青年社團。自此開始正式籌辦的學生刊物《中國學生導報》，以重慶大學的甘祠森教授任發行人，身為國民黨黨員但政治態度較開明的 1944 屆校友廖毓泉任編輯，登記拿到「內政部警字第九七九四號登記證」之後，用何燕凌從魯迅書簡中臨摹拼成的，象徵著向法西斯文化、封建文化、漢奸文化衝鋒陷陣的決心的六字刊頭，於同年 12 月 22 日創刊，以反映和促進國統區學生的抗日民主運動和學校生活為主要內容，喊出了廣大愛國同學爭取民主，反對獨裁；擁護抗日，反對內戰的嚴正呼聲，也成為「抗日戰爭以來在國民黨統治區內出版時間最長、影響較大的一份進步學生報紙」。〔註213〕該報為鉛印，每週一期，四開四版，自第 38 期開始渝版和滬版同出，渝版共出了 56 期，滬版僅 4 期。其中，第三版即「藝文」（也有多期安排為第四版，約第 41 期前後又作「文藝」）版，是重慶復旦校內非文藝團體刊物中影響最大的文藝副刊。

　　中國學生導報社是以復旦為總部的涉員最廣的跨校際學生社團，成員大多是中共地下黨員，其餘也都是進步分子。在中共南方局青年組劉光等人的直接領導和支持〔註214〕下，憑藉《中國學生導報》這個陣地，為「認清這時代

〔註213〕 立言：《國統區學生運動的號角──〈中國學生導報〉》，載《新聞與傳播研究》，1982 年第 4 期。

〔註214〕 杜子才、戴文葆、李湜的《〈中國學生導報〉在戰鬥中發展壯大》記載：「《中導》創刊後不久，南方局青年組就決定每月給我們五萬元的出版經費，並幫助我們在上層民主人士中募捐，這就使得我們這方面的困難大大減少了。」見杜子才等著；戴文葆編《號角與火種〈中國學生導報〉回憶錄》，北京：中國華僑出版社，1991 年版，第 18 頁。

的真面目，把握著時代的主動力，用自己的力量，一致去迎接新時代的照臨，完成中國社會所賦給的歷史任務」〔註215〕，「上課時間紛紛向教授詢問時事問題」〔註216〕的他們，在各地積極開展文藝活動，宣傳抗日，為爭取民主、自由而吶喊。例如，創刊號的「藝文」版上，束衣人就以筆名何白發表《幫閒的夢囈〈鬼戀〉──〈徐訏的書〉之一》，以唯吾是尊的極左偏激，把現代作家徐訏貶斥為「一位穿著漂亮的外衣的陰謀的紳士」，並「以一個真正的醫生的資格」分析《鬼戀》，指斥其「在履行其粉飾現實，轉移耳目，消耗熱情的『幫閒』的任務」〔註217〕；面對「一面是嚴肅的工作，／一面是荒淫與無恥」的複雜現實，牧雲朗聲地《宣告》：「我的生命是一條暴發的山洪，／從陷險阻的峽谷奔來，／宣告著／不能遭受寂寞／不能被範。」「我必須拷問那些豔麗的女妖／怎樣用鮮血當口紅／抹在她們的嘴唇上？」「我的生命是一條暴發的山洪，／一切的河流／都要奔向海，／我的生命／也有一個海的歸宿。」〔註218〕來自中央政治大學的特約通訊員黃道禮（筆名綠蕾），在 1945 年發表通訊《「中政大」教授群像》，用調侃幽默的語言給中政大一群野心勃勃的政客畫了像，表明了他與國民黨統治集團勢不兩立的態度。〔註219〕同時，中國學生導報社還積極籌劃或參與了多次文藝活動。如 1946 年上半年，經陳以文與樹人中學的校友趙純熙商議，趙純熙聯繫沙坪壩省職女校的校長李鴻敏，得到一個大教室舉辦「鬼趣圖」漫畫展覽會。之後還在中央大學南側的「學生公寓」辦過文藝性學術講演，邀請中大著名的楊晦教授講莎士比亞和但丁。〔註220〕

　　《中國學生導報》是復旦進步學生藉以聯絡全國學生積極參加抗日救亡活動和爭取民主、自由鬥爭的文化驛站，既集中了復旦夏壩風社、文學窗社

〔註215〕中國學生導報社：《發刊獻詞》，載《中國學生導報》創刊號，1944 年 12 月 22 日，第 1 版。

〔註216〕中國學生導報社：《中國學生生活在戰鬥中》，載《中國學生導報》創刊號，1944 年 12 月 22 日，第 1 版。

〔註217〕何白：《幫閒的夢囈〈鬼戀〉──〈徐籲的書〉之一》，載《中國學生導報》，1944 年 12 月 22 日創刊號第三版「藝文」。

〔註218〕牧云：《宣告》，載《中國學生導報》創刊號，1944 年 12 月 22 日第三版「藝文」欄。

〔註219〕何休：《永不泯逝的兩顆詩星：綠蕾、楊吉甫（中國新詩史鈞）》，北京：中國戲劇出版社，2011 年版，第 34 頁。

〔註220〕周科君：《嘉陵江畔的火炬──〈中導〉在沙磁區的戰鬥》，戴文葆編《號角與火種──〈中國學生導報〉回憶錄》，北京：中國華僑出版公司，1991 年 10 月版，第 10～106 頁。

等和其他各大中學校文藝團體的骨幹分子，也同時得到路翎、阿壠等人及張志讓、甘祠森等眾多進步教授和周恩來、吳玉章等革命領導的支持，因而具有一般團體包括大多數文藝社團沒法比的陣容，除冀汸（陳性忠）、石懷池（束衣人、何白）、禾波（劉智清）、牧雲（郗譚封）、柳倩（劉智明）、李若筠、項陽（魏文華）、綠蕾（黃道禮）、黃葵、廖永祥（廖玉祥，柳季）、朱天（孟世材、拓拔山）、沙鷗（王世達）、穆仁（楊本泉）等人外，但見署名其情不詳的作者多達 250 人左右。但是，《藝文》「對於技巧上的好與壞，我們是不十分重視，實在的內容才是我們取捨的標準」〔註221〕的用稿取向，不可避免地影響了文藝版的整體質量。

4. 其他

此外，重慶復旦還有一些社團刊物和無團體學生刊物留下了或多或少的文藝活動蹤跡。旨在「學術救國」的學生學術團體之一文史地學會 1938 年就曾組織過「中外的傳記文學」和「魯迅」兩次文學類主題的座談會。〔註222〕復旦青年社以「研究學術，討論青年問題」為目的編輯發行的《復旦青年》闢有「文藝」欄，查到的 1940 年元旦出版的創刊號，登載了黑天（原名黃鋼）的《畫室的色彩》（散文）、吳清的《給皖西同志》（新詩）和永生的《無題》（新詩）三篇作品；1940 年 5 月 25 日的第二號，登載了振弟的《別》（散文）；1945 年 10 月再出的創刊號登載了《我們是快樂的一群》、《青春園中》、《記勝利野餐》三篇散文，和古秋的《夜行》、瑩的《天亮》兩首新詩。還有回族學生出的《靈棗》壁報「興趣倒是偏重在文藝方面的」〔註223〕。外文系同學辦的壁報《外文學報》也有文藝副刊，曾刊發過綠原的好幾首詩。復旦新聞學會主辦的《復旦新聞》壁報，也闢有專發表散文隨筆、小小說、詩歌、日記等文藝作品的《文藝角》〔註224〕，但因與多數壁報一樣沒有輯存，其狀貌、影響已不可考。還有，新聞學系 1944 級學生張樹勳獨自創辦、1946 年 5 月 30 日創刊的《群策》月刊也刊載雜文〔註225〕。類似的團體及相應的刊物，恐怕還有很多。

〔註221〕編者：《編後》，載《中國學生導報》第 34 期。

〔註222〕謝德風：《復旦遷到黃桷鎮以後》，載《復旦同學會會刊》第 7 卷第 4 期，1938 年 12 月號。

〔註223〕馬宗融：《抗戰四年來的回教文藝》，載《文藝月刊》1941 年第 8 期，第 17 頁。

〔註224〕張正宣：《抗戰初期的復旦大學新聞系 1937 年 6 月～1940 年 6 月》，載《重慶文史資料》第八輯，第 71 頁。

〔註225〕《〈群策月刊〉最近出版》，載《復旦》1946 年 7 月號（第 24 期），第 3 版。

（三）戲劇團體的活動

重慶復旦大學校園戲劇活動，是對上海復旦大學校園戲劇傳統在抗日戰爭這一特定歷史時期的自然承續和發展。復旦校園演劇傳統由來已久。馬相伯1907年就與沈仲禮創建了中國第一所私立戲劇學校——通鑒學校，李登輝曾組織公演戲劇多種以發揮戲劇的社會教育作用，復旦公學時期就已經常舉行戲劇遊藝晚會〔註226〕。1915年9月，英文教員邵詩舟、史地教員楊晟（楊雪筠）為慶祝復旦建校十週年而最早發起組建「復旦新劇社」，有何葆仁等三十餘同學參加，10月6日聘請春柳社馬絳士（本名馬妝郁，字仲秩）指導排練第一個劇目德國名劇《社會鐘》〔註227〕，雙十節為慶祝辛亥革命五週年及袁世凱帝制覆滅而演出三天，頗得好評。〔註228〕儘管這一次演出還帶有明顯的「助興」、「玩票」的性質，藝術追求尚未真正自覺，但僅從這時起到「七·七」事變發生，復旦人就有過五十次以上較有規模的戲劇演出。1938年初遷抵重慶後，為充分發揮戲劇演出所具有的群眾性強、收效也最明顯的特點以服務於抗戰宣傳，復旦校內除各新舊戲劇團體積極籌辦戲劇演出外，其他如同樂會、遊藝會、聯歡（晚）會、各族同學會、各省同鄉會，以及各跨院系的團體如抗戰文藝習作會、課餘讀書會、文學窗社、中國學生導報社等，也都或參與或獨立籌辦過戲劇演出。1938年6月4日晚，文學院主持的首次遊藝會〔註229〕上演了陳鯉庭編劇的《放下你的鞭子》（蔡德生、戴昭和等）、丁玲編劇的《愛與仇》（李宜南等）〔註230〕和自編話劇《逃難到北碚》（又名《逃亡到北碚》）。理學院主持的第二次遊藝會上演了「戲劇大雜燴」《五福臨門》

〔註226〕楊新宇：《復旦劇社與中國現代話劇運動》，復旦大學博士學位論文，2005年，第13頁。

〔註227〕《復旦大學百年紀事》編纂委員會：《復旦大學百年紀事　1905～2005》，復旦大學出版社，2005年版，第16頁。

〔註228〕《復旦大學百年志》編纂委員會：《復旦大學百年志　1905～2005　上》，復旦大學出版社，2005年9月，第940頁。

〔註229〕據謝德風《復旦遷到黃桷鎮以後》文記載，溫崇信為師生解悶而「發起星期六晚來一次師生同樂會、星期日晚來一次招待黃桷鎮民眾的遊藝會，一面要與民眾打成一片，一面含有宣傳抗戰的意思」；「我們演戲的主要目的在宣傳民眾。星期六表演是專為同學看的。星期日晚表演是專為民眾看的。為提高民眾的程度起見，每次表演遊藝之先，必有一二人主講關於國內外時事，藉以引起他們的愛國心。」

〔註230〕謝德風：《復旦遷到黃桷鎮以後》，載《復旦同學會會刊》，1938年第4期，第59頁。

和富於詩意、技巧高超的話劇《嘉陵江的月夜》。商學院主持遊藝會上商學院表演了「兩曲很特別的」話劇《女性的吶喊》（「完全是女同學扮演」）、《生路》（「對白完全用四川話」，「黃桷樹鎮民眾最能欣賞、受感動也最深」）〔註231〕。1939 年 3 月 22 日晚，復旦大學鄉村宣傳團在合川合陽戲院演出話劇《有力出力》〔註232〕。1941 年初，回教同學會為「中國青年號」獻機在北碚合演了川劇〔註233〕。而洪深曾指出：「傳統的舊戲，改良的舊戲，文明戲——這三樣是民眾新文化運動時中國的戲劇的遺產。」〔註234〕復旦校園演出的劇種，除由文明戲發展出的話劇外，還有平劇（京劇）、川劇、粵劇，以及一些民間戲曲等傳統的舊戲，改良的舊戲。復旦師生的戲劇活動不僅成為整個抗戰期間重慶戲劇活動的一個織成部分，而且，也促進了重慶戲劇文化的繁榮。

其中，最能體現重慶復旦大學校園戲劇活動水平的是復旦劇社、青年劇社等戲劇團體。

1. 復旦劇社

復旦劇社是復旦大學最早、最有影響力的話劇團體，其前身是 1925 年 12 月 17 日在洪深教授的指導下，馬彥祥、吳發祥、卜鳳年、陳篤、袁倫仁、曹衡芬等同學組織「復旦新劇團」（又稱「復旦新劇社」）。正是這個在 20 世紀 20 年代中期愛美劇時代潮流中應運而生的「復旦新劇團」，開啟了復旦話劇業餘演出的專業藝術追求，使復旦劇社「演出劇目總是跟得上時代的步伐，甚至還能引領時代的潮流，而不被時代淘汰」〔註235〕，而奇蹟般地一直延續到今天。1926 年 9 月，復旦新劇團為慶祝復旦大學二十週年校慶，由洪深邀請應雲衛任導演，首演《青春的悲哀》（熊佛西編劇），《春假》（復旦學生徐日鈺編劇）、《私生子》（復旦學生謝雲駿編劇），和丁西林編劇的《一隻馬蜂》和《壓迫》等 5 個獨幕劇，「通過喜劇的形式，揭露、諷刺了封建的舊思想、舊道德，

〔註231〕謝德風：《復旦遷到黃桷鎮以後》，載《復旦同學會會刊》，1938 年第 4 期，第 59～60 頁。

〔註232〕合川縣文化局：《合川縣文化藝術志》，合川縣文化印刷廠，1991 年版，第 165 頁。

〔註233〕《青年劇社為中國青年號獻機公演》，載《復旦大學校刊》1941 年第 8 期，1941 年 2 月 1 日。

〔註234〕洪深：《現代戲劇導論》，《洪深文集・第四卷》，中國戲劇出版社，1959 年 6 月版，第 54 頁。

〔註235〕楊新宇：《復旦劇社與中國現代話劇運動》，復旦大學博士學位論文，2005 年，第 29 頁。

具有『五四』反封建作風，幽默和滑稽使的劇場效果極為強烈」〔註236〕。同年秋，復旦新劇團更名為「復旦大學復旦劇社」，簡稱「復旦劇社」。隨即再次公演由馬彥祥、陳瑛（即沈櫻）、袁仁倫等人公演田漢編劇的《咖啡店之夜》，名聲大振。1930 年 3 月，公演法國羅斯丹名作《西哈諾》的成功，讓復旦劇社名震全國。到 1936 年 1 月，復旦劇社已先後上演過許多國內外名劇，校內演出若干次，公演達 19 次。其間，洪深、曹禺、應雲衛等大戲劇藝術家在校執教作指導，導演甚至親自參加演出，為復旦劇社初步確立了演戲必須有完整的文學劇本、堅決實行男女合演、嚴格的導演制度之傳統，讓復旦劇社這個業餘劇社中走出了馬彥祥、朱端鈞、鳳子（原名封季壬）、吳鐵翼、丁伯騮、周伯勳等著名話劇藝術家，鳳子還因演技絕佳而被邀請到日本等地參加演出《雷雨》諸名劇。復旦劇社因此成為復旦戲劇傳統中最閃亮的存在，它的發展史也成為中國現代話劇史的重要組成部分。〔註237〕1937 年抗戰爆發，復旦劇社即宣告停頓，社員大部分隨校西遷，小部分留在上海，是為重慶復旦劇社和上海復旦劇社，不久兩邊先後都恢復並堅持演劇活動。

復旦西遷重慶並落腳北碚黃桷樹鎮下壩後，復旦劇社很快恢復了活動。1938 年夏，在活躍的校園文化氛圍之中，在四面不絕的抗戰戲劇呼聲裏，復旦劇社老社員吳紹煒、崔士吉、李顯京、李維時、傅一鳴、儲娥英、鄧友端等人對當時為了宣傳抗戰而忽略戲劇藝術性的話劇演出狀況頗感不滿，因為儘管「戰時演劇必須帶著強烈的宣傳性，但戰時演劇也必須有著優良的藝術性的」；「我們必須確定戰時演劇的目的在作抗戰的宣傳，與中國演劇藝術的水準的提高」〔註238〕。於是，他們重振旗鼓，決心讓業餘的復旦劇社再以專業的藝術追求為底蘊，籌備以復旦劇社的名義重新開展戲劇活動，以真正的抗戰話劇演出宣傳實績，將復旦校園抗戰戲劇推進到重慶的抗戰戲劇運動中。

本著既要收到好的抗戰宣傳效果，又要保證話劇演出有藝術水平的原則，復旦劇社在抗戰初期的「抗戰劇劇本荒」中，選擇了校友馬彥祥根據法國劇作家沙都的《祖國》改編的《古城的怒吼》。《古城的怒吼》是中華全國戲劇界抗敵協會一成立就當選為理事的馬彥祥 1938 年 4 月在漢口天聲舞臺「一面排

〔註236〕傅紅星、王一岩：《洪深與「復旦劇社」》，梁永安主編《日月光華同燦爛：復旦作家的足跡》，復旦大學出版社，2005 年版，第 331 頁。

〔註237〕傅紅星、王一岩：《洪深與「復旦劇社」》，梁永安主編《日月光華同燦爛：復旦作家的足跡》，復旦大學出版社，2005 年版，第 330 頁。

〔註238〕葛一虹：《戰時演劇政策》，載《時事類編》，1939 年特刊第 31 期，第 60 頁。

一面寫」成的，結果不僅演出獲得極大成功，而且劇本作為華中圖書公司「抗戰戲劇叢書之五」，在 1938 年 5 月 20 日初版，隨後許多城市皆要上演，已然成為抗戰初期最紅劇目之一。抗日戰爭爆發後，馬彥祥擔任上海救亡演劇隊第一隊隊長，先後奔赴南京、武漢、開封、鄭州地進行救亡宣傳。馬彥祥之所以選擇沙都的《祖國》來改編，是基於一個經驗豐富的話劇藝術人對該劇「適合都市劇場的條件」，「舞臺效果一定很大」的專業判斷。更重要的是，沙都的《祖國》原劇「內容係描寫十七八世紀的弗郎門國（即今之比利時，當時尚未與荷蘭分裂）被西班牙所侵，一般愛國志士，慨然奮起，想恢復祖國，不意事與願違，終於失敗」，而馬彥祥從抗日宣傳需要出發，對原劇八幕作了舊瓶裝新酒的刪、改、并，內容變成了日本侵略中國，故事發生地也變成了北平，活脫脫一個中國本土抗日戰爭故事，再加上結構更加精巧緊湊，人物關係更加簡潔明瞭，情節突轉次數更少而人物行為的現實動因更明顯，使之「在劇情的發展方面是比較自然而合理得多了」，「對於作抗戰宣傳頗有煽動力，可以收穫些效果」〔註 239〕。馬彥祥的判斷及其對演出效果的預言，已經為其漢口演出的成功證實為不虛。於是，他們邀郭功寧、曹啟斌負責總務，請著名演員趙丹當導演，施超、顧而已和朱今明等中電劇團部分演員協助排練，朱今明任舞臺監督，主要演員均為復旦學生。〔註 240〕1939 年初，《新華日報》接連分別在 1 月 9 日第二版和 1 月 12 日第三版刊發了《復旦劇社排練〈古城的怒吼〉，擬作募捐公演》、《復旦劇社來渝上演〈古城的怒吼〉》兩篇簡訊。似乎為了歷史地彰顯演劇的實力，該社 2 月 13 日舉行茶會招待新聞界，介紹了該團十四年來的歷史，主要演員吳紹煒、崔士吉、儲娥英出席。出版公演特刊一冊。〔註 241〕2 月 15～17 日於重慶國泰國大戲院公演，憑藉充分的準備和不凡的演職員陣容不凡的實力，創造了較好的舞臺效果，受到觀眾熱烈歡迎。復旦校長吳南軒在重慶國際聯歡社宴請復旦劇社《古城的怒吼》劇組全體人員並簽名留念，〔註 242〕以示慶祝。

〔註 239〕馬彥祥：《古城的怒吼・前言》，武漢：華中圖書公司，1938 年版，第 3 頁。
〔註 240〕《復旦大學百年紀事》編纂委員會：《復旦大學百年紀事 1905～2005》，復旦大學出版社，2005 年 5 月版，第 119 頁。
〔註 241〕石曼：《重慶抗戰劇壇紀事 1937.7～1946.6》，中國戲劇出版社，1995 年 7 月版，第 33 頁。
〔註 242〕段佑泰：《從張大千令侄談到重慶復旦劇社》，彭裕文、許有成主編《臺灣復旦校友憶母校》，上海：復旦大學出版社，2003 年版，第 283～287。

　　儘管《古城的怒吼》「公演三天結束後，算了一筆細帳，除去一切開支，只結餘二八元」〔註243〕，但藝術上的成功終歸是令人歡欣鼓舞的。第二屆戲劇節期間的1939年10月14日晚，復旦劇社與怒吼劇社、怒潮劇社、國立戲劇學校校友會重慶分會、華北宣傳隊、衛戍總部抗敵劇團在國泰大戲院演出話劇《紅燈》、《渡黃河》、《冰天雪地》三個獨幕劇。〔註244〕接著在1940年4月排演出吳祖光的處女作《鳳凰城》後，經馬宗融教授推薦，復旦劇社於5月底公演了表現回漢人民團結一致共同抗日的四幕劇《國家至上》。該劇是回族工商業者、白敬宇眼藥傳人白澤端創意並出資〔註245〕，復旦外文系的回族教授、中國回教救國協會常務理事馬宗融，以回教救國協會的名義，囑託老舍、宋之的合寫的〔註246〕，他在其他劇團公演時已看過多場。這次他更是極其熱心請來編劇之一的老舍，指導復旦劇社排演，排成後決定5月29日在北碚公演。不幸的是，劇社成員王茂泉、王文炳、陳鍾隧三位同學27日清晨將連夜趕製的布景送過江去，卻遭日本飛機轟炸而遇難。劇社同人義憤填膺，將對日本侵略者的刻骨仇恨都融進《國家至上》的演出中，劇場內群情激昂，抗日情緒深深感染了觀眾。

　　1941年1月24日起，復旦劇社在北碚川劇場公演宋之的創作的五幕抗戰劇《霧重慶》（原名《鞭》，寄寓時代與生活的鞭策之意；上演時作者更為此名）三天，是為復旦劇社第22次公演。該劇中，林卷妤、林家棟、沙大千、老艾、苔莉（徐曼）、萬世修等原本充滿理想和熱情的青年，流亡到戰時首都重慶後，因生活無著而窮愁潦倒，有的卜卦算命，有的當交際花，有的開飯館，在腐敗的社會現實裏掙扎、搏鬥，最後或走上了抗日前線，或因不善逢迎、患癆病死，或毀譽於政客手中，被社會所吞噬，或自甘墮落，走私發財，同反動勢力同流合污，變成了社會的渣滓。這一群青年知識分子的人生經歷，尤其那流亡生活細節所體現的真實的生活與真實的人性，對大多數經歷了流亡的復旦學生來說是感同身受的。而劇本的主題，即提示一個現實：「在發了

〔註243〕沈裕福：《校園往事追憶——記一九三八年重慶時期的復旦大學》，彭裕文、許有成主編《臺灣復旦校友憶母校》，復旦大學出版社，2003年，第253頁。

〔註244〕王洪華、郭汝魁：《重慶文化藝術志》，重慶：西南師範大學出版社，2000年12月版，第496頁。

〔註245〕曲六乙：《中國少數民族戲劇通史　中　現當代篇　1911～2009》，北京：中國民族攝影藝術出版社，2014年版，第604頁。

〔註246〕葉聖陶1942年5月7日日記，見《蓉桂之旅（1942年4月16日至7月13日）》，載《新文學史料》1982年第4期。

黴的社會裏，即使是純潔的青年，如果意志不堅定，也會沾上舊社會的毒菌，腐蝕了靈魂」〔註247〕，無疑有著鏡子的警誡意味，這使該劇又顯得有些沉重——「霧重慶」是「憂戚與憤感」、「沉鬱與苦悶」的象徵。總體上看，該劇演出現場效果，儘管「此次演員大半為初次登臺，然演技極佳，實為空前之成功。」〔註248〕

　　1941年，有鑒於國民黨領導下青年政治組織三民主義青年團（簡稱「三青團」）復旦分團部屬的青年劇社，多番發起旨在爭奪輿論陣地、妄圖控制復旦校園戲劇活動的針對性演出，關心復旦劇社的許多同學要求也希望復旦劇社來一次最有號召力演員的同臺演出，以最有實力的演出，挫敗「青年劇社」的圖謀。為此，復旦劇社由李維時導演了一齣催人深省的抗戰劇，即洪深重新改譯的《寄生草》。復旦劇社經典劇目中的《寄生草》是朱端鈞改編的，另外還有陳泉的《軟性》、趙元任的《軟體動物》等不同改編本，「它是一九二八年至一九三一年間南北各地業餘劇社最普遍最受歡迎的劇本；它的演出曾經造就不少成功的演員；它的演出使中國的觀眾接受了西洋喜劇的精神。但是在今天，《寄生草》應該是歷史上的陳跡。從前《寄生草》的觀眾，興趣也應該已改變了方向。從前《寄生草》的演員，表演力應已因實際的需要而擴大。而今日劇作者的取材亦早已超越《寄生草》的領域，開闢叢莽，尋取參天拔地的梓楠栝柏了。」〔註249〕洪深在改譯編劇時，以抗戰的時代要求替代了之前的愛美劇特徵，劇中女家庭教師在抗戰背景下脫離寄生家庭，其目的是要投入到廣闊的抗戰工作中去，劇中的哥哥唐立人作為參加實際抗日工作的人，教育著妹妹唐文錦自拔於寄生式的生活，引導著女家庭教師許培英挺身投入到活生生的抗戰生活中去。這賦予了該劇鮮明的時代特色，一方面批判、警告唐文錦類自誤誤人的寄生草式的人，一方面號召大家摒棄寄生式生活，積極投身民族抗戰的洪流，其社會教育意義自然彰顯，易引發觀眾對於民族性格的自我反省。「導演和其他幕後工作人員極大地突出了該劇的創新性」，「吸取了外國戲劇節奏感明顯的長處，突發奇想地與精通音樂的社員為臺詞譜上曲調，以掌握該劇的節奏，儘管這種做法多少有些生硬，排練起來演員也比

〔註247〕宋之的：《霧重慶（五幕話劇）‧內容提要》，北京：中國戲劇出版社，1957年5月版。
〔註248〕《復旦劇社第廿二次公演》，載《復旦大學校刊》，1941年2月1日，第8期。
〔註249〕洪深：《〈寄生草〉跋》，孫青紋編《中國當代文學研究資料　洪深研究專集》，浙江文藝出版社，1986年版，第264頁。

較吃力，但演出效果還不錯。在布景方面，劇社成員運用帳子和流蘇等，製成了一道紗幕，形成了『第四堵牆』，對於這樣一齣室內劇，較好地發揮了舞臺效果。由於當時學校條件艱苦，沒有電燈，負責舞臺裝置的汪渝，克服困難，巧妙地利用瓦斯燈取得了電燈的效果，否則這齣表現中產家庭的戲，如果沒有燈光的效果，將會極大地削弱舞臺演出的感染力。主演之一的段達豪，第二天便失蹤了，據說去了延安，以自己的實際行動肯定了劇中女主人公衝出家庭為抗日出力的美好願望。」〔註250〕

　　1941年底，在重慶第一個霧季公演《北京人》的演出轟動效應中，復旦劇社開始排練《北京人》。復旦劇社非常熟悉曹禺這位傑出戲劇家，在上海第十九次公演的《雷雨》就大獲成功，復旦劇社也因此蜚聲劇壇。似乎自那時起，「曹禺的重要作品每每一經發表，復旦劇社便能夠迅速地感受到它的魅力，加以排演，在曹禺劇作的傳播史上起到了頗重要的作用。」〔註251〕1940年，在江安國立戲劇專科學校任教期間，曹禺完成了《北京人》這部他自己最滿意的、業內專家所稱譽的巔峰之作〔註252〕。在該劇本創作上，著迷於俄國作家契訶夫平實而又滿是生活的戲劇風格的曹禺，以自己童年心靈中印象深刻的那些人和事為原型，有意識地拋棄所謂戲劇結構技巧，平鋪直敘地描寫了一箇舊中國封建大家庭如何從家運旺盛，逐步走向衰落直至崩潰的過程，著重刻畫了曾家祖孫三代人之間的矛盾衝突，通過瑞貞與愫方的逐漸覺醒、不甘沉淪與最後出走追求新生，透出對人生的豐富思想情感及命運的衝突的沉重思考。1941年10月24日張駿祥導演《北京人》在重慶抗建堂由中央青年劇社首次公演，產生轟動，已創下了在重慶連續演出三四十場的歷史記錄。在這種情況下，復旦劇社再要排演《北京人》，非有其獨特之處不可。李維時在導演時，「特別重視詩意化的表現，在第四幕結束愫方與曾文清的一段戲中，李維時特意將舞臺向後推移，而臺前只剩下兩個遙遙相對的沙發，以此象徵兩人之間相見而又不能相及的世界，與深沉雋永的劇作風格十分合拍，富有表現力。」由於這一大膽的創造性革新處理，1942年元旦《北京人》在北碚公演大獲成功，再次引起了重慶轟動。據說，曹禺親自觀看演出後，除

〔註250〕楊新宇：《復旦劇社與中國現代話劇運動》，復旦大學博士學位論文，2005年，第66～67頁。
〔註251〕楊新宇：《復旦劇社與中國現代話劇運動》，復旦大學博士學位論文，2005年，第67頁。
〔註252〕曹禺在江安創作《北京人》的手稿，現藏於北京人藝戲劇博物館。

對瑞貞穿粉紅衣服表示異議外，總體上極為讚賞。〔註253〕

　　1942年1月公演後，與整個重慶劇壇不景氣相應，復旦話劇社陷入了一個沈寂期。1942年秋，是年8月才代理復旦大學教務長、9月繼任新聞學系主任的陳望道，與是年10月才受聘復旦大學外文系任教的曹禺，談及復旦校園抗戰戲劇宣傳工作，一致認為整合復旦校園話劇團體可更好地集中抗日戲劇宣傳力量，有所作為。於是，陳望道親自召集針鋒相對唱了近四年對臺戲的復旦劇社和青年劇社兩社同學開會，建議合二為一，並為「復旦話劇社」，由陳望道親自任社長。儘管兩社同學多不情願，但陳望道經耐心說服，大家終於表示委曲求全，原意共同開展戲劇活動。〔註254〕自這時起到1946年復員上海之前，報刊上有記載的復旦話劇社的演出主要有：其一，1943年，演出《處女的心》，「賣座極好，場場客滿，聽說很賺了一些錢。」〔註255〕其二，1945年9月為了慶抗戰勝利，10月27～28日期初迎新大會，演出洪深改譯的《寄生草》。〔註256〕其三，1945年12月，「復旦話劇社繼《寄生草》之後，將演出曹禺先生之名劇《日出》，並聞該劇將由索天章教授出任導演云。」〔註257〕其四，1945年底大地劇藝社併入，先後公演了吳祖光的《少年遊》、《風雪夜歸人》（管震湖扮演了這兩劇的主角）。其五，1946年1月7～11日，「為籌募基金，以發展社務，決定排演五幕名劇《芳草天涯》，經一月餘之積極準備，業於一月七日起至十一日在北碚兒童福利所演出，觀眾頗稱擁擠云。」

〔註253〕楊新宇：《復旦劇社與中國現代話劇運動》，復旦大學博士學位論文，2005年，第67頁。

〔註254〕《復旦大學誌第一卷（1905～1949）》（復旦大學出版社1985年版）第527頁，復旦劇社與青年劇社合併的時間為1941年，且明確合併後由陳望道和曹禺負責指導。再據復旦大學楊新宇博士學位論文稱陳望道合併兩個劇社時身為復旦大學教務長。實事上，曹禺先只在復旦兼課，1942年10月才受聘到復旦外文系任教。1942年11月2日《新華日報》「復旦點滴」有云：「外文系新聘教授曹禺先生，已到校擔任戲劇選讀，英國文學史，一年英文三課程」。陳望道1940年秋到重慶復旦，1941年9月出任訓導長至1942年7月，1942年8月才代理復旦大學教務長一職。據此可知，復旦劇社與青年劇社合併成復旦話劇社，最早也得到1942年10月曹禺到校之後。是以，此處寫「1942年秋」。當否，望方家賜正。

〔註255〕李萱華：《活躍在北碚的抗戰戲劇》，重慶市北碚區政協文史資料委員會編《抗日戰爭時期的北碚》，1992年10月版，第226頁。

〔註256〕《新華日報》，1945年10月26日「復旦零訊」。《時事新報》1945年10月25日「夏壩近訊」。

〔註257〕《本校劇運積極展開》，載《復旦》，1945年12月號（第17期），第3頁。

「學校當局為恐師生晚間過江觀劇發生危險，特囑該社於一月十二三兩日回校公演。」〔註 258〕其六，1946 年 4 月中旬，在大禮堂公演曹禺的名劇《雷雨》，「係由外文學系索天章氏擔任導演。該劇由於演技純熟，效果良好，故演出成績甚博觀眾之好評。」〔註 259〕

據不完全統計，從 1939 年 2 月 15 日假重慶第一流劇場國泰大戲院公演校友馬彥祥從法國作家沙都的佳構劇《祖國》改編而來的抗戰話劇《古城的怒吼》起，到 1946 年復員上海前為惜別夏壩歡迎畢業同學而公演《雷雨》，為宣傳抗戰和各種募捐等，復旦劇社（復旦話劇社）在北碚、重慶等地一共公演過至少 15 次，公演劇目除前述外還有《醉夢圖》、《柳暗花明》和契訶夫的獨幕劇《窈窕淑女》、郭沫若的四幕悲劇《孔雀膽》等。另外和其他團體合作演出也有若干次，上演了《有力出力》、《流亡》、《三寶賀年》，以及《放下你的鞭子》等等當時非常紅火的抗戰劇，引起了良好的社會反響。汪彝中、李維時、黃中敬曾是負責人。李顯京、齊錫寶、馮端惠等都是當年演劇活動中的出色人物。復旦劇社始終是復旦校內最享盛名的劇社。

除了戲劇演出，復旦劇社還組織或參與過戲劇界的大型文化活動。1942年 6 月 4 日，在學校大禮堂，復旦劇社會同國民黨中宣部實驗劇團，一起舉行歡迎旅碚戲劇界及文化界人士的茶話會，陽翰笙、趙太侔、金山、辛漢文、鄭伯奇、秦怡、梁宗岱、白楊、舒繡文、陳鯉庭、趙慧深等百多人到會，張志讓、陳望道、陳子展等教師出席作陪。中宣部實驗劇團團長吳漱予致了歡迎詞，陳望道、陳子展、張駿祥、陳白塵等先後發表了演說。據陽翰笙的日記記載：「6 月 4 日，晨，……復旦的茶會開得很熱鬧，中藝、中青、中術〔註 260〕

〔註 258〕　《復旦話劇社為籌募基金，在碚演出「芳草天涯」》，載《復旦》，1946 年 1
　　　　　月號（第 18 期），第 3 頁。《時事新報》1945 年 12 月 13 日、1946 年 1 月 15
　　　　　日「夏壩近訊」先預告後報導。
〔註 259〕　《惜別夏壩，復旦京劇社公演平劇：話劇社繼演〈雷雨〉並歡送畢業同學》，
　　　　　載《復旦》，1946 年 4 月號（第 21 期），第 4 頁。
〔註 260〕　此處的「中藝、中青、中術」，全稱分別是「中華劇藝社」（1941 年 10 月成
　　　　　立，至 1947 年 7 月解散）、「中央青年劇社」（1939 年 3 月成立）、「中國藝
　　　　　術劇社」。其中，「中國藝術劇社」在周恩來的倡議下，由夏衍、金山、宋之
　　　　　的、于伶、司徒慧敏、章泯等發起，這時尚在籌建中，正式成立於 1942 年
　　　　　12 月 29 日。總幹事金山，領導成員有司徒慧敏、章泯、宋之的、于伶、舒
　　　　　強、沙蒙等。劇社主要成員有藍馬、鳳子、玉韻、虞靜子、凌管如、黃宗江
　　　　　等。1945 年 7 月，劇社改組，宋之的任總幹事，陳鯉庭任藝術委員會主任。
　　　　　1946 年春解散。

的人均參加，吳（南軒）校長特別殷勤，談吐亦極有趣，直到夕陽西下，賓主始盡歡而散。」〔註261〕

2. 復旦青年劇社

復旦大學各種政治勢力的鬥爭，在各戲劇團體之間也有體現。復旦青年劇社，是國民黨領導下的青年政治組織三青團復旦分團部屬學生社團。三青團自 1938 年 4 月 30 日成立，7 月 9 日建成中央團部後，就開始在各地大中學校籌建分團，各分團下設「青年體育會」、「青年服務社」、「青年劇社」、「三青團分團聯誼社」等組織，在大中學校內共產黨和國民黨的政治鬥爭中扮演著主導角色。三青團復旦分團是繼湖南大學三青團分團之後第二個三青團直屬分團，1939 年開始籌備，1940 年 3 月 22 日正式建立〔註262〕，負責人有陳昺德、林一民等。復旦青年劇社成立的具體時間不詳，其主要成員都是三青團團員。由於三民主義本身的「中立性」，其中不少成員的政治觀點和思想立場與其上級並不完全一致，他們或真正熱心於抗戰宣傳，或確實鍾愛話劇藝術。

青年劇社也頻頻出戲，也有過數次規模較大的公演，頗得好評。如 1941年 1 月 1～3 日，為「中國青年號」獻機作徵募，青年劇社先在北碚，後在重慶公演《戰鬥》五幕國防劇〔註263〕；同年 5 月 5 日校友節「演出《一齣戲》話劇，潘吳鼎與陸增貴同學表演之滑稽」〔註264〕；同年 10 月 10 日，中華全國戲劇界抗敵協會北碚分會為慶祝第四屆戲劇節，由中央實驗團和復旦青年劇社合作，張速生導演，在北碚新營房聯合演出曹禺名劇《日出》，連演數場，場場客滿〔註265〕；1944 年秋為擴大迎新會演出「由本校名導演馮白魯導演」的《喜相逢》〔註266〕；還曾在北碚上演曹禺、宋之的合撰的

〔註261〕李萱華：《活躍在北碚的抗戰戲劇》，重慶市北碚區政協文史資料委員會編《抗日戰爭時期的北碚》，1992 年 10 月版，第 223 頁。

〔註262〕羊羽：《復旦分團正式成立大會記盛》，載《青年通訊》1941 年第 1 卷第 8 期，第 29～30 頁。

〔註263〕《青年劇社為中國青年號獻機公演》，載《復旦大學校刊》，1941 年 2 月 1 日，第 8 期。

〔註264〕《三十六週年第五屆校友節盛況》，載《復旦大學校刊》，1941 年 6 月 1 日，第 10 期。

〔註265〕李萱華：《活躍在北碚的抗戰戲劇》，重慶市北碚區政協文史資料委員會編《抗日戰爭時期的北碚》，1992 年 10 月版，第 218 頁。

〔註266〕《學生自治會：舉辦擴大迎新會（趕排〈喜相逢〉獨幕劇）》，載《新血輪》第 74 期第 1 版，1944 年 10 月 26 日。

四幕話劇《黑字二十八》（又名《全民總動員》），在重慶上演《萬世師表》、《太平天國》、《屈原》等，場場客滿，盛況空前。擁有女主角吳雲眉，男演員張傳祥、馬芳信等人是青年劇社的臺柱子。復旦諸多愛好同學，每逢假期，湧往觀賞。〔註267〕

3. 大地劇社等其他戲劇團體

除以上兩個影響較大的劇社外，還有針對青年劇社而成立的大地劇社，和復旦平劇社、復旦國劇社、平劇研究社等戲劇團體。

大地劇社是一個跨校際學生戲劇團體，大致成立於1944年春〔註268〕。成員約五十人，其中有復旦的李炳泉、金鏗然、戴文葆、馮白魯、顧中原、管震湖、吳景琦、熊映飛、陳其福、陳俊惕、藍文瑞（藍哲年）等，和青木關國立戲劇專科學校的一些進步學生，以及中央大學的童式一、周某等。聘請洪深為指導教授。由於舉行社會公演的劇社都必須申請登記，國民黨當局不予批准，他們就以「復旦劇社」的名義在校內進行演出活動。〔註269〕為此，才有管震湖「後改名『復旦話劇社』」、「後分解為『復旦話劇社』」之說。同年5月，就在北碚演出了三個獨幕劇，即蘇聯雅魯納爾的獨幕喜劇《處女的心》，俄國契訶夫的獨幕喜劇《求婚》，曹禺根據法國臘皮虛的三幕劇《迷眼的沙子》改編的獨幕劇《鍍金》，三個獨幕劇合稱為《處女的心》，其中《求婚》的導演為管震湖。《新華日報》有報導：「這次復旦話劇社演出的《處女

〔註267〕彭裕文、許有成：《臺灣復旦校友憶母校》，復旦大學出版社，2003年9月版，第269～270頁。

〔註268〕關於大地劇社，名稱和成立時間各方資料有差異。發起人管震湖在回憶文章《他永遠活在我心中——無限懷念陳以文烈士》中寫是1943年上半年5月以前，在《《中國學生導報》和重慶復旦大學——學生自治會》中寫是1944年上半年；杜子才、戴文葆、李題在《《中國學生導報》在戰鬥中發展壯大》一文中亦寫為1944年上半年；復旦大學楊新宇2005年的博士學位論文《復旦劇社與中國現代話劇運動》中為「管震湖、陳其福、吳景琦於1945年，商議成立了『大地劇藝社』」。管震湖在2000年8月15日給筆者的覆信中說是1943年成立大地話劇社，同年9月17日覆信又說是大地劇藝社。再結合吳景寧、陳秉恩、吳景模、戴文葆、余震的《為抗戰獻青春——懷念吳景奇同志》、夏新青的《力量的匯合——北碚復旦大學「據點」的建立和發展》、童式一的《他們「搭臺」，我們「唱戲」——由〈太公報〉到〈大學新聞〉》等文章提供的信息，我們擬作出如下判斷：該戲劇團體名稱為「大地劇社」，是個校際社團，大致成立於1944年春。還望方家賜正為荷。

〔註269〕夏新青：《力量的匯合——北碚復旦大學「據點」的建立和發展》，本社編《戰鬥在山城》，中國青年出版社，1987年版，第97～98頁。

的心》，賣座極好，場場客滿，聽說很賺了一些錢。朝陽來此演出《戲劇春秋》則虧了本回去。由此可見北碚觀眾的水準，雖然學生的數目很不少，但容易接受的還是『從開幕到閉幕都要在笑』的劇。有人說，在北碚演鬧劇或是喜戲，賺錢絕不成問題的』。」〔註270〕另外，還演出郭沫若編的話劇《南冠草》〔註271〕。

復旦平劇社成立於1938年，是愛好京劇的一些同學組織的，成員有李顯京、李顯華、李炳泉、孟世材、李應銓、索景章等，擁有如汪彝中、殷士嘉、吳崇厚等很多知名的票友。經常在校內演出，有過多種戲曲演出，並參加了戲劇節的表演。1943年戲劇節「演平劇，民眾劇場附近，鑼鼓喧天」〔註272〕。1945年10月9日，復旦學校高級行政人員談話會決定：補貼本校平劇社8萬元，以資雙十節公演。〔註273〕同月10日、11日，為慶祝抗戰勝利及國慶令節，在復旦大禮堂公演平劇，10日計有《女起解》、《三娘教子》及全本《四郎探母》等節目；11日節目計有《探陰山》、《寶蓮燈》、《生死恨》等，「粉墨登場者，除同學外，並有教員及校友多人參加。門票收入，全數充作勞軍獻金」〔註274〕。1945年12月30～31日，復旦平劇社公演平劇，節目精彩，觀眾擁擠。〔註275〕

復旦國劇社於何時成立，成員構成幾何，皆無處查曉。該社「為強陣容，發展劇務起見，曾擴大徵求新社員，並於1945年11月23日，假青年館舉行茶會歡迎」〔註276〕。1946年4月6～7日「在大禮堂公演平劇，以示惜別夏壩及歡送畢業同學。除由本校同學擔任演角外，名票陸愷章、吳崇厚校友等亦被邀返校參加。票價定為三、五百元兩種。節目精彩，往觀者極為踴

〔註270〕 李萱華：《北碚在抗戰——紀念抗戰勝利七十週年》，西南師範大學出版社，2016年版，第170頁。

〔註271〕 童式一：《他們「搭臺」，我們「唱戲」——由〈大公報〉到〈大學新聞〉》，本社編《戰鬥在山城》，中國青年出版社，1987年版，第38頁。

〔註272〕 重慶市政協文史委員會：《重慶文史資料　第9輯》，西南師範大學出版社，2006年10月版，第201頁。

〔註273〕 《復旦大學百年紀事》編纂委員會：《復旦大學百年紀事　1905～2005》，復旦大學出版社，2005年版，第145頁。

〔註274〕 《慶祝勝利及國慶：復旦平劇社公演平劇兩日，門票收入悉充作勞軍獻金》，載《復旦》1945年11月號（第16期），第2版。

〔註275〕 《勝利後迎送新舊歲》，載《復旦》，1946年1月號（第18期），第3版。

〔註276〕 《本校劇運積極展開》，載《復旦》，1945年12月號（第17期），第3版。

躍。」〔註277〕

　　為搞好社教工作，推進抗戰建國宣傳，這些團體都獨自在校內、北碚及其附近地區和重慶等地演出過多次，又還與復旦社會教育委員會民眾宣傳組聯合組織演劇隊，深入鄉村和工礦區演出，戲劇活動遍及北碚及重慶多個地區。

　　從總體上說，在「抗日第一」的旗幟下，復旦師生進行戲劇演出多採用當時社會上所流行的形式，諸如茶館劇、遊行劇、儀式劇、活報劇、街頭劇等。儘管，這些宣傳劇的藝術價值都不高，已被時代淘汰，但「當時其激勵人民、揭露敵人的正義熱忱和鬥志服務抗戰的巨大功能，卻不能抹殺。」〔註278〕復旦劇社、青年劇社、大地劇社，甚至復旦平劇社等，演出的劇目多為藝術劇，如復旦平劇社演出的《斬經堂》、《空城計》和《天霸拜山》等。這類劇目的演出，往往力求在實現對戲劇藝術的精緻追求的同時，獲得特定歷史時期所要求於戲劇的巨大宣傳效果，絕大多數獲得了成功，復旦劇社的《古城的怒吼》、《處女的心》、《日出》、《霧重慶》、和《芳草犬涯》等，復旦平劇社演出的《空城計》、《天霸拜山》、《捉放曹》、《賀後駕殿》等尤為突出。

　　就演出的劇本創作而言，藝術劇多出自洪深、曹禺、宋之的等名家手筆，而一般宣傳劇則大都是由劇社成員自編自導自演的，如1938年6月4日在文學院師生發起的同樂會上演出的《逃亡到北碚》，1939年元旦新年擴大宣傳遊藝會上復旦劇社會同抗戰文藝習作會與平劇研究社演出的《三寶賀年》〔註279〕，馮白魯為復旦劇社導演的契訶夫的《求婚》等。另有安徽人、外國語言文學系進步組織「十兄弟」的一員、大地劇社（復旦話劇社）成員顧中原，「愛國民主運動的積極參加者，一個熱烈而沉靜的文藝愛好者和創作者。他熱衷於演戲、寫戲、寫詩，尤擅長寫獨幕劇，被同學們戲稱為『我們的莫里哀』。他生前創作的劇本和其他作品近40萬字。平日沉默寡言，靜若處子；到了舞臺上卻豪放不羈，勢如奔馬。」〔註280〕；據郭海長說，他的獨幕劇連

〔註277〕《惜別夏壩，復旦京劇社公演平劇：話劇社繼演〈雷雨〉並歡送畢業同學》，載《復旦》，1946年4月號（第21期），第4版。

〔註278〕胡潤森：《大後方戲劇現象概觀》，載《中國現代文學研究叢刊》，1999年第3期。

〔註279〕《社會教育委員會民眾宣傳組近況》，載《復旦大學校刊》第3期第6頁，1939年2月1日。

〔註280〕燕凌等：《紅岩兒女　第1部1939～1945從潛流到激流》，北京：中國青年出版社，2005年12月版，第531頁。

同其他作品共達三四十萬字〔註281〕，遺憾的是已無可稽考。

不能忽忘的是，復旦學生還翻譯過不少外國話劇劇本。1942 級外文系的管震湖（1924～2011）翻譯了俄國契訶夫「最不平凡的一個抒情喜劇」《海鷗》，署名胡隨，由重慶的南方印書局於 1944 年 2 月出版。1943 級外文系的束布（筆名束衣人、石懷池、何白）翻譯了法國 T·R·布洛克的一幕三場短劇《新生》（又名《巴黎搜索記》），1944 年至 1945 年連載於《學生雜誌》第 22 卷 1～4 期。

鑑於復旦學生青年們的戲劇創作大多只有「存目」，論說缺乏作品文本依據，後文擬不再論及戲劇活動的實績。在此，僅就 1934 級學生吳鶴琴（1913～1969）創作的獨幕劇《如此皇軍》略作討論。

抗戰期間以「如此皇軍」命名的戲劇不只一部。1939 年 6 月 9 日，國民黨國際廣播電臺增設日語廣播劇節目，第一次播出的廣播劇就名為《如此皇軍》。〔註282〕重慶大學抗敵後援會 1937 年 12 月 28 日在合川街頭的「化裝宣傳」〔註283〕中，雲南昆明的昆華工校、虹山中學「學抗會」1938 年 1 月在安寧縣的「寒假宣傳攻勢」〔註284〕中，延安魯藝實驗劇團 1939 年〔註285〕，都演出過同名話劇。1940 年 10 月 18 日《前線日報》第 8 版刊登了效坎的同名「微劇」。在戲劇領域之外，1938 年方肇、孫林各有一本同名圖書分別由武漢的群力書店和上海金湯書店出版，還有許多的同名戰地通訊，和華君武、朱鳴崗等人同名漫畫。這些同名作品，多揭露日兵「滅絕理性」、「燒殺奸掠」的「殘暴獸性」一面。與此不同，吳鶴琴發表於 1939 年 3 月 6 日《掃蕩報（重慶）》第 4 版副刊《戰時文學》創刊號的獨幕話劇《如此皇軍》，以反戰為主題，關注、揭示的是日兵的人性一面。

〔註281〕《編者的話》，載《中國時報》副刊《橋》，1946 年 1 月 20 日。

〔註282〕哈豔秋：《「勿忘歷史：抗戰新聞史」學術研討會文集》，北京：中國廣播影視出版社，2016 年 10 月版，第 56 頁。

〔註283〕石曼：《重慶抗戰劇壇紀事 1937.7～1946.6》，北京：中國戲劇出版社，1995年 7 月版，第 11 頁。

〔註284〕吳戈：《雲南現代話劇運動史論稿》，北京：中國文聯出版社，2001 年 9 月版，第 58 頁。

〔註285〕《中國話劇運動五十年史料集》編輯委員會：《中國話劇運動五十年史料集第 3 輯》，北京：中國戲劇出版社，1963 年 4 月版，第 214 頁。

如此皇軍
—— 效坎

在路區民房

皇軍：少婦……
少婦：總求你地做——
皇軍：但是我有一上行好心！一簍飯來——
軍（裏）：好蠻……
少婦：（哀求中）區民男
皇軍：明天來！少婦：明天？為什麼要忍耐？
黑了，他的飯一回來吃，為什麼要忍耐？
夜的一皇隊紛紛……
他了朋友。少婦：一丈夫因為什麼回來吃飯和已？
樣的皇軍隊：大東亞森然！他們是？
是遊皇軍隊：西他們是？
答：（妳說謝得早，大阿里阿）
（皇軍拔腳就逃）

效坎著《如此皇軍》，載 1940 年 10 月 18 日《前線日報》第 8 版刊

　　從藝術上看，吳鶴琴這部《如此皇軍》「反戰」獨幕劇，「篇幅短、容量小、出場的人物不多」，卻真正稱得上「時代的尖兵」「輕騎兵」〔註286〕。其「反戰」主題的表現，主要集中在臺詞和衝突兩方面。「在戲劇的『最純的狀態』和『永久的形式』中，臺詞真的居於核心位置，臺詞才是戲劇的根基。」〔註287〕該集中在三個日兵尤其有田的臺詞上。杭州城外一個「戰後荒涼破落」的村落中，主人公日兵有田和戰友野村的對話（臺詞）是最主要的表現手段。這裡面有他對祖國和平生活的眷戀：「嘎，這樣美麗的月夜，要是——」「要是在祖國，你想，在這樣的夜裏，我一定跟我的秋子，在那木橋上。月亮是那麼好看，這邊是豔紅的櫻花，那邊是……唉，我簡直不能回想。我們現在到底是為著什麼呀？」也有他對自己從軍選擇的反思：「嘎，從前當我做學生的時候，總覺得國家是那樣的可愛。曾經，我立下了志願：要做一個日本帝國的模範軍人，可是，這回到支那來，看透了咱們皇軍的野蠻殘酷的行為，覺得做一個日本軍人，真是莫大的羞恥。」這反思中有對日本軍閥「政治欺騙」的反感：「你想在東京的時候，報紙上那些鬼話，全是放屁。」「說什麼支那軍不用打，只要遠遠的用大炮一轟就會嚇跑了他們，到現在才知道，支那人也不是那麼容易對付的。」「放屁，全是屁話。這真是對自己的侮辱。」還有其作為人的基本理性以及對日軍現實表現的否定：「就是支那真的被征服了，難道對他們老百姓的生命財產，就可以由你隨隨便便嗎？」「我看到支那來，就誰都不講人道了。」更有現實處境及其由來的審思：「怎麼不危險？山多路不熟，他們的游擊隊一來，就像潮水一樣的；我們這幾十個弟兄，有什麼屁用？」「現在津浦線打得吃緊，昨晚連城裏那些滿州警察也全調光了。你

〔註286〕李維永：《李健吾文集：文論卷 2》，太原：北嶽文藝出版社，2016 年 5 月版，第 518～519 頁。
〔註287〕胡潤森：《戲劇元素論》，天津：天津社會科學院出版社，2000 年 8 月版，第 30 頁。

想，我們有多少軍隊好分配呢？」「這裡是浙江的門戶，他們的游擊隊，可以從這面來，也可以從那面來，叫我們幾十個弟兄把守這麼一個重要的地方，真是拿我們的生命來開玩笑。」「我想起東京驛的事變。哼！法西軍閥終有一天要毀滅的。」「嘎，我們的軍紀糟到這步田地。」「我想，我的秋子一定會有那種勇氣的，她是那樣的愛我。唉！現在這信都不許通啊！聽說是怕我們反宣傳，不過，我已經下好了決心了。」「我決心繼真崎八郎的遺志，從事反戰工作，消滅戰爭。為了世界的和平，也為了我們日本大眾的解放，我決不能和強盜搭夥。你想，我們忍心做法西軍閥的犧牲品嗎？我可不能再看下去。」正因此，有田在游擊隊面前才會「神經質」式地坦白：「我們不怪你們，我同情你們！我也絕不是中國老百姓的敵人。可是，今天我已經代替了日本帝國主義，軍閥，在你們面前，你們當然要洩恨，復仇。可是，你們別要忘記，日本有多多少少的勞苦大眾，和你們一樣的在日本軍隊的鐵蹄下，被踩躪，被摧殘，被屠殺，他們也不是你們的敵人，他們是和你們同一種命運，中國民族得到了自由，日本大眾也會得救的……」全劇三千餘字，有田這一個角色的臺詞佔了三分之一，最為集中地表現了全劇的反戰主題。當然，不能離開人物關係來理解。劇中另外兩個日兵角色，即野村和岡本，則不止是有田的襯托。前者雖有覺悟，甚至認同有田（「你是對的」）、反對岡本殺人，但終究覺得「為了自衛，我不能不開槍」；岡本（和兩軍官）在劇中的出場則同時暴露了侵華日軍滅絕人性姦淫殺掠的殘暴和恃強凌弱欺軟怕硬的怯懦。正是通過這三個日兵的剪影，作者極概略地展示了對日軍構成複雜性的認識，深化了主題。

戲劇衝突常常被看作戲劇的生命，獨幕劇也不例外。在這部極短的《如此皇軍》中，戲劇衝突的作用也頗令人回味。撇開與野村、岡本之間表面上的不一致，有田自己身上的多對矛盾在臺詞展示中形成的衝突，在該劇主題表現上發揮著不可忽視的重要作用。在他身上，戰地現實感受與和平生活嚮往，模範軍人的志願與皇軍的軍紀渙散野蠻殘酷不講人道，所處聯隊的危險處境與上級調走部隊而毫不顧及，他的反戰坦承與游擊隊員的「鬼話」判定，矛盾分明，具體可感，帶給讀者（觀眾）強有力的靈魂衝擊。

此外，《如此皇軍》「反戰」主題的表現，還得力於作者借主人公有田的臺詞，多維度多層次地為有限的「內在戲劇空間」拓展出了「外在戲劇空間」。他對跟妻子秋子月夜看櫻花的嚮往，對學生時代從軍志願的回憶，以及其反

思中對東京報紙有關中國的宣傳的審視，對東京驛事變慘劇的追述，對野村就「請回老家去」作的說明，對真崎八郎的惋惜與懷念，對中國游擊隊可能出現方位的預斷，以及他「決心繼真崎八郎的遺志，從事反戰工作，消滅戰爭」的打算，每每都延伸出一個「外在戲劇空間」，讓讀者（觀眾）的想像盡得其所。正因為如此，該劇「像一個『點』，卻又包括發展在內，人物又有厚度，又要通明」〔註288〕。有田的個人性格的發展歷歷可感，其形象的厚度自然生成，整體「通明」，給人無強烈無比的真實感。這戲劇空間的藝術創造，極大地豐富了劇本主題內容，拓展了劇本表現力，將劇本的展示功能，也即反戰宣傳功能，發揮得淋漓盡致。

總之，儘管在當時為數不少的日兵反戰文學創作中，吳鶴琴這部《如此皇軍》似乎並不起眼，也不曾像後來布德的日兵反戰小說《第三百零三個》被收入相關文集，但回到抗戰歷史情境，我們仍不能不感佩，作為復旦學生的作者對日兵的人性審視所彰顯的理性之通明，何其難能可貴！

二、教師作家的文學活動

（一）靳以：創作為師，編輯是範

重慶復旦作家中雖然教師作家不止一位，但真正從事白話語體的新文學創作的人並不多，其中與復旦緣分久長、於新文學用心用力最多、創作成果最豐碩，與學生作家接觸最密切對學生關心最切、影響最大的，當數章靳以。

靳以（1909～1959），原名章方敘，字正侯，天津人。筆名章依、靳以、陳涓、陳欣、方序、蘇麟、蘇凌、舒凌等。1927年考入預科，次年升入國際貿易系學習商科，1932年畢業後開始職業文學創作，1933年起與鄭振鐸等人籌辦並於1934年正式創刊《文學季刊》，並編出「副刊」《水星》，遭查禁後又於1936年6月與巴金編輯《文季月刊》作為《文學季刊》的復刊，再遭查封後又與巴金編輯《文叢》月刊，全面抗戰暴發後與《文學》、《中流》、《譯文》四家雜誌社聯合創辦《吶喊》於1937年8月22日創刊，後因被租界巡捕查禁而更名《烽火》，被人稱為「中國文藝雜誌的第一個好編輯」〔註289〕；

〔註288〕李維永：《李健吾文集：文論卷2》，太原：北嶽文藝出版社，2016年5月版，第518～519頁。

〔註289〕劉蒼平：《文壇軼話：靳以兄弟面貌酷似》，載《大千世界畫報》1949年第1卷第1期。

1938 年 10 月受聘重慶復旦任教前，已發表了不少新詩和小說作品，並已出版了《聖型》(1933)、《群鴉》(1934)、《蟲蝕》(1934)、《青的花》(1934)、《珠落集》(1935)、《黃沙》(1936)、《秋花》(1936)、《遠天的冰雪》(1937)等短篇小說集，和散文集《貓與短簡》(1937)、《渡家》(1937)、《沉默的果實》(1937)、《霧及其他》(1938)等，蜚聲文壇，既因其作品多為青年男女戀愛題材又富於浪漫色彩而「頗逗青年讀者愛」〔註 290〕，也為其「能夠同情於可以推動歷史進展的這一支偉大的勢力」，「還能夠把握住現代」〔註 291〕，而引起左翼陣營的關注，「在南北兩個文化中心上以小說快手和編輯大家馳名」〔註 292〕。

實際上，對靳以而言，文學才是他的事業。受聘內遷重慶的母校復旦大學去教中國文學，在他是「一種對自己無益對別人也沒有好處的事」，他感覺自己「像一些偽善者一樣站在講臺上」〔註 293〕，實在是為維持生計而不得已的事。受聘復旦任教，解決了他作為「文丐」維持生計的基本經濟來源，以及住所問題——初到重慶，寄居二弟章功敘重慶村家中，到菜園壩校區上課（「每去教書一小時，要坐兩小時的車」，在那裡結識了在復旦兼課的新月派女作家方令孺，不久還見到了從香港來的孫寒冰）；第二學期即搬到復旦大學所在地黃桷樹鎮，「被安頓在王家花園的一間小小的招待室裏」〔註 294〕。據他回憶，在剛接到去復旦大學任教的邀請時，「由於我的虛名，他們要我去教中國文學。當時我沒有一口就答應下來，首先我心虛，不知拿什麼去教別人；其次也因為我們一貫看不起教授，有著這樣的錯覺：別人用生命來從事創作，他們卻靠別人的創作來吃飯，把自己養得好好的，過著優越的生活。可是生活緊逼在面前，使我再不能猶疑不決了，我只好硬著頭皮，犧牲了自己『高貴的理想』，開始自己所不情願的工作。」「在我的生命中，這是一個極大的轉折點，使我從一個人，投身到眾人之中，和眾人結合成一體了。」「我覺得我沒有什麼，沒有什麼可以教給他們的，我是向他們學習。這個思想，說起來

〔註 290〕楊之平：《讀靳以》，載《實報半月刊》1936 年第 23 期，第 58 頁。

〔註 291〕《作家逸話：靳以》，載《大光圖書月報》1936 年第 1 卷第 2 期，第 14 頁。

〔註 292〕楊義：《中國現代小說史》第二卷，北京：人民文學出版社，1988 年版，第 645 頁。

〔註 293〕靳以：《我怎樣寫〈前夕〉的》，見《靳以選集》第二卷，四川人民出版社，1983 年 4 月版，第 469 頁。

〔註 294〕靳以：《從個人到眾人——我怎樣從一個文學工作者成為一個教育工作者》，見《靳以選集》第五卷，四川人民出版社，1984 年 9 月版，第 574～575 頁。

還是從老托爾斯泰得來的。我以真空的心胸開始我的新工作,抹去了我的自高自大,還有其他一些不切實的成見。」〔註295〕

靳以到重慶復旦大學後一切剛剛安頓下來,就寫了一篇短文《我又回來了》,以精練的語言,飽含深情地坦言:「一切距離了先前的有千萬里的路程,這不容我不沉思,於是我想到這個學校,相同我們整個民族已經走了多麼長、多麼艱苦的一條路程。」「路途是漫長的,我們已經都走過來了,而今安頓下來,像往昔一樣的生活著。但是我們不能為了眼前的安逸,就忘了這些時日的苦辛,駄了我們的大地,也駄著我們弟兄的屍身和敵人的鐵蹄;滾著急流的長江,到下游就混了同胞的熱血,山川是我們的證人,日月用焦灼的眼逼視著我們,他們都不容我們就此下去的。」並極其真誠地表達自己的決心:「先死者呈獻了他們的血肉,我們該秉持長久的不屈不息的精神。或許有一天,我們也倒下了,那我們也是盡了守護大地的母親的責任。」「如果我們看不見花,我們都該變成種子,要更年青的人得以採擷自由解放的花朵。」〔註296〕這無疑是當時復旦師生共同的心聲。靳以正是以這樣的赤誠,開始了他在復旦的教育教學工作,給予復旦學生遠不止於中國文學的生命教育。

然而,或許是自己在學生時代愛上文學並最終走上以文學為業的道路的人生經歷使然吧,抗戰期間靳以兩次受聘復旦任教的近6年中,對復旦青年學生的文學引領和培養,使其教學生涯與其他文學事業結合得更加和諧了。靳以1923年入南開中學就讀,在初中國文老師張弓的啟發、引領下愛上文學,1925年加入南開的新文學團體「南開中學文學會」並於1926年初當選該會出版股幹事,參與會刊《綠竹》的編務,還協助曹禺等人的「玄背社」在南開中學語文教師姜公偉主持的《庸報》上編輯副刊《玄背》。1926年12月11日完成一千餘字的處女作小小說《桂花香時》,發表於1927年1月出版的《南中週刊》第16期。在復旦上學期間,又以學生身份在上海復旦大學中國文學科編輯的《青海》雜誌第一卷上署名章依發表《朋友,再擎起一杯葡萄酒》(1928年第4期)、《我的哀曲》(1929年第6期)等新詩,在魯迅主編的《語絲》上發表了《明天啊,明天》(1928年第4卷46期),和《毒了的玫瑰》、

〔註295〕 靳以:《從個人到眾人——我怎樣從一個文學工作者成為一個教育工作者》,見《靳以選集》第五卷,四川人民出版社,1984年9月版,第574~575頁。
〔註296〕 靳以:《我又回來了》,載《復旦大學校刊》1939年元旦復刊號,第22頁。

《曾經有一個時候呵》（第 5 卷第 31 期），《寄——》（第 5 卷第 43 期）、《憶——》（第 5 卷第 45 期）等新詩。簡言之，靳以的編輯生涯，可追溯至南開中學初三年級十五歲那年參與編輯小刊物《綠竹》、《玄背》，既是撰稿人，也是編輯人，而魯迅、姜公偉等師長前輩的「提攜」，讓他對於青年學生文學成長的道路上教師哪怕只是一句鼓勵所起作用的重要性，有著最深切的體會。正是出於這種切身體會，他自初到菜園壩上國文課之時起，就開始對復旦青年學生中的愛好文學者予以最大的支持、引領和培養。

　　靳以在課堂上的文學講授（包括對學生優秀文學習作如方應蓮的《燈》的點評），是他對復旦學生的最正式的文學引導。據陳子展《關於大學中國文學系的建議和意見》一文記載，靳以在復旦開過抗戰文藝及其習作、現代詩與散文選及習作、短篇小說習作三門課〔註 297〕。再據中國第二歷史檔案館藏《國立復旦大學分院分系必修選修科目表》（二十九年修訂）、《國立復旦大學文學院中國文學系三十三學年度第二學期科目表（三十四年春季）》（全宗號 5，案卷號 5712），靳以在復旦開過現代中國文學討論及習作、小說戲劇選及習作兩門課。他「是從高爾基、魯迅的作品中取得戰鬥的精神，再加上自己所經歷的一些具體例證」，「從一些作品中給同學們一些分別善惡的啟發，有時分析一些具體的事件，使他們知道應該站在哪一面」〔註 298〕；他「和同學們在課室附近的竹林中漫談文學」〔註 299〕，甚至直接以江邊的壩子為課堂〔註 300〕。在靳以所培養的復旦學生作家中，詩墾地社的發起人和骨幹姚奔，無疑是最突出的一個。姚奔曾在回憶中寫道：「靳以是我在復旦大學讀書時的國文老師，也是我學習詩歌創作的引路人。」「早在三十年代我在北平讀中學時，就知道靳以這個名字，開始讀他的一些作品和他編的文學刊物。他和鄭振鐸合編的《文學季刊》、和卞之琳等合編的《水星》、和巴金合編的《文季月刊》，我幾乎每期都讀。……就是這些刊物培育了我對文學的愛好，直到拿起筆來學習寫作。」「這年（1939 年——引者注）秋季我考進復旦大學新聞學系，入

〔註 297〕陳子展：《關於大學中國文學系的建議和意見》，載《國文月刊》第 65 期，1948 年 3 月出版。

〔註 298〕靳以：《從個人到眾人——我怎樣從一個文學工作者成為一個教育工作者》，見《靳以選集》第五卷，四川人民出版社，1984 年 9 月版，第 577 頁。

〔註 299〕靳以：《從個人到眾人——我怎樣從一個文學工作者成為一個教育工作者》，見《靳以選集》第五卷，四川人民出版社，1984 年 9 月版，第 576 頁。

〔註 300〕寒：《夏壩近訊》，載 1945 年 12 月 13 日《時事新報》。

學後我不但選讀他的國文課，還選他作我的生活導師，……他選的教材大都是新文學作品，他講課不只是乾巴巴地傳授知識，而是以自己的鮮明愛憎和思想感情感染學生，有時講到激動處，臉會漲得更紅。他非常崇敬魯迅先生，在為魯迅送葬中，他是抬棺的青年作家之一。在魯迅逝世三週年時，他選了一首悼念魯迅的詩《一個高大的背影倒下了》作教材，他在課堂上朗讀這首詩時，聲音都有些顫抖了。講到魯迅偉大的人格和戰鬥精神時，他特別指出魯迅的一生是肩住了黑暗的閘門，把我們放到寬闊光明的地方去，『吃的是草，擠出的是奶』那種無私的寬闊胸懷和奉獻精神。」〔註301〕偉大的文學往往是生命的偉大表現。靳以對姚奔的影響遠遠不只在文學上，而且更在人生發展上。就在姚奔考進復旦新聞學系後仍不免於青年的苦悶、彷徨之際，靳以用一則手記告誡他：「不要惋惜過去，要緊緊地抓住現實，創造光明的將來。」這道手跡姚奔珍藏了一生。

　　作為一位鍾情於新文學、以新文學為事業的作家，靳以在復旦任國文教師期間對學生的指導引領也頗富文學色彩。這在他為學生作文寫的評語上有獨特鮮明的表現。選修過靳以為新聞學系開的國文課的陳根棣回憶，靳以為他在第一次課堂上完成的作文《我為什麼要當新聞記者？》寫的評語為：「目標清楚，志願宏大，希望努力向前，我們永遠都互望著，鞭策著。」其中詩意盎然的「我們永遠都互望著，鞭策著」，極大地鼓舞了他，「不僅因為自己的理想和奮鬥決心得到了傾心敬仰的師長的肯定與勉勵，更因為從此得到了一位『永遠都互望著、鞭策著』的熱誠、忠貞而智勇的戰友，這將給我人生征途上的馳突轉戰增添多大的信心和勇氣啊！」〔註302〕靳以還把作文評閱和跟學生的接觸交談相結合，以洞悉學生的精神世界，以便做出更有針對性的建議性指導。他在陳根棣之後的作文《冬天的故事》卷末評道：「我們無法救那些活不下去的，我們只有扶持那些有活力而不得活的人。」〔註303〕他為陳根棣敘寫自己與貧窮「癟三」夥伴們一起靠從事「張飛推孔明」掙微薄小費以維持生計的經歷的作文《感人的故事》批了九個大字：「我尊敬你的生活的經

〔註301〕姚奔：《悠悠歲月　懷念綿綿》，見章潔思《曲終人未散：靳以女兒眼中的名人父親》，東方出版社，2009年8月版，第14頁。

〔註302〕陳雲庵：《滄海一粟　九旬奇翁憶往錄》，上海：復旦大學出版社，2018年版，第182頁。

〔註303〕陳雲庵：《滄海一粟　九旬奇翁憶往錄》，上海：復旦大學出版社，2018年版，第184頁。

驗。」陳根棣從中體會到,「這九個字意義豐富深長。他顯然特別看重作文中的生活經驗,特地用上『尊敬』二字。這不但是對文中特定生活經驗的尊重,而且延伸及於對一切生活實踐的推崇。聯繫到他平日常常用魯迅先生關於『路』的話來勉勵我,諸如『其實地上本沒有路,走的人多了,也便成了路』、『什麼是路?那是人們從荊棘中踐踏出來』等,批評中的勖勉我努力生活實踐,以提高認識水平和改造社會的能力的意識,就呼之欲出了。」〔註304〕這些評語無不透著真正的作家所特有的真誠,以真誠特有的力量激勵著、鼓舞著、指引著學生。另一位學生也董兵有類似的回憶:「進復旦後接觸章老師的機會多了。接觸最多的時間算是上課。……他不苟言笑,但講課總是侃侃而談,像磁石一般吸引著我們學生。……//章老師講課不僅分析精闢、語言生動,而且細緻批改作文。我寫了幾篇作文,有一篇結尾大意是這樣:『雞啼叫了,黎明到來是不會遙遠的。』此文,表達了我對解放的渴望。章老師為此寫了鼓勵性評語,使我終生難忘。這些評語猶如真理的種子撒落在年輕人的心田。」〔註305〕

　　靳以作為著名的作家和編輯,他在復旦任教期間從事的文學編輯活動及文學創作的實踐,無論是其作為編輯的原則性與寬容,還是其作為作家的堅貞與赤誠,都直接對復旦學生作家的文學創作和編輯活動做出了極有力的榜樣,所起到的師範培育作用,更是絕不能忽視的(詳見本章第三節)。

　　靳以在教學、編刊的同時,沒有落下他作為一個作家的初衷。對於文學創作,「他強調一個作家首先要是一個人,如果人品不好,即或能寫出一些較好的作品來,也不能算是一個好作家。他常說一個作家要愛護自己的羽毛,自重自愛,不能自毀。」〔註306〕他本著這樣一種嚴肅的創作態度,勤奮貢獻了數量頗豐的文學作品。他不僅在《文群》上啟用新的筆名蘇麟發表了1939年開始構思並付諸筆端的《人世百圖》系列雜文,又用筆名靳以、方序發表了小說、詩歌、散文以及傳記等約五十篇作品,還完成了長篇小說《前夕》(1938~1941)、中篇小說《春草》(1945),出版了短篇小說集《血的故事》

〔註304〕陳雲庵:《滄海一粟　九旬奇翁憶往錄》,上海:復旦大學出版社,2018 年版,第 186 頁。

〔註305〕董兵:《憶靳以師》,見《靳以影像》,上海:上海文化出版社,2009 年版,第 135 頁。

〔註306〕姚奔:《悠悠歲月　懷念綿綿》,見章潔思《曲終人未散:靳以女兒眼中的名人父親》,東方出版社,2009 年 8 月版,第 14 頁。

（1939）、《遠天的冰雪》（1939）、《洪流》（1941）、《遙遠的城》（1941）等，和散文集《火花》（1940）、《紅燭》（1942）、《鳥樹小集》（1943）、《人世百圖》（1943）、《沉默的果實》（1945）等。

在復旦作家群中，詩墾地社的年青詩人們最得靳以欣賞，也得到了他最多的教導和支持。遠在福建的靳以自得知詩墾地社籌辦起就「及時給予了的大力支持，為這本刊物能夠取得合法的登記證並籌得必要的經費，他分別寫信請留在重慶的朋友們幫忙」〔註307〕。正是這種無可替代的鼓勵和支持，讓姚奔等人戮力前行。在詩墾地社成立後，與當年姜公偉讓他和曹禺等人在《庸報》上編輯副刊《玄背》一樣，靳以先是《文群》有時成為這幫年青詩人們的作品專輯，後來更是欣然每月把《文群》版面讓出兩期給他們編成《詩墾地》副刊。——「1941 年暑假，我和鄒荻帆、曾卓、冀汸、馮白魯等發起籌辦《詩墾地》社，準備出版「詩墾地叢刊」，我們寫信告訴靳以，他立即回信支持我們。待《詩墾地》第一輯出版後，他又寫信來祝賀詩刊的出版，還鼓勵我們要把刊物辦好。後來因為各地和解放區來稿逐漸增多，《詩墾地》是不定期刊物，許多好詩得不到及時發表，我們就想另外開闢個園地，隨即寫信和靳以商量，請他把《文群》版面每月讓給我們兩期出《詩墾地》副刊。他很快就回了信，表示欣然同意，這樣《詩墾地》副刊於 1942 年 2 月初在《國民公報》上和讀者見面。」〔註308〕靳以還幫忙在《現代文藝（桂林）》1941 年 10 月 25 日出版的第四卷第一期第 4 頁刊登了《詩墾地》創刊號的廣告，說是「十月廿五日出版」，目錄列了曾卓的《母親》等 11 首詩。《詩墾地》副刊從 1942 年 2 月 2 日創刊，到 1943 年 5 月 29 日終刊，共計 25 期，成為詩墾地社的詩人們除「詩墾地叢刊」之外的最主要的活動陣地，他們在上面發表了大量作品，其中不少在當時就產生了很大影響，有的還被選入了當時和後來編輯的抗戰詩選集。詩墾地社的曾卓、冀汸、綠原等人的文學活動，據他們自己說，即是在《文群》上正式開始的〔註309〕。憑藉《文群》這小小的文學園地，靳以培育了大批的文學新人，包括建國後輟筆而長期被詩壇遺忘的姚奔等人，以及 1942 年 6 月因病早逝於西北的李滿紅。靳以「他留在中國新文學壁壘中的業績，

〔註307〕冀汸：《四十週年祭——紀念靳以先生》，載《新文學史料》，2000 年第 2 期。

〔註308〕姚奔：《悠悠歲月　懷念綿綿》，見章潔思《曲終人未散：靳以女兒眼中的名人父親》，東方出版社，2009 年 8 月版，第 14 頁。

〔註309〕南南：《〈文群〉副刊》，見《從遠天的冰雪中走來——靳以紀傳》，山西人民出版社，1999 年 10 月版，第 102～105 頁。

應該說也有『文群』一角的成分在內。」〔註310〕

後來以《懸崖邊的樹》等詩作聞名於當代詩壇的曾卓，是重慶復旦中學高中畢業後考上中央大學前在復旦任小職員期間加入詩墾地社的，但他對靳以的敬仰和靳以對他的培育更早。曾卓是這樣深情地回憶的：

因為，靳以先生是我正式結識的第一位作家，也是引導我走進文壇的第一位編輯家。

當時我還是初中學生，開始接近文學時，就讀過他的一些作品，現在記得起來的是，現代書局出版的《聖型》，生活書店出版的小說集《春的花》（應為《青的花》——引者注）……他編輯的雜誌《文學季刊》、《文季月刊》、《文叢》，我都曾經收藏。我也知道，他和巴金、曹禺是很好的朋友，所以，對於他，我是懷著敬仰之情的。

1938年夏，抗日戰爭第二年，我從故鄉武漢流亡到重慶，進了復旦中學高中部。這所中學的董事長康心之也是重慶《國民公報》的董事長，所以學校的閱覽室和報欄上都陳列著這份報紙。我注意到這份報紙還有一個原因，它的文藝副刊《文群》的編輯是靳以先生。《文群》每週二、四、六刊出，篇幅不大，上面經常有名家的作品。在重慶各家報紙的副刊中，除《新華日報》的副刊外，它是比較突出的。

我是《文群》熱心的讀者。……一九三九年元月，期終考試的前夕，為了送一位名叫譚南的女同學去延安，我在激動的心情中寫了一首題名《別》的小詩，想到不妨投寄到《文群》試試。我是沒有抱什麼希望的。沒想到不久後就刊出了，因而感到意外的驚喜和激動。從此誘發了我創作的激情。我又寫了一首題名《元宵夜》的詩寄去，也很快就刊出了。以後，我就成了《文群》經常的投稿者，除詩以外，也還有一些散文。有的稿件，靳以先生作了修改和刪節。他將《文群》的單頁按期寄我，有時還寄我短信對我的作品誠懇地提出意見。

一九三九年的秋季開學後不久，有一天下午，我正在操場上打籃球。有一個同學起來告知有一個人到宿舍裏找我。我問那人姓什麼，他說沒有問，是一個「大人」。我急急忙忙向宿舍跑去。同時想

〔註310〕倪墨炎：《民國時期圖書審查制度的演變》，見《現代文壇災禍錄》，上海書店出版社，1996年12月版，第154～168頁。

著是哪一個「大人」來找我呢？到宿舍，看到一位微胖、面色紅潤、戴著眼鏡的先生坐在我的床邊。是我不認識的。他用普通話問：「你是曾卓？」我點點頭，並打量著他。他說：「我是靳以。」這真使我大為驚喜，一時竟不知說什麼好。再低頭一看，背心短褲，渾身大汗，頗為窘迫。他當理解了我的不安，讓我在他旁邊坐下。告訴我他是到《國民公報》看總編輯姜公偉，因復旦中學就在附近，順便來找我的，他簡單地問了問我的情況，當我零亂地答覆時，他一直微笑地看著我。周圍站著幾個同學，不時插幾句有關我的話，他坐了不久就走了。我在一些同學的注視下頗為得意地送他向校門口走去，回到宿舍後還一直在興奮的心情中。

推算一下，那年靳以先生是三十歲。

《文群》是我正式從事寫作的起跑線。這個副刊上知名作家的作品很多。而靳以先生以寬容的態度對待我這樣一個中學生的習作，給予了扶植、鼓勵和指導。如果不是這一次機緣，我不知道以後會不會走上文學的道路，至少也會推遲幾年吧。靳以先生也並不是對我一人如此，《文群》上面還出現過別的一些新的作者。靳以先生在我投稿後不久，還主動來看我，即使如他所說是順便吧，那情誼也是令我終身難忘的，而且對我起到了強大的鼓舞作用。……是的，在我，他是一位永遠值得紀念的可敬可親的老師，是為我打開文壇之門的老師。〔註311〕

後來成長為七月派著名詩人、復旦1942級史地系學生，在《國民公報》副刊《文群》發表第一首詩《榴花之歌》的冀汸，曾這樣回憶靳以對於他個人的文學道路的影響：「我是從寫詩開始學習文學創作的。寫了詩，就向當時我所能讀到的大小報刊投稿。寄出的稿子，絕大多數是泥牛入海；好一些的編輯部則是退稿了事；再好一些的加附一張印刷品：『大作經研究，不擬發表……』，結尾總有一句極客氣的話：『本刊希望得到您的大力支持。』在投稿接觸的編輯中，只有三位例外，一位是胡風先生，一位是靳以先生，一位是音樂刊物《樂風》的主編繆天瑞先生。他們不嫌棄年輕人寫得幼稚，每一篇稿子都給一個著落；假若退稿必有覆信；即使寥寥數語，也是肯綮之言，

〔註311〕曾卓：《懷靳以》，見《曾卓散文選》，上海文化出版社，2003年版，第154
　　　　～156頁。

對於學習寫作有著發酵作用。日子長了，就漸漸超出了編輯人與投稿者的一般聯繫，自然而然地建立起亦師亦友的親密關係。」1944 年秋新學期開始，「我和綠原已是三年級的學生，都不聽他的課。因為我們是學習文學創作的文藝學徒，他依然是我們最接近的老師。這種泛師生關係，遠比聽他講課的學生和他的交往頻繁得多，也親密得多。他談作品，談寫作，卻從不談文藝理論問題，更不涉及當時有爭議的問題。他是憑一個作家的藝術良心評價作品，並通過作品直接認識作者本人的。」〔註312〕冀汸自然也永遠不會忘記靳以對詩墾地社一群年輕文學「小學徒」的傾力支持：

> 早在 1940 年，一群團結在靳以先生周圍的愛好文藝的學生，以姚奔為首，就出了幾期大型文藝「壁報」（牆報）《文藝墾地》；這時候，仍是姚奔提出創辦詩刊《詩墾地》。吃「貸金」的窮學生，既無資金，又無門路，想在國民黨政府文化專制政策的銅牆鐵壁上鑽一個小窟窿透透氣，想在死氣沉沉的文苑發出一聲「初生之犢」的吶喊，談何容易。幸運的是，這個倡議立刻得到了靳以等老師和許多早年畢業的校友們的支持、贊助。靳以先生雖然已經離開四川，仍然擔任著重慶《國民公報》副刊《文群》的編務。他定期讓出一期《文群》的版面作為《詩墾地》副頁，讓校園內的牆頭詩有機會走向社會和廣大讀者見面。這群詩人的成長得到了先生最有力的支持。這是過去沒有，今後也不會再有的事。〔註313〕

在與冀汸同年考入復旦就讀外文系、後來更是被譽為七月派詩歌重鎮的詩墾地社成員綠原的記憶中，「靳以先生是我的前輩，他對青年作者的愛護和親切是令人難忘的。他對我的習作沒有提過什麼意見，只是鼓勵我多寫，寫了就交給他發表。」〔註314〕1944 年 5 月中旬，綠原因未去「中美合作所」報到而被「暗令通緝」之際，也是靳以通過冀汸通知他，他才得以化名避往川北嶽池新三中學任教的。〔註315〕

〔註312〕冀汸：《四十週年祭——紀念靳以先生》，載《新文學史料》，2000 年第 2 期。
〔註313〕冀汸：《血色流年》，見《靳以影像》，上海：上海文化出版社，2009 年版，第 133 頁。
〔註314〕綠原：《〈人之詩〉自序》，見張如法編《綠原研究資料》，知識產權出版社，2009 年版，第 58 頁。
〔註315〕參見曉風的《我與胡風》下冊第 563 頁，和綠原的《綠原文集（第四卷）》第 20 頁《靳以先生二三事》。

1944 年，靳以再次受聘回復旦任教後，文學窗社的牧雲、石懷池、田家（即曾島）、廖永祥、黃楠等人繼續得到他的培育。1945 年 7 月 20 日石懷池、顧中原、王先民三人不幸溺斃於嘉陵江，冀汸等人將石懷池生前的撰述搜集整理成《石懷池文學論文集》，靳以沉重而悲憤地寫了《不朽的生命》作為序。

令學生作家們在文學道路上感到親切、溫暖的，還有靳以利用被聘為復旦課餘讀書會、抗戰文藝習作會、文藝墾地社、詩墾地社等學生文藝團體的指導教授身份進行文學指引。他與端木蕻良、梁宗岱、胡風、老舍和陳望道等人一起出席學生文藝社團舉辦的座談會、講演會和討論會等。此外，靳以還給學生辦的文藝壁報《文藝墾地》寫過稿件，與方令孺一起為學生黃潤蘇、徐蘊茹等修改新詩、小說習作。

即使是在 1941 年 8 月被教育部無理解聘而遠走福建任教於福建師專的兩年多里，靳以也不曾中斷過與復旦學生的聯繫。在福建永安接替王西彥主編《現代文藝》雜誌後，詩墾地社年輕人的詩作也頻頻見載於這本雜誌。如接編後的第一期即 1942 年 1 月 25 日出版的第 4 卷第 4 期，就設「詩選」欄發表了鄒荻帆的《風雪篇》、姚奔的《浪花集》和曾卓的《院落》，後面該欄還刊發了鄒荻帆的《寫在聖誕節前夕》和《透明的土地》、冀汸的《迎著這一天》、李滿紅的《失去鐵軌的火車頭》、《滿紅遺詩選》、姚奔的《在初夏的夜晚》、綠原的《讀〈最後一課〉》和《工作》等，還在「散文」欄發表了曾卓的散文《友情底路碑》。此外，還將詩墾地社年輕人的詩作結集編入「現代文藝叢刊」出版，如姚奔的《給愛花者》（1942 年 12 月），還編入了布德的小說《赫哲喀拉族》（1942 年 11 月）。

文學是靳以與復旦學生之間的主要聯繫紐帶，許多復旦學生在他的影響和支持下開始文學創作或獲得了更大的文學活動空間，取得了不菲的成績，在中國現代文壇上發光放彩。

（二）梁宗岱：商籟與蘆笛風裏的堅守與回歸

梁宗岱（1903～1983），現代早期象徵派詩人。1921 年應茅盾、鄭振鐸邀請加入「文學研究會」。1924 年在商務印書館出版新詩集《晚禱》而有「中國的拜倫」之譽稱。同年秋赴歐洲留學，遊歷瑞士、法國、德國、意大利多國多所大學，結識了法國羅曼·羅蘭和象徵派大詩人保爾·瓦雷里，還譯介陶淵明、李白等的詩。1931 年秋回國後，歷任北京大學法文系主任和教授、清華

大學講師、南開大學英文系教授、復旦大學外語系主任和教授,業餘致力於
詩歌的翻譯和理論研究,1934～1936 年間出版了《詩與真》、《詩與真二集》
兩本詩論,既總結自己的創作實踐經驗,也探索中國新詩的出路。還與羅念
生合編過《大公報》副刊《文藝·詩特刊》。全面抗戰爆發,原擬從軍報國,
後於 1938 年春應聘到西遷重慶落腳北碚的復旦大學任外文系教授。其間,先
寓居北溫泉「琴廬」,與稍後來的趙清閣比鄰而居;1940 年春初,沈櫻與趙清
閣又在北碚鎮汽車站旁合租了一幢二層新樓房,沉住一層,趙居二層;後為
方便授課,1941 年夏遷居黃桷樹鎮新建復旦教授宿舍。1941 年 5 月接替伍蠡
甫任外文系主任。後因堅持外文系新生入學的英文標準應為七十分、中文系
可為六十分而與趙宋慶發生爭執〔註 316〕,又不願接受國民黨委任官職,於 1944
年 7 月 31 日致信吳南軒請辭,同年冬正式辭去復旦大學教職,隱居廣西百色。

　　重慶大學的袁繼鋒把梁宗岱的文學生涯大致分為四個時期。第一,求學
及創作初期(1917～1924～1931)。出版新詩集《晚禱》(1924)、中譯《水仙
辭》(1928)、法譯《陶潛詩選》(1930)及《論詩》等詩論,基本確立自己的
文學追求並在詩歌創作和文學翻譯方面建立初步成就。第二,創作成熟期
(1931～1937)。1931 從歐洲回國後,歷任北大、清華和南開教職,遊歷日本,
編輯天津《大公報》的《詩特刊》,發表《象徵主義》、《談詩》、《新詩底十字
路口》、《論崇高》等在新詩寫作及研究史上具有重要意義的詩論及專著,出
版譯詩集《一切的峰頂》(1936)和「蒙田試筆」21 篇(1936 年《世界文庫》
第 7～12 冊),在國內「一時無兩」,不僅引領時代詩歌新潮和話題,成為中
國象徵主義創作和譯介的先驅人物。第三,創作頂峰和轉型期(1938～1944)。
1938 年初應聘任重慶復旦大學外文系教授,秉持文學本位,發表《論詩之應
用》、《談抗戰詩歌》、《談朗誦詩》、《求生》、《勝利底條件》、《屈原》、《莎士比
亞的商籟》、《試論直覺與表現》等詩論,和「試論中國學術為什麼不發達」的
《非古復古與科學精神》長篇論文,發表商籟體〔註 317〕新詩《我們並肩徘徊

〔註 316〕彭裕文、許有成:《臺灣復旦校友憶母校》,上海:復旦大學出版社,2003 年
　　　　　9 月版,第 396 頁。
〔註 317〕劉志俠校注、中央編譯出版社 2006 年 12 月版《詩與真續編》中附錄「商
　　　　　籟」六首,注明「一九三三～一九三九年作」,若以第一句為題,第一首《幸
　　　　　福來了又去:像傳說的仙人》最早見刊於 1935 年 11 月 22 日《大公報》副
　　　　　刊《文藝·詩特刊》第 47 期;第六首《孤寂的大星!你在黃昏底邊沿》最
　　　　　早見刊於 1936 年 2 月 14 日《大公報》副刊《文藝·詩特刊》第 93 期,又
　　　　　載同月 23 日《盛京時報》第 5 版;第四首《我摘給你我園中最後的蘋果》

在古城上》（1939.8.27）、《多少次，我底幸福，你曾經顯現》（1939.9.24）、《我摘給你我園中最後的蘋果》（1941.3.31）、《人底險惡曾竭力逼我向絕望》（1941.3.31）等，出版舊體詩詞創作集《蘆笛風》，出版《羅丹論》、《蒙田試筆》、《浮士德》、《交錯集》等譯作。第四，棄文從醫與創作晚期（1945～1983）。從 1944 年冬回廣西，逐漸疏離文學創作和翻譯，與教育家雷沛鴻合辦西江學院，1956 年被廣州中山大學聘為法語專業教授，1962 年寫《論神思》、《怎麼認識于連這個人》，後又重譯《浮士德》上卷、《莎士比亞十四行詩》，還有少量舊體詩創作，但主要活動是研製開發中草藥抗生素綠素酊。袁繼鋒還將迄今為止的梁宗岱文學研究大致概括為兩類：一類是梁宗岱與成仿吾、梁實秋、朱光潛、卞之琳、柳鳴九、彭燕郊等論敵或師友的評論文字，另一類是孫玉石、溫儒敏、李振聲、董強、黃建華和劉志俠等後來的研究者之不同角度的研究和闡述，其中劉志俠和盧嵐在《青年梁宗岱》、《梁宗岱文蹤》等研究中貢獻了新材料和獨特視角。這兩類研究中，皆未專門論及任教重慶復旦時期的抗戰時光裏梁宗岱的文學活動及其對復旦學生作家文學活動的影響。而作為復旦教師作家的梁宗岱，他抗戰時期的文學活動和文學創作理念的轉型，上承他求學時期確立起來的文學觀，發展到「一切的峰頂」；下啟其「棄文從醫」的人生大轉折，無疑是值得重視的。

　　梁宗岱任教重慶復旦期間的文學活動，校內校外都不勝察舉，且看他公開發表的作品：

1. 1938 年 7 月 25 日，修改 1936 年 12 月 26 日夜所作抗戰歌曲《戰歌》，馬思聰譜曲，首刊《戰時藝術》1938 年第 2 卷第 4 期，次《戰歌（紹興）》1939 年第 1 期。

2. 1938 年 9 月 2 日，作詩論《論詩之應用》，初刊 1938 年 9 月 14 日《星島日報‧星座（香港）》第 45 期。

3. 1938 年 9 月 4 日，作詩論《談抗戰詩歌》，初刊 1938 年 9 月 21 日《星島日報‧星座（香港）》第 52 期；再刊 1939 年 1 月 2 日《文藝月刊‧戰時特刊》第 2 期。

4. 1938 年 9 月 29 日，作詩論《談朗誦詩》，初刊 1938 年 1 月 11 日《星島日報‧星座（香港）》第 72 期。

刊於 1942 年《學術季刊：文哲號》第 1 期時有落款：「一九四一‧一‧於嘉陵江畔」。

5. 1938 年 10 月 2 日，作詩論《求生》，初刊 1938 年 10 月 15 日《星島日報·星座（香港）》第 76 期。

6. 1938 年 12 月，作《勝利底條件》，初刊 1939 年 1 月 15 日《星島日報·星座（香港）》第 167 期。

7. 1939 年，商籟體新詩《我們並肩徘徊在古城上》，刊《宇宙風》1940 年 2 卷 2 期。

8. 1941 年 1 月，商籟體新詩《我摘給你我園中最後的蘋果》，載《學術季刊》1942 年 1 卷 1 期

9. 1941 年 3 月 1 日，譯作《貝婷娜》（羅曼·羅蘭著），刊《學生之友》1941 年第 2 卷第 3 期。

10. 1941 年 3 月 4 日，於嘉陵江畔寫成論文《非故復古與科學精神：試論中國學術為什麼不發達》，刊《學術季刊：文哲號》1942 年 1 卷 1 期。

11. 1941 年 5 月 14 日，完成詩論《屈原論——為第一屆詩人節作》，廣西華胥社 1941 年 5 月出版；又刊《大中國》1942 年 1 卷 3 期；還曾分節連載於《時事新報（重慶）》、《大公報》的重慶版和桂林版、《大中國（重慶）》等報刊。

12. 1941 年 3 月 18 日，於嘉陵江畔校編完譯作《交錯集》（收小說、神話故事、劇本 8 篇，里爾克等著），廣西華胥社 1943 年出版。

13. 1942 年，校譯作《歌德與悲多汶》（羅曼·羅蘭著），廣西華胥社 1943 年 2 月出版。

14. 1943 年，校譯作《羅丹》（〔奧地利〕里爾克著），重慶正中書局 1943 年出版。

15. 1943 年 7 月，創作詞《鵲踏枝（和陽春六一詞）》十二首，刊《民族文學》1943 年 1 卷 1 期。

16. 1943 年 8 月～10 月，譯詩《莎士比亞的商籟》，前 30 首分 3 期連刊於《民族文學》1943 年 1 卷第 2～4 期，第 31～41 首刊 1944 年《時與潮文藝》第 4 卷第 4 期。其中，《民族文學》1943 年第 2 期譯詩前有可視作獨立論文的譯者導言，亦記為《莎士比亞的商籟》。這些篇章及 42 首後諸篇又以「莎士比亞商籟摘譯」為題先後刊在《大公報（重慶）》、《益世報（上海）》。

17. 1943 年 8 月 21 日、9 月 21 日，譯作《論習慣與改變成法之不易》（〔法〕蒙田著），分 2 期連載於《文藝先鋒》1943 年 2 卷 16、19 期。

18. 1943 年 8 月 20 日，譯作《論同樣的計策底不同的結果》（〔法〕蒙田著），刊《文藝先鋒》1943 年第 3 卷第 2 期。

19. 1943 年 9～11 月，舊體詩詞《蘆笛風》38 首，連載於《文藝先鋒》1943 年第 3 卷第 3～5 期。其中的蝶戀花 3 首、玉樓春 2 首、金縷曲 2 首又見載《春秋》1943 年 4 月第 1 卷 7 期。

20. 1944 年 3 月 2 日，於嘉陵江畔寫成詩論《試論直覺與表現》，初刊《復旦學報》1944 年 1 卷 1 期。

21. 1944 年，舊體詩詞創作集《蘆笛風》，廣西華胥社出版。

由上列述可知，梁宗岱這一時期的文學活動，文學理論探索和翻譯成果頗豐，特別是他的文學理論成果，如文論《非故復古與科學精神》、《屈原論》、《論直覺與表現》，譯詩《莎士比亞的商籟》等，以及商籟體新詩創作、舊體詩詞創作集《蘆笛風》，真正能體現他的文學藝術追求，構成其文學生命的「峰頂」。如整體觀照，不難發現，這一時期梁宗岱的文學活動，無論創作、理論探索，還是文學翻譯，分明體現著對藝術性的堅守，而這堅守，又突出表現在對詩格律的回歸上。

梁宗岱對藝術性的堅守，首先表現在他任教重慶復旦之初的理性十足的詩論裏，始終秉持真詩品質的立場，也即藝術本質的立場。1938 年 9 月 2 日到 10 月 2 日，他連寫了《論詩之應用》、《談抗戰詩歌》、《談朗誦詩》、《求生》〔註318〕四篇詩論。《論詩之應用》一文首先指出：無論把詩當女神還是使婢，都得明白，詩「她有一個不可侵犯的條件：你得好好地做」，「第一，我們得⋯⋯要首先感到一種不可抑制的衝動，無論是來自外界底壓迫或激發，或內心底成熟與充溢。其次，⋯⋯我們還得給她一個與內涵融洽無間的形式」。「二者缺一都只能產生惡詩劣詩——不，比惡詩劣詩還要壞的假詩偽詩。」「在這全民族浴血奮鬥之秋」，我們應該「儘量貢獻我們每個人僅有的力量」，「既然詩人手頭所僅有的是詩（特別是當國家還未需要全民族武裝起來的時候），當作女神我們求她下凡搭救，當作使婢我們遣她為我們服役正是當然的事」；這

〔註318〕本書關於梁宗岱論著的引文，均出自梁宗岱著、劉志俠校注的《詩與真續編》，北京：中央編譯出版社，2006 年 12 月版。

「就不能忽視效率：希望我們底努力獲得最高最大的功用」，「不獨要積極地產生一些能夠激勵軍心，鼓動士氣的好詩真詩，還要消極地減少那些浪費讀者或歌者底光陰，甚或萎靡群眾抗戰精神的劣詩偽詩」。「但是沒有適當的形式怎能充分表現我們戰鬥的靈感呢？沒有純熟的技術又怎能自如地運用適當的形式呢？」除了杜甫和雨果，很少人同時兼有對於藝術的「精深」、「純粹」之追求，與一切由群眾、為群眾要求集體的反響兩種高超藝術造詣的人。最後從「愛克曼對哥德提及許多人責備他不寫戰歌」的回答中洞見：「第一，一個真誠的詩人不能違背他底良心，違背他的生活經驗寫作；第二，服務國家並不限於一途，應用到本問題上，就是，詩人不一定要在抗戰的時候作戰歌才告無愧於國家。」要言之，應用詩來服務於抗戰是應該的，但那詩首先得是詩，是真詩。如是，才有望能產生一支和《馬賽曲》「一樣雄壯，一樣激昂，一樣充滿了浩然之氣，使病夫起，懦夫立的戰歌」。兩天後寫的《談抗戰詩歌》中，指出「我們底抗戰詩歌」「也多數犯貧血症」，追問：「為什麼在抗戰情緒這麼高漲的時代，好的抗戰詩歌竟這麼難產」？因為作為「戰歌」的抗戰詩歌，既須「老嫗都解」其中「灌注的」「國家或民族意識」，「所要喚起的」「集團的抗戰情緒」，又「須具有真詩底表現，以求達到真詩底品質」兩條件，而一般詩人很難兼有。「群眾底靈感，抗戰底情緒，如果缺乏適當的形式——一種清晰宏亮的聲音——亦將顯得假的，造作的，因而失掉動人的力量，即所謂真詩底品質。」抗戰詩歌的欣賞和理解，取決於群眾「他們底智識程度，和他們底音樂意識」。因而，「想在今天創造一首成功的戰歌，如其不是不可能，最少不是草率容易的事了」。進而指出，「唯其如此，我們更應該加倍努力」，也就是：「謹慎虛心去認識我們工作底重大，我們使命底莊嚴，然後用我們全靈魂去從事。單是義憤填胸還不夠。單是滿腔熱血還不夠。」文章發表後，引起了批評，他又撰文《求生》解釋：「我並不否認文藝在這樣一個動盪的大時代應該（但我們也不能強逼每個作者都要）負起宣傳的使命。但我始終深信：文藝底宣傳和其他的宣傳不同，只有最善的作品，就是說，用完美的形式活生生抓住這時代的脈搏的作品，才能給它底神聖使命最高最豐盈的實現，——最低限度也不要粗製濫造抗戰的八股來玷辱它自己和它底使命。我以為在這緊急的生死關頭，什麼人都可以為了求生而忘記一切；文藝者，以及處領袖地位的人，卻特別要保持頭腦底常態：清醒與冷靜，引用一句老話，便是『指揮若定』。試想像我們底軍事領袖臨陣倉皇失措，忘記了他們底戰略和戰

術，我們底仗要打成怎麼樣？」《談朗誦詩》一文則繼續堅持《從濫用名詞說起》中「中肯」和「確當」「是行文底一切（用字、選詞、命意和舉例）最高的標準，也是一切文章最高的理想」這一觀點，對「朗誦詩」的命名及「詩體化」之不合理做了辨析，指出：「大眾化」才是所謂「朗誦詩」本質上的特徵；「朗誦術底的過度發展或注意，也往往損害詩底本質」；「我們底『朗誦詩』一方面既不能有戲劇底內容（因為那便是戲劇或劇詩而不是『朗誦詩』），另一方面又拼命脫離歌唱底源泉（節律和音韻），它對於民眾的訴動力固可以計算，它底前途也就可以想像了。」朗誦詩要成功，「只有等群眾都受過和我們底『朗誦詩人』同等的教育，或我國底朗誦術已發展到一個適當的程度再說」。目前的成功只是「偶然的」、「孤零的事件」而已。讀到這裡，我們不能不想到魯迅曾嚴正指出：「一切文藝，是宣傳，只要你一給人看。……那麼，用於革命，作為工具的一種，自然也是可以的。」「但我以為當先求內容的充實和技巧的上達，不必忙於掛招牌。……一切文藝固是宣傳，而一切宣傳卻並非全是文藝。……革命之所以於口號，標語，布告，電報，教科書……之外，要用文藝者，就因為它是文藝。」〔註319〕要做成民族革命戰爭的大眾文學，「也無需在作品的後面有意地插一條民族革命戰爭的尾巴，翹起來當作旗子；因為我們需要的，不是作品後面添上去的口號和矯作的尾巴，而是那全部作品中的真實的生活，生龍活虎的戰鬥，跳動著的脈搏，思想和熱情，等等。」〔註320〕聯繫全面抗戰初期全民抗戰情緒空前高漲之際，老舍的創作轉向及其代表文協起草公開抗議信助威孔羅蓀們對梁實秋「斷章取義」地發動的「與抗戰無關論」批判，在詩這領域裏，以及《勝利底條件》等全面思考裏，梁宗岱作為文學家這高度自覺的清醒與冷靜，何其難能可貴！

其次，梁宗岱對藝術性的堅守還表現在他的文學翻譯上，尤其集中在《莎士比亞商籟》「譯者導言」中。1938年任教重慶復旦時期是梁宗岱的文學翻譯爆發期。較其前期已有的漢譯《水仙辭》和法譯《陶潛詩選》等傑作，梁宗岱這一時期的翻譯無論在體量上還是深度上都更進一步，漢譯《莎士比亞商籟》（全本，後名《莎士比亞十四行詩》）和《浮士德》（未完，1936年《一切的

〔註319〕上海文藝出版社：《中國新文學大系1927～1937　第2集　文學理論集2》，上海：上海文藝出版社，1987年2月版，第120～121頁。

〔註320〕上海文藝出版社：《中國新文學大系1927～1937　第12集　文學理論集2》，上海：上海文藝出版社，1987年2月版，第765頁。

峰頂》收入了《守望者之歌》和《神秘的和歌》兩部分）代表他翻譯的峰頂水平。梁宗岱的重要翻譯作品（主要以外譯漢為主），基本上都是歷經打磨集腋成裘之後在這一時期完成的。堪稱其代表性譯作之一的《莎士比亞商籟》，在1936年就開始動筆翻譯並零星在《文學》發表。1942年華胥社有一則廣告說「《莎士比亞商籟》（準備中）」，說明其全譯本已基本翻譯完畢。1943～1944年，《民族文學》和《時與潮文藝》兩個雜誌已經接連發表《莎士比亞商籟》的1～41首，後因停刊而中止刊發，華胥社單行本的出版預告也因戰亂停刊。《大公報（重慶）》、《益世報（上海）》繼續刊發，也沒刊完。後來1963～1964年香港《文匯報・文藝副刊》連載32期終於把154首陸續發表完畢，但最終以單行本發行時冠名為《莎士比亞十四行詩》，此版本是梁宗岱「文革」後的重譯本，分別於1978年和1992年在大陸和臺灣出版。「譯者導言」《莎士比亞商籟》中，梁宗岱列舉了關於莎士比亞十四行詩的三派觀點：華茲華斯派認為一百五十四首商籟即莎士比亞的「一種自傳，一出親密的喜劇，一部情史」之觀點，和勃朗寧派的「莎士比亞不過和其他同時代的詩人一樣，把商籟當作一種訓練技巧的工具，或藉以獲得詩人的榮銜而已」的主張，和濟慈「純藝術派」的觀點：「我從不曾在『商籟』裏發見過這許多美。——我覺得它們充滿了無意中說出來的美妙的東西，由於慘淡經營一些詩意的結果。」接著，抓住了「詩意」這個關鍵詞，這個核心概念，突出莎士比亞十四行詩的詩意來自他「自己裏面那無盡藏的親切的資源，那唯一足以化一切外來的元素為自己血肉的創造的源泉」，「這不獨因為對於一個像他那樣偉大的天才，私人的遭遇往往具有普遍的意義，他所身受的禍福不僅是個別的孤立的禍福，而是藉他的苦樂顯現出來的生命品質。也因為他具有那無上的天賦，把他的悲觀的剎那凝成永在的清歌，在那裡，像在一切偉大的藝術品裏，作者的情感擴大，昇華到一個那麼崇高、那麼精深的程度，以致和它們卑微的本原完全不相屬，完全失掉等量了。」不用管莎士比亞為什麼要採用商籟體，只要明白一點就足夠：「就是用這體裁，莎士比亞賜給我們一個溫婉的音樂和鮮明的意象的寶庫，在這裡面他用主觀的方式完成他在戲劇裏用客觀的方式所完成的，把鏡子舉給自然和人看，讓德性和熱情體認它們自己的面目：讓時光照見他自己的形相和印痕；時光，他所帶來的嫵媚的榮光和衰敗的惆悵……」

　　梁宗岱的其他幾部重要譯作，也是在戰時重慶才完成出版的。《交錯集》的翻譯時間大致在1923～1936年之間，以單行本是1943年廣西華胥社初版。

該集收入了里爾克的《正義之歌》等 4 篇小說，與之前翻譯發表的里爾克作品《羅丹論》等構成中國最早翻譯介紹里爾克作品的先驅之作（另外，里爾克《羅丹》，原載於重慶正中書局 1943 年初版）。在「譯者題記」中，梁宗岱寫道：「原作底風格既各異，譯筆也難免沒有改變。但它們有一個共通點，就是它們底內容，既非完全一般小說或戲劇所描寫的現實，它們底表現，又非純粹的散文或韻文；換句話說，它們多少是屬於那詩文交錯底境域的。如果人生實體，不一定是那赤裸裸的外在世界；靈魂底需要，也不一定是這外在世界底赤裸裸重現，那麼，這幾篇作品足以幫助讀者認識人生某些角落，或最低限度滿足他們靈魂某種需要，或許不是不可能的。」〔註321〕在這裡，梁宗岱對集中作品「多少屬於詩文交錯境域」的共通點之強調，就是肯定其藝術形式創造的「上達」；而他對「這幾篇作品足以幫助讀者認識人生」的許諾，就是肯定其內容乃充實的真實生活之擴大、昇華，兩者一體的存在，不正是所謂藝術的本質嗎？我們不能不佩服梁宗岱藝術觀的深刻和藝術立場的堅定不移。這在《歌德與貝多汶》〔註322〕裏也有「不言」的傳達。《歌德與貝多汶》的翻譯從 1929 年動念到 1936 年，已經發表了前三部分，在重慶復旦大學任教期間翻譯完第四部分，1943 年該譯作的單行本由廣西華胥社出版。這本書是梁宗岱與羅曼·羅蘭友誼的見證和象徵，同時也是他們對「歌德與貝多汶」這兩個偉大靈魂的共同致敬。在該書「序曲」中羅曼·羅蘭直言他 30 歲以後「便定期求教於」歌德「那無數的著作」，因為歌德的「生命之箭的特徵是，一經射出它將永不停止，永遠追逐那逃避它的目標」，在他「沒有一次不是由一股活生生的經驗的洪流、一道從深處淺射出來的泉水恢復我的青春的」；他宣告：「音樂再度是我的女主角」，「這部書的主要目的便是要提醒……讀者，告訴他們近代歐洲最偉大的詩人也屬於我們的音樂同業會。他是音樂與詩歌這兩條小河匯合的大河流——像地球上所有的河流一樣。」我們以為，梁宗岱沒有為這部譯作寫導言或後記之類，是因為羅曼·羅蘭已經在序曲裏替他說明了，羅蘭的體驗就是他的體驗，羅蘭對音樂的推崇，也是他內心的真實。他不再寫作自由體新詩，而試驗商籟體，甚至於去填詞（《蘆笛風》），都是對音樂即「格律」是詩歌本質的回歸與堅守。梁宗岱是中國翻譯蒙田作品第一人。《蒙田試筆》的翻譯也比較早，從 1933 年開始，他就一邊陸陸續

〔註321〕〔德〕里爾克等著；梁宗岱譯：《交錯集》，桂林：華胥社，1943 年 2 月版。
〔註322〕「貝多汶」現通譯為「貝多芬」。

續翻譯，一邊發表，1936～1937鄭振鐸主編的《世界文庫》以《蒙田散文選》之題連載了21篇。梁宗岱來到重慶後，分別在香港《星島日報》（1938年）和重慶《文藝先鋒》及《文化先鋒》（1943年）上分批發表。廣西華胥社1942年曾預告出版《蒙田試筆》，但亦因戰時原因關閉而告終。1984年湖南人民出版社刊行《蒙田試筆》則主要來自於《世界文庫》。1933年發表於《文學》雜誌創刊號的「譯者題記」說明，蒙田的「論文」（Essai）在文學史「始終沒有一個能夠超過甚或比擬」其「淵博而自然的」，「差不多沒有一種文體，自從出世，不因他而豐富化和深刻化的」。他直引蒙田的自白：「我所描畫的就是我自己」，「我自己便是我這部書底題材」，又指出，「可是因為每個人都具有整個人類的景況」，於是，蒙田「描寫他個人的特性和脾氣便等於描寫全人類的特性和脾氣；赤裸裸坦露他底靈魂的隱秘便是啟示普遍的人生底玄機。」〔註323〕德國哲學家、體驗詩學力倡者狄爾泰曾指出：「詩的問題就是生命的問題，就是通過體驗生活而獲得生命價值超越的問題！」〔註324〕我們可以肯定，這與他對歌德、貝多汶、莎士比亞、里爾克等人作品的感受體驗在根本上是同一性質，同樣透露著他的藝術立場及其堅守。

再次，梁宗岱對藝術性的堅守還表現在他的文學批評方面。成熟期的梁宗岱已經發表了《論詩》、《象徵主義》、《談詩》、《新詩底十字路口》、《論崇高》等在新詩寫作及研究史上具有重要意義的詩論及專著，早已奠定他在國內著名詩人和象徵主義文藝理論先驅的地位。任教重慶復旦期間，梁宗岱的文藝理論探索更進一步完善和深化了。論文《屈原》、《論直覺與表現》、《非古復古與科學精神》等代表作品，頗能展示他這一時期的文藝理論思想風貌，包括他內在精神特質、人生選擇以及文學理趣的諸多方面。「為第一屆詩人節作」的《屈原》在1941年8月出版時，扉頁印有「給二妹佩華」字樣，與李長之的《孔子與屈原》是第一屆「詩人節」學術文章的雙璧。文中，梁宗岱在自序部分借用雪萊在《詩辯》中的原句，把屈原和離騷詩歌創作比作我們這個文明的智慧的歡欣「源泉」之後，提出「走外線」和「走內線」的文藝批評道路之分別，在舒緩自在的條分縷析中挑明了「走外線」的好處及其侷限，

〔註323〕梁宗岱：《梁宗岱文集4譯文卷》，北京：中央編譯出版社，2003年9月版，第5頁。

〔註324〕王岳川：《當代最新西方文論教程》，上海：復旦大學出版社，2008年12月版，第3頁。

再明確自己選擇「走內線」。接著，他明確了一個區別於長期以來重視「知人論世」的文藝觀念，即一個作家的價值在於其作品，而不在生平與事蹟，「一切最上乘的詩都是最完全的詩，⋯⋯同時是作者底人生觀宇宙觀藝術觀底顯或隱的表現，能夠同時滿足讀者底官能和理智，情感和意志底需要」，「我們和偉大的文藝作品接觸是用不著媒介的。真正的理解和欣賞只有直接叩開作品之門，以期直達它底堂奧⋯⋯一個敏銳的讀者不獨可以從那裡認識作者底人格，態度，和信仰，並且可以重織他底靈魂活動底過程和背景⋯⋯」隨後，他結合自己從中學開始的屈原作品閱讀經歷，以自己「直接叩擊」屈原作品文本獲得的感受，將屈原的作品作為一個整體，作為屈原生命的整體來看待，在整體中對屈原作品逐一展開分析。於是，他看見「在《九歌》裏流動著的正是一個朦朧的青春的夢；一個對於真摯，光明，芳菲，或忠勇的憧憬；一個在美麗和崇高底天空一空倚傍的飛翔」，「從純詩底觀點而言，《九歌》的造詣，不獨超前絕後，並且超過屈原自己的《離騷》」，「在《九歌》裏屈原曾經顯示一個天然渾成的藝術手腕」，「這是因為《九歌》所表現的世界是一個純粹抒情的世界，是最貞潔的性靈，是純金，是天然地適合於詩，或者，較準確點，根本就屬於詩的世界」。他看到，「以體裁論，《天問》如果不是世界詩史上最偉大的，至少也是最特出最富於獨創性的」，「如果《天問》是屈原放逐後對於身外一切的懷疑；對於宇宙現象和古今事件（⋯⋯）底基本法則的窮詰；對於那推行和綱維一切的真宰和天道的信仰之動搖；——《九章》便是他對於自我的探索和檢討」。他看到，「從藝術底觀點，《九章》大部分是比較不成功的」，大體說來，《九章》「只是一種嘗試，一種試筆，像交響樂未開奏以前，各樂手在試笛，試簫，試弦，充滿了期待和預感，但同時也充滿了嘈雜和猶豫一樣」；「《九章》底優點（它們底精彩部分）依然是《九歌》底優點：抒情上的熱烈而委婉，蘊藉而穠摯，——雖然情感底本質已由玲瓏縹緲變為悽愴沉痛了」；《橘頌》是《九章》中最短但也許是最傑出的一篇，它是「屈原詩中唯一的人間和平之響」，「而尤其是心靈底寧靜」，橘樹底「壹志」「任道」「蘇世獨立」「表現多麼簡練，多麼整潔，又多麼含蓄：正是絢爛之極，歸於平淡（一切古典藝術底特徵）的明證」。他看到，《離騷》「不僅是屈原底傑作，也是中國甚或世界詩史上最偉大的一首」，它「第一個愉快的印象便是⋯⋯代以一種空靈的象徵的書寫」，「有組織地」「系統地應用到全篇」，它是屈原「他整個生命，他畢生底經驗和思想底菁華」，⋯⋯「《遠遊》完成了。屈原現在可

以撒手長辭了。……而他底精神呢……卻永存於兩間，與天地精神往來了」。我們發現，梁宗岱的目光，時時緊盯著的，是屈原詩中映出的屈原的生命存在，是詩的包括語言、音樂、韻律在內的藝術形式的創造性發展。借用李長之的話來說就是：「作者（梁宗岱——引注者）對於風格，更特別有一類敏銳的美感，他以輕歌微吟來形容《九歌》，他以促管繁絃來形容《九章》，他以黃鐘大呂來形容《離騷》，他並以刻畫精妙，雕骨鏤肝的雕刻或工筆劃來形容《招魂》，這形容有多美，有多切！」〔註 325〕梁宗岱的高超之處還在於，他並不把屈原僅僅侷限於中國和文學這個領域，而是更有廣闊的比較視野，他不僅把雪萊的詩歌拉來印證屈原的偉大，也把屈原和但丁和歌德對照分析，進一步說明屈原在中國和世界文學上的價值，還把屈原《離騷》中的詩篇與只多汶的樂曲相提並論，充分論證屈原文學作品的優美和渾厚。這真是所謂的「走內線」，活靈活現，簡直是手把手親身示範文學研究和欣賞如何「走內線」。這不僅是梁宗岱學術思想在一篇文章的體現，更是他一生閱歷和思想的總結提煉。梁宗岱堅持「走內線」，從其一生的幾次感情糾葛和文學轉型來看，這種獨特的「內線」傾向塑造了他的才情與性情，孤傲與決絕，成敗兩面都在這一個點上可以看出。這已不只是堅守，更是往生命深處掘進了。

動筆於 1937 年春，完成於 1944 年 3 月 28 日《試論直覺與表現》，既是梁宗岱對畏友朱光潛「直覺即表現」說的直接回應，也是他總結自己詩歌創作及文學理趣、文學欣賞批評思想的夫子自道，更是一次中國詩歌史上難得一見的由詩人借自己的詩作來分析內在的來龍去脈的自我剖析和自我體認的實驗。我們可借由作者的自我分析清晰看出梁宗岱從新詩到舊詩的選擇緣由。梁宗岱說，閱讀前人底作品常有一種遺憾，讀者看到的是成品，而看不出其內在思路的變化過程，即如何從靈感的產生到捕捉到醞釀到表達的過程，因此有「鴛鴦繡取從君看，不把金針度與人」（元好問《論詩》）的感喟。他不認同朱光潛從克羅齊學來的「直覺即表現」說，認為朱光潛的看法流於簡單和膚淺，二者並不一定是直接劃等號的關係，而是具有更複雜和深刻甚至神秘的變動關係，他以所熟悉的羅曼羅蘭、瓦萊里等大作家的底稿本為例說明那些充滿了修改和塗抹的底稿，經過幾許摸索與嘗試，才達到最後的定型。梁宗岱的觀點帶有一種整體性和立體性，他指出：「一個藝術家，當他整個兒從

〔註 325〕李長之：《評梁宗岱〈屈原〉》，見《苦霧集》，重慶：商務印書館，1942 年 10 月初版，第 126～127 頁。

事於創作的時候，可以說同時是資本家，工程師，和裁判。一個供給資源，意向和衝動；另一個剔爬，配合，組織；第三個選擇，刪除，和監督整個工作底進行。從作品形成底步驟而言，則由直覺到表現，至少經過四個階段：受感，醞釀，結晶，和表現或傳達。」〔註326〕這自然是區別於朱光潛的那種從理論到理論的表達，而更是基於詩人藝術家的「走內線」的感受，屬於一種感悟式的批評方法。李健吾的一類文學批評的理念可以與之接近、參考或相互印證。對朱光潛的所謂「崇高」，魯迅先生曾專文談及其「崇高」概念的虛幻而倡「靜穆」一詞，亦可參證。梁宗岱另有一篇《論崇高》亦是針對畏友朱光潛而發的，同樣帶有極強的個人「走內線」色彩，而不認同朱的理論化表達。在這類文學概念的批評方面，梁宗岱與李健吾和魯迅的理趣大致相同，都基本屬於從自我生命體驗出發的感悟式批評。對梁宗岱來說，這種「走內線」的體驗和感悟是相互印證和相互塑造的互動關係。

　　《試論直覺與表現》中，梁宗岱坦承自己從新詩到舊詩的選擇，並以自己的詩歌創作做「自我解心術」式的分析。這在今天回顧的視角來看，不僅只是一個個案，而更是一個新詩寫作和發展史上的公案，其意義不僅在於詩體形式孰優孰劣的簡單選擇，更在於一種文學審美觀和文學歷史觀的問題。借由梁宗岱的選擇來分析這樣一種文學現象及背後涉及到的文學歷史及個人創作的複雜關係。從胡適提倡新詩寫作「八不主義」以來，新詩寫作及新詩形式逐漸佔據文學主流，而舊詩寫作則墜落雲端變成支流甚至是末流，印象裏似乎只有晚清遺老遺少們才會欣賞和寫作。這種心理就是新詩新文學以來的普遍反映。但問題的另一面，卻是現實中所謂的新詩人新文學作家紛紛轉行，或者後來不搞新詩了，轉向傳統文學古詩古文學去了，如胡適、朱自清、聞一多等；或甚至轉向研究，如陳夢家更是轉行去做甲骨文研究了；或者從政，如郭沫若之流；或者同時兼顧舊詩寫作，如七月派胡風、聶紺弩和阿壠。近年來世人多讚譽聶紺弩的舊體詩如何好，阿壠的舊體詩詞也寫得氣勢磅礴。胡風在入獄多年的時光，一個重要支撐寫舊詩詞。恰恰也是胡風，不止一次或當面或信中提醒和告誡阿壠不要沉迷於寫舊體詩，還是要多寫新詩。這樣明顯矛盾的文學現象，新詩研究界還只是偶見分析，目前還是扯不清楚，原因可能在於目前的研究者，多數既無足夠的舊體詩素養，又在新詩研究上屬

〔註326〕梁宗岱：《試論直覺與表現》，載《復旦學報》1944 年第一期文史哲號，總第
　　　　241 頁。

於梁宗岱所謂「走外線」,兩頭不靠。如果我們不偏狹地認為梁宗岱《論直覺與表現》是王婆賣瓜,那我們就會發現,他在文中這一次現身說法的精彩展示,「願意把內部機構擺出來給大家看」,讓讀者清晰地看到詩歌寫作的「戲法」是怎麼樣變出來的,較之於朱自清上「中國新文學研究」課從不講自己的作品,其勇氣何其可嘉!梁宗岱坦承他放棄在沉默中打磨了二十多年的武器(新詩),而重新選擇了舊體詩的韻律和形式,理由是偏見,是對「韻律」的偏執追求。「一般人都覺得步韻束縛性靈,滯塞情思」,他「底經驗卻正相反」。他以自己的新詩創作、翻譯莎士比亞十四行詩,特別是創作舊體詩詞的經驗分析為基礎,轉向了舊體詩詞,《鵲踏枝》和《蘆笛風》便是他這一時期靈感爆發的結晶。他在文中結合自己的創作分析細緻到一個字一個意象,如把「枝」改為「襟」,一個句子如「怕見白帆開又落」,是從瓦萊里的《海濱墓園》中「這平靜的瓦背,白鴿在那上面踱著」和張玉田底「怕見飛花,怕聽啼鵑」而來。這樣的分析娓娓道來,精到而準確,極具可信度而精彩紛呈。梁宗岱提到詩歌靈感有兩種來源,一是生活,一是書本,《蘆笛風》大都直接受命來源於現實生活,而《鵲踏枝》則直接靈感是從書本知識來的,書本典籍中的知識與典故,同樣可以激發詩人的靈感和感覺。這論斷和分析同樣是精彩的。梁宗岱另外對於詩歌靈感來臨之際的受感和醞釀部分,提到想像的作用,後來1962年還又另文論述《論神思》,可以見到梁宗岱對於劉勰《文心雕龍》中神思或者說想像的重視。值得思考的是,梁宗岱一直沉浸在自我對於韻律的輕易獲得、受感、結晶以及表達,但這樣的輕易和容易卻並不一定全然是好事。胡風就提醒阿壠:舊詩詞寫作容易入手但難於自拔,這個不僅僅是詩歌語言的押韻不押韻的形式,也不僅僅在於詩行裏所選用的語彙是否依然是陳舊,更在於是從思想到形式的完全更新。對這一點,梁宗岱的思考侷限是明顯的。然而,整體說來,梁宗岱的文學批評在此還昭示了一種深入掘進帶來的回歸,這回歸更深沉地彰顯著他對藝術精神的堅守。

梁宗岱不是一個囿限於自己狹小世界的人,他視界遠非詩歌所能框定。這集中體現在《非古復古與科學精神——試論中國學術為什麼不發達》。該文幾乎帶有其一貫的詩人特質「走內線」的慣性,從自我生命體驗出發來看待問題,他的思路是:既然我們傳統文化都缺乏現代意義上的「科學精神」,那就找一個中國社會中最具有科學精神傾向的一個門類來實驗和推廣,這個門類就是「中醫」。一個文科出身的詩人在旁徵博引洋洋灑灑上萬言的論述中,

最後得出一個獨具中國文化特色的結論，這個結論明顯帶有披著現代「科學」羊皮的理科思維，先實驗實驗。他在 1942 年 4 月 8 日附識的題記中明確：「本文只有一個目的：就是試去認識我們民族性的一個基本弱點。」文中明確這個基本弱點為：「我們缺乏一種平心靜氣的不偏不倚的研究精神」，即基於「超然性和無私性」的，「為真理而求真理」的「科學精神」，「實驗精神」。他引用的理據是普恩迦赫對於保持懷疑和自我思考的觀點和孔夫子「毋意、毋必、毋固、毋我」的觀點，接著，用留法中國籍學術劉子華以周易八卦角度推衍新行星的博士論文，印證中國數學中對於圓周率等研究的傳統是存在的。平心讀去，文章本身閃耀著科學精神的光輝，令人不知覺間對文中所列觀點，尤其對實驗精神必具條件如心靈自由、信仰堅定、尊重事實和知識謙遜等的分析，盡皆心悅誠服，頗有視野大得拓展之感。民國以來，有關於科學精神的大討論從未斷過，從魯迅早期的幾篇論文，到 1940 年代的沈從文，也都有所涉獵。梁宗岱的思路與魯迅和沈從文不盡一致，在承認缺乏科學精神的方面是一致的，但魯迅的辦法是「立人」，沈從文與魯迅的思路大致相同，但梁宗岱解決這個問題的思路完全與此兩人不同。今天回顧來看，80 年前的梁宗岱肯定預見不到屠呦呦和「青蒿素」的發明，但梁宗岱的思路應該是對的，中醫藥學應該大有前途；他的對於中醫藥學的信心和憧憬，在大半個世紀後正逐步得到可見的部分的實現。這個角度能看出梁宗岱赤誠的拳拳愛國之心，也能看出梁宗岱在這一時期對於文學創作、翻譯以及文化建設的各種方面的思路。

真正的詩人，和所有藝術家一樣，甚至更加活得純粹。梁宗岱秉持其一貫的詩人個性，在文學理念和文學論爭上的堅守「走內線」，更在於他處理他的生活和人際關係仍堅持「走內線」，比如與胡適的關係就因為離婚事件而決裂，比如其自詡或朋友回憶提及的他的熱衷健身武術與打架（傅雷、羅念生、劉海粟、溫源寧等），比如他在重慶因不願任職於重慶國民黨政府而與舊友鬧翻，比如他離開重慶後的「棄文從醫」以及身陷囹圄等等。據此，我們還可從三個具體事例，來展開戰時重慶與梁宗岱文學生命的豐富關係。第一，是梁宗岱在《試論直覺與表現》中舉的例子。他說「縉雲山頂底落日射在嘉陵江上，把江水照得通紅。我在一封信皮上寫下前後兩句：逝水殘陽紅片片／日日江頭，心逐漩渦轉……」「誰到過嘉陵江小三峽的，都會認出我這裡（尤其是前半片）步的雖是正中底韻寫的卻是眼前的實景。」這樣直接陳述戰時重慶作為描寫對象進入詩歌創作的例子不多，但對認識他所提倡的「生活也是

詩歌靈感來源」的觀點，卻是一個極好的例子。戰時重慶在梁宗岱的文學創作中的影響可以比作水和空氣，日用而不盡知，但須臾不可離。第二，是白英（Robert Payne）在 1945 年出版的《重慶日記》（Chungking Diary, W. Heinemann Ltd）中記載的白英與梁宗岱相偕去縉雲山縉雲寺拜訪此時隱居的馮玉祥（1942 年 7 月 20 日）。他們談文論詩，賓主盡歡，白英特別提到梁宗岱攜帶法譯《陶潛詩選》對照中文原文重讀，在戰時大談陶淵明似乎不合時宜，但考慮到他對陶淵明的喜愛和翻譯，以及重慶戰時陪都的地位和北碚後花園的優美環境，就大可以理解。因而，白英與梁宗岱合作翻譯陶淵明這樣的「田園」詩歌，則實在是對戰時國人的一種精神滋養。據劉志俠的翻譯，白英在日記中記述梁宗岱的話說：「陶淵明是最偉大的中國詩人。他是『詩灰』。他把所有閱歷純化為失意。他之所以偉大，因為他是詩歌大師，但也因為他是失意的無上大師。在中國，我們所有人都失意，正由於他把這種失意表達得如此完滿，同時他又這般隱退，所以他是我們的大詩人。」〔註327〕梁宗岱對陶淵明的這個評價是非常貼切和深刻的，但多少帶有一種讖緯色彩，他隨後幾年就開始步入同樣的節奏，「採藥東籬下」或「言師採藥去」，棄文從醫轉上人生的另外一個階段。梁宗岱追隨陶淵明的理想，一生以陶淵明的「寵非己榮，涅豈吾緇」為信條自勵。戰時重慶的戰況也阻斷不了他陶淵明式的田園生活藝術想像。據白英講，白梁二人是收到馮玉祥的正式邀請才從夏壩趕往縉雲寺的溫泉相會的，聚會也未談及政治，所談主題仍是陶淵明的翻譯和文學。據梁宗岱的學生回憶，梁宗岱在課堂上從不提政治和時下政局，由此可以理解他對現實政治的態度，他幾次斷然拒絕老鄉同學梁寒操（時任國民黨高官）的邀請（甚至是到學校來圍追堵截）。對政治的自覺遠離並未逃脫政治的糾葛，戰時重慶並非是梁宗岱心目中的人間天堂，這也是梁宗岱 1945 年離開重慶返回廣西百色繼承家產開辦醫藥廠的原因之一。第三個，是關於梁宗岱從重慶到廣西百色，由「一切的峰頂」突轉到「言師採藥去」的人生與文學轉型。卞之琳作為梁宗岱的學生，他從梁宗岱翻譯瓦萊里《論歌德》中看到，梁宗岱身上有著瓦萊里所說的歌德精神或者說浮士德精神，即「欲窮一切生命體驗以致一生追求無盡」，同時也有著因善變而趨向隨時變幻形體以躲避外人詰問的普羅迪烏斯（Proteus）式的多面性格，進而認為梁宗岱之所

〔註327〕劉志俠、盧嵐：《梁宗岱早期著譯》，上海：華東師範大學出版社 2015 年 12 月版，第 483 頁。

以最終選擇棄文從醫還是因為這種追求多面性生命體驗的緣故。卞之琳的標題是「人事固多乖：紀念梁宗岱」，是引用了蘇軾的一句詩，同時也引用了屈原的「雖九死其猶未悔」和陶潛的「託體共山阿」，說明卞之琳抓住了梁宗岱內心結構中的幾個主要層面，可謂知人之論〔註 328〕。彭燕郊是國內較早開展梁宗岱專題研究的學者，梁宗岱的傳記出版都有彭燕郊的援手。彭燕郊為甘少蘇的《宗岱與我》作序，提到梁宗岱一步步放棄讀書人的身份轉而做商人陶朱公，乃時代使然，時代一步步消磨掉了梁宗岱的理想，他是被迫轉型。第三位論者是學者李振聲。編過《梁宗岱批評文集》（珠海出版社 1998）的李振聲認為，梁宗岱一生服膺並翻譯陶淵明，深受陶淵明「縱浪大化中，不喜亦不懼，應盡便須盡，無復獨多慮」的順從自然的人生態度和思想影響，他在求學時期的穎悟和靈性，使他形成一種任性使情灑脫孤傲的心理（柳鳴九在《梁宗岱的藥酒》中就特別提到梁宗岱在學術會議上興趣闕如，但唯獨當談到醫藥酒就興趣盎然，並不關注坐在講壇上做的那些高頭講章）。前面提到的歌德、陶淵明以及《非古復古與科學精神》中提到對「科學精神」（中醫藥學）的「明知不可為而為之」的追求等幾方面，都各有其合理性。但正如梁宗岱本人所說：「還有許多更隱秘因為更原始的元素，表面無跡可尋，而其實像大氣般包圍著全部又滲透了表裏的；也有輕微如過翼底霙時的顯現，只在意識底湖面無聲地掠過，而其實留下了不可磨滅的痕跡，有時甚至改變了整個思路底進程」（《試論直覺與表現》）。影響梁宗岱最終作出棄文從醫「採藥南山下」決定的原因，是多方面的複雜的（個人、家族、婚戀、時代……）。歷史給了梁宗岱晚年重新翻譯的機會，即使未能如願以償，但正如歌德筆下的「浮士德」，他可以坦然說一句「你這麼美好（那些流過的時光）」。

最後，我們不能不提到一點，身為教師，又是二三十年代即享有盛名的詩人、理論家、翻譯家，梁宗岱任教重慶復旦期間的文學教學和文學翻譯文學創作活動，尤其他的外國文學素養，和他始終堅持藝術精神藝術立場，自然地影響了學生。據 1941 級的經濟系學生李唐基回憶，講授外國文學的梁宗岱「是名教授，上課時除本班學生以外，旁聽同學極多，門外都站滿了人。梁宗岱時常穿英國式西裝短褲和長及膝頭的白襪，瀟瀟地慢步走向教室。他飼養的一隻奶羊，像狗一樣，溫順地跟在他後面亦步亦趨，直跟他到教室，然

〔註 328〕卞之琳：《人與詩　憶舊說新》，合肥：安徽教育出版社，2007 年 4 月，第30 頁。

後才自己轉身回去。」〔註329〕1945 屆借讀生黃潤蘇在給筆者的來信中提到梁宗岱講授「英詩選讀」課。「他喜歡聽女生在詩會高聲朗誦他的譯詩：要摘最紅最紅的玫瑰……」〔註330〕1941 年秋開學一次他主持文藝晚會，節目有朗誦，有一位甘肅省的同學馬乃光朗誦一首《我愛海》的新詩，其中有幾句是：「我愛海，我愛海，／它是無比的浩瀚，無比的深遠。／我愛它的海闊天空，／我愛它的波濤洶湧。／白色海鷗在天空飛翔，／紅色晚霞在海面閃爍，／我愛第，我愛海……」〔註331〕1942 級學生綠原（在校時用名周樹藩）的回憶：「他（梁宗岱）在課堂裏背誦華茲華斯的名詩《我們姊妹七個》，那種引人入勝的抑揚頓挫至今彷彿還響在我的耳邊。」〔註332〕梁宗岱影響學生，還有他的堅決抗日態度和學術獨立思想自由主張。他「對日本侵略者的罪惡非常痛恨，在各種集會上，他都慷慨激昂地宣傳抗日，同時直言不諱斥責國民黨消極抗日而內戰不息。一些教授和學生聽了都拍手稱快，只有校長章益在臺下坐立不安，非常著急，總是埋怨梁宗岱：『你太大膽了，太大膽了！』當時校內的國民黨訓導人員用各種手段要使全體教職員集體入黨，梁宗岱帶頭抗議，要求學術獨立，思想自由，其他教職員也起來反對，章益校長佯裝糊塗，致使未能實現。」〔註333〕

　　總之，任教復旦的梁宗岱在戰時重慶的文學活動可謂是其一生文學活動的「峰頂」時期，無論是從其文學翻譯和創作的角度（「從新詩到舊詩」），還是從對其個人人生歷程及研究來看（「棄文從醫」），抑或對復旦校園文學的發展，都具有雙重意義。鑒於其任教重慶復旦期間的文學創作主要是舊體詩詞，限於學力不資，後文不再專門單列闡釋。

（三）馬宗融：戮力回漢團結，述多著少猶拾荒

　　文學院教授馬宗融也是文學活動有跡可尋並有創作、譯作留世的一位復

〔註329〕百色市社會科學界聯合會：《奇才梁宗岱》，南寧：廣西人民出版社，2015 年12 月版，第 149 頁。

〔註330〕蔣豐：《萬條微博說民國》，北京：S 東方出版社，2013 年 12 月版，第 72 頁。

〔註331〕彭裕文、許有成：《臺灣復旦校友憶母校》，上海：復旦大學出版社，2003 年9 月版，第 388 頁。

〔註332〕綠原：《憶梁宗岱先生》，見《綠原文集》（第四卷），武漢：武漢出版社 2007年 3 月版，第 15 頁。

〔註333〕彭裕文、許有成：《臺灣復旦校友憶母校》，上海：復旦大學出版社，2003 年9 月版，第 389 頁。

旦教師作家。馬宗融（1892.9.5～1949.4.10），回族，成都市人，20 世紀二三十年代在文壇上，以外國文學翻譯著稱，同時也是知名作家。1916 年留學日本，1919 年在吳玉章的幫助下應李石曾等招募，赴法勤工儉學──蒙達尼中學補習法語半年，印刷廠和酒廠做工數月，次年應聘華法教育會辦事員，又受雇巴黎和會中國代表團書記員，里昂中法大學成立即入校讀書和工作，畢業後留校任教。1933 年秋回國後，在上海復旦大學任教，其間他創作頗多，翻譯了很多外國文學作品、介紹了外國文壇情況，關注最多的是法國文學尤其雨果，其次是俄國文學尤其托爾斯泰、高爾基，還十分重視阿拉伯文學，和妻子羅世彌（巴金為之取筆名羅淑，代表作《生人妻》）與巴金、靳以、李健吾、黎烈文、黃源許多作家成為摯友。1936 年秋，到廣西大學任教。1937年「八‧一三」事變後，全家輾轉回到家鄉成都安頓於泡桐樹街，在四川大學任教。1938 年 3 月 27 日，妻子羅淑因產褥熱去世後，傷心的馬宗融 1939 年夏離開四川大學，從成都到重慶，再次受聘到復旦大學任教。其間結識了在渝的葉聖陶、老舍等諸多文學界人士。1946 年秋隨復旦大學復員上海，積極投身反飢餓、反內戰、反迫害的罷教和請願等進步民主活動，1947 年暑假因拒絕復旦校方讓他立即停止民主活動的要求而被解聘，當年秋受聘到臺灣大學文學院任教。隨著內戰升級，現實令其愈益不滿，好友許壽裳被刺殺身亡、喬大壯回蘇州後自沉水底的打擊，加上飲酒過量導致身患嚴重腎炎，以致全身水腫難以站立，1949 年 2 月讓人抬著上輪船返回大陸，回到上海，住在復旦大學《文摘》社樓上（北京路「大教聯」的一個聯絡站），就在那裡 4 月 10日於貧病交加中去世，時年 57 歲。

　　自 1939 年夏到 1946 年復員上海的七年間，本就熱心文藝界活動的馬宗融，更是積極投身抗戰文藝活動。在四川大學文學院任教那短短的那一年多里，他參與的文學大事就有：1938 年 3 月 6 日，與周文等人一起籌建文藝界抗敵工作團，未果；1939 年 1 月 14 日，與李劼人、朱光潛、周太玄、羅念生等人發起成立了「中華全國文藝界抗敵協會成都分會」。1939 年夏到重慶復旦大學任教，「他同教授們相處並不十分融洽，但在文藝界中卻有不少知心朋友。他住在黃桷樹，心卻在重慶的友人中間，朋友們歡聚總少不了他，替別人辦事他最熱心。他進城後活動起來常常忘記了家，老舍同志知道他的毛病，經常提醒他，催促他早回家去。」〔註 334〕他參加了重慶文藝界組織的相當多活

〔註 334〕巴金：《懷念馬宗融大哥》，載《新觀察》1982 年第 6 期。

動。1940 年在郭沫若負責的「文化工作委員會」兼專任委員。1941 年 3 月 27日，在文協三週年紀念會上當選為中華全國文藝界抗敵協會候補理事，1943年 3 月 27 日、1945 年 5 月 4 日連續兩次當選為文協理事。據陽翰笙回憶，毛澤東《在延安文藝座談會上的講話》傳到重慶後，他曾與老舍、洪深、史東山等「在暗中」「自我學習」，「非常激動」，盛讚「《講話》解決了文藝方面的一系列的問題，……內容豐富，很系統，有份量」〔註335〕。此外，馬宗融還有許多活動痕跡可尋——他還常與伍蠡甫一起去找老舍，參加《新蜀報》社的各種會。有一次經趙慧深介紹與負責統戰工作的夏衍約談時事，「從時局談到文藝，又從文藝談到當時在重慶的『四大名旦』」，直到天黑猶不盡興〔註336〕。他還曾很認真地細讀並哼唱老舍的大鼓詞，並推送給復旦大學進步的學生開晚會時用。

馬宗融「他是復旦的名教授，所開的課是小說史，法文和大一國文。他講課時語多詼諧有趣。」〔註337〕馬宗融的文學課對復旦學生的影響，或許是「因為愛罵人，學生們對他不大有好感」〔註338〕，而較少記載。從中法大學法文系轉入復旦中文系二年級的 1945 屆學生黃潤蘇在給筆者的信中回憶，馬宗融的「小說選讀」課有一次布置作業為翻譯《孟子・離婁篇》「齊人有一妻一妾而處室者」並改寫為短篇小說，她的習作受到了表揚。〔註339〕在 1940 級的鄒荻帆回憶中，他在學生印象中「是一個熱忱待人、充滿正義感的普通人」，「熱情、好客、好幫助人。他的住處經常有許多同學來往。特別是一些進步同學，如苑茵、李維時等以及地下黨員譚家昆、嚴宛宜等。又因他是回族，回族學生也都聚集在他周圍。」「他對學生和青年教授的婚姻也很關注。……促成了葉君健教授和同學苑茵、曹孚教授和同學嚴宛宜的婚事」〔註340〕。同「抗戰文藝習作會」「課餘讀書會」兩個學生團體的成員都有往來，與靳以、

〔註335〕陽翰笙：《〈講話〉在重慶傳播以後》（節錄），見李存光、李樹江編《回族文學論叢第 5 輯馬宗融專集》，銀川：寧夏人民出版社，1992 年 8 月版，第 13頁。

〔註336〕夏衍：《關於詩的一封信》，見袁鷹、姜德明編《夏衍全集・文學（下）》，杭州：浙江文藝出版社，2005 年 12 月版，第 553 頁。

〔註337〕李溶如：《記馬宗融》，載 1947 年 6 月 14 日《申報》副刊《春秋》。

〔註338〕天行：《記馬宗融》，載《世界月刊（上海 1946）》1947 年第 1 卷第 8 期，第31 頁。

〔註339〕本於 2000 年 11 月 21 日黃潤蘇先生來信。

〔註340〕鄒荻帆：《閃光的背影——馬宗融老師在復旦的二三事》，見李存光、李樹江編《回族文學論叢第 5 輯馬宗融專集》，銀川：寧夏人民出版社，1992 年 8月版，第 17～22 頁。

方令孺、胡風、陳子展、張志讓、孫寒冰等一起擔任學生社團的指導教授，支持學生的進步活動，包括文藝活動。姚奔、鄒荻帆、張同等人辦的《文藝墾地》壁報刊登靳以的散文《紅燭》，在教務處辦公室的牆上剛貼出一天就被剪走了，他「極為忿怒地要去責問學校訓導處」〔註341〕。對鄒荻帆、姚奔發起詩墾地社辦《詩墾地叢刊》，除給予精神和經濟的支持外，他還為第二輯《枷鎖與劍》翻譯了波德萊爾的兩首詩即《人與海》和《夜的諧和》。1946 年 2 月22 日，對「《谷風》事件」中但家瑞等特務學生的暴行，他和洪深、張志讓等有正義感的教授和學生挺身而出，嚴加反對。

最值得我們銘記的是，面對動員全國各族人民投身抗擊日本侵略者的緊迫局勢，馬宗融自覺地把文學活動與回族文化研究、推動回漢民族相互理解、動員回漢人民團結一致抗戰結合起來。他以對伊斯蘭文化尤其阿拉伯文學的翻譯與介紹為基礎，力求「全方位探究伊斯蘭文化真相，向國人盡可能全面展示伊斯蘭文化的豐富內蘊，消泯文化隔閡，繁榮現代文藝，為抗戰作出切實而獨特的貢獻」〔註342〕。1939 年 1 月，擔任「中國回教救國協會」五位常任理事之一，後又出任重慶回教救國協會副理事長；又在 3 月倡議並發起組織「回教文化研究會」。從抗戰嚴峻形勢下的現實需要出發，他撰寫了《理解回教人的必要》（《抗戰文藝》1939 年第 3 卷 5、6 期合刊，署名「鋒」）、《我為什麼要提倡研究回教文化》（《中國回教救國協會會刊》1940 第 6 期）、《中華民族是一個》（1940 年 9 月 26 日《新蜀報》副刊《蜀道》第 240 期）等文，大聲疾呼對回族生活和回族文藝、回族文化的關注及研究；他以超常的健談促成中華全國文藝界抗敵協會機關刊物《抗戰文藝》在 1940 年第 6 卷第 1 期特闢「回民生活文藝特輯」〔註343〕，並為之撰寫了《阿剌伯文學對於歐洲文學的影響》——該特輯還有宋之的、老舍合著的回民題材四幕話劇《國家至上》，梁宗岱翻譯的哥德的詩作《謨罕默德禮讚歌》〔註344〕，和張秉鐸翻譯的埃及作家陶斐克·哈肯的《伊朗（波斯）詩人費爾島西的羅密歐與朱麗葉》等；他還在《文藝月刊》1941 年第 11 卷第 8 期「抗戰四年的文藝特輯」（下）發表了分量厚重的系統研究論文《抗戰四年來的回教文藝》。他在《理解回教

〔註341〕章潔思：《靳以年譜》，載《新文學史料》2000 年第 5 期，第 53 頁。
〔註342〕馬麗蓉：《論馬宗融對伊期蘭文化的翻譯、介紹和研究》，載《回族研究》2004年第 4 期。
〔註343〕該期目錄上作「回民文藝輯」。
〔註344〕正文中將作者誤印為「梨宗岱」。

人的必要》一文中指出：「回教人民為構成中華民族的一環，我們若讓這一環落了扣，或松損了，就是我們危害了整個中華民族的健全，減少我們抗戰的力量。」「一切隔閡都是從不理解來，要團結就要除隔閡。」他主張：「以兩種觀點去理解回教人：從社會學的觀點我們應該理解他們的信仰、生活、習慣、感情等等，至少要弄清楚他們一樣是中國人。從文藝觀點我們要去瞭解他們的生活，把握他們的生活，由之表現或誘導其教中人自己表現他們的生活，並翻譯阿剌伯文學，以滋養中國的文藝，使文藝上得另開一個新的境界。同時由文藝的合作，走上抗戰建國種種國民努力的合作，我們民族的團結於是就可達到堅凝而不可破的程度，敵人縱慾乘機離間也永不可能。」〔註345〕他從不贊成那種「不許外教人手觸天經以及一切有關回教的書籍」的「關門主義」，認為這種態度是錯誤的。同時，又認為表現回族生活的藝術園地是廣闊的，倡議、呼籲和發動回族的和非回族的文藝家們去觀察、瞭解、研究回族人的生活，收集表現回族生活這個「不為人注意或不敢注意」的題材，在回族文藝的園地裏「培養出多量新鮮而異樣的花」。這「振勵抗戰中回教人民的勇氣」的呼籲，引起了回族文化工作者中有識之士的響應，也得到了許多非回族文化工作者的支持。

馬宗融「希望能消除民族隔閡，一致抗日」，對戲劇在抗日宣傳上特別功效大感興趣。每逢演戲盛會，馬宗融「總是興沖沖地趕去」，「看戲很特別，每個劇從彩排到公演，從第一場到末一場，幾乎場場到看，每次都坐在第七排正中。」〔註346〕為充分利用戲劇宣傳回漢團結抗戰，他以回教救國協會的名義，一見面就「回教，抗戰；回教，抗戰……」〔註347〕，約請、委託老舍、宋之的「用回教抗敵題材來編寫戲劇，以表揚回教人的抗敵精神，以鼓吹回教同非回教人民間的合作」〔註348〕，宣傳回漢團結一致抗戰，並「四處奔走，

〔註345〕馬宗融：《理解回教人的必要》，載《抗戰文藝》1939年第3卷第5、6期合刊，第68頁。

〔註346〕馬小彌：《片斷的回憶——關於父親馬宗融與老舍伯伯》，見李存光、李樹江編《回族文學論叢第5輯馬宗融專集》，銀川：寧夏人民出版社，1992年8月版，第35頁。

〔註347〕馬小彌：《片斷的回憶——關於父親馬宗融與老舍伯伯》，見李存光、李樹江編《回族文學論叢第5輯馬宗融專集》，銀川：寧夏人民出版社，1992年8月版，第35頁。

〔註348〕馬宗融：《對〈國家至上〉演出後的希望》，載1940年4月7日《新蜀報》副刊《蜀道》第89期。

為這個劇搜集素材」〔註349〕。為此，老舍執筆第一、二幕，宋之的執筆第三、四幕，合作寫出了「讀之卻並無『不統一』的感覺」〔註350〕的四幕話劇《國家至上》劇本。「請清真寺的朋友們聽劇本，談劇本，改劇本，經常夜以繼日」〔註351〕──「《國家至上》的稿子寫出後，他們就興高采烈地抱著油印稿跑來跑去，一會兒到回教救國協會去讀稿子，一會兒到朋友家去讀稿子。然後是討論、修改。稿子改得一抹黑了，就又另刻新的油印稿。再讀，再討論，再修改⋯⋯」「書櫃裏，塞滿了各種版本的《國家至上》」〔註352〕。1940 年 3 月30 日，《國家至上》劇本才開始在《抗戰文藝》第 6 卷第 1 期「回民文藝輯」連載發表（署「宋之的、老舍合著」），他卻早已在為該劇的上演奔走呼號，並在中國萬歲劇團上演該劇前夕，發表了《對〈國家至上〉演出後的希望》，指出「用回教題材寫成戲劇，不但在話劇是破天荒的一次，據聞連舊戲也幾乎沒有專用回教人的故事編演的」，「更希望社會人士、政府當局予我們這種種活動以切實和熱烈的同情」〔註353〕。中國萬歲劇團 1940 年 4 月首先排演了該劇，馬彥祥導演，張瑞芳、魏鶴齡和孫堅白（回族人，藝名石羽）等主演，「當時參加工作的大部分是舞臺名將，在七七事變以前就有過多年演出經驗，事變以來又是身經百戰的戲劇工作者，還有《國家至上》的劇作者老舍宋之的兩先生也在那裡，在排演前後隨時可以商討，自然演得很出色」〔註354〕。《國家至上》在重慶國泰劇場連演四天，都是觀眾滿座。這部抗戰劇破天荒第一次以回漢團結抗日為題材，強調各民族團結抗戰的深遠意義，當時在大

〔註349〕馬小彌：《走出皇城壩──父親馬宗融生平》，載李存光、李樹江編《回族文學論叢第 5 輯馬宗融專集》，銀川：寧夏人民出版社，1992 年 8 月版，第 29～30 頁。

〔註350〕雨田：《內地抗戰劇本介紹：〈國家至上〉》，載《文藝青年》，1946 年第期，第 11 頁。

〔註351〕馬小彌：《走出皇城壩──父親馬宗融生平》，載李存光、李樹江編《回族文學論叢第 5 輯馬宗融專集》，銀川：寧夏人民出版社，1992 年 8 月版，第 29～30 頁。

〔註352〕馬小彌：《片斷的回憶──關於父親馬宗融與老舍伯伯》，原名《沒有完成的童話──憶老舍伯伯》載《文藝叢刊》1979 年第 1 期。見李存光、李樹江編《回族文學論叢第 5 輯馬宗融專集》，銀川：寧夏人民出版社，1992 年 8 月版，第 35 頁。

〔註353〕馬宗融：《對〈國家至上〉演出後的希望》，載 1940 年 4 月 7 日《新蜀報》副刊《蜀道》第 89 期。

〔註354〕司徒慧敏：《〈國家至上〉的演出》，載《電影與戲劇》1941 年第 1 卷第 1 期，第 16～17 頁。

後方產生了很大的影響。1942 年老舍在一篇文章中回憶，提及 1941 年大理的「一位八十多歲的回教老人，一定要看看《國家至上》的作者，而且要求我給他寫幾個字，留作紀念！回漢一向隔膜，有了這麼一齣戲，就能發生這樣的好感，誰說文藝不應當負起宣傳的任務呢？」〔註355〕。作為復旦教師的馬宗融，還向校內復旦劇社推薦這部話劇，「動員學生們有錢出錢，有力出力，終由同是回族的李維時導演，張同負責舞臺設計，瞿娥英等飾主角，演出後大獲成功。」〔註356〕1940 年 5 月 27 日，就在復旦劇社準備上演《國家至上》，正在布置劇場的回教學生王文炳和另兩個學生，在日本飛機的轟炸中不幸罹難〔註357〕，馬宗融為此難過了許久。此外，在他的鼓動和幫助下，曹禺曾「決定採用左寶貴〔註358〕的故事，寫出一部民族抗戰劇」〔註359〕，老舍 1941 年「也或將另寫一部回教戲劇」〔註360〕；據陽翰笙 1942 年 12 月 2 日的日記，馬宗融還請陽翰笙寫過取材於清末回民起義事蹟的歷史劇《杜文秀》〔註361〕，「後因壓迫加劇未能完成」〔註362〕。

　　馬宗融在現代文壇上本就以外國文學翻譯著稱，他在復旦期間也有一些外國文學翻譯成果。他喜歡法國文學，卻又不限於法國文學。1935 年佐拉的長篇小說《萌芽》問世五十週年，他一連翻譯介紹了《喬治·桑、巴爾扎克與佐拉》（法國亨利·布拉伊作。載《文學季刊》第 2 卷第 1 期）、《佐拉的〈萌芽〉新評》（法國 G·波目作。載《譯文》第 2 卷第 4 期）等，就文藝界對佐

〔註355〕馬小彌：《片斷的回憶——關於父親馬宗融與老舍伯伯》，見李存光、李樹江編《回族文學論叢第 5 輯馬宗融專集》，銀川：寧夏人民出版社，1992 年 8 月版，第 35 頁。

〔註356〕鄒荻帆：《閃光的背影——馬宗融老師在復旦的二三事》，見李存光、李樹江編《回族文學論叢第 5 輯馬宗融專集》，銀川：寧夏人民出版社，1992 年 8 月版，第 17～22 頁。

〔註357〕薛文波：《北碚的悲哀》，載《中國回教救國協會會刊》1940 年第 2 卷第 5 期，1940 年 6 月 15 日出版。

〔註358〕左寶貴（1837～1894），字冠廷，山東平邑縣地方鎮人，回族，清代著名抗日愛國將領，與丁汝昌、鄧世昌一起被譽為「甲午三傑」。

〔註359〕馬宗融：《對〈國家至上〉演出後的希望》，載 1940 年 4 月 7 日《新蜀報》副刊《蜀道》第 89 期。

〔註360〕馬宗融：《抗戰四年來的回教文藝》，載《文藝月刊》第 8 卷 8 月號，1941 年 8 月 16 日出版。

〔註361〕杜文秀（1828～1872），雲南永昌（今保山）人，通曉伊斯蘭經典，清同治年間雲南回民起義領袖。

〔註362〕陽翰笙：《陽翰笙日記選》，成都：四川文藝出版社，1985 年 2 月版，第 98 頁。

拉的質疑或否定——予以駁斥，從創作、出版、發售等多角度評價《萌芽》的論文，撰寫了評介文章《紀念佐拉的〈萌芽〉出版的五十週年》（載《文學》第 4 卷第 6 號）。大約也就在這一年，他開始翻譯《萌芽》。在廣西大學任教期間因「每週五小時的課，還要編講義，佐拉的《萌芽》也顧不得譯了」〔註363〕。1937 年仲冬在成都東門外府河之畔的小樓一角，繼續翻譯《萌芽》。在重慶復旦大學任教期間，大約 1944 至 1945 年間，「他除了教課，繼續從事翻譯。他在艱難的生活條件下譯完了佐拉的《萌芽》，可是當他把稿子送到作家書屋的朋友處準備印行時，卻失落了，再也找不回來。」〔註364〕大為憾事。

這一時期，他還自法文轉譯了俄國作家屠格涅夫的小說《春潮》，巴金將之編入「譯文叢書」，重慶文化生活出版社 1945 年 4 月出版了「渝初版」。後寧夏人民出版社在 1981 年 9 月出版了該書的馬小彌修訂版。另據天行的《記馬宗融》記載，《春潮》「這篇作品早年已有張友松譯本，且張用了這本書名，開過春潮書局。」〔註365〕李溶如的《記馬宗融》，說其法文造詣深邃，「如他翻譯的法文小說《春潮》，行文細膩簡潔，清新而雋永，宛如美好的散文詩。」〔註366〕友人毛一波在回憶中寫道：「他在文藝界是知名之士，就說所譯屠格涅夫的《春潮》吧，乃是一本示範的譯品，達到了信達雅的水準的。」〔註367〕

他這一時期還與李劼人合作翻譯了佐拉的另一部小說《夢》。據查，該譯作列入重慶作家書屋「法國文學名著譯叢」，於 1944 年初版，署名「馬宗融、李劼人譯」。其中第一至三章分兩期連載於《文訊》1947 年第 1、2 期時，署「馬宗融譯」；分三期連載於《抗戰文藝》1944 年第 1～2、3～4、5～6 期時，署「李劼人馬宗融合譯」。另外，據李溶如回憶，在重慶復旦期間他還翻譯過法國名著《佐拉傳》〔註368〕。

〔註363〕馬小彌：《走出皇城壩——父親馬宗融生平》，載李存光、李樹江編《回族文學論叢第 5 輯馬宗融專集》，銀川：寧夏人民出版社，1992 年 8 月版，第 29～30 頁。

〔註364〕馬小彌：《走出皇城壩——父親馬宗融生平》，載李存光、李樹江編《回族文學論叢第 5 輯馬宗融專集》，銀川：寧夏人民出版社，1992 年 8 月版，第 29～30 頁。

〔註365〕天行：《記馬宗融》，載《世界月刊（上海 1946）》1947 年第 1 卷第 8 期，第31 頁。

〔註366〕李溶如：《記馬宗融》，載 1947 年 6 月 14 日《申報》副刊《春秋》。

〔註367〕毛一波：《記馬宗融——〈前塵瑣憶〉之九》，見李存光、李樹江編《回族文學論叢第 5 輯馬宗融專集》，銀川：寧夏人民出版社，1992 年 8 月版，第 32 頁。

〔註368〕李溶如：《記馬宗融》，載 1947 年 6 月 14 日《申報》副刊《春秋》。

總體來說，馬宗融任教復旦期間在創作、翻譯上，都如在復旦兼課的胡風說的那樣，他過的是「懶散的法國式生活」，愛說，寫得少。就創作而論，確實不多。目前所見，除開零散發表的《太陽》、《巴山小雨》、《贈沫若——紀念他創作二十五週年》（詩並文）、《寄小彌》和「打油三部曲」《吹》、《拍》、《愛》等七首新詩，雜文《無敵放矢》、《中華民族是一個》，隨筆《咖啡》、《關於〈文壇〉》等文章之外，他留下的僅有 1944 年在其朋友、同事即中文系副教授翁達藻的「迫促」和幫助下，自編的一本雜文集《拾荒》。

附錄：馬宗融在重慶復旦期間的文學創作、翻譯繫年

一、文學創作

1939 年

1. 短論《精神動員與動員精神》，1939 年 6 月 17 日作於北碚；載 1939 年 10 月 15 日《中國回教救國協會會刊》（半月刊）第 1 卷第 1 期。署名：馬宗融。

2. 雜文《無的放矢》，載 1939 年 11 月 16 日《流火》月刊第 10 期。署名：馬宗融。

3. 雜文《提議組織西北旅行劇團》，載 1939 年 ? 月 ? 日《新蜀報》副刊《蜀道》第 ? 期。

1940 年

4. 短論《我為什麼要提倡研究回教文化》，1940 年 1 月 2 日作於黃桷樹鎮；載落款 1940 年 1 月 1 日實際上延期出版的《中國回教救國協會會刊》（半月刊）第 1 卷第 6 期。署名：馬宗融。

5. 雜文《從瘋狗說起》，載 1940 年 1 月 7 日《新蜀報》副刊《蜀道》第 7 期。署名：馬宗融。收入《拾荒》。

6. 雜文《招標出版》，1940 年 1 月 6 日作；載 1940 年 1 月 14 日《新蜀報》副刊《蜀道》第 14 期。署名：馬宗融。收入《拾荒》。

7. 雜文《從招標自由想到發芽豆》，1940 年 1 月 28 日作；載 1940 年 2 月 16 日《新蜀報》副刊《蜀道》第 46 期。署名：馬宗融。收入《拾荒》。

8. 雜文《招標廣告與鏢旗有靈》，1940 年 2 月 1 日作；載 1940 年 2 月 1 日《國公民報》副刊《文群》第 116 期。署名：馬宗融。收入《拾荒》。

9. 隨筆《對〈國家至上〉演出後的希望》，1940 年 4 月 4 日作；載 1940 年 4 月 7 日《新蜀報》副刊《蜀道》第 89 期。署名：馬宗融。

10. 雜文《不以人廢言》，載 1940 年 8 月 7 日《新蜀報》副刊《蜀道》第 194 期。署名：馬宗融。收入《拾荒》。

11. 雜文《中華民族是一個》，載 1940 年 9 月 26 日《新蜀報》副刊《蜀道》第 240 期。署名：馬宗融。

12. 雜文《救救紙張》，載 1940 年 11 月 2 日《新蜀報》副刊《蜀道》第 271 期。署名：馬宗融。收入《拾荒》。

1941 年

13. 雜文《我們還必須睜著眼睛更加努力》，載 1941 年 2 月 1 日《新蜀報》副刊《蜀道》第 349 期。署名：馬宗融。

14. 雜文《幾點感想》，載 1941 年 5 月 4 日《新蜀報》副刊《蜀道》第 421 期。署名：馬宗融。

15. 詩並文《贈沫若——紀念他創作二十五週年》，1941 年 11 月 9 日作；載 1941 年 11 月 16 日《新蜀報》副刊《蜀道》第 530 期「紀念郭沫若先生創作生活 25 週年特刊」。署名：馬宗融。收入《拾荒》。

16. 雜文《現代的畫在能表現現代的生命》，載 1941 年 12 月 19 日《新蜀報》副刊《蜀道》第 538 期。署名：馬宗融。收入《拾荒》。

17. 新詩《太陽》，1941 年 12 月 9 日作；載 1941 年 12 月 19 日《新蜀報》副刊《蜀道》第 548 期。又載 1943 年 1 月 15 日《抗戰文藝》第 8 卷第 3 期。1946 年 2 月 26 日《神州日報》第 2 版，均署名：馬宗融。

18. 新詩《巴山小雨》，1941 年 12 月 26 日作，載 1942 年 1 月 13 日《時事新報（重慶）》副刊《青光》。

19. 兒童寓言故事《兩個狐狸》，重慶：作家書屋，1941 年版。

1942 年

20. 隨筆《咖啡》，1942 年 2 月 25 日作；載 1942 年 3 月 2 日《新蜀報》副刊《蜀道》第 688 期。署名：馬宗融。

21. 隨筆《關於〈文壇〉》，載 1942 年 5 月 30 日《文壇》第 4 期。署名：馬宗融。

22. 新詩《寄小彌》，1942 年 8 月 19 日作；載 1942 年 10 月 8 日《新蜀報》副刊《蜀道》第 810 期。署名：馬宗融。

23. 小品《愛斯基摩人的「吃」》，載《新進》1942 年第 1 卷第 4 期「各地風光」欄。署名：馬宗融。

1943 年

24. 新詩「打油三部曲」《吹》、《拍》、《愛》，分別載 1943 年 10 月 8 日、21 日、22 日《時事新報（重慶）》副刊《青光》。

25. 序跋《〈拾荒〉序》，1943 年 9 月 18 日作；載 1944 年 6 月 1 日光亭出版社版《拾荒》。

1944 年

26. 小品《吃「長豬」和吃蝨子》，載《南潮月刊》1944 年第 2、3 期合刊。

27. 雜文《拼命出風頭》，署名：馬宗融。收入《拾荒》。

28. 雜文《戰戰戰》，署名：馬宗融。收入《拾荒》。

29. 序跋《序復旦統專第三屆畢業生同學紀念刊》，署名：馬宗融。載 1944 年 6 月 1 日光亭出版社版《拾荒》。

30. 兒童寓言故事《蜜蜂與蠶兒》，重慶：作家書屋，1944 年 12 月版。署名：馬宗融。

31. 散文集《拾荒》，重慶：光亭出版社，1944 年 6 月 1 日版。署名：馬宗融。

1945 年

32. 散文《我的希望》，1945 年 8 月 19 日作，載《大公報（重慶）》1945 年 9 月 3 日第 5 版副刊《文藝》「慶祝勝利特刊」。

33. 序跋《〈倉房裏的男子〉前記》，1945 年 12 月作；署名：馬宗融。收入 1947 年 10 月文化生活出版社初版《倉房裏的男子》。

二、文學翻譯

1941 年

1. 詩《人與海》（法國波特萊爾作），載 1941 年 11 月 26 日《新蜀報》副刊《蜀道》第 537 期。署名：馬宗融。

1942 年

2. 詩《波特萊爾詩二章：選自 Les Fleausdamas（人與海、夜的諧和）》（法國波特萊爾作），載 1942 年 3 月 1 日「詩墾地叢刊」第 2 輯《枷鎖與劍》。署名：馬宗融。

1943 年

3. 法國科佩（F. Coppe'e）的短篇小說《替代》，載《中原》1943 年第 1

卷第 2 期。署名：馬宗融。

4. 俄國明斯基著《托爾斯泰的〈活屍〉與法國精神》，載《文藝先鋒》1943年第 3 卷第 3 期。署名：馬宗融。

1944 年

5. 法國庫柏（F. Coppe'e）的短篇小說《收養》，載《抗戰文藝》1944 年第 9 卷第 1、2 期合刊。署名：馬宗融。

6. 法國佐拉的長篇小說《夢》，重慶作家書屋 1944 年初版，未見原書。第一至三章分三期連載於《抗戰文藝》1944 年第 1～2、3～4、5～6 期時，署「李劼人馬宗融合譯」；分兩期連載於《文訊》1947 年第 1、2 期時，署「馬宗融譯」。

7. 法國波特萊爾《惡之花》（重慶作家書屋 1944 年初版，未見原書。）

1945 年

8. 俄國屠格涅夫的中篇小說《春潮》，文化生活出版社，1945 年 4 月渝版。署名：馬宗融。

三、文學論文

1. 《阿剌伯文學對於歐洲文學的影響》，載《抗戰文藝》1940 年第 6 卷第 1 期「回民生活文藝特輯」）

2. 《抗戰四年來的回教文藝》，載《文藝月刊》1941 年第 11 卷第 8 期。

3. 《阿剌伯文學一瞥》，分上、下分別載於《讀書通訊》1945 年第 101、102 期「藝文叢談」欄。

4. 《爭取民主的實現》，載《新文化》1945 年第 1 卷第 2 期「民主與文化」專欄）。

5. 《用文藝作為武器，來爭取民主的實現》，載《人民文藝》1946 年第 5 期。

（四）翁達藻：一個文學清客敲邊鼓

翁達藻，生卒年不詳，男，浙江慈谿人。畢業於復旦大學法學系，留學莫斯科東方大學，曾任中國公學教授，1931 年起執教於復旦大學歷史系，專任講師、副教授。主要從事中國史的研究。全面抗戰爆發後隨復旦大學內遷重慶。1938 年 12 月 25 日，為史地系同學張蔭桐、夏文炳、段佑泰等 20 人組織的以「研究歷史地理以發揚民族精神」為宗旨的史地研究會聘為顧問。1944年 8 月 27 日，孔子誕辰暨教師節，教育部表彰優秀教師，翁達藻與陳子展、

柏朝鼎、張志讓獲三等服務獎狀。1945 年 1 月 28 日，在實驗劇院連續演講
《春秋戰國論》。又任朝陽大學教授，講《中國通史》課程。後在上海師範學
院任教，又調到溫州師範學院中文系。後致力於劉勰《文心雕龍》研究。

翁達藻喜愛文學，自稱文學的清客，筆名翁大草、大草、大中、大艸等。
敬慕魯迅，在魯迅逝世時與俞斯錦、朱鍾新、徐葦舫、吳壬敬獻花籃一隻。20
世紀 30 年代以雜文創作和外國文學翻譯現身上海文壇，作品見於《現代》、
《矛盾》、《世界文學》、《神州日報》等報刊。如新詩《七月幽冥鍾》（《文學季
刊（北平）》，1934 年第 2 期）、《耳紅》《《矛盾》（月刊），1933 年第 4 期）。
其中，發表於《現代（上海）》的兩篇雜文《外人表演中國救國飛機飛翔記》、
《嗚呼派》被選入《中國新文學大第 1927～1937・雜文集》。翁達藻抗戰期間
在重慶復旦大學的文學活動，有關記載不多，文學創作亦較少，能查見者大
致如下：

一是文學編輯活動。主要包括為中國陸軍機關報《掃蕩報》主編副刊《戰
時文學》和編輯「散文叢書」（詳見本章第三節）。二是文學翻譯。翻譯報告
《波蘭側影》（Sapieha 著），1941 年 9 月被列入文摘出版社「復旦大學文摘社
小叢書」出版。三是文學創作。除作品集《西南行散記》外，還有散文《孫寒
冰先生紀念》（載《宇宙風：乙刊》1940 年第 24 期）、小說《朱達三日記》（連
載《青年雜誌》1944 年第 3、4 期）等。四是文學理論思考。他頗推崇散文文
體，認為「散文是一種抒寫人對於人生的印象、感覺、思索的，最自由的、最
合式的形式。散文是一種親切的談話說理文，是一種嚴肅的演講」；小說中人
生抒寫「一經小說家剪裁之後，已非人生的真象」，「小說應該散文化」。「從
中國的傳統上來說，散文才是文學的正宗」。為「提倡散文」，「擴大散文的內
容，以致包容各種文體」，使之成為「較 Essay 胸襟更大，波瀾更闊」的，「一
種集合各種文體的長處的，可以記敘，可以抒情，可以說理的談話式的綜合
文體」〔註 369〕，他主編「散文叢書」，由北碚李莊的光亭出版社出版，共計出
了三種，分別是翁達藻的《西南行散記》（1943 年 4 月出版）、曹孚的《人生
興趣》（1943 年 11 月 10 日出版），和馬宗融的《拾荒》（1944 年 6 月 1 日出
版）。據陳子展回憶，翁達藻 1945 年還為他編了一本筆記集擬列入「散文叢

〔註 369〕翁達藻：《〈人生興趣〉編者跋》，見曹孚著《人生興趣》，光亭出版社 1943 年
　　　　11 月 10 日版。

書」出版,「送官檢查,不料檢查老爺把這部集子凌遲碎斬」了。〔註370〕

　　翁達藻的文學理論探討活動,較其創作更不能忽視。或許真是因為文史哲不分家的緣故吧,翁達藻在人生至高層面上展開的頗為精深的文學理論探討,常常是與其歷史研究及學術哲思雜糅在一起的。這表現在,除《明日的中國文學(代序)》和《〈人生興趣〉編者跋》裏集中闡發其文學觀,尤其是散文觀之外,翁大藻的歷史論文中有文學,文學論文中有歷史,二者之中都不乏深刻的哲學思考。《歷史必然論與歷史偶然論》(載《時事新報(重慶)》1940年5月27日第4版)在探討回答「人類的歷史是依照某種必然的過程進展的呢,還是些雜雜夾夾的偶然發生的事件轇起來的?」這一「歷史的根本問題」時,自然指出《白虎通義》之三教循環法則解說,「到了文學家的手裏,又演變成為撥亂世,升平世,太平世三世的循環學說」。《論新學術並質錢先生》(載《時事新報(重慶)》1941年12月29日第4版)討論中國新學術如何才算真正建立的時候,也自然「文學地」質疑錢穆先生抗戰時期之「中學為體,西學為用」的呼籲。寫道:「譬如學詩,學杜學到字裏行間不再有杜的時候,行行流露自己獨特的風格的時候,才算得真正學到了杜甫。再譬如學畫,學惲學到筆墨間不再有惲的時候,筆筆流露自己獨特的韻味的時候,才算真正學到了惲南田。」「中國進入了第四重覺悟的階段,真正的新中國才開始孕育,真正的新學術才開始萌芽。」而《卓別林和〈大獨裁者〉》(載《文摘副刊》1942年創刊號)一文對《大獨裁者》電影文本「將心比心」又「直逼心底」的解讀,很自然延展到卓別靈的身世及其作為演員的原則性人生立場,整體上顯現出濃厚的歷史感。《論情感與理智》(載《文藝先鋒》1943年第4期)在雜以普法戰爭時代德國人的自尊心之確立,比之抗戰「更生了中國的自尊心」之後,指出張道藩「對於文藝的創作,忽略了情感,偏重理智」,進而「歷史地」論證:「文藝創作的動機是情感的」,「文藝所期待的效果也是情感的」,「中國傳統精神不忽略情感」,「三民主義的文藝是應該熱情的」,應該「以情感作出發點,而折衷於理智的」,因為「永遠不會有」「絕對理智的時代」。《托爾斯泰對於歷史科學的摸索》(連載於《時事新報(重慶)》1944年2月14日、23日的第4版)則先直言「企圖說明文學和歷史是這樣的密切地微妙地關聯著。因之一個從事文學寫作的人,常常會不知不覺之間,走入了歷史學

〔註370〕陳子展:《由周作人談到遼金時代的漢奸文人》,見《陳子展文存》,上海:上海古籍出版社,2018年7月版,第331頁。

的疆域中去」，再基於《戰爭與和平》、《史記》等名著，緊扣「歷史只是被認
為是紀錄事實的傳奇而已」，「一個有思想的文人寫作的動機，不是為了要傳
一個奇怪的故事，而是對人生的感歎，而是對人生意義的摸索」等觀點，在
托爾斯泰與秦漢的方士之比較中，在「《戰爭與和平》和綜合史學的距離」之
辨析中，對「《戰爭與和平》為什麼要歷史地理解」這一問題作了回答。其中，
《論情感與理智》被編入了「中央文化運動委員會文化運動叢書」第五種《文
藝論戰》1944 年版。

　　翁達藻這為數不多卻聲音響亮有力的文學活動，在整個復旦大學乃至整
個重慶文壇，在整個中國抗戰的文學範圍中，只是他作為一個文學清客之偶
而敲敲邊鼓。然而，他這邊鼓聲中，有我們不能忽忘的抗戰這個偉大的時代
主題。

三、補充說明

　　重慶復旦大學眾多教師中，指導或參與指導學生文學活動者，偶有文學
創作者，包括新文學創作者，還有許多。

　　伍蠡甫（1900～1992），文學院院長、教授，曾任黎明書局副總編輯，主
編《世界文學》雜誌雙月刊，以「探尋中國文學走向世界文學的途徑」，其重
慶復旦期間的文藝活動不止文學，多繪畫方面。除撰寫過討論學業內部理論
與實習的平衡問題的雜文《北碚立校之後》（載《學生論壇》，1939 年第 2 期），
和《筆法論》、《關於顧愷之〈畫雲臺山記〉》、《畫室閒談》（分別載於《時事新
報（重慶）》1939 年 8 月 20 日，1941 年 7 月 28 日、11 月 14 日第 4 版）、與鄒
撫民合著《中國藝術的想像》（1943 年《風雲（重慶）》創刊號），翻譯 Vallentin,
A. 著的《利奧那多・達・文西的「最後晚餐」》（連載至 1940 年《時事類編》
特刊第 57 期）等畫論外，還有文學翻譯。所譯印度作家泰戈爾的小說《新夫
婦的見面》，收入同名小說集，啟明書局列進 1937 年起編出的、志在造就「世
界名著總匯」、「珍貴佳作的寶庫」、「中國目前文學青年的豐富文糧」的「世
界短篇名著叢刊」，1941 年 7 月出版，標題上方印有「弱國小說名著」字樣。
還有蘇聯作家高爾基的論文《文化與人民》，由大時代書局 1943 年 1 月初版，
在大後方尤其學生青年中產生了不小的思想影響。其中，《我們應該知道過去》
一文寫道：「我們應該知道過去，因為沒有那種知識，一個人易於迷卻人生歷
程的方向而陷入那腥氣的血泊中，從那裡面，列寧的箴言把我們救出，並且

帶我們到廣闊坦直的路上向著偉大而快樂的前途走去。」〔註371〕成縣師範
1944級的張光澤在多年後回憶起此書時仍歡欣不已。另，他還為《中央日報
（重慶）》主編過《平明》等副刊（詳見本章第三節）。

　　吳劍嵐（1898～1983），主講大學國文、詩詞選講等課程的中國古代文學
教授，在1939年元旦復刊的《復旦大學校刊》第1～3期連載發表了散文《山
居雜記》，在《三六九畫報》1943年第14期發表了散文《海的夢》等。

　　方令孺（1897～1976），著有散文集《信》（文化生活出版社，1945年12
月版），輯譯外國小說集《鐘》（中西書局，1943年6月版）。

　　陳子展（1898～1990），中文系主任、古典文學教授，除與賀綠汀合作了
救亡歌曲《背纖歌》（《江彰旅省聯合學會會刊》1938年7月號）之外，還與
老舍等人唱和的舊體詩創作《蓬廬詩鈔》（《抗建》、《大風（香港）》、《民族詩
壇》），「記（1939年）十二月十七日船在土沱觸礁事，以呈同行脫險之馬宗融
兄」的新詩《搗碎吧，誰關此門》（1940年1月15日《大公報（重慶）》副刊
《戰線》第462號），還有文論《我的寫新詩：「請看今日之文壇」稿一》、《請
看今日之文壇》、《請看今日之文壇竟是誰家之天下？（二）》（《大風（香港）》
1941年第81至83期）、《「詩訟」本末》（《宇宙風》1942年第128期），和雜
文《釋陪都》（《大風（香港）》1941年第78期）、《民族精神與民族道德》（《大
風（香港）》1939年第32期）、《雜拌兒：姜太公在此》（《新進》1942年第1
卷第4期）、《八代的文字遊戲》（《真理雜誌》1944年第1卷第4期）、《雜論
師道》（《論語》1946年第119期），和抒情散文《錢塘觀潮》（《沙漠畫報》
1943年第6卷第13期）、《渝北學府區散記》（《大風（香港）》1941年第80
期）《巴蜀風物小紀》（《論語》1946年復第118期）等，翁達藻為之編為「散
文叢書之四」發表，審查未通過，沒能出版。

　　初大告（1898.8～1987.6），1938年秋到重慶，任復旦大學外文系教授，
1940年後兼任教務長。1941年8月～1949年7月任中央大學英文教授，同
時兼任復旦大學教授。他的文學活動主要是翻譯（詳見第三節「文學翻譯」
部分），同時還寫有雜文《抗建中的一個畫展》（1942年12月3日《中央日報
掃蕩報聯合版》第6版），和在《時與潮副刊》上發表的《談話的藝術》、《青
年施行在歐洲》、《中西文化的矛盾》、《感時》、《英國讀書界趣味》、《諾貝爾

〔註371〕〔蘇聯〕高爾基：《文化與人民》，伍蠡甫譯.重慶：大時代書局，1943年1
　　　　月版，第220頁。

文學獎金》等。

　　盧冀野（1905～1951），兼職教授，主編過《民族詩壇》〔註 372〕，著有《中國戲劇概論》（南國出版社，1944 年 4 月版）、《民族詩歌續論》（國民圖書出版社，1944 年 3 月版）、散文集《丁乙間四記》（讀者之友社，1946 年版）、報告文學《炮火中流亡記》（藝文研究會，1938 年 9 月版）、《民族詩歌論集》（國民圖書出版社，1940 年 12 月版），等等。

　　學生作家中，也還有李顯京以「險驚」筆名在《女兵》、《中央日報（重慶）》等刊物發表《從軍日記》系列散文，外文系胡昌度（原名胡邦憲，胡邦彥兄弟，1920 年 11 月 18 日生於江蘇鎮江。現為紐約哥倫比亞大學終身教授）的文論《從荷馬談到今後的抗戰文藝》、譯作《美國大學畢業生的見地》、雜論《希特勒的敵人》等，新聞學系曾島、穆仁等人的小說創作，逐登泰的青海「花兒」藝術研究論文，……如此等等，不勝查舉。限於時間和精力及研究條件限制，暫未及考察、研究，特此說明。

第二節　復旦作家群文學活動的形態分析

一、運動還是活動？

　　最初提到復旦作家群文學現象的時候，有人主張用運動做題名，即「重慶復旦大學作家群的文學運動」。這一開始沒有引起任何異議。究其根源，學界有人指出，早自 1933 年王哲甫的《中國新文學運動史》用「新文學運動」命名後，又現出了 1934 年伍啟元在現代書局出版的《中國新文化運動概觀》、1935 年王豐園在北平新新學社出版的《中國新文學運動述評》，到 1938 年周

〔註 372〕《復旦大學校刊》1939 年元旦復刊號有《文史地學會歡迎新教授：舒舍予勉同學讀活書，盧前證孔子發明英語》的消息。《民族詩壇》月刊由于右任創辦在 1938 年 5 月創刊於武漢，同年 10 月以後轉到重慶，由有江南才子之稱的盧冀野任主編，直到 1945 年 12 月停刊，共刊出 5 卷 29 冊，是抗戰時期文學刊物中以發表舊體詩詞為內容的影響較大的一本詩刊，舊體詩在前，新體詩在後，並且以舊體詩為主。該雜誌並不單純是舊體詩歌發表的文藝陣地，同時也兼具國民黨文化宣傳的職能，是聚文化與政治於一身的合併體，它是「以韻體文字發揚民族精神，激起抗戰之情緒」為主要宗旨，作品多表達愛國情懷，痛斥日本侵略行徑為題。內容大體分為詩錄、詞錄、曲錄、新體詩錄、詩壇消息、詩評，以及有關詩詞發展歷史及現狀的理論文章，為研究民國時期的詩詞提供了一些資料，也對研究抗日宣傳具有一定的價值。

揚在延安魯藝為講授「中國文藝運動」課程而編寫《新文學運動史講義提綱》，「第一次全面而系統地以『新文學運動』這一概念作為關鍵詞來結構和涵括整個新文學的實踐歷程」，「全部內容可以說都是關於文學運動的」，〔註373〕從那時起，「以『運動』的觀點來解釋、描述『新文學』實踐的歷史發展過程很快成為此後新文學史著作撰寫中人們普遍採取的模式。」〔註374〕1944年5月河南前鋒報社出版任訪秋的《中國現代文學史》上卷，敘述並分析總結了五・四文學革命運動及其取得勝利的原因。1947年9月現代出版社出版藍海即田仲濟的《中國抗戰文藝史》，就以文學運動為重點，且第三章為抗戰文藝運動的全面記敘，將文學運動與文學創作相提並論，並以之統領「文學創作」，強調其對文學創作發展的決定性作用，二者之間呈總論和分論關係。

然而，隨著對復旦作家群文學現象的較深入瞭解，我們開始考慮到，運動，在體育範圍之外，常用以指在社會群眾間有意義的宣傳活動，具有鮮明的目的性、計劃性，尤其是具有組織性。而用以表明以文學的方式發起為特定目的服務的相關工作的高度的自覺性，與復旦作家群文學現象在事實上是不相符的。

前面我們已經指出，復旦作家群與一般的文學流派、文學風格的劃分不同，是純以重慶復旦大學校園這個空間為中心點，以是否在復旦工作或學習或參與過復旦師生的文學活動為依據來界定的。但自 1938 年初復旦遷至重慶，再到 1946 年夏秋復員上海，其間復旦大學校園裏的教師作家有去有來，學生作家每年都有人因畢業而離開，也每年都有人因入學而到來，加上校方始終響應國民政府的指導方針，號召廣大學生以學業為重，對文藝活動雖不曾嚴加反對，但也從未加以自覺的組織。我們所要描述的復旦作家群文學現象，雖然有少數學生社團確實是中國共產黨人或明或暗的支持下出現的，如漆魯魚支持過文種社，方璞德對抗戰文藝習作會的組建，但這畢竟是極個別的，其他師生作家則基本是自發開展文學文藝活動的。即使單就幾乎所有師生作家的文學活動都離不開抗戰這個時代總主題而論，那也是師生作家作為中國國民在那個民族危亡的緊急關頭，所做出的自然而然的選擇。也就是說，

〔註373〕錢文亮：《新文學運動方式的轉變》，上海：上海文化出版社 2010 年 9 月版，第 7 頁。
〔註374〕錢文亮：《新文學運動方式的轉變》，上海：上海文化出版社 2010 年 9 月版，第 8 頁。

－187－

整體上看，重慶復旦作家群的文學活動，既缺少組織性，也無從確認其計劃性。因此，不宜用「運動」來命名，或加以描述和闡釋。

為此，我們決定採用「活動」，於是，就有了「重慶復旦大學作家群的文學活動」。活動，雖然字典裏其多個義項中有與運動是相通的，但總體上僅止於強調由共同目的聯合起來並完成一定社會職能的動作的總和，在共同服務於抗戰建國這個偉大時代的歷史目的之外，並沒有統一的組織，更沒有明確的整體性的計劃，而呈現出零散、無序等特徵。這與復旦師生作家群文學現象在事實上是相一致的。復旦校內學生文藝團體中，確實有抗戰文藝習作會不僅由中共地下黨員方璞德發起組建，而且還踐行文協「文章下鄉」的倡導，有計劃、有組織地到合川等地開展抗戰文藝宣傳，為民眾和士兵作抗戰宣傳演出，還為《合川日報》主編抗戰文藝副刊《號角》，但這在整個復旦作家群文學活動中只佔了很小很小的比例，只能算是個別現象，不能算是整體性的特徵。

當然，我們不能否認，在復旦大學校園之外，中國共產黨的確非常重視文藝的力量，確實用心、用力做了一定程度的積極組織，在某些範圍內尤其是延安等解放區範圍內形成了抗戰文學運動的態勢。同樣，我們也不能無視國民黨所組織的三民主義文藝運動，儘管在聲勢上不如前者，在後來的歷史中也沒有得到像前者那樣的文學史描述。我們自然更不會忽略全國廣大文藝工作者自發響應中國共產黨「建立抗日統一戰線」、「全中國人民、政府和軍隊團結起來，築成民族統一戰線的堅固的長城，抵抗日寇的侵略」的號召，組織了中華全國文藝界抗敵協會，以及各地文藝界救亡協會，以抗戰文藝為武器，向群眾進行抗日救亡宣傳，激勵民族精神，鼓舞國家力量，從而在整個抗戰期間發揮了積極而重要的作用。

二、個體與社團

前面對復旦作家群文學活動的歷史梳理，已經自然表明，復旦作家的文學活動，在具體形態上不外乎兩種，即個人和社團。因此，這裡我們主要簡要分析說明一下這兩種形態之間的關係，以及這種關係對於復旦作家群文學活動的意義。

抗戰文學就是為抗戰服務而進行文學創作，要文學發揮社會宣傳作用，為抗戰服務。我們無法否認中外歷史上都有過強調文學的社會效能的主張和

實踐。但我們認為，文學創作在根本上從來是個人的事業。強調文學的社會效能，是對文學的功能性的發現和自覺運用。但文學的功能、文學的社會效能，只能產生於文學的藝術美，只有當文學作品能夠沁人心脾，動人情感時，才會產生社會效能。文學是用形象說話的藝術，不能以說教的方式發揮作用，不能主題先行，然後再去找典型來作例證，或者主觀地創造某種典型來體現某種主題理念，作圖式化的形象塑造。「文學就是文之學，不是政治的奴僕，更不是政治的娼妓。文學首先要有文、有藝，然後有理，然後有潛移默化的社會效果，才有偉大的時代作品和作家。」〔註375〕因此，儘管有集體文學創作的事例，但迄今為止，真正偉大的文學作品，都是以個體形態存在的作家的獨立的創作，是體現作家個人的自我超越、超越前人、超越時代的藝術創造。

　　基於以上認識，我們要說，重慶復旦作家群的文學活動的個體和社團兩種形態中，個體是根本的、奠基的形態，個體能夠從事文學創作、願意開展文學創作，是文學社團能夠組建的前提基礎。正因為此，一個文學社團裏，不可能個個都有高超的文學創作能力、都能創作出優秀的文學作品，也不可能要求人人都具有一樣的文學創作傾向、表現出一樣的文學風格。事實上也只會是這樣。如果僅有漆魯魚的囑咐，而拱德明自身沒有文學才能，就不可能會有文種社。方璞德作為中共地下黨員，以復旦大學學生的身份復學，但他本人所擅長的是黨群工作尤其是革命文化宣傳工作，而不在文學創作，因此他只能組織抗戰文藝習作會，以組織會員閱讀、討論、研究抗戰文藝作品，鼓勵會員嘗試創作抗戰文藝習作為旗幟，而在實際上以發揮他所擅長組織文藝下鄉宣傳抗日建國的活動為主，因而，這個文藝社團真正貢獻的文學作品不多，更缺少形成自己風格特點的作家作品。相反，由姚奔基於自己個人的文學興趣，在老師尤其教師作家靳以的培養和鼓勵下，走上文學創作道路，並先後發起組織文藝墾地社、詩墾地社，將鄒荻帆、張凡、曾卓、冀汸、綠原乃至化鐵、路翎等頗具文學才能的人聚集到一起，除在校內出版的《文藝墾地》大型壁報影響很大之外，正式出版的《詩墾地叢刊》貢獻了許多優秀詩歌作品，更是成為全國愛好詩歌青年人同聲相應，同氣相求的一塊詩歌園地，從中走出了鄒荻帆、綠原、冀汸等被文學史家歸為「七月派」的優秀詩人。其

〔註375〕馬識途：《文論講話》，見馬識途文集（第16卷）》，成都：四川文藝出版社，2018年5月版，第209頁。

中，貢獻了詩集《童話》，又以政治諷刺詩引起焦點式關注而被稱為「政治詩人」的綠原，更是在 1940 年代的詩壇廣受關注，不僅其早期詩作《小時候》被收入臺灣教科書，他自己也被認為是七月派詩歌創作成就最高的詩人。

　　一個作家選擇個體形態從事文學創作，或是選擇組建或加入文學社團，其動機都是多種多樣的，很難一刀切地做出什麼判斷。復旦教師作家的文學活動基本上是個體形態的，如靳以、翁達藻、馬宗融、梁宗岱等，他們都是十多年前就已走上文學道路，廣為文壇所知，有的還有著極大的文學抱負，如靳以；有的基本不再從事新文學創作，如梁宗岱；有的因特殊際遇而生活方式懶散閒逸疏於創作，偶而動筆且不再看重，如馬宗融；有的雖不以文學為事業卻對定型化的文壇極其不滿，進而預言並用自己的實踐開始創造「明日的中國文學」，如翁達藻。有人說，「真正的作家狂而不傲，傲而不慢，人到有資格狂傲時，便不會狂傲了。當在未成為偉大作家時，難免要狂傲一時，有的作家成名後仍然狂，但不妄不傲。」〔註376〕這些教師作家本身應該都是有資格狂妄的——他們為中國文學貢獻的文學創作和文學翻譯的作品，即使在抗戰爆發後的文壇，也足以讓他們有狂妄的資本，但我們在他們身上，可以看到自己個人文學才能的自信，卻不是自負；他們會為自己的文學創作驕傲，但真的「不妄不傲」。他們是大學教師，也是學生作家們文學創作上的老師，他們用自己的文學生命教育了學生作家。

　　而學生作家的文學活動則複雜得多——那些以個體形態從事文學創作的學生作家，如果不曾為社會貢獻過優秀文學作品，很可能無聲無息、自生自滅，不為人所知；而真正貢獻過優秀文學作品的學生作家，能引起文壇關注和重視的，確實不多。目前能列出的，一是 1940 級新聞學系的謝德耀（筆名布德）。他進復旦前已經發表過許多文學作品，並以日兵反戰小說《第三零三個》聞名於當時的中國文壇，還出版過散文集《獅子狩》，復旦期間貢獻了中篇小說《赫哲喀拉族》和短篇小說《愛與仇》、《紅顏》、《笑渦》等，和《窗》、《夢》、《馬車》等散文，和寓言體童話《頂點的開闢》，以及《四萬萬個和一個》（1940）等詩作、《轟炸散記》（1940）等報告；二是 1944 級新聞學系的王公溥（筆名聾亮、王火等）。如果從大文學的視角來看，他在《時事新報》上以「王洪溥」、「王公亮」等署名發表的一系列通訊，在當時引起較大的社

〔註376〕馬識途：《文論講話　馬識途文集（第 16 卷）》，成都：四川文藝出版社 2018年 5 月版，第 209 頁。

會反響，也可以算在內。他們是抗戰烽火中鍛鍊出來的新一代，他們的文學才能與時代一起成長。謝德耀的「早熟」讓他近乎「唯我獨醒」地選擇了個體地從事著自己以啟蒙為旨歸的文學創作，與復旦校內文學社團較少來往，與其他作家的私交也僅限於小範圍。王公溥則由於家中老父被日寇所害、加上對政治形勢嚴峻有切身的體驗，而「明哲保身」無我獨行地從事文學寫作和新聞報導。

　　復旦學生作家文學活動，多數是以社團形態展開，他們個人也因社團而為人所知。在個人、集體、階層和民族、國家之間，他們意識到個人力量的渺小和微不足道，在抗日救亡的文藝宣傳上，單兵作戰的社會效果是明顯不如有隊伍的集體作戰的，最好是同聲歌唱，集群力以啟蒙之火燎原而救亡。於是，在有了各個文藝社團、非文藝社團的組建之後，又有了社團聯合組織有規模的文藝宣傳活動如詩歌朗誦會，又有了中國學生導報社發起的壁聯，等等。

　　綜觀復旦學生作家們所屬的文藝社團、非文藝社團，包括戲劇團體，大致可以分為兩類：

　　一類社團的組織機構較為健全，有相對明確的運行機制，集體文藝活動開展有計劃、有組織，活動效果較明顯。如抗戰文藝習作會，作為「直接由學校的地下黨組織所領導的」〔註377〕學生文藝社團，實際上是「當時比較突出的群眾團體，是地下黨進行群眾工作的主要基地」〔註378〕。它成立後，迅速組建了總務、宣傳、組織、寫作等組，分工合作，積極開展廣泛的抗日文藝宣傳活動。（具體分工詳見第二章「（一）文藝社團的文學活動」中「抗戰文藝習作會」部分。）由於機構健全，機構責任人員明確，加上當時大家抗日情緒普遍高，很是積極主動，工作計劃性強，實施領導得力，該社團開展的各項活動，無論是走上街頭、深入農村和礦區（如白廟子煤礦）宣傳、抗戰義賣、捐獻和戲劇演出，和群眾歌詠、出外演出、遊藝會、參觀訪問，甚至遠足旅行，演出話劇慰勞官兵，舉行軍民大聯歡大會，還是體現其文藝性的進步文學作品研讀與理論探討、集體文學創作嘗試、討論時事，「『與抗戰無關』論」等問題的報告、演講或座談，油印刊物、壁報和報紙副刊《號角》的編出，都顯示

〔註377〕苑茵：《抗戰時期復旦大學學生活動的一些回憶》，載中共重慶市北碚區黨史工作委員會編《北碚黨史資料彙編　第7輯》（內部資料），1986年12月本第24～25頁。
〔註378〕朱立人等：《為了祖國的明天——復旦大學地下黨領導群眾鬥爭史料集》，上海：復旦大學出版社，2002版，第39頁。

了充分的組織性，一切有條不紊，在合川等地影響廣泛，因此也取得了相當於第五戰區戰時文化工作團或上海救亡演劇二隊的工作效果。

此外，作為於中共南方局青年組復旦「據點」「七人文談社」〔註 379〕擴大成果的文學窗社，成立於 1944 年 7 月 4 日的中國學生導報社，機構設置也相當健全，在後者中總幹事為杜子才，編輯部負責人為戴文葆、施暘，經理部是吳景琦、劉宗孟，推進委員會由陳以文負責，財經委員會則有陳其福和王蘭駿。另外，夏壩風社原本沒有正式的組織和章程，在副頁《文學窗》獨立前後也加強了組織建設，1944 年 11 月 8 日，夏壩風社改選陳孝先、張銘龍分別為正副社長，負責社團活動總籌劃和壁報《夏壩風》的編辦。〔註 380〕還有各戲劇團體，由於戲劇演出的特殊性，也有較嚴密的組織分工，但多是臨時性的，各組負責人往往因劇而異。

另一類則純係愛好文學的學生自發組合，無所謂組織建制，沒有社長等職務，也沒有什麼章程之類，其文藝活動的開展過程中，大多數時候是集體合作完成，僅有很少的時候會分工，如油印、發行等環節，因而其文藝活動計劃性、組織性都不規範，範圍狹小，效果也不明顯。詩墾地社、嘉陵風社、新血輪社等，都屬於這一類。詩墾地社、新血輪社應該算是例外，尤其詩墾地社，其活動開展機動性非常強，只要大家認為時機適合就座談、審稿等，憑著全體成員對於詩歌的熱愛和彼此間的相互信任，群策群力，硬是將《詩墾地叢刊》辦成了中國新文學史上的一份新穎、傑出的詩歌刊物。

復旦作家群的文學活動，無論是個體形態，還是社團形態，都離不開那個偉大的抗戰時代，都不約而同地，或直接或間接地，為抗日救亡服務。選擇個體地從事文學事業的作家，並非與選擇社團開展文學活動的作家完全不相往來。而正如前面的說，文學在根本上從來是個人的事業。許多社團的學生作家，雖然加入了社團，但仍然以個體從事文學創作為根本，往往同時加入若干個社團，在不同社團中充當不同的角色，在不同社團中間發揮著集結

〔註 379〕所謂「據點」，指抗戰時期國統區中共南方局青年組為領導和聯繫進步青年學生而建議的聯絡網點，具體就是在進步青年學生中建立的三五人組成的不定型、也沒有固定名稱、沒有固定工作方式，卻又能團結在中共周圍、具有一定戰鬥力的行動組織，在學習生活中附帶研究時事問題和重要政治文獻，做調查與通訊工作。

〔註 380〕《夏壩風改選》（消息），載《新血輪》報第 78 期，1944 年 11 月 9 日第 1 版。

群力不可或缺的紐帶作用。而教師作家多為個體形態，也同樣不是與社團完全無關。如靳以，他進入復旦任教，實現了「從個人到眾人」重大轉變，而與青年學生，尤其是學生作家，特別是詩墾地社作家的關係密切。復旦教師作家和學生作家在抗戰大時代中結成一體，共同為服務抗戰，個體不可能完全離開群體，群體更不能沒有個體。在重慶復旦大學校園裏，他們是一個整體，一起構成了重慶復旦大學作家群。

第三節　復旦作家群文學活動的實績

我們搜集所得的資料顯示，復旦作家群不僅給我們留下了為數不少的文學作品，包括文學譯作和理論探索論著，而且其中不少人在後來的文學道路上取得了巨大成就，在中國新文學史上佔有一席之地。復旦作家們的筆耕廣涉詩歌、散文（雜文）、小說、戲劇等各種體裁，各類文體創作成績厚薄不一。鼓吹抗日必勝，歌頌抗日人事，抒寫對遭受戰難的家鄉親人的深切掛牽，表達對新生的渴慕，抨擊現實的不合理與黑暗腐朽，展示一己之戰鬥姿態以及個人情感世界的「大我化」，所有這些在當時重要的文學主題，在他們的作品中都得到了或一程度的表現。

一、文學創作

（一）詩歌

詩歌不是年青人的專屬文體，卻是最適應那個激奮年代的人們尤其是青年們急切的情緒表達的需要。復旦作家群裏不僅詩人最多，而且在實際創作中，詩歌作品所佔的比重也明顯高於其他各類文體。比如，詩作和詩論，在《文種》45 期副刊和《文學窗》副刊 23 期上都佔有 1/3 強的篇幅，在《中國學生導報》文藝版（不完全統計）所佔的篇幅則高達 1/2 強。就質量來講，正是這些詩作中的優秀篇什首先將復旦校園文學載入了抗戰以後的文學史冊，它們也正是我們今天考察的興趣之所在。

除了端木蕻良的新詩《嘉陵江上》，陳子展的《背牽歌（仿民謠）》、《打柴歌》、《扮禾歌》、《車水歌》、《搖櫓歌》等歌謠，和陳子展的舊體詩《悼王禮錫兄》、新詩《悼聶海帆》等，和馬宗融的新詩《太陽》等少數教師作家的作品外，最先引起我們注意的，是文種社詩人玲君。

　　玲君（1915～1987），天津人，原名白汝瑗。青年時代在南開中學、輔仁大學、燕京大學就讀，受到進步思想影響，投身反帝反封建鬥爭，並參加了「一二‧九」運動。此間他以玲君為筆名發表了《二月的 Nocturne》、《樂音的感謝》、《鈴之憶》等許多進步詩篇。1937 年 7 月 1 日新詩社以「新詩社叢書之三」出版了他的詩集《綠》，聞一多給予了很高評價。抗日戰爭爆發後，他從北平流亡，借讀於復旦大學，旋即參與組成文種社。1938 年 4 月離渝赴武漢，5 月赴延安，入抗日軍政大學、魯迅藝術學院學習，次年加入中國共產黨。儘管他在復旦的時間很短，但他留下了《北方懷念》、《哀北平》、《四騎士》、《給少年戰鬥者》和《前行》等五首詩，並且每首詩都表明他出手不凡，不僅當時就極得好評，而且到時隔六十多年後的今天，他的社友們還能背誦其中的詩句。〔註381〕對於人和土地「互相依附的聯繫」的歷史體認（《北方懷念》），對於國家民族所處的屈辱的現實在文化上的造因之深切感受（《哀北平》），使他的詩在抒寫顛沛流離者眷懷故土的同類作品中顯出鮮有的深沉的歷史感，這裡所生發的對國家民族在文化上涅槃的期盼、對個人獲得新生的渴望、對復仇行動的思考（《四騎士》），以及對於「少年戰鬥者」的囑望（《給少年戰鬥者》），都很堅實，少有當時「同聲歌唱」的詩壇普遍存在的虛空淺浮毛病。而他藉以對抗戰初期屬於自我也屬於整個民族的複雜情緒體驗作記錄的近乎純粹口語的詩歌語言，及其所營造起來的藝術空間，在後來的詩墾地詩人中，也鮮有可比。

　　文種社的成員中較專力於寫詩的，還有三位。倪端的《中國的女兒》、《鬧市的行獵者》與子灩的《縫寒衣》，白莎的《給 TL》、《生活》、《跨出了門檻》等詩作，多取材於周遭的事象，或歌頌，或諷刺，或抒情，更為淺白易懂和平實近人，但不如玲君的詩值得回味。

　　《文種》刊出的外稿中，藍仲達的《補綴山河的手呢？──致後方的婦女》，劉碭叔的《亡土》、《流亡者》，段石秋的《送征夫》，秉乾的《向貴人吶喊》等詩作也頗值一讀。

　　皖南事變前後聚集起來的詩墾地詩人群的成績最能顯示復旦校園詩歌的整體實績，是他們豐厚的創作奠定了復旦校園詩歌的文學史地位。他們大多

〔註381〕張天授：《玲君的兩首逸詩和他的生平》，《中外詩歌研究》1995 年第 1 期。
　　　　2000 年 11 月 1 日訪問姚天斌（沈均）先生時，曾聽他背過玲君《哀北平》
　　　　中的詩句。

深受胡風文藝思想影響，認胡風為「詩宗」〔註382〕，其中的代表詩人如鄒荻帆、綠原、冀汸、曾卓、化鐵等人被歸為「七月派」作家而載入史冊，甚至於他們的刊物「詩墾地叢刊」和副刊也被認作「《七月》停刊後，『七月詩派』的一塊重要陣地」〔註383〕，他們整體上被認作「是七月作家群的一個組成部分」〔註384〕。這群詩人中除上述的鄒、綠、冀、曾、化等人外，還有一些文學（史）研究界鮮有提及但實際上相當重要的詩人，他們也有不少作品已被收入《中國抗日戰爭時期大後方文學書系——詩集》、《中國四十年代詩選》、《中國新文學大系 1937～1949 年詩卷》、《世界反法西斯文學書系——中國詩卷》等著名書系。他們是姚奔、張凡、張芒……他們一樣都是「世紀的兒子」！姚奔、鄒荻帆、綠原和冀汸後面將作專節研究，此處僅就在幾個之外頗能顯示其文學實績的曾卓、化鐵作簡略的分析介紹。

　　曾卓（1922～2002）湖北黃陂人，原名曾慶冠。1936 年發表詩作《生活》。在武漢與朋友們共同組織了一個讀書會，主要討論文學創作，有時也探討時事。1938 年流亡到重慶，在復旦中學完成高中學業。其間向《文群》投稿，開始得到靳以的指導。1940 年經田一文認識了在復旦待考的鄒荻帆。次年高中畢業後在復旦校友服務部找到一份工作。就這樣，曾卓參與了復旦校園的文藝活動，他的詩歌創作熱情，也由此得到進一步的激發。1943 年就讀於中央大學歷史系。1944 年以後 10 年基本停止了詩歌創作。他的優秀詩作曾結集為《門》和《春夜》，分別編入「詩文學叢書之一」和「詩墾地叢書」出版。曾卓的詩表現了對淪陷敵手的家鄉親友的思戀和對青春年華的留連。如在《元宵夜》中他寫道：

　　　　「我摸進家門。／小的屋，／小的燈火，／我獨自守定了／一片難捱的憂鬱。／家鄉的影子浮在心頭，／懷念故鄉的一根草，／一朵花。／用悲傷的情調／哀悼逝去的年華。／默念我的童年／和著家鄉的平安凋落了，」「隔壁迷漫來／一陣催眠歌，／使我想起了／遠在天外的母親。／敵人的毒手／拉我們到兩極。／不同的地方，／懷同一的思想。／苦難和忿怒折磨我；／當也折磨著母親。／難

〔註382〕李萱華：《活躍在北碚的抗戰戲劇》，見何建廷主編《抗日戰爭時期的北碚》（碚文史資料第四輯）第 223 頁，北碚三峽印刷廠 1992 年 10 月印。

〔註383〕蘇光文：《抗戰詩歌史稿》，成都：四川教育出版社 1991 年 12 月版，第 114 頁。

〔註384〕李怡：《七月派作家評傳》，重慶：重慶出版社 2000 年 1 月版，第 158 頁。

道一頭青髮／已變成根根銀絲？／母親，／你此刻也在想著你的孩
子？」「燈花隨著夜風落了，／門外的歡呼遠了，／和著衣，／我輕
輕在木床上躺下。／讓忿怒和鄉愁，／到夢裏開花。」

——《元宵夜》

《寫給一個死了的鬥士》則是對犧牲在敵人毒手下的兄弟「年」的哀悼。
曾卓的詩中仍然貫穿著那種「世紀憤怒」，即使在晴朗的月夜裏，一支哀怨但
也熱烈的歌一旦觸動詩人對國土的記憶，就會燃起詩人的憤怒：

而如今／半壁江山上／卻伸進敵人的鐵蹄了！／健壯、熱情，
如我如你的年青人，怎麼能夠沒有忿怒與反抗？

——《夜曲》

每逢節日這種「憤怒」表現得更為強烈：

披著黑色的愁苦的外衣／受難的國度與受難的人民，／屬於他
們自己的狂歡夜／安排在時間無窮線上的哪一端呢？

——《除夕》

對那種「曾經用美麗的謊言欺騙我們的」、「曾經用前進的姿態來吸引我們的」
叛徒，詩人嚴正宣告：

我們的門／不為叛逆者開！

——《門》

曾卓更與眾不同的，是他那些專力描寫青春期個人情懷的詩，如《青春》、
《別前》、《祝福》、《抒情兩章》等，它們在一定程度上使 1940 年代中國人尤
其青年們的人生狀貌在文學裏顯得更豐富完整，也更顯真實。

化鐵（1925～2013）原籍四川奉節，生於武漢，原名劉德馨。13 歲流亡
回奉節。1939 年隻身到重慶謀生，進合川鋼鐵廠當工人，負責在化鐵爐上投
放配料（這是他「化鐵」筆名的直接來源）。次年又到北碚後峰岩礦冶研究
所作練習生，認識了那時正在研究所會計科工作的路翎，又經路翎結識了阿
壠和復旦搞文學的學生們。正是在與這幫文藝朋友的交往過程中，化鐵開始
了文學寫作，並參與了《詩墾地》的工作。1942 年 5 月他的《送 C 君》發
表在「詩墾地叢刊」第三集《春的躍動》上。1943 年他考進沙坪壩的中央工
業專科學校化工科。旋即第一次拜訪了住在張家花園的胡風，得到胡風的關
懷和支持。胡風評價他的詩「《暴雷雨》很好，《母親》草率了一點，應該更

好的。」〔註385〕後來胡風將他的幾首詩發表在《希望》上，還將他的詩集
《暴雷雨岸然轟轟而至》編入「七月詩叢」第二輯出版。

化鐵的作品不多，1941～1948年不到10首〔註386〕，但他「一出手，就
差不多找到了自己底語言、自己底形式，使自己底情緒脫穎而出。」〔註387〕
因而，這不多的詩歌作品就實實在在地確立了化鐵在文學史上的席位。他最
早的詩《船夫們》表達的也是那種「世紀憤怒」，和由此而引發的奮起反抗和
控訴：

> 他們／拖著山嶽／拖著河流／拖著古老的中國呀／以奇蹟的
> 力／以永遠不屈的意志／以酷烈的痛苦／以寡婦的焦渴的血／以
> 孤兒底淚／他們要拖到哪裏去呀
>
> ——《船夫們》

化鐵以內在的，渴望打破舊世界的理想和熱情，感動了氣勢磅礴的「暴
雷雨」：「風走在前面，前面。／／現在，雲塊搬動著。／從天底每個低沉烏暗
的邊際，／無窮盡的灰黑而猙獰的雲塊底轟響，／奔駛而來，／以一長列的
保衛天底真實的鐵甲列車／奔駛而來，／更壓近地面，更壓近地面，／以陰
沉的面孔，壓向貧苦的田莊，壓向狂嘯著的森林，／無窮盡的雲塊底搬動，
雲塊底破裂，／奔駛而來，／從每個陰暗的角落裏扯起狂風底挑戰的旗幟。」
這暴雷雨的戰鬥力直接「嚇住膽小的女人們，／嚇住正在關著窗戶的富人們，
／從地裏爆裂出來，從天上轟響而來，／把完全憤怒了的黑色的沉重的雲，
壓得更低，壓得更低」；「隨後，一個大的破壞在地面開始了。／／舊的脆弱
的折斷在風底急浪裏，／山洪從地裏爆發，響應，／河流崩潰，／古老的房
屋搖動，吱吱地響了——／讓地主們從被窩裏伸出頭來，想著他底穀倉。／
好呀，一個大的破壞在地面行進！／／喏，喏！／暴雷雨不過是一次酷熱的
結果；／沉悶的電子磨著牙齒，／輕快的雨粒和雨粒底碰擊，／原是從地面
昇起，／現在從天際蜂擁奔駛而來。」（《暴雷雨岸然轟轟而至》）

富人地主也是中國人所承受的苦難的製造者。但最令詩人醉心的，還是
「在暴風雨後面原還有溫暖的像海水一樣的藍天，／還有拖長著身體的柔美
的白雲，／還有雀鳥，／還有太陽底黃金。」為著這令人心醉的一切，他還將

〔註385〕胡風：《胡風論詩》，廣州：花城出版社1988年版，第96～97頁。
〔註386〕李怡：《七月派作家評傳》，重慶：重慶出版社2000年1月版，第187頁。
〔註387〕胡風：《胡風論詩》，廣州：花城出版社1988年版，第96～97頁。

法西斯主義者的文化予以無情的真實揭露：

> 他們的文化已經喂了狗／／他們的美術做了商店底招牌；／他們的音樂只是在賣淫的酒席間演奏。／／他們的科學只是殺人；／他們的哲學製造著戰爭。／／他們的女人生著孩子；／他們的文藝被人強姦。／／他們的水手們死在深山裏；／他們的兵士們死在邢臺上。／／他們的種田人沒有飯吃；／他們的小孩都做了強盜。……
>
> ——《他們的文化》

從整體上看這幾首詩，化鐵的「世紀憤怒」是直指國家民族未來的「新生」的。這在當時無數抒寫「新生」的作品中無疑是獨特的。

此外，化鐵的《請讓我也來紀念我的母親》的第一節只有一行，極其突兀，卻具有著空前巨大的衝擊力：「但我的母親卻是愚蠢的。」稍加細思，就不難明白，詩人是將標題算做了詩歌文本的第一句。接下來的文木，似乎是圍繞「愚蠢」二字展開的。第二節先再次強化了她的「愚蠢」：「她沒有被染上詩人的金色的智慧，／也更沒有夢想她的兒子在用詩篇紀念她。／——我的母親／是愚蠢的。」接下來，詩人和盤托出一個人子對母親的最質樸的真實印象，這些印象告訴我們，這「愚蠢」是另一個世界給母親的評語，是富人們的給母親的評語，而在詩人心目中，母親是「可憐的」，更是「偉大的」——

> 她是從另一個世界裏爬出來：／從肥皂泡沫裏爬出來／從漿硬的衣裳堆裏爬出來／從富人們替她造好的窄門裏爬出來／用她自己的那雙粗糙而裂縫的傭人的手繭！／我的母親。／／她還從戰爭的這頭到那頭裏，／用她農民的純樸想念已往；／向她的兒子訴說一些誠懇的廢話。／但同她共度那些歲月的兒子／卻不得不走了。／／——她應該痛哭流涕嗎，／我的可憐的／偉大的／母親？／／怎能不痛哭流涕呢？／那應該痛哭流涕的／太多了呀，／／昨天，／她給我來信說：——／／百物高漲。／但這裡並沒有什麼人能欺侮我，／我自己過活得很好。／／你四舅昨天夜裏獨自跳江死了；／到第二天別人才把他撈起。／我哭著，又傷心著；／傷心著又哭著。／／大家都知道他的仇人是誰，／鄰人們都瞧著屍體。／沒有人敢講話。／／……
>
> ——《請讓我也來紀念我的母親》

直面母親和「金色的智慧」之無關，與貧賤、苦痛、善良、堅忍，以「愚蠢」作斷語，作為對母親的紀念，這需要何等坦誠，何等率真，何等質樸的胸懷啊！這樣的紀念或許也能給予人們暴雷雨般的啟示吧。

作為校外人，化鐵參與了復旦學生文學活動，且水平頗高，然而他畢竟不是復旦教師或學生的身份，而且「由於量底不多，雖然質底強大迫使了人不得不向他注視，到底也沒有好多人注意他和他的詩呢。不容易寫，也不輕易寫，這就決定了他底產量，也決定了詩中的密度。」〔註388〕迄今為止，除開重視並下力研究七月派詩的人外，關注化鐵和他的詩的人，極少。

詩墾地社的其他詩人中，張凡的《生活》展示了生活的豐富內涵，表達了對生活的熱愛；張芒的《鑼鼓》滿懷感激地讚美了那使他聽見「這鄉村的苦難，／和人民的流淚的音樂」的家鄉鑼鼓；史放的《十一月的流》抒寫了青年學生的反獨裁爭民主自由的遊行示威運動。此外，桑汀（馮白魯）的《向紅色的行列放歌》，嚴小章的《海是我們的家》、《星及牧歌》，施暘的《飛向藍天》、《燈前草》，白岩的《窗》……等等，都各有特色，值得注意。

夏壩風社的詩人中，麥波的詩作查到兩首，一是《今天是我們的日子——為紀念三八節而作》，發表在《青年人》1941 年第 1 期；另一首《告訴我春天快要來了嗎》發表在 1942 年 3 月 3 日的《國民公報》副刊《詩墾地》第 3 期。《告訴我春天快要來了嗎》一詩首先引人注意的，是詩人那細膩、敏銳的感受力。從遙想「那嫩綠的春天／翡翠的春天」快要來了，到直接在想像中感受春天：「我彷彿已經看見了／河裏的冰溶化時細碎的聲音／聽見了那情人低說般的／春天滔滔的聲音／聽見了植物根毛暢快地吸水地聲音／以及種子抽芽時摩擦土地的聲音」。讀到這裡，我們不禁要問：還有什麼能逃脫詩人的心眼呢？春天之於詩人意義，自然不止於此。農諺有云：一年之計在於春。詩人更敏銳地感受到了春來快要來臨之際的農人生活。詩人「彷彿看見了」「勤苦的農人／整理著耕犁和鋤頭」，圍坐火堆悠閒地吸著旱煙袋，「津津有味地談論著／播種的故事」，進而，詩人還「像看見了豐收的秋天／他們樸質的臉上／掛上了天真的笑／指手劃腳的談論著莊稼的吉兆」。在詩人對生活美好願景的細膩抒寫中，我們感受到詩人對於生活的由衷熱愛，對美好未來的固執嚮往。正是這熱愛和嚮往，讓詩人相信：「是的，春天快要來了／我已經臭著

〔註388〕阿壟：《化鐵片論》，見阿壟：《人‧詩‧現實》，上海：三聯書店 1986 版，第 211 頁。

了／春天芳香的氣息／聽著了／偷偷地走來的春天的腳步／小鳥在枝頭唱著迎的讚歌／枯樹搖擺著瘦削的手掌／像微風中的狗尾草般／在激情地招呼春天」。春天就在詩人的心裏。春天招呼著詩人，召喚著詩人。當詩人的心「像春情樣激動／愈快快要像奔泉樣湧出」之時，春天就來了，詩人也要勞動起來了：「我將要穿起那有春之色的軍服／騎著像春天樣活潑的戰馬／載著春天的愉快／衝過凝滯的冷霧／笑迎著鮮紅的黎明／像暴發的春水般／馳向那燃燒著／正義的烽火的地方」，然後「像辛苦的農夫／用犁鋤／把荒蕪的春的田野的雜草剷除」，「像獵人／捕殺那踩躪春的土地的野獸」，「架起真理的槍炮／消滅那破壞春天的美的／搶掠春的寶藏的／醜陋的強盜」。「軍服」、「戰馬」、「正義的烽火」等意象的陡然出現，一下子把我們帶到了詩人生存的現實中，我們也似乎一下子明白了詩人為什麼要求「告訴我春天快要來了嗎？」原來，這裡還彌漫著「凝滯的冷霧」，還有「雜草」等待剷除，還有野獸在踩躪土地，還有醜陋的強盜在「破壞春天的美」「搶掠春的寶藏」。生存在這樣寒冷的冬天裏，詩人能不盼望春天快來嗎？有夢就有動力，就有希望，就有未來，就有奇蹟，夢的翅膀會帶領詩人，以勤苦的農人為榜樣，勇往直前，用除草、捕獵、消滅強盜的戰鬥，經營春天，走向豐收的秋天。全詩在白日夢般的平實抒寫中，透著柔弱卻又不乏剛強的戰鬥意志，正因為這樣，詩人對春天的感受才會那樣細膩，我們也才會從中感受至詩人對生活的熱愛、對美好未來的熾烈憧憬。

夏壩風社最有名的詩人是張天授。張天授（1916～2006）四川人。中學時就開始發表詩作，並有作品被葉聖陶先生選入《開明活頁文選》中。他經常給《文種》副刊投稿，在上面發表了《祭──悼幾個在魔手裏死去的青年》（第8期）《我們在七月裏起來了！──獻給偉大的抗戰一週年》（第26期）。1940年考入復旦新聞學系（後轉經濟學系），於同年與牧丁、蒂克編輯《詩星》（月刊）。有《晨歌》、《四六九》、《打鐵謠》、《江水東流向海洋》等詩被收入《中國四十年代詩選》、《中國抗日戰爭時期大後方文學書系──詩歌編》等書中。他的詩以歌謠體居多，主題單純鮮明，語言通俗易懂，節奏明快，琅琅上口，不少被譜曲傳唱，在當時有一定的影響。例如輪唱曲《江水東流向海洋》：

> 江水東流向海洋，／不要輕視那人民的力量，／誰想取巧耍花槍，／四萬萬人的眼睛比雪亮。／／防人之口如防川，／誰能抵得

住那狂瀾！／硬要江水向西流，／好比喲那作夢上青天。

——《江水東流向海洋》

　　文學窗社、中國學生導報社的詩人主要有《中國學生導報》發行人重慶大學教師、重慶三民主義同志會負責人甘永柏（甘祠森）、牧雲（木螢、M.Y.）、穆仁、野螢（逯登泰）、風味、黃葵、拓拔山（朱天）、若筠和沙鷗等人。

　　牧雲，原名都譚封，甘肅人。初中時開始了文學活動，高中時便往外投稿。中學畢業獲保送重慶復旦新聞學系，同年又與牛漢一起考上西北大學。1943 年到復旦，不久便加入夏壩風社，其時束衣人已是該社成員。1943 年 2 月 23 日《詩墾地》副刊第 18 期上的《烽火成長曲》是所見的其較早的詩作，作品多見於《文學窗》副刊和《中國學生導報》文藝版。他的詩裏有窮人那令人心寒的生存處境（如《寒冷》、《棄兒》），也有「窮苦而精光」者樂觀的戰鬥般的生活（如《生活》），還有憤怒滿腔卻不能發洩的「兄長」（如《姐姐來信說弟弟當兵了》），……最能撼人魂魄的詩篇是抒寫詩人直面現實的靈魂搏鬥。詩人面對「一面是嚴肅的工作／一面是荒淫與無恥」的現實：

　　「宣告著：／不能遭受寂寞／不能被範。」「我必須拷問：／那些豔麗的女妖，／怎樣用鮮血當口紅／抹在她們的嘴唇上。／哦，／我必須拷問，我必須拷問喲！／這金字塔形的人類／這不合物理學的一切建築／怎樣能兀立著啊！」

——《宣告》

　　「霧呀，霧呀，／你該誇耀你底暴力了！」「就是在你的淫威下／我們也還是相信：／一切都在眼前失去了——／但是，生長的還在生長！／但是，開花的仍然在開花！／但是，一切都痛苦地存在著。」

——《霧》

這裡撞擊我們靈魂的是詩人意志力的堅強，而這堅強一直在生長：

　　「好一場混亂」「沒有落雨／響著雜沓的冰雹雨珠擊地的／轟響／沒有大江決堤／響起泛濫於原野的狂潮的／巨吼，」「混亂吧，／瘋狂地混亂吧，／讓古老的廟堂倒塌，／讓腐蝕的樹林折斷，／讓破落的建築／一齊毀壞！」

——《心境》

－201－

　　穆仁（1922～2019），原名楊本泉，四川武勝人，另有筆名艾白水、木人等。1937 年初來到北碚，進兼善中學，參加了兼中「突兀文藝社」。1943 年秋考入復旦新聞學系。就讀期間參加了文學窗社、中國學生導報社等團體的文藝活動，編輯《聲音》壁報。1946 年秋隨校復員上海。作品散見於《中國學生導報》、《商務日報》、《中國時報》等報紙的副刊和《詩前哨》等雜誌；有《「天窗」》、《河‧船‧橋》被收入《中國抗日戰爭時期大後方文學書系——詩歌編》，《你》、《木偶戲》被收入《中國四十年代詩選》。《「天窗」》是對國民黨反動當局實行言論專制、無理抽刪報刊稿件的大膽而率直的抗議。《河‧船‧橋》裏有實現愛的溝通的企望：「誰能為相思的銀河搭一座橋，／不讓心和心隔上一段距離？」有愛的傷愁的哲理：「一道啟旋，航行，停泊，／一隻船在水底，一隻在水面。」《你》則傳達了一種令人著迷的「愛」的心態。《木偶戲》寄寓著對無知的法西斯主義操縱者的警告：「在自吹自打的熱鬧鑼鼓中／有人得意地自以為／一塊幕布全蒙住了觀眾的眼。」他還在《尤加利樹》中讚頌沙漠裏帶給人們生之希望的尤加利樹那頑強的生命力。

　　此外，還有不少詩人的詩作也曾如星閃耀。野螢，曾在詩的法庭上發出質問：

　　　　人們向外流了／土地無聲地成了原告／抓回去／為了不荒蕪土地……／但土地養活了誰呢？

　　　　　　　　　　　　　　　　　　——《土地養不活的人們》

　　風味，原名宋鳳蔚，復旦外文系學生，以鏗鏘的詩句袒露著自己對現實的切實感受和明朗態度：

　　　　「黑就漆黑／亮就閃亮／爆炸／不然索性都作啞吧／我過不慣／在霧季……」「不過要是／我能夠搬落／半塊雲片／閃露一角藍天／我將笑一個未曾有過的笑……」

　　　　　　　　　　　　　　　　　　　　　　——《無題》

　　晏羽鳴，「飽吸一口鮮涼的朝氣，／衝破／蘊積心胸的世紀愁，」發出了「新生的呼嘯」（《新生的呼嘯》），他要

　　　　一切的人們／一切慵懶的，膽怯的，謹謹的，寒慄的，／失去了光明與溫暖的，失去了歡笑與自由／的人們起來，起來，全起來／全起來呀／黎明的鈴聲響了……

　　　　　　　　　　　　　　　　　　——《黎明的鈴聲響了》

　　朱天（拓拔山）則在《求見校座記》中白描了一種校園裏的官僚作風，在《即景》中傾泄了對「居戶、豺狼，叭兒狗、飛鷹、賊、放火者、殺人犯」的極端憤怒，以《見瞬》展示「人肉筵席」的宴飲者的罪惡並預告著他們可恥的將來，以《夢的幻滅》感激「那割臉的霜風，／和我肚子裏的叫喊」。

　　若筠，即李若筠，復旦同學主辦的復興小學的教師，他以「五四」的狂飆精神力量震吼著：

　　　　未曾崩坍的，崩坍喲／為罪惡的魔鬼所支撐的／顫抖了二十七
　　　個年頭的／未曾崩坍的，崩坍喲／崩坍喲／一切早該崩坍的……
　　　　　　——《該崩坍的崩坍喲！——為紀念「五四」二十七週年作》

　　這裡，再簡要談談黃潤蘇、廖永祥等人的舊體詩詞。雖然舊體詩詞在復旦作家群的詩歌創作中所佔比重極小，成就也不顯著，但卻是他們文學活動的一個組成部分。黃潤蘇在《越調·憑欄人》裏將「縫寒衣」事件寫得乾淨利落：「趕做棉衣忙又忙，快快裝車上戰場。秋來天氣涼，我軍需衣裳。」她還寫有《記墨希失敗三首》（1945）等作品，已收入她的《澹園集》。

　　廖永祥的舊體詩詞幾乎記錄了他復旦生活的方方面面，個人的、集體的、政治的、鬥爭的……各種事象幾乎都被囊括。《為考取國立復旦大學外文系有作》（1943）：「文章生得羽毛飛，試罷三遭意不違。城內兵塵仇未解，委心時代誓來追。千秋興廢民為貴，萬里從風識所歸。壩上清新民主好，高梧引鳳翠成圍。」詩中洋溢著類似孟郊登科之春風得意，不甚欣喜；直面時勢，昭明志向，充分表達對復旦民主扭轉的頌讚。《春望》（1944.2）：「巴巘春無恙，神州國可憐。城荒宵鬧鬼，燈暗夜何黑。學術研多險，文章罪幾全？猶傳時勢惡，同種血相殘。」全詩情感複雜，對時勢有了新的判斷是基礎，對學人處境艱危的深切同情，對國內各政治熱血之間鬥爭的無奈。《感事》（1944.3）：「仍看南紀殺氣來，磨擦頻呼事遷回。縱有文章誰寫得，天橫鴟梟地橫豺。」直接控訴當局言論控制的嚴酷。《奉贈章靳以教授》（1944.11）：「兵塵何處進？教授亦奔波？長路爭餘命，過關每見呵。居偏猶殺氣，臘至復風多。伏案堆深雪，黑衣時相過。」詩中對教授作為知識分子在特定歷史環境中無奈的生存境遇，深表同情，可與《春望》互證解讀。《送友人赴蘇北敵後有作》（1944.6）：「群魔待掃清，淮海迓青英。已復司喉舌，猶聞預筆陣。風雷交號夜，朋友餞遠辰。磨礪知君久，艱難自慣經。」對友人深明大義勇赴敵後做宣傳工作，有適得其勢的肯定；有對未來工作願景之艱難的想像，但更有知心的信任。這

信任，自是莫大的鼓勵。

　　這些詩，和《新血輪》上綠映紅的《彩虹曲》、《懷海章》，沈環的《牆》、《火》，塞客的《嘉陵江邊放歌》，方樹的《金鳳花開的時候》，布德的《山林》和《一個同志》等，一起促成了復旦校園新詩創作的繁榮。不過，這種繁榮受著歷史的限制，同時也就是藝術的限制。從文種社到詩墾地社、夏壩風社、文學窗社，乃至中國學生導報社，這些復旦學生作家的詩意書寫莫不閃耀著理想主義的輝光。復旦學生作家文學活動最親密的校外支持者之一路翎曾指出：「向著未來的偉大的理想主義，假如不以單純的理論為滿足，假如熱情地與聯繫著社會矛盾的人生痛苦搏鬥的話，就會產生偉大的詩，如羅曼羅蘭的《克利斯多夫》。」「站在過去與未來之交，也就是複雜的社會矛盾的中心的卓越的藝術家，身罹複雜的痛苦，往往走向大的迷妄；從大迷妄衝出來，就能產生偉大的作品，也就是所謂永恆的主題，但他身上往往布滿了『永恆的主題』的創傷，如托爾斯泰。」「從遠古以迄現在，人生總有缺陷，藝術自難免有缺陷；特定的個人有特定的缺陷」。「這對我們今天的教訓是：必須堅持現實主義。」〔註389〕以此為參照，我們不難發現，「站在過去與未來之交」即「複雜的社會矛盾的中心」的復旦學生詩人們，為歷史逼迫向著國家、民族的未來，以夾雜著空泛的吶喊與戰叫，甚至於同志中「心臟衰弱」者大迷妄中的退場自白，來展開現實的搏鬥，年青人滿腔的理想熱情正是他們最大的內生憑藉；我們也看到，「對於腐爛的現實的嫉恨產生積極的現實熱情」，使他們在主觀上或多或少發生了追求永恆主題的衝動，並且因此為「自己」、為「父母」、為「兄弟姐妹」、為朋友、為「人民」「放聲歌唱」了，但他們「鋼鐵一樣鏗鏘響亮的歌聲」，終究無法遮沒那緣自生命深處的蒼白、病弱的凝視與唏噓，單純的「從大迷妄衝出來」的姿態再勇毅也無法超越歷史的限制。當然，這以理想之美為內核的繁榮，仍神采照人！

（二）小說

　　復旦作家群裏創作小說的很少，留下的作品也不多。教師中以靳以的創作最豐，出版了《春草》、《十年》、《血的故事》、《洪流》、《遙遠的城》、《眾神》等中短篇小說集，和長篇小說《前夕》。學生中就個體來看創作量都不大，

〔註389〕冰菱：《〈何為〉與〈克羅采長曲〉》，載 1945 年 1 月《希望》第 1 卷第 1 期，第 103～104 頁。

但匯合起來卻也可觀。從作品內容和主題的取向上看，有直接描寫抗戰而富於戰地實感的，如：沉深的《荒原上》、何劍熏的《誘姦》、木螢的《風雪夜》等；有將犀利的目光投注到社會現實，剖析民族解放戰爭的大時代中各式人等的性格心理的，如：田螺的《弟兄家》，明的《國文課的風波》，郭戈的《某校紀事》，海為的《校長先生》，狄雁的《異國夢的幻滅（投考空軍記）》，林漢的《控訴》，杜補世的《藍先生的功績》，冀汸的《父子保長》、《小人小事三相》和長篇小說《走夜路的人們》，曾島（筆名田家、天馬等）的《私「王法」》、《公事公辦》、《修馬路》、《下莊「佃客」》、《兩個婦人的吵架》、《鄉隊附》，黃桷的《賣房子》，木螢的《賣菱角的小姑娘》，以及木人（穆仁）的《豐收》；還有的著眼於表現人民生存狀態和對人生與生存意義予以求索，如：綠鳳的《狂歡之夜》、鷹子的《毛咪狗》、冀汸的長篇小說《走夜路的人們》〔註390〕、鄭連的《靈魂的審訊》、自沫的《相逢》、木樟的《一夕》，以及王火的《墓前》、《生之曲》、《天下櫻花一樣紅》乃至他1948年寫的《繚雲壩上的鬼屋》等等。在這些作品中，作者們的思考與現實結合得非常緊密，為現實政治鬥爭服務的傾向異常明顯。其中田家（曾島）的作品恐怕是最多的了。

曾島（1921～1988），原名曾德鎮，四川威遠龍會鎮人。另用筆名天馬、田家、易和元等。1939年在自貢《新運日報》發表處女作，得到早先的「左聯」人士王冶秋、王余祀的栽培。1941年夏考入復旦新聞學系，積極參加或支持校內各種形式的文藝活動，為「文學窗」等壁報寫稿。先後加入「十月同盟」、中國學生導報社、「菊社」等進步組織。據說，他從1944年6月寫《加租子》開始，一年多時間裏以「田家」、「天馬」為筆名在《新華日報》副刊上發表了三十篇左右的短篇諷刺小說，成為《新華日報》副刊的骨幹作者。〔註391〕他的《兩個婦女的吵架》令人想到沙汀的《在其香居茶館裏》，二者有同工之妙。《保長競選記》和《縣長下鄉》等作品甚至為他帶來殺身之禍。《張財主下地》、《兄弟亮寶》、《傻女婿》被張友編入短篇小說集《水

〔註390〕 據冀汸的《無什之題》（時代文藝出版社1999年1月版）第20頁記載，他曾與胡風談起過這部小說：「寫寫停停，進展很慢；寫的是農民和土地，可以說是土地問題小說，不過還沒有題目。」胡風對他說「小說不能寫問題，要寫人！」1954年，上海作家書屋出版了這部長篇小說。

〔註391〕 毛建威：《追求真理的戰士愛憎分明的詩人——曾島傳略》，中共威遠縣委黨史研究室編《黨史資料》（內部資料），1999年3月第三期（總第98期）。據核，這「三十篇左右」包括雜論、隨感、通訊在內，並非全是小說。

推長城》〔註392〕（太嶽新華書店，1946 年 10 月）。曾島的小說深受金錢板、蓮花落、龍門陣、「吃講茶」等多種成分雜糅的鄉土文化的影響，大量使用四川方言，生動活潑，幽默辛辣，通俗易懂，反響很好。

此外，還有穆仁的《豐收》被收入《中國抗日戰爭時期大後方文學書系——小說編》，這篇小說通過描寫抗戰勝利的那年秋天，莊稼漢張二爺家仍是「豐收」而「無獲」的淒涼境況，揭示了中國國內兩大階級——地主階級和農民階級之間日益明顯激烈的衝突；季芬的《顏回之死》走的是魯迅《故事新編》的路子，在探索人生的諸短篇小說中別具一格。

（三）散文

散文方面，除靳以、方令孺、陳子展等教師作家的創作外，學生作家們似乎不很熱衷於這種文體。在他們這裡，1937～1940 年已成為許多作家首選文體〔註393〕的報告文學尚未查見，雜文、抒情小品和文學性通訊也不多。《文種》上思慧的《破壞與建設——牯嶺通訊》、《關於「上陝北去」》、《偶談》、沈均的《寫於全國代表大會前夜》、孫東的《活躍戰時機構的前提》、梅子的《願大家聽聽領袖的話吧》、《我們需要實踐和理論》、朱佩之的《災童和兒童的集體生活》、《法國三女傑和中國新婦女運動》、《日本的多角企圖》、木易的《「卵頭」的尾巴》等雜文，是他們較早的一批作品。

據張天授等人說，後來有不少壁報都發過大量雜文，甚至出現過以刊登雜文為主的《夏壩風》和《風馬牛》壁報，但今天所能見到的多是在《文學窗》、《嘉陵風》等副刊和《中國學生導報》文藝版上刊出的石懷池的《徐文長瑣談》、戴文葆（筆名郁進）的《孫寒冰與〈文摘〉》、《為爭取自由並且合力護衛它（為復旦大學壁報〈谷風〉事件而作）》，《中國學生導報》文藝版上鄭造的《斷想》、象伊的《蜜蜂集》、海為的《藝術幹事》、靜的《盲人瞎馬》、蕭牧的《國父的三個問題》、李敏學的《讀〈褥墊黃金草　袍開玉蘭花〉書後》、柳緗的《忽然想到》、巴兒的《醒來》、鐵馬（徐荇）的《關於「學生」之類》，朱天的《小感想》、《忘我》，靈吟的《論知識分子》、眔的《窮人的自由》、紀真的《控訴》，《文學窗》上吉芳的《即景錄》、孫子野的《語默二題》、史伍的

〔註392〕《中國新文學大系 1937～1949·史料·索引》第 20 集，上海文藝出版社，1994 年 8 月版，第 732 頁。

〔註393〕錢理群、溫儒敏、吳福輝：《中國現代文學三十年》（修訂本），北京：北京大學出版社，1998 年 7 月版，第 603 頁。

《正名篇》、冷峰（海為）的《給知識分子》、南望的《圓臉萬歲及其他》、《新血輪》上李文家的《說謊與自欺》、夢遊的《諱病忌醫》、公貝的《記夏壩食堂》，……等等，促成了復旦作家群雜文創作的盛況。但其質量也受到了當時極端強化文學的宣傳教化功能的社會風氣，以及作者自己的生活範圍、生活閱歷的影響和限制。

　　抒情小品散文最大限度地包容了民族解放戰爭危急形勢下的各種聲音。除了教師作家中方令孺的《古城的呻吟》、《憶江南》，靳以的《紅燭》、《沉默的果實》、《螢》，和曾卓的《過客》等入選秦牧主編、重慶出版社 1989 年 6 月出版的《中國抗日戰爭時期大後方文學書系　第 5 編　散文‧雜文》外，《文種》上白莎的《黃昏》、《憶故都》，王潔之的《廬山，在回憶中》、《泥沙》，沉深、拱平等人離校赴延安前寫的一組文章，子瀘的《迎二十八年》、《文藝的幼芽》和他發表在《新蜀報》的《新光》副刊上的《激流中的泥沙》、《沉思》等，尤其是王、謝等人的作品，是遷渝初期復旦校園散文創作的重要收穫。其後，姚奔的《離散的星群》、《二十斤》等「軍中生活雜憶」系列，鄒荻帆的《白雲書簡》，曾卓的《過客》，綠原的《砂粒——母親和她的孩子們》，布羅的《金常勝——紀念一個孩子》、《四斗米》，石懷池的《塔》，《文學窗》副刊上阿遲的《橋》、《友人》、《別前》，孫子野的《撒旦的說教》，易古的《豐收》，齊天的《手》，黃葵的《致友人》、《電線杆子》，《中國學生導報》文藝版上莫慕古的《晚秋雜寫》，朱天的《夏壩漫筆》，徐帆的《散文一章》，黃葵的《雪的招引》，政治家社茅祖本的《寄母親》等，都是很好的美文。布德考入復旦前烽火社出版了其散文集《獅子狩》，收入 20 篇散文，包括先後在《大公報（重慶）》文藝副刊《戰線》上發表的《樓閣》、《歌者》、《球》、《想飛》、《這一類人》、《堡壘》、《網》、《賭》等「嘉陵散記」系列散文 8 篇；復旦期間他還有《轟炸散記》（載 1940 年 11 月 1 日版《自由中國》新 1 卷第 1 期）、《馬車》（載《火之源》1944 年第 2、3 期合刊）、《靈魂頌》（載 1945 年 5 月 16 日《昆明週報》）等。

　　文學性通訊，作為一種簡潔、及時的文體，為較多的作家採用。其中也不乏優秀篇章。曾島在深入農村作宣傳動員工作期間寫下的《鄰水村通訊》〔註394〕等許多作品，王火在《時事新報》上以「王洪溥」、「王公亮」等署名

〔註394〕　該文發表在《新華日報》副刊。曾島的這類通訊很多都極像小說；他的小說中，也有一些被認作通訊。

發表的一系列通訊，尤其值得注意。

二、文學翻譯

對外國文學作品的翻譯介紹，從中國新文學發生以來就沒有中斷過，在促成了中國新文學標準的建立後，一直或多或少地影響和帶動著新文學作家們的創作。復旦作家們的文學創作也與文學翻譯關係緊密，相輔相成，儘管他們的翻譯對象並不侷限於文學作品。

教師作家整體譯作頗豐。除本章第一節第二部介紹過的梁宗岱、馬宗融、翁達藻、伍蠡甫、方令孺等人外，在復旦兼職任教時間較短的葉君健（1914～1999）譯有《亞格曼農王》、《喬婉娜》、《總建築師》、《故國》、《加爾顯》、《幸福家庭》和《月亮下落》，尤以《安徒生童話選》最為著名；李霽野（1904～1997）1943 年流亡重慶，在復旦任教至 1944 年春的幾個月間，業餘譯成英國作家吉辛（George Gissing）1903 年發表的《四季隨筆》，刊在《時與潮文藝》1944 年第 3 期，後在 1947 年由臺灣省編譯館出版了單行本。

初大告精通中英文。他翻譯上的最大貢獻是中文典籍英譯，「一個譯者在翻譯前，必須透過字面去深刻理解原文的意義，對難懂的原文，如四書五經或古典詩詞，尤須反覆閱讀，直到掌握其深層的含義。要深刻理解原文的含義，關鍵在於真正掌握原文語言，否則錯誤的理解將導致錯誤的翻譯。」〔註395〕1934～1937 年留學英國期間翻譯出版了《中華雋詞》《新定章句老子道德經》《中國故事集》。重慶復旦期間，他翻譯了英國《大觀報》7 月號上德國宣傳部部長戈貝爾的文章《謹防知識分子》（載 1939 年 9 月 5 日《中央日報》副刊《平明》），介紹「德國領袖們對待某一般受教育的人之態度」；還有 A.Werth 的《達拉第政策的新轉向》、H.Hanson 的《中日戰爭中的游擊戰略》發表在《文摘》（戰時旬刊）1939 年第 51、52、53 期合刊、第 54 期，愛德華·吉本（Edwaxd，Gibbon）著的《穆罕默德》（載《新新新聞每旬增刊》1940 年第 3 卷第 7 期）。

學生中也湧現出了一大批翻譯者，如前面已提到的白禾與張同，在孫寒冰遇難後賈開基主編《文摘》時為該雜誌翻譯了很多東西：布羅（張同）還從日文本轉譯過一些契訶夫（柴霍夫）的短篇小說；白禾譯的《安魂曲》曾有出

〔註395〕林煌天：《中國翻譯詞典》，武漢：湖北教育出版社，1997 年 11 月版，第 1014頁。

版，《催眠曲》發表在《文群》上，還有顯克微支的《農民》交大時代出版社出版，卻不幸在日機轟炸中焚毀〔註396〕。

其他比較著名的有大地劇社的管震湖，詩墾地社的趙蔚青。管震湖翻譯了契訶夫的話劇《海鷗》，1944年由重慶南方印書館出版，署名「胡隨」。在這本譯作中所有人姓名都被作了「中國化」處理，例如崔樸烈、蘇林等。趙蔚青的翻譯廣涉詩歌、小說、評論等，他翻譯的《洛塔古洛夫詩二首》、美國詩人蘭斯頓休士的《明日的種子》、蔡雷泰里的《村思》、《詩人》、《滾開》、《短劍》等詩作，西班牙作家阿克納的《德茵河》、猶太作家IL·Perets的《母親》、波蘭作家娃希留斯卡的《被桎梏的土地》和賽姆普林斯卡的《再會吧，兒子！》、蘇聯作家高爾巴托夫的《到東方去》等小說，以及立陶宛作家紫威卡的長篇小說《母地》之一節《卡佐克斯的死》，A·托爾斯泰的《蔡雷泰里》等論文，分別發表在《文群》和《詩墾地》等刊物上。此外，姚奔譯有美國詩人E·馬克罕姆的《荷鋤的人》等詩。鄒荻帆譯有英國詩人R·洛克的《愛》等詩，和L·托爾斯泰的中篇小說《克羅采奏鳴曲》（出版時書名變為《愛情愛情愛情》）等。黃枬譯有O·亨利的《一個奇異的故事》和挪威作家哈姆生的《生命的呼喚》等小說，南望譯有C·Lordkipanidze的《老漁夫》和A·Chakovsky的《他的指揮官》等等。中導社的戴文葆譯有J·賈瓦哈拉爾·尼赫魯的《斯大林印象記》和哈羅德·J·拉斯基的《〈印度的發現〉原序》等文章。金鏗然、周行、李威、胡曲、周敏、路陽等人也有譯作。而翻譯最勤收穫最豐的是石懷池。

石懷池（1923～1945）原名束衣人，又名束布，筆名石懷池、李亦民等。據說他留下的著譯作品達七十多萬字〔註397〕，部分由冀汸等人整理收入《石懷池文學論文集》（上海耕耘出版社出版），章靳以為之寫了《不朽的生命》作序。石懷池追求進步的政治傾向滲透在了他的文學活動中。他的翻澤活動，也是為現實生活裡正激烈進行著的鬥爭服務的，那一系列關於反法西斯侵略戰爭的諸如《俄羅斯作家在保衛祖國戰爭中》、《人民是不朽的》等譯作即是證明。但他同時又翻譯了大量的學術著作，如《談蘇聯抗戰文藝》、《俄羅斯

〔註396〕張同2000年11月26日給筆者的覆信。
〔註397〕冀汸：《無題之什·哀路翎》，時代文藝出版社1999年1月版，第113頁。另有1946年1月20日《中國時報》副刊《橋·編者的話》中，說石懷池「他寫的東西可找到的一共是八十多萬字。」就在這同一期《橋》上，宋貞《悼衣人》一文中又說他有「將近百萬字的遺著。」

人民與俄羅斯文學》、《索波萊夫論》、《伊沙柯夫斯基小論》、《提航諾夫論》
和《論侵略》等，這又體現了他文學翻譯工作中的理論性和學術性追求。石
懷池既是創作者，又是翻譯家，在他身上較好地體現了文學創作、文學批評
與文學翻譯的緊密關係。它們相輔相成，共同促進著他的文學事業發展。

三、文學理論

　　復旦作家群的文學活動還包括他們對文學所作的理論探索和思考。考察
他們理論探索的成果，有助於我們更恰切更深刻地認識和理解復旦作家們的
文學創作乃至他們的整個文學活動。總體上看，復旦作家們關於文學的理論
探索，純粹理論性的研究很少。他們對文學的理解、對文學的思考，多從他
們對具體的作家作品的批評鑒賞中顯露出來。除了陳子展、胡風、梁宗岱等
教師外，學生中也有一大批探索者，如文種社的王潔之、原松、白莎，以及後
來的柳南、冀汸、石懷池、霞巴、拓拔山、鄭連、史凝、戴文葆、洪橋、王先
民和施暘、金光群等等，其中以王潔之和石懷池的著述最豐。

　　理論探索是王潔之文學活動的主要部分。從抗戰初期有關文藝主題上的
盲目樂觀主義，題材上的過分狹窄，抗戰八股、公式化、概念化等不良傾向
的討論，到四十年代初文藝路向的初步調整，再到以毛澤東《在延安文藝座
談會上的講話》為標誌的大調整，他都有參與，而且涉獵甚廣，並不侷限於
文學。到 1940 年，他已發表了《戰時攝影與宣傳》、《標語的新形式》、《繪畫
的進展—寫在五月文藝抗戰宣傳節》、《蘇聯生活影展觀後》、「鄉居雜拾」系
列（《暴露？還是建設？》、《小大由之》、《照照鏡子》等）和《世界觀與創作
方法》等作品。其中原載於 1940 年 1 月 16 日《新蜀報》的《世界觀與創作
方法》堪稱他的代表作。在該文中，王潔之就「在創作的方法上，應偏重於較
正確的世界觀的闡述呢？還是偏重於對現實的深切觀察，而加以形象出來？」
的論爭，發表了自己的看法：「我們擁護後者。」他「先把世界觀和用於創作
的觀察術這兩個範疇分別清楚：前者係指客觀存在的本質與其進展的法則而
言的，是從『縱』的方向發展的；但是，後者呢？乃係指我們對於這『縱向法
則』發展的客觀存在的觀察與認識，是從橫向發展的。」接著又辯證地認為：
「思維既然時時刻刻地服從於物質的客觀存在的變化，那麼，創作者縱然沒
有深刻的世界觀，只要他能深入現實，抓獲客觀現實的特徵與重點；並且，
這客觀現實又依其自身的法則在進行，——這些，被創作者具體形象了出來，

雖然他（創作者）的作品中沒有闡述深刻的較正確的世界觀，但其所寫出者也離這較正確的世界觀不遠矣。」「在這一點上，巴爾扎克無意識地做了一個新世界觀的具體說明的助手。」他還非常深刻地指出：「我們都知道，文藝根本上就是以具體的形象手段，來說明客觀現實的。文藝作家過分地偏視於世界觀，常常會使作品墮入高遠的理想，使成一種失掉文藝本性的概念化的作品。」「重要的還是在深入現實和觀察現實。」該文觀點鮮明，分析透徹，被收入《中國抗日戰爭時期大後方文學書系——理論編》。此外，王潔之關於「表現的真實（虛擬）對象與（表現者）自我思想力」問題的論述，也顯示著他較強的思想力，富於啟發意義。

在石懷池的文學活動中，「最能顯出他的才能的是理論和批評。」〔註 398〕儘管他似乎沒有留下多少純理論性的學術著作，但他卻憑自己的努力寫下了大量的文學批評文章，而且其研究視野比其他學友寬闊得多。其《近代歷史小說的史的發展》〔註 399〕，可以說是中國現代歷史小說研究歷程中具有開拓性意義的篇章，即使到了 20 世紀末期才出現的歷史小說研究著作中，也能看到他的影子，雖然後來的研究者多未注意過他的歷史存在。而《論蕭紅》、《論托爾斯泰的時代思想及其與人民的結合》、《關於 A・托爾斯泰》、《〈家事〉及其他》、《東平小論》、《評〈一個人的煩惱〉》等，則明顯地透露著他對自毛澤東《在延安文藝座談會上的講話》以後長期持續的「知識分子的自我改造」問題的自覺思考和切身實踐。讓我們來讀讀下面這幾段文字：

> 高爾基在《家事》裏，幫助了勞動者，使他們能夠領會「同時代的一切社會層底相互關係」，知道他們底「長處和弱點」，暴露出他們底本性。這又豈是一個「不願意走出狹窄的書齋的範圍之外」的「回憶錄和史記的作家」所能做到呢？〔註 400〕

> ……所以，托爾斯泰這面鏡子，反映了俄國革命，就更反映了農村變革的風貌，農民革命的本質，特別是貴族知識分子如何走入

〔註 398〕靳以：《不朽的生命——序〈石懷池文學論文集〉》，見《石懷池文學論文集》，上海：耕耘出版社 1945 年 8 月版，第 2 頁。

〔註 399〕該文收入《石懷池文學論文集》時題目為《論歷史小說的創作》。

〔註 400〕石懷池：《〈家事〉及其他》，見《石懷池文學論文集》，上海：耕耘出版社，1945 年 8 月版，第 42～43 頁。

農村，參與變革，教育農民底多種多樣，色彩豐溢的苦惱，掙扎，失敗，與勝利的實踐過程。

自然，說及托爾斯泰向人民學習的問題，更不能忘記他是如何地從人民學習文學創作。……托爾斯泰這種為人民，服務人民的文學觀點，是從哪裏獲得的呢？——是從農民中來的。

現實主義偉大勝利底最根本的基礎是：作家的主觀戰鬥實踐生活。

托爾斯泰主義是失敗的，是作為一個失敗的悲劇而收場的。但托爾斯泰本人，卻是勝利的，他忠實於自己，忠實於一個理想的遠景，戰鬥了一生。

……而在托爾斯泰與農村問題的結合上，和他底探索以及解決上，托爾斯泰的賢良的改善是失敗的，暖房式的「墾殖區」是失敗的，然而，他底「實際下鄉」精神，他底赤誠為人民服務，他底虛心向人民學習，他底孜孜不休的點滴不棄的工作強度，卻是永垂不朽的。

研究托爾斯泰，不僅是為著理解托爾斯泰，重要的，是在聖潔的偉大靈魂的日光的照明下，使自己健康起來，邁向真理的大路。

研究托爾斯泰與農村問題，也不僅僅是瞭解就完，重要的是學習這位老人的為人民服務的精神。〔註401〕

但是，我們是不應該忘記蕭紅的。……同時，我們也可以在蕭紅的鏡子裏，照出一點自己的影子，無告的寂寞和莫名的悲哀，看看蕭紅，省察自己，才不致如同蕭紅一般，遭到敵人底毒手。

我們悼念蕭紅，重要的是，從對於她底考察裏探尋向現實搏鬥的真正方向。

蕭紅，應該是一面智識分子走進革命的鏡子。

我們論蕭紅，應該看出一個方向：悲劇是不能演下去的，今天，新的智識份子，健全的智識份子，都應該是自我改造鬥爭的，卓絕成功的喜劇演員。

〔註401〕石懷池：《論托爾斯泰底時代思想及其與人民的結合》，見《石懷池文學論文集》，上海：耕耘出版社 1945 年 8 月版，第 52，66～67，70，74 頁。

……僅只是觀念的傾向進步，是不能獲取自我改造鬥爭的勝利的。

蕭紅，是悲劇的英雄，但卻向我們指示出：走向喜劇的鬥爭道路是真正面向人民，擴大生活，成為人民中的一員，也就是：

「橫眉冷對千夫指，

俯首甘為孺子牛。」（魯迅）〔註402〕

紀念詩人節，今天的智識分子詩人要從屈原這面鏡子審察自己，像屈原一樣勇敢地永不妥協地反抗庸俗，由於時代不同，我們應該比屈原更跨前一步：走向人民，依據著他們底力量爭取民族的和人民的大凱旋。〔註403〕

以上論述透著石懷池強烈的「鏡鑒」意識，從中我們既可以看到毛澤東文藝思想的深刻影響，又能看出胡風文藝思想的明顯痕跡。最早在文章中肯定石懷池文學理論和批評的，大概是靳以。他在《不朽的生命》中寫道：「他不發空談，每一個意見都有依據，他絕不信任幻想，也不以自己的好惡為本，他全以多數讀者的意見為意見，根據正確的理論，是非公允，態度嚴肅。一面可以指引讀者，一面也使作者見到眾人的意向。他不玩弄技巧，批評別人來炫耀自己；他也不站在門戶的私見上，為自己的友人喝彩，抹殺他人的一切，他的頌揚和貶斥全是極其恰當的。」〔註404〕這段文字對石懷池文學批評的評價恐怕過高。就石懷池對《戰地春夢》、《隨風而逝》等作品冠以「幫閒」、「市儈」來看，他的批評也並非總是那樣客觀公允，不過這實在是因為他有著太單純的目標——「為抗戰挽回一股行將失去的力量，同時也就是促成勝利的早日到來。」〔註405〕石懷池終究算得上是「在抗戰時期嶄露頭角的青年評論家」〔註406〕。《東平小論》和《評〈一個人的煩惱〉》已被收入錢理群主

〔註402〕石懷池：《論蕭紅》，見《石懷池文學論文集》，上海：耕耘出版社1945年8月版，第93～94，97，104，105頁。

〔註403〕石懷池：《反抗庸俗走向人民》，見《石懷池文學論文集》，上海：耕耘出版社1945年8月版，第118頁。

〔註404〕石懷池：《石懷池文學論文集》，上海：耕耘出版社1945年8月版，第2頁。

〔註405〕石懷池：《略談幫閒和市儈的傾向——兼評〈蝴蝶夢〉》，見《石懷池文學論文集》，上海：耕耘出版社1945年8月版，第155頁。

〔註406〕李葆琰：《抗戰時期的文藝批評》，載《中國現代文學研究叢刊》1999年第2期，第100頁。該文將《不朽的生命》一文的作者靳以誤為「以群」。

編的《二十世紀中國小說理論資料》第四卷（1937～1949）（北京大學出版社1997年版）。此外，我們如果仔細清理一下石懷池的文學理論探索歷程，將之與老師輩的梁宗岱在《試論直覺與表現》、《非古復古與科學精神：試論中國學術為什麼不發達》等文中展露出來的自我成長追求相比照，那就不難發現，石懷池的文學理論探索，同時也就是其個人的自我成長過程。這種「為己之學」的優良傳統的發揚，是他取得成功的重要原因，也是我們理解他，理解復旦學生作家文學活動的一把鑰匙。

王先民（1923～1945）是陝西人，1944年秋入復旦新聞學系，全校「壁報團體聯合會」主要成員之一。他認為「太會講話的人往往並不可靠」，不喜歡花言巧語的人。待人真摯，不贊成「近乎世故地敷衍別人」。他說：「一粒穀子擺在盤子裏並不好看，可是撒在土裏就會生長出來許多粒穀子。一粒珍珠放在盤子裏很燦爛，掉在土裏就看不見了。」據同學說，他研究馬克思主義文藝理論，在校僅有的一年時間裏，不僅以托爾斯泰、涅克拉索夫作品中的俄羅斯農民的命運對照中國農村的現實，在論文中表達了他的見解和悲憤；還寫了關於屠格涅夫的6部作品的專論，見解頗為獨到，為一些老師和很多同學所稱許。〔註407〕遺憾的是，其署名、論文題目均無確切記載，無從稽考。

柳南、冀汸和史凝的詩論也是復旦作家群文學活動的重要收穫。

柳南（1921.6.6～1987.11.11），原名張斯翼，字小懌，早年就讀於蘇州章氏國學講習所，係章太炎的關門弟子〔註408〕。1940年代初進入復旦外文系學習，是詩墾地社成員中於理論傾力最多的一位。他曾到昆明追晤聞一多先生，幫助西南聯大英國教授白英（Robert Payne）選譯我國古今詩作，後者編成《白駒集：中國古今詩選》（*The White Pony: An Anthology of Chinese Poetry from the Earliest times to the Present day*, New York, 1947）及《當代中國詩選》（*Contemporary Chinese Poetry*, London, 1947）。《詩的道路》和《兩歧之間》是他最初的作品。在《詩的道路》一文中，他對中國新詩形式發展的道路作了較完整的回顧，探索了詩的「寬闊的真正的」發展道路。他的觀點是鮮明的：「我們的詩，其完全脫離舊有的形式而走向自由詩還是近年來的事。但因

〔註407〕燕凌等：《紅岩兒女　第1部　1939～1945　從潛流到激流》，北京：中國青年出版社，2005年12月版，第531頁。

〔註408〕章念馳：《章太炎與他的弟子們》，載《中華讀書報》，2019年01月02日，第7版。

此有人便說這些並非詩只是散文——因為它沒有韻律。這韻律，倘是指詩必須有內形的韻律（Interinsci Rhythm）是可以的；但倘指外形的韻律，那錯誤便很可笑了。」「用韻文寫詩不全是詩，用無韻文寫詩則未必不是詩，這似乎已成了定論。我以為，好的詩，其實是決定於它自己的內形的韻律——生活的韻律的。這韻律在內容與形式的統一上是必然的產物。而內容，是情感與現實生活的交流，凡脫離了現實生活的情感是空虛的，用這空虛的情感寫詩，雖然下了工夫拚命雕琢，結果卻並不見得會好。相反的，愈是忠實於生活的，那情感便真摯，豐滿，也自然會有美的內在的韻律，則最忠實於藝術。」「這內容和題材的真實性與嚴肅性是完全影響著風格與結構的。」〔註409〕在這篇文章裏他的筆鋒觸及了詩歌的語言和「詩歌大眾化」、詩要不要利用舊形式等問題。在《兩歧之間》裏，他討論並批判了「當前詩的三種惡劣傾向」——「個人主義的，概念化的，散文式的惡劣傾向。」〔註410〕

冀汸在《今天的長詩》一文中，將長詩分為三種，即純粹敘述故事的，押韻、分行的紀行的，抒情的，並且從詩歌發展史的角度，對他所讀過的《古樹的花朵》、《草原故事》、《紅薔薇》、《劍北篇》、《火把》、《春——大地的誘惑》、《火》等長詩，作了深入本質的剖析，「對於行將出世的年代，感懷的野馬……諸詩篇」「寄予最高最大的希望。」〔註411〕

史凝，原名楊育智，現名何燕凌。其《門外談詩》是「各方面關於詩的意見的集納」〔註412〕。作者在「新詩還有一個形式問題未解決」、「有些人讚美『自由詩』的『散文美』」，「有些人要求詩的『嚴格的形式』」、「詩的語言。詩與歌」、「詩的形式的時代性」、「詩和自由主義的智識分子」、「為誰而歌？」和「新詩到達『自由』的路」等諸多標題下，信筆寫來，涉及詩歌研究的方方面面，對艾青、胡危舟、柳南、何其芳、《詩》社同人、方殷、茅盾、郭沫若、周揚、林曦等人關於詩的意見，作了相當嚴正的審視和評估。

柳南、冀汸和史凝他們年紀輕輕就能有上述文章那深刻的見解，實屬難能可貴。他們的支持者路翎在《文學窗》副刊上發表的《關於 S‧M 的詩》、《關於綠原》，尤其《對於詩的風格的理解》，也深入地提示了詩歌藝術的本

〔註409〕　《詩墾地》叢刊第二輯《枷鎖與劍》，詩墾地社 1942 年 3 月 1 日版，第 18 頁。
〔註410〕　《詩墾地》叢刊第四輯《高原流響》，詩墾地社 1943 年 3 月 1 日版，第 13 頁。
〔註411〕　《詩墾地》叢刊第五輯《滾珠集》，詩墾地社 1946 年 5 月 1 日版，第 9 頁。
〔註412〕　史凝：《門外談詩》，原載 1946 年 5 月 13 日《中國時報‧副刊》。

質。路翎在《對於詩的風格的理解》一文中極其精闢地寫道:「但一切是從內部發生的——從精神活動發生的。正如人們說話是為了表白意見,而不是為了單純表示自己底聲音底美,作品底目的(是)為了表白意見,而不是為了形式的美。形式本身能感人的時候,是在這形式底內容還沒有僵死的時候,它能夠暗示內容,暗示那曾經被這樣創造了的內容,好像一個平常的女人,照樣的化起妝來,能夠暗示『上流社會』的豪華的,貴夫人底內容——活的世界的一般。然而,由模仿而生的暗示作用,和活的世界本身之間的分別,雖然有時候,在某些地方很難分別,卻是應該去努力分別出來的。」「有一些人,被別人底內容打動了,因此也愛好起別人的『形式』來;由於模仿的東西的充斥,人們漸漸地倒首先注意形式,而以形式所能暗示的一點美感為創作的動機了。這樣的動機並不是壞的,但自己必須不以形式的美感為滿足。(有了)現實——精神世界底要求,然後才發出聲音來。不必注意聲音的『形態』,注意外形,就或多或少地壓傷內容,而應該堅持地去看看這個世界,看看自己的心對這個世界究竟發生了怎樣的要求,反抗,痛苦,快樂。這『怎樣的』,就是自己的風格。」〔註413〕

　　尼明、霞巴的文學批評,潛湧著他們對「知識分子的自我改造」的實踐和思索。這在《高爾基的〈自殺〉》、《克里·薩木金的結局——〈魔影〉讀後》、《談到〈科爾沁旗草原〉——鄉郵之一》等篇章中尤為明顯,其中《評〈滹沱河流域〉》和署名克浪的《魯黎試論》,雖不及胡風批評冀汸的長詩《兩岸》那麼到位,卻也相當公允。尼明《評〈馬凡陀的山歌〉》從階級鬥爭的思路出發,認為它不過是「一本既沒有號召奴隸起來作殘酷的反抗,又沒有敵我撕打激迸出來的呼喝的『山歌』」,並指出:如果作者「要想感動著他的『弱小者』,首先就得把自己的生活思想來改造一下。」〔註414〕

　　此外,金光群寫有《〈蛻變〉觀後》;洪橋在《文藝信》發表了《反對客觀主義》和《評徐遲的〈狂歡之夜〉》等批評文章,後者已被收入《徐遲研究資料專輯》(浙江文藝出版社「現代文學研究資料叢書」)。胡風、徐遲、袁水拍、阿壟、蒙寒和力揚、鐵馬等人分別在《詩墾地》叢刊和副刊上發表了《一個

〔註413〕路翎:《對於詩的風格的理解》,原載 1946 年 2 月 15 日《中國時報》副刊《文學窗》第 6 期。

〔註414〕尼明:《評〈馬凡陀的山歌〉》,原載 1947 年 2 月 3 日《中國時報》副刊《文學窗》第 20 期。

詩人的歷程——田間詩集〈給戰鬥者〉後記》、《入情入理與實情實理》、《態度——首先要求詩人的》、《今天，我們需要政治內容，不是技巧》、《詩散論》、《向批評家們伸出手來》和《讀了〈躍動的夜〉》等詩論文章。這些正好說明，復旦（詩墾地）作家群的文學活動是整個 1940 年代中國文學的一個部分。

四、文學編輯

復旦作家群文學活動中，文學編輯佔有一定的地位，儘管大型壁報《抗戰文藝》、《文藝墾地》等壁報隨辦隨撕無從查考，有跡可尋的，在整體上有影響的也不多。

復旦教師作家的文學編輯活動，能查見痕跡的，有靳以、翁達藻和伍蠡甫。

靳以作為著名的作家和編輯，他在復旦任教期間從事的文學編輯活動及文學創作實踐，對復旦學生作家所起到的培育作用，絕不能忽視。靳以自在復旦任教到復旦復員上海期間的文學編輯活動，主要包括三起。一是為《國民公報》主編文學副刊《文群》。《文群》1939 年 1 月 17 日創刊，1943 年 5 月 24 日終刊，共出 516 期；二是在福建永安繼王西彥之後主編《現代文藝》。自 1942 年第 4 卷第 4 期起擔任《現代文藝》主編。三是編輯「現代文藝叢刊」。這三起文學編輯活動，都培養、促進了不少復旦學生作家的成長。其編輯情形，從目前我們查到的資料看，一是不但不拒絕文學新人的作品，還常常提攜青年作者，給詩墾地社詩人出「詩歌專輯」或「詩歌專頁」；二是每月讓出兩期《文群》版面給詩墾地社編輯《詩墾地》副頁；三是鼓勵、并幫助學生作家編出作品集。如在「現代文藝叢刊」第三輯推出了學生作家姚奔的詩集《給愛花者》（收詩 16 題，32 首，1942 年 12 月）、布德的中篇小說《赫哲喀拉族》（1942 年 11 月，有 1941 年 4 月寫於重慶的前記）；四是協助詩墾地社編出「詩墾地叢書」，編出了姚奔的詩集《苦痛的十字》（1944 年 5 月）等。其中，主編《國民公報》副刊《文群》時間最長，影響也最廣。

就在應聘到母校任教不久的 1938 年秋末冬初，原在天津《庸報》主持副刊工作、1936 年 9 月應聘遷重慶出版的《國民公報》主編的姜公偉，因靳以在南開中學時參與編輯《庸報》副刊《玄背》有一面之緣，到靳以暫居的二弟章功敘家中拜訪，約請靳以為《國民公報》編一個文藝副刊，且承諾副刊稿件全部可由他做主。雖然副刊只能是大報中一塊僅四千字容量的小小版面，

但戰亂時期哪能苛求，而且，這對初到重慶又本就鍾情於文學期刊編輯的靳以來說，無疑是天大的好事。因此，儘管沒有編輯費，除卻較少的國文課教學外手頭正空閒的靳以也很樂意地答應了。這個副刊就是 1939 年 1 月 17 日創刊的《文群》。與《國民公報》始終堅持抗戰救國、反對投降賣國的辦報方針相一致，靳以在創刊號上《編者的話》中樸素地宣稱要「採取鐵血的故事，來啟發、鼓舞全民眾的心」。儘管「編輯連同稿費，每月二百元包幹。三天送稿一次，每月十期，每期篇幅至少三欄」〔註415〕，《文群》卻自然而然地成為靳以和羅淑、巴金等人以及更多年青的文學新人，尤其是復旦學生共同耕耘的園地。

靜態的觀察表明，《文群》登載在《國民公報》第 4 版，每週二、四、六出刊，其間從創刊到 1941 年 9 月 23 日出版的第 344 期為靳以在重慶編輯，之後為靳以在福建編輯，到 1943 年 5 月 24 日 516 期出版後，出於政治上國民黨當局的壓制和嚴控，和經濟上的困難，而戛然終刊，共歷時四年多。動態的考察發現，作為純文藝性刊物，《文群》曾多次出版文藝專刊，如第 122 期、126 期、183 期等詩歌專刊；又如第 74～76 期紀念專刊，用整整三期的版面刊登關於魯迅逝世三週年紀念特刊文章以緬懷這位偉大作家；又如專門悼念著名作家葉紫的紀念專刊；又如第 63 期文藝評論專刊，刊登了黎央的《為抗戰詩之問題——孫毓棠：〈談抗戰詩〉》，專門針對抗戰詩的內容與時代的關係、詩與宣傳的關係、詩歌大眾化、形式技巧與詞藻、政治化口號與文學性等問題，指出其中的問題，以規範詩歌寫作，引導詩歌的健康發展。不是專刊的各期中，更是靈活得多，文學理論探討與文學創作適時併發。如第 200～201 期的李廣田的《活的語言》，上中下分別和蕭林的詩《南山在生長著》、姚奔的詩《我們不能夢想和平》，和 S·VACHENTZEV 作、盧鴻基譯的《窮人們的醫生（上）》一起刊出。黃照的《談談當前的詩》分別在第 210 期和姚奔的散文《二十斤——軍中生活雜憶之二（下）》、211 期和卜寧的散文《大宗師》、莫千的詩《姥姥斑白的故事》同時登載。這些理論文章從文學創作的路線，到文學作品的結構、思路、靈感、語言以及情感等方面，均有相當深入的闡述，頗利於指導文學青年創作。與此同時，《文群》還發表了大量的文學作品，內容豐富、體裁多樣，詩歌、小說、散文、隨筆、雜文等，還有木

〔註415〕陳彝孫、吳克煊、鄒知白：《〈國民公報〉紀略》，載《新聞研究資料》總第 27 輯，中國社會科學院，1984 年 9 月版，第 209 頁。

刻作品出現。此外，大量的外國作品中文譯本，包括各體文學作品、理論批評也是常常見刊的。

靳以作為主編，表現了非常鮮明突出的讀者意識。他曾在《文群》第 143期刊登啟事，應遠地讀者的要求，將從 123 期起合訂出版，大約三四十期出一合訂本，讀者除可直接向報館購買外，各地書店均託代售，希望讀者諸君注意。終因政治和經濟等方面的種種原因，這一計劃未能兌現。靳以在第 235期坦言：「原來我們有一個計劃，想把《文群》印成單行本發賣，這全是為讀者的方面起見。可是這個計劃已經定了許久，至今也未能實現。有許多讀者寫信詢問，使編者無法答覆，我們只能很抱歉地說，這個計劃不能實現了，如果愛讀這個小刊物的話，就請訂閱報紙，按期閱讀吧。」同時，本著服務抗戰宣傳，慰藉鼓舞民眾的編輯思想，在 1940 年 5～6 月，日機 20 餘天連續轟炸重慶，「死傷之慘重，令全市人心惶惶不安」[註 416]，民眾精神創傷巨甚，急需撫慰之際，靳以第一時間予以關注，在《文群》第 168 期刊出了靳以的《一個人的遇難──記念寒冰》，第 180 期發表了王璠的詩歌《初悼夜》，第193 期刊出了姚奔的《給孩子》，沉痛悼念轟炸中死難的友人，以溫情的詩句細膩地表現了對廣大民眾失去親人、家園之後生活處理之艱難困苦的深切關心、同情，帶給他們溫暖和繼續與日寇作戰的勇氣。同時，為配合正面抗戰以抵禦日本帝國主義的狂轟濫炸，第 184～186 期連載了王奎的《血鬥──我們的坦克出動了》等作品。還有，為照顧底層民眾讀者，靳以在《文群》編輯上還有意突出雅俗共賞，無論名作家作品還是文學青年作品，發表作品形式上多樣兼顧、內容上題材廣泛，戰爭最前沿的烽火硝煙、民眾日常的悲歡離合都予以真實的展示。換言之，只要能反映抗戰時局變化、能為抗戰救國吶喊助力，關心抗戰，表現抗戰的題材，包括反映外國尤其是反映世界反法西斯戰爭形勢的外國文學作品，讀者都會喜歡，都能找到。

總之，除了作家的堅貞與赤誠，靳以作為編輯的原則性與寬容，也無疑直接為他所培養的復旦學生作家們的編輯活動，做出了極有力的榜樣。

翁達藻復旦期間的文學編輯活動有兩起。一是為中國陸軍機關報《掃蕩報》主編副刊《戰時文學》。他請吳南軒題寫刊頭，自 1939 年 3 月 6 日至 5月 3 日，一共出了 5 期，共刊登作品 20 篇（首）。3 月 6 日的創刊號有：陳子展的文論《軍歌寫作問題（與老舍先生討論）》、吳鶴琴（筆名白鶴）的獨幕劇

〔註 416〕周勇：《重慶通史》，重慶出版社，2002 年版，第 906 頁。

《如此皇軍》（其分析討論見前面「（三）戲劇團體的活動」最末部分），和盧冀野的《宿黃葛鎮》和彭大中的《次韻盧冀野先生黃葛鎮二絕》兩首舊體詩；4 月 5 日的第 2 期有：吳鶴琴的散文《官艙裏》、翁達藻的《黑影》和少航的《「八一三」前夕的上海》；4 月 18 日的第 3 期有：胡昌度的文論《從荷馬談到今後的抗戰文藝》，彭大中、潘明娟、章奉笙三人的同名詩作《出征歌》、方瑋德的《衝鋒歌》，葛敏智的《鞏固統一歌》、《還我河山歌》，小木的《難道》、《憂鬱病》，和章奉笙的《歡送歌》等 9 首「軍歌習作」，大草的雜感《「既成事實」》；4 月 26 日的第 4 期有：鳴珂的《寂寞紅》，大草的《義務》等散文，和方平的《蘇州女兒》；5 月 3 日的第 5 期有：齊水一的《我們這一隊》和黃山的《四月二十二日》等報告文學。可惜的是，筆者自重慶圖書館複印到的五期《戰時文學》版面大多模糊難辨，文本識別不完整。二是編輯「散文叢書」，由光亭出版社出版。這套叢書實際上只編出了三種，即他自己的《西南行散記》、曹孚的《人生興趣》和馬宗融的《拾荒》三種。

伍蠡甫為重慶版《中央日報》主編純文藝性副刊《平明》，自 1939 年 9 月 1 日到 9 月 30 日，共計 13 期，其中 10 期都有一小方《稿約》：「本刊歡迎投稿，如經登載，酌奉薄酬，稿件請寄北碚黃桷樹復旦大學傳達處，轉《平明》編輯室。」之後，《平明》由封禾子接編。伍蠡甫 9 月 24 日還在同一版面編過 1 期《文藝專刊》，仍有一小方《稿約》：「本刊歡迎投稿，如經登載，酌奉薄酬，稿件請寄重慶北碚黃桷樹復旦大學伍蠡甫先生。」原擬「每兩週刊行一期」，但實際僅出了一期，創刊號也是終刊號。另據杜庶《重慶文壇拾掇》（載《黃河（西安）》1940 年第 2 期）：「復旦大學文學院院長伍蠡甫主編《中央日報》副刊《文學專頁》，曇花一現。」「文學專頁」應該就是《文藝專刊》吧。現將其主編的《平明》和《文藝專刊》登載篇目索引如下：

其一，《平明》篇目——

9 月 1 日　陳子展的雜論《汪伯彥汪直之流》和舊體詩《悼王禮錫兄》，璧的散文詩《搶險》，路溪的散文《新的景色》，盧鴻基的木刻《母親在責備忤逆的兒子說：「此仇不報，簡直不是人！」》，德風的《〈亞洲內幕〉之介紹》。

9 月 2 日　魏猛克的雜文《從牆腳下談起》，倪端的《攀談》、黃山的《遙望我的家鄉》等散文，盧鴻基的木刻《母親到壯丁訓練所來探望她的兒子》，竹生的舊體詩《送學生叢軍》，美國約翰・耿

德原著、何光譯的報告文學《巨大的中國（〈亞洲內幕〉第十章）》。

9月5日 倪端的散文《村落之夜》，初大告譯的《謹防知識分子》，黃山的小小說《祭祖》，美國約翰‧耿德原著、何光譯的報告文學《巨大的中國（〈亞洲內幕〉第十章）（續）》。

9月7日 J.的《太湖邊》，張天授的新詩《平凡的故事》，胡昌度譯的《美國大學畢業生的見地》，盧鴻基作的木刻《鐵的隊伍》，美國約翰‧耿德原著、何光譯的報告文學《巨大的中國（〈亞洲內幕〉第十章）（續）》。

9月9日 簡又文的雜文《為什麼我不跟老汪走》，鄒家枚譯的《一個畫展》，美國約翰‧耿德原著、何光譯的報告文學《巨大的中國（〈亞洲內幕〉第十章）（續）》。

9月12日 靳以的《迎著逆流——大故事裏的一個小故事》，賢瑞的《建築家談畫》，道遠的《一篇簡史》，美國威廉‧喬納著、鄒撫民譯的詩歌《中國婦人》，竹生的舊體詩《書感》二首，美國約翰‧耿德原著、何光譯的報告文學《巨大的中國（〈亞洲內幕〉第十章）（續）》。

9月13日 李顯京的戰地紀事散文《從軍記（一）》，振弟的雜文《永遠的天堂在那裡？》，德風的《谷訶的信札》，美國約翰‧耿德原著、何光譯的報告文學《蔣委員長（〈亞洲內幕〉第十一章）》。

9月14日 李顯京的戰地紀事散文《從軍記（二）》，孫東的《散步的藝術》，美國約翰‧耿德原著、何光譯的報告文學《蔣委員長（〈亞洲內幕〉第十一章）（續）》。

9月15日 馬宗融的雜文《戰戰戰》，李顯京的戰地紀事散文《從軍記（三）》，振弟的雜文《秋收代割》，美國約翰‧耿德原著、何光譯的報告文學《蔣委員長（〈亞洲內幕〉第十一章）（續）》。

9月20日 引之《孤島黑影》、李顯京的《從軍記（四）》等戰地紀事散文，美國約翰‧耿德原著、何光譯的報告文學《蔣委員長（〈亞洲內幕〉第十一章）（續）》，瑞譯之蒲烈漠諾夫的《偉人與英雄》。

9月22日 曹允懷的《反犬儒主義》、胡昌度的《希特勒的敵人》兩篇雜論，顧實的舊體詩《枸醬歌》，美國約翰‧耿德原著、何

光譯的報告文學《蔣委員長（〈亞洲內幕〉第十一章）（續完）》。

9月26日　陳子展的《談到經學與理學》、孫束的《閒話北平歌謠》等論文，珈丁的散文《一段事實》，胡昌度的譯作《徵婚》。

9月30日　王潔之的論文《談今日戲劇的幾個問題》，陳子展的新詩《弔轟海帆》，倪端的雜感《筆的戰士》，J.的散文《兩種力量》。

其二，《文藝專刊》篇目——

9月24日創刊號　編者（伍蠡甫）的《幾點意思》，胡風的《關於時代現象》，梁宗岱的新詩《商籟》四首。

復旦學生作家的文學編輯活動，查到相關記載的，較突出者有文種社、抗戰文藝習作會和詩墾地社。

文種社的拱德明、王公維等人為《新蜀報》編輯的文藝副刊《文種》。1938年1月30日創刊，共計出了45期。

抗戰文藝習作會1939年為《大聲日報》編輯副刊《號角》，以文藝為手段作抗日宣傳，1月23日創刊，出至第六期時停刊，5月8日復刊，6月6日出至復刊第五期時即終止，前後共出11期。（詳見第一節（一）文藝社團的文學活動之第2部分。）

詩墾地社編輯出版《詩墾地叢刊》，自1941年11月5日至1946年5月，總共出了六輯。據鄒荻帆回憶，張白滔在《力報》上撰文評論姚奔的詩歌《我們》時，「對當時的目前《詩墾地》總的還有幾句評價。他說：『目前我們較好的詩刊實在太少，然而，我們不能不特別重視幾個嚴肅新穎的詩刊，據我所知，《詩墾地叢刊》便是這幾個詩刊中傑出的一種。』還說：『不同一般詩刊的是：《詩墾地叢刊》一點也不拒絕新人的作品，我沒見到旁的詩刊能比《詩墾地》讓出更多的地位登載新人的作品了，這在推動詩歌運動的作用上，是盡了相當大的責任的。』」〔註417〕對這裡的稱讚，我們應該注意幾點。首先，《詩墾地叢刊》本身是一份青年詩歌愛好者自費籌辦的詩歌刊物，他們中大部分人都是新人，自然不拒絕新人作品，而且會自然刊登得多。這個情況張白滔或許不瞭解。其次，《詩墾地叢刊》的「新穎」、「傑出」才是值得我們珍視的。再次，《詩墾地叢刊》雖然署名鄒荻帆、姚奔主編，但實際上一幫同仁

〔註417〕鄒荻帆：《記詩人姚奔》，載《新文學史料》1994年第4期，第196～203＋141頁。

集體商討完成的，這一點在前面文學活動部分已經談到。最後，《詩墾地叢刊》充分繼承了靳以對他們的扶助、培養的育新精神，也將《詩墾地》副頁的版面讓出給育才學校的學生文學社團「榴火詩社」出了一期專頁。這種精神傳承是難能可貴的。他們還幫助成都面臨困境的學生文藝社團「華西文藝社」改組為平原詩社，重新編出《平原詩刊》。此外，冀汸本人還是《文學窗》支持者和撰稿人，在 1946 年春還應校友郭海長邀請為《中國時報》定期編出文藝副刊，他就「仿傚靳以先生騰出《文群》版面給我們編《〈詩墾地〉副頁》那樣，從《文學窗》牆報上選作品在《中國時報》上定期出版《文學窗》副刊，將校園文學推向社會」〔註 418〕，《文學窗》出了共 23 期。

　　遺憾的是，包括第二章第二節已提到的復旦大學文摘社編《文摘‧戰時旬刊‧文藝欄》《文藝副冊》，新年代文學社編油印小報《文藝信》，新血輪社編《新血輪‧文藝》，中國學生導報社編《中國學生報‧藝文》等在內，復旦作家的文學編輯活動，有關選題、組稿、審稿、加工、發稿、讀樣等工作環節的方方面面，均未查見更具有編輯學價值的記載。

〔註 418〕冀汸：《血色流年‧大學生活》，上海：復旦大學出版社，2004 年版，第 74頁。